Verlag Edition Hochfeld

W0047446

Zwei Paddler entdecken weit vor der Lindauer Insel am Grund einer Schlamm- und Kiesbank ein gesunkenes Fischerboot. Es liegt auf etwa vier Meter Tiefe kieloben und ist halb von Schlamm und Geröll bedeckt. Sie scherzen noch über das zu erwartende Prisengeld, doch als sie das Wrack bergen wollen, kommt der Fuß eines Mannes zum Vorschein. Schielins neuer Fall könnte im Grunde schnell zu den Akten wandern – wären da nicht die zwei Einschüsse im Rücken des Toten.

J. M. Soedher lebt und arbeitet als Schriftsteller in Augsburg und in Lindau (Bodensee). Er ist Autor der Krimireihen *Bucher ermittelt* und *Schielins Fälle* sowie Herausgeber des *Bodensee-Literaturkalenders*.

Schielins achter Fall

Knochenmühle

Verlag Edition Hochfeld

Von J. M. Soedher sind bisher erschienen:

Rotkreuzplatz da Vinci
Villa Seewind

in der Reihe BUCHER ERMITTELT:
Der letzte Prediger
Requiem für eine Liebe
Im Schatten des Mönchs
Marienplatz de Compostela

in der Reihe SCHIELINS FÄLLE:
Galgeninsel
Pulverturm
Heidenmauer
Hexenstein
Inselwächter
Hafenweihnacht
Seebühne
Knochenmühle

1. Auflage
Mai 2016
Verlag Edition Hochfeld, Augsburg
© Verlag Edition Hochfeld
Umschlagkonzeption und -gestaltung: Verlag Edition Hochfeld
Lektorat: Susann Wendt, Haus des Buches, Leipzig
Satzherstellung: Amann, Memmingen
Kartenillustration: Pete Monaghan für das »Atelier am See«,
Lindau (Bodensee)
Gesamtherstellung: CPI Ebner & Spiegel, Ulm
Printed in Germany

ISBN: 978-3-39816355-8-4
www.edition-hochfeld.de

Denn seine Augen schauen auf des Menschen Wege,
alle seine Schritte sieht er wohl.
Kein Dunkel gibt es, keine Finsternis,
wo sich die Übeltäter bergen könnten.

Hiob

Personenregister

Doktor Giesebrecht und Doktor Martens – Firmenchefs
Stefan Koppe – ein Bauunternehmer
Peter Latz – ein Antiquitätenhändler
Bernd Mohr – ein Philosoph
Ludwig Stöck – ein ehemaliger Ermittler
Edgar Kutz – ein Bootsbesitzer
Conrad Schielin – Bodenseekommissar und Mordermittler
Ronsard – Schielins französischer Esel
Marja – Schielins Frau
Lena und Laura – Schielins Töchter
Albin und Erna Derdes – Schielins Nachbarn
Lydia Naber – blonde, drahtige Kriminalkommissarin und
engste Mitarbeiterin Schielins
Robert Funk – Sachbearbeiter für Eigentumsdelikte, ein
Connaisseur; hat die Erscheinung eines Bankdirektors
und ein Faible für extravagante Möblierung, weswegen
sein Büro *Salon* genannt wird.
Adolf Wenzel, »Wenzel« – Ermittler der Kripo Lindau;
Kimmel – untersetzter, kräftiger, zumeist mürrischer Chef
der Kripo Lindau
Erich Gommert, »Gommi« – die gute und chaotische Seele
der Lindauer Kripo
Hundle – Gommis Hund; ein phlegmatischer Straßenhund
aus dem Tierheim
Jasmin Gangbacher – jüngste, technikaffine Ermittlerin
Walter Lurzer – österreichischer Kollege der Kripo Bregenz
und Freund Schielins
Hecht und Zander – Boote der Lindauer Wasserschutz-
polizei

Anker

Der See lag ruhig im Morgenlicht und sog die Strahlen der Sonne auf. Die lichten Tage der letzten Wochen hatten die Sinne getäuscht, denn die Nächte waren kalt und frostig geblieben, und das Jahr tat sich schwer, diesen hellen Tagen auch jene Wärme mitzugeben, um luftig gekleidet im Freien sein zu können und das schon grün gewordene Frühjahr zu genießen. Eine leichte Brise war allgegenwärtig gewesen, und wer sich traute, seinen Kaffee bereits im Freien zu trinken, tat es mit hochgeschlagenem Kragen und zusammengezogenen Schultern, um der Kühle zu widerstehen. Erst in der Zeit nach Ostern hatte sich der Nachtfrost endgültig verabschiedet, und nach und nach wurde das Land um die Ufer von jener wohligen Wärme erfüllt, wie sie unerlässlich war, damit die Tulpen ihre feurigen Farben in das lebenssatte Grün sprühen konnten. Bald leuchteten auch die Lilien und Akeleien in den Gärten, und frühe Rosen zeigten erste Blüten. Die Luft war voller Summen. Ein munterer Luftzug trug die Wärme der Sonnenstrahlen in das junge Blattwerk, das aufgeregt flatterte und zitterte.

Zwei Paddler kamen vom kleinen See, unterquerten den Bahndamm an der nördlichen Durchfahrt und glitten über die unaufgeregte Wasserfläche vorbei am Aeschacher Bad hinaus in Richtung Wasserburg. Die Blicke der erfahrenen Wartenden an der geschlossenen Schranke vor dem Bahndamm begleiteten sie und ließen sich von den dahinfahrenden Booten mitnehmen auf den sanften See, der gut war zu den Menschen und der die Kraft besaß, beruhigend auf diejenigen zu wirken, die es zuließen. Ein rotfarbiger Regionalexpress rollte aus Richtung Friedrichshafen kommend heran und polterte über die Weichen. Die wenigen Fahrgäste drückten ihre Gesichter an die Fenster und sahen hinaus auf den bis zum Horizont reichenden Wasserspiegel und den grünen Uferstreifen, und ihre Blicke blieben neidisch an den zwei Glücklichen in ihren Kajaks hängen.

Die beiden hatten ihre geradlinige Fahrt in Richtung Westen unterbrochen und kreisten nun einige Hundert Meter vom Ufer entfernt um die Untiefemarkierungen am Schachener Berg, eine nicht sichtbare Erhebung von Fels und Kies, die unter der Wasseroberfläche verborgen lag. Was den Betrachtern vom Ufer her wie ein wirres Kreisen erschien, war in Wirklichkeit ein systematisches Absuchen, denn bei genauem Hinsehen gab ihre Haltung mit dem zur Seite geneigten Oberkörper und dem zur Wasserfläche hin gesenkten Kopf das Suchende ihres Tuns preis.

Der ältere der beiden, der einen ungestümen grauen Bart im Gesicht stehen hatte und dessen zähe und trainierte Gestalt selbst unter der Paddeljacke zu erahnen war, rief dem anderen zu: »Hier muss es gewesen sein! Ich hab mir den Beginn der Kastanienreihe am Giebelbach drüben als Fixpunkt gemerkt! Das Wasser ist heute ruhig und klar. Wir müssten es also eigentlich finden.«

Der andere nickte und zog langsam sein Paddel durch das Wasser, den Blick nach unten gerichtet.

»Ein Anker, sagtest du … und das Boot … etwa vier Meter lang?!«

»Ja, ich habe den Kiel gesehen, und geschätzt müsste es so eins fuffzig auf vier Meter sein. Ich wollte ja im letzten Herbst noch mal raus und danach tauchen, aber es ist so schnell kalt geworden. So wie es im Schlamm und Geröll steckte, kann es über den Winter eigentlich nicht weitergeschoben worden sein … und große Stürme hatten wir seit letztem Oktober auch nicht. Heute könnte es wirklich klappen. Schade nur, dass Bernd und Bob keine Zeit haben.«

Der andere hob kurz den Kopf und murrte: »Sind ja auch Rentner«, und etwas lauter, seinem Kompagnon entgegen: »zum Tauchen ist es aber schon noch zu kalt!«

»Ah ... das geht schon. Bis Mittag heizt die Sonne den See auf. Wenn wir's finden, geh ich runter. Ich hab alles dabei. Der dünne Neopren reicht aus.«

»Du bist schon ein wenig verrückt, ey!«, rief der andere, als sie einander nahe passierten.

Der Alte lachte.

»Ach was, das ist wie früher ... Schatzinsel und so ... ist doch spannend, oder etwa nicht!?«

»Ja, schon«, entgegnete der jüngere, wendete sein Kajak und setzte die Suche einige Meter weiter draußen fort.

Die Zeit ging dahin, und selbst der Alte war nach einer weiteren halben Stunde erfolgloser Suche kurz davor, aufzugeben, als sein Kompagnon, der sich inzwischen ein ganzes Stück weiter draußen befand, plötzlich sein Paddel schwenkte und aufgeregt rief: »Hey, hey! Ich hab's, ich hab's!«

In der Tat war von der Stelle aus, auf der sein Boot sanft wippte, ein Anker in der Tiefe auszumachen. Er blinkte im Takt des ruhigen Wellenschlags voller Unschuld.

»Mensch, so weit draußen hätte ich es nicht vermutet, aber so kann einen das Gedächtnis täuschen, und ich hatte den Anker auch viel leuchtender in Erinnerung ... der ist ja wahnsinnig schwer zu erkennen. Ich glaube, ich wäre drüber weggefahren.«

Er holte eine Lotschnur hervor, band einen alten Eisenkeil daran und ließ ihn ins Wasser. Er lachte voll freudiger Erwartung: »Ich markiere erst mal.«

Als der Keil den Grund erreicht hatte, befestigte er einen alten Schwimmflügel in ausgeblichenem Orange am Ende der Lotschnur und setzte ihn auf der Wasseroberfläche ab, auf der er müde umhertanzte. Dann sagte er zufrieden: »Jetzt machen wir erst mal Brotzeit, danach zieh ich mir den Neopren an, und dann tauch ich runter. Hast du noch Zeit, mir anschließend ins Boot zurückzuhelfen?«

»Ja, jetzt habe ich jede Menge Zeit! Bin jetzt auch auf dem Schatzinsel-Trip. Meinst du wirklich, wir bekommen das Boot frei? Es liegt über die Hälfte unter Schlamm und ist sicher auf drei Meter Tiefe.«

»Das wird schon. Wenn der Schlamm weg ist, kriegen wir es hoch. Das Prisengeld, Mensch, das holen wir uns!« Er lachte fröhlich.

Die beiden paddelten zurück, stiegen hinter dem Bahndamm an Land und setzten sich ans Ufer, in den Schatten der alten Linden, wo sie das Fiebrige, das die Suche in ihnen entfacht hatte, von sich gleiten ließen, ein wenig dösten und die Wärme der Mittagszeit genossen. Hinter ihnen, am Bahndamm, rollten die Züge mit Gerumpel über die Weichen, schimpften Eilige an den Schranken über die lange Wartezeit, und über der Bucht surrte ein Zeppelin.

✳

Nicht weit entfernt vom Ufer, auf der Höhe des Aeschacher Hügels, im alten Gebäude der Lindauer Kriminalpolizei, ging es derweil ruhiger zu. Man bereitete sich auf das bevorstehende Wochenende vor. Der Chef, Kimmel, befand sich noch im Urlaub, Jasmin Gangbacher hatte ein verlängertes Wochenende genommen, Robert Funk ebenso. So war nur die Hälfte der Ermittler anwesend. Wenzel lehnte im Türrahmen von Schielins Büro.

»Es soll ja richtig warm werden übers Wochenende«, meinte er. »Grad schade, dass ich Bereitschaft habe.«

Schielin hatte drei Papierstapel vor sich auf dem Schreibtisch aufgebaut und eine Handvoll Aktenordner; Tastatur samt Maus waren nach hinten unter den Bildschirm geschoben. Mit großer Ruhe lochte er kleine Papierstöße und heftete sie, nicht ohne die korrekte Reihenfolge der Blätter zuvor nochmals sorgfältig zu prüfen, in einem der Ordner ab.

»Sei doch froh, da musst du dir schon keine Gedanken mehr machen, was du mit dem Wochenende anfängst, so wie unsereiner.«

Lydia Naber schrieb konzentriert an einem Bericht, war dem Gespräch der beiden aber nebenbei gefolgt. Sie mischte sich unvermittelt ein, ohne die Augen vom Bildschirm zu wenden.

»Eure Probleme möchte ich haben! Ich weiß genau, was ich tun werde, nämlich endlich die Dahlien einsetzen, sonst wird es zu spät. Bei dem kalten Sauwetter, das wir die ganze Zeit hatten, ging das ja nicht. Und wie ich mich darauf freue, endlich draußen sein zu können – im Garten zu essen, die Liege in Betrieb zu nehmen und unter den Jasmin zu schieben und zu lesen, in den Himmel zu schauen, zu verfolgen, wie die Wolken dahinziehen und nachts dann der Sternenhimmel ... ah – Sommer!«

Sie tippte weiter an ihrem Schlussbericht zu einer gefährlichen Körperverletzung – ein Mann hatte einem vermeintlichen Nebenbuhler einen Blumentopf über den Schädel geschlagen.

Einige Minuten später waren schnelle Schritte auf den alten Holzdielen im Gang zu hören – Gommi. Er drängte sich an Wenzel vorbei ins Büro und hielt einen Zettel in der Hand, auf den er immer wieder einen Blick warf, während er aufgeregt sprach: »Die Wasserschutz hat angerufen ... da ist ein Boot gesunken ... in der Schachener Bucht ... sie sind schon draußen ...«

Lydia hatte aufgehört, zu schreiben und lehnte sich im Bürostuhl zurück.

»Gommi – was hat das mit uns zu tun, wenn in der Schachener Bucht ein Boot untergeht und die Wasserschutz schon unterwegs ist? Die haben genau für solche Fälle ihre Boote – wir nicht!«

Er schnaufte aufgeregt.

»Ja, wart doch halt emole, Mensch! Es gibt einen Toten dabei!«

Lydias Lippen wurden schmal.

»Wo dabei, wie dabei? Extra einen dazu, zum gesunkenen Boot, oder im Boot? Wie groß ist denn das Boot …?«

Gommi winkte ärgerlich ab.

»Ja jetzt lass mich doch ausreden … in dem Boot drin, da soll ein Toter liegen.«

Wenzel und Schielin sahen sich an.

»Ein Toter in einem gesunkenen Boot? Wann ist das passiert, Gommi?«, fragte Schielin.

»Weiß ich doch nicht! Der Schweier von der Wasserschutz hat angerufen und gesagt, dass am Schachener Berg ein Boot auf Grund liegt und ein Toter drinnen ist und ihr kommen sollt. Die Taucher sind schon verständigt. Die sind heute bei einer Übung am Alatsee in Füssen und brauchen nicht lange.«

Lydia Naber sah zu Schielin und murrte ärgerlich: »Mhm«. Wenzel stieß sich mit der Schulter vom Türrahmen ab.

»Dann packe ich schon mal die Sachen und fahre runter.«

Lydia schüttelte den Kopf und schimpfte: »Die ganze Zeit, wo es gesaut hat, ist nix, aber auch gar nix los, und kaum wird es schön und das Wochenende steht vor der Tür, sinken die Boote, und Leichen schwimmen im See. Ich glaub es einfach nicht!«

Schielin fiel nichts Rechtes ein, sie zu beruhigen, und eilte sich, die Kriminalakten des alten Falls vom Schreibtisch zu bringen. Der Platz könnte für einen neuen Fall gebraucht werden. Lydia hackte ärgerlich die letzten Sätze ihres Berichts in die Tastatur und holte anschließend die Koffer für Spurensicherung und Erkennungsdienst aus dem Keller.

Eine Stunde später stand sie im oberen Halbstockwerk des Naturschutzhäusles, das ganz versteckt zwischen Bahnschranke und Aeschacher Bad direkt auf der Ufermauer hockte. Es war ein ihr angenehmer Ort um die Bergung abzuwarten und bot einen freien Blick auf das Geschehen.

Robert Funk hatte ihr einmal erzählt, dass es noch nicht allzu lange her sei, dass in dem kleinen Häuschen eine Familie gelebt habe, sozusagen direkt über dem Wasser. Sie hatte es sich gar nicht vorstellen können, wie das funktioniert haben mochte, nachdem sie einmal aus purer Neugier vorbeigeschaut hatte, um das Wasserhexenhäuschen zu besichtigen. Heute befand sich im Eingangsgeschoss, gleich rechts ein Arbeitsplatz mit Schreibtisch, großen Schubladen und einem kleinen Aktenregal. Ein weites Fenster zum See hinaus ließ kräftig Licht herein, das das Aquarium an der hinteren Wand in Szene setzte. Die Wände waren beklebt mit Postern und Fotos von Vögeln und Fischen – wie es sich für einen Stützpunkt des Naturschutzbundes eben gehörte. Gleich hinter der Eingangstür führte eine offene Treppe hinauf in das Halbstockwerk.

*

Aufgrund der aufregenden Geschehnisse draußen in der Bucht war auch die ehrenamtliche Kraft des Naturschutzbundes länger geblieben, als es die Öffnungszeit an diesem Freitag eigentlich vorgesehen hatte. Wie Lydia spähte auch sie mit dem Fernglas hinaus in die Bucht. Lydia hatte vor dem obersten Fenster das Spektiv aufgesetzt, das eigentlich zur Beobachtung der Vögel gedacht war, und fokussierte die Wasserfläche zwischen Hotel Bad Schachen und Hinterer Insel. Manchmal schwenkte sie hinüber auf die Appenzeller Hügel, deren Grün unverschämt frisch herüberleuchtete, folgte dem Rorschacherberg und holte die Siedlungen um Wolfhalden, Heiden, Grub und Eggersriet nah heran. Die mächtigen Gipfel von Säntis und Altmann waren hinter Wolken verschwunden, und so konnte man meinen, jenseits der sanften grünen Hügel käme nichts, aber auch gar nichts mehr. Wer die mächtige Felskulisse nicht kannte, musste glauben, das wäre es gewesen, so unschuldig hüllten die Wolken den mächtigen Alpstein in Dunst. Immer wieder blieb ihr Blick auch an der Silhouette des Pulverturms hängen, der so vollkommen und schön im Wasser stand.

Entlang des Lotzbeckwegs, der dem Ufer so nah und unaufgeregt folgte, hatten sich inzwischen Schaulustige versammelt, denn die zwei Boote der Wasserschutzpolizei mit ihrem blinkenden Blaulicht und die Boote des Technischen Hilfswerks und der Wasserrettung machten neugierig, wenngleich auch nicht zu erkennen war, was da draußen genau vor sich ging. Gerüchte wanderten entlang der Reihe von Schaulustigen, von der Schranke bis weit hinters Aeschacher Bad: Vermutungen, Halbwissen, Ahnungen und wenig Gescheites wurden dabei verwoben. Am Ende war jeder bestens darüber informiert: In der Nacht sei jemand vom Tanzschiff gefallen und ertrunken. – Ja, so war das.

Lydia Naber sah zwar auch nicht mehr als einen Kreis von Booten und die blinkenden Lichter, doch war sie natürlich besser informiert, auch deshalb, weil sie den Funk mithörte. Inzwischen war durch die Taucher gesichert, dass da draußen tatsächlich ein Boot kielunter am Grund lag und sich darunter eine Leiche befand. Die Taucher hatten zunächst versucht, das Boot selbst zu heben, was aber auch mit Eisenstangen, die als Hebel eingesetzt wurden, nicht gelungen war. Zudem war es geboten, mit der Leiche vorsichtig umzugehen. Gerade wurde der *Hecht* der Wasserschutzpolizei so positioniert, dass der Bergekran eingesetzt werden konnte. Damit sollte es gelingen, das Boot aus dem Schlick zu ziehen.

Wenzel war zu Beginn der Aktion mit draußen gewesen, hatte sich dann aber von einem der schnellen Schlauchboote der Wasserrettung am Pulverturm absetzen lassen und war dem Geschehen eine Weile von der Pulverschanze aus gefolgt. Die Schachener Bucht glich einer Bühne, und drüben, im Hotel Bad Schachen, befanden sich die Logenplätze.

Lydia hatte ihm per Funk von ihrem genialen Standort berichtet, was ihn veranlasste, sich sogleich auf den Weg zum Bahndamm und hinüber aufs Festland zu machen. Ganz nebenbei hatte sie noch das Espressofahrrad erwähnt, das vor der Schranke Position bezogen hatte und dessen Betreiber von der dramatischen Szenerie draußen vor der Insel nicht unwesentlich profitierte.

Zwei Espresso jonglierend trappte Wenzel die Stufen des Naturschutzhäusles hinauf. Oben angekommen teilte er Lydia, die Tassen noch in der Hand, mit, dass Conrad auf dem *Hecht* sei und die Sache freundlicherweise gleich übernommen habe.

»Wer hat uns das denn eigentlich beschert?«, fragte ihn Lydia.

Er antwortete nicht sofort, duckte sich auf Fensterhöhe und sah hinaus in die Bucht. Es war noch immer kein gehobenes Boot zu erkennen.

»Ein Rentner«, antwortete er schließlich, stellte die Tassen ab und sah durch das Spektiv. Der Blick durch das Glas war faszinierend.

»Wow!«, staunte er. »Was ist denn das für ein irres Ding?! Alles so hell und scharf und nah! Eijeijei! – Die Sache scheint schwieriger zu sein, als zunächst gedacht... die Leiche hängt irgendwie fest.«

Lydia ging nicht darauf ein und hob die Hände zum Himmel.

»Ein Rentner, wer auch sonst! Wenn sie nicht gerade im Dickicht rumkriechen, um Schwammerl zu suchen, und dabei Skelette finden, tauchen sie eben nach Leichen im Bodensee. Können die nicht einfach spazieren gehen oder im Hafen Kaffee trinken, oder so? Im Zech draußen gibt es so schöne Schrebergärten, da kann man doch auch gut den Tag verbringen und stößt dabei nicht unbedingt auf Leichen, Mensch! Und wenn man seine Zeit schon mit Paddeln und Tauchen verbringen muss, wieso dann ausgerechnet hier in der Schachener Bucht? Am Kaiserbad oder vor der Seebühne in Bregenz gibt's doch auch genügend Wasser – in dem Fall wär's eine österreichische Leiche, und wir hätten unsere Ruhe.« Sie schnaufte ihren Ärger aus und besann sich wieder. »Wo ist er denn jetzt, der Rentner?«

Wenzel wies mit der Hand in Richtung Seebrücke.

»Gleich da drüben im Kanu-Club... er erholt sich vom Schrecken. War ein ganz schöner Schock für ihn, als er das Bein des Toten vor sich hatte. Er hat vor lauter Schreck Luft holen wollen, was unter Wasser eher zu Schwierigkeiten führt, wenn man nicht zufällig über Kiemen verfügt.«

»Ja, recht gschieht's ihm!«, brach es nun doch noch einmal aus Lydia heraus.

Wenzel ließ das Auge am Spektiv und schwenkte über die Bucht.

»Wir müssen ihn noch vernehmen. Kannst du das vielleicht übernehmen?«

»Mhm, kann ich schon machen«, antwortete Lydia nun

wieder etwas ruhiger. »Aber vielleicht lass ich ihn heute erst mal noch in Ruh. Wo wohnt er denn?«

»In Lochau.«

»In Lochau ... ein Özi?«

»Nein ... er ist aus Duisburg.«

»Was? Ein Duisburger aus Lochau, der in Lindau ne Leiche findet? Ja super! Versteht man den Kerl denn überhaupt?«

»Sei nicht so grätig wegen deiner Dahlien. Du wirst sie schon noch in die Erde bekommen. Er heißt übrigens Heiner und ist ein netter Kerl.«

»Jaja, ist schon gut«, sagte sie beschwichtigend. »Werde ihn schon nicht fressen, deinen Heiner.«

Was sollte sie ihm auch erklären, was es mit den Dahlien auf sich hatte. Wenzel würde eh nicht verstehen, von welcher Bedeutung es war, diese Dinger in einem bestimmten Zeitraum in die Erde zu pflanzen. Das war für den Rhythmus des ganzen Jahres von Belang; ja, genau so war es: Es war ein Akt in einer ganzen Reihe von Akten, die das Jahr einteilten, es sozusagen jenseits chronologischer Skalen kartografierten und ihm dadurch einen Rhythmus verliehen, der darüber entschied, ob es ein gutes oder ein schlechtes Jahr werden würde. Wenzel würde nur fein grinsen, wenn er so etwas hören würde. Ja, wie war es überhaupt einem Mann zu erklären, dass es die Frauen waren, die den Jahren ihren Rhythmus gaben, und nicht das Wetter, die Bundesliga, die Formel Eins oder der herbstliche Ausflug zum Törggelen nach Südtirol mit der Altherrenmannschaft?

Wenzel ahnte nichts von ihren Gedanken und raunte ihr zu: »Sei etwas mitfühlender. Er musste bis zu seiner Pensionierung in Duisburg leben und arbeiten ... irgendwas im Hafen dort.«

Sie blieb ungnädig.

»Ja und!? Jetzt muss er in Lochau leben! Wie hat er das Boot überhaupt entdeckt?«

»Beim Paddeln«, lautete Wenzels schmale Antwort.

»Ja, dass es nicht beim Schlafen war, hab ich mir schon gedacht.«

Wenzel blieb gelassen.

»Nimm einen Schluck Espresso, das entspannt. Also dieser Heiner hat im letzten Oktober bei einer Paddeltour nach Wasserburg den Anker des Bootes gesehen. Vom Kajak aus hat man bei ruhigem See einen fantastischen Blick bis zum Grund hinunter.«

Lydia setzte die Espressotasse ab und sah ihn mit großen Augen an.

»Was hast du da gesagt!? Im letzten Oktober!? Du meinst … das Boot liegt da seit fast einem dreiviertel Jahr?«

»Ich meine das nicht – es ist so.«

Sie schüttelte sich.

»Ist ja grausig … igitt, jetzt auch das noch. Ich dachte, die Nussschale wäre gerade erst gesunken … so lange also schon … wieso hat der Kerl sich nicht schon im Oktober gemeldet?«

Wenzel zuckte mit den Schultern und kniff die Augen zusammen. In die Ansammlung der Boote draußen in der Bucht kam Bewegung.

»Er hat ja nur einen Anker gesehen und ein Boot. Von einer Leiche war da keine Rede.«

»Da vorne beim Kanu-Club ist er jetzt, sagtest du …?«

»Ja.«

Sie schnupperte noch einmal am Espresso, trank den letzten Schluck aus und verabschiedete sich schnell von Wenzel, denn die Sache interessierte sie nun plötzlich brennend.

Er rief ihr nach: »Danke für den Espresso, Wenzel! Schön,

dass du an mich gedacht hast, Wenzel! Bist ein toller Kollege, Wenzel …!«

*

Sie musste an der geschlossenen Bahnschranke warten. Weit und breit war kein Zug zu sehen, geschweige denn einer zu hören. Den Espresso-Mann freute es. Vielleicht hatte er einen Deal mit der Bahn. Um sie herum schimpften einige der Wartenden. Sie selbst fand das Herumstehen diesmal nicht nervig, da sie die Zeit nutzte, um sich auf die Befragung vorzubereiten. Weshalb nur hatte dieser Paddler nicht schon im letzten Herbst das gesunkene Boot gemeldet? Sie schüttelte sich, als ihre Gedanken zu der Leiche wanderten. Wie mochte sie wohl aussehen, nachdem sie so lange unter Wasser gelegen hatte? Sie wollte es sich gar nicht vorstellen und eilte, nachdem endlich zwei Züge auf die Insel gerollt waren, die wenigen Schritte bis zum Kanu-Club. Sie musste nicht lange nach dem Finder des untergegangenen Bootes suchen, denn es war noch wenig los auf der Wiese zwischen den alten Linden und dem Bootshaus. Er hockte mit drei anderen Typen auf der Mauer zum kleinen See hin. Der Schrecken war ihm noch ins Gesicht geschrieben. Sie ging geradewegs auf ihn zu, stellte sich vor und fragte, wo man sich ungestört unterhalten könne. Die drei anderen verstanden und verabschiedeten sich ohne Weiteres.

Sie setzte sich neben den bärtigen Mann, holte ihren Notizblock vor und stellte das Funkgerät leise. Auf eine langwierige Erhebung der Personalien verzichtete sie vorerst. Dafür hatte sie später auch noch Zeit.

»Sie haben das Boot also gefunden?«, fing sie unvermittelt an.

»Ja«, antwortete er, klang aber unsicher dabei.

»Doch nicht?«, fragte sie nach.

»Doch, doch … schon … nur, ich war heute nicht allein draußen. Der Thomas war noch dabei, und er hat es eigentlich heute gefunden.«

Sie kniff die Augen zusammen.

»Eigentlich?«

»Ja, eigentlich, weil ich hatte es im letzten Oktober schon entdeckt, aber heute, da war der Thomas derjenige, der es gefunden hat. So genau hatte ich mir die Stelle wohl doch nicht gemerkt. Wir mussten eine ganze Weile suchen.«

»Mhm. Wann war das denn genau, als Sie es zum ersten Mal gesehen haben?«

»Im letzten Herbst war das, so im Wechsel von September zu Oktober. Genauer weiß ich es nicht mehr. Ich wollte später eigentlich noch mal raus und es holen, aber bei mir ist familiär was dazwischengekommen, und danach ist das Wetter so schnell schlecht geworden … und ich bin gar nicht mehr rausgefahren.«

»Wie haben Sie Ihre Entdeckung denn gemacht? Wie muss ich mir das vorstellen?«

»Na ja, ich war unterwegs auf einer Tour nach Wasserburg und bin so dahingepaddelt. Da schaut man sich eben um, und im Herbst sind die Algen weg, da hat man zum Teil einen herrlichen Blick bis auf den Grund. Manchmal sieht man Fische unter einem dahinziehen, oder der Grund wirft sich in schönen Mustern auf …«, er unterbrach seine Erklärung und sagte in entschuldigendem Ton. »Ich finde das halt interessant.«

»Ist es auch … ist es auch«, stimmte Lydia ihm zu und forderte ihn auf, weiter zu erzählen.

»Das kann schon ein paar Meter tief gehen und … im Vorüberfahren, da habe ich damals eben den Anker gesehen. Er hat richtig geblitzt, und ich habe mir die Stelle dann genauer angesehen und das Boot entdeckt, wie es da unten lag. Das war eigentlich schon alles. Ich bin ja fast jeden Tag draußen und fahre immer etwa die gleiche Strecke.«

»Mhm. Und was haben Sie nach dieser Entdeckung gemacht? Sie sind nicht zurück und haben Verstärkung geholt, um das Boot zu heben? Das wäre doch an diesem Tag möglich gewesen, wo die Sicht doch so gut und der See so still war, nicht wahr?«

Er wurde verlegen.

»Ja, da stimmt schon, das hätte klappen können, aber ich war ja auf dem Weg nach Wasserburg, weil da eine Gruppe von Langenargen her unterwegs war, Paddler, die den See umrundet haben, und die wollte ich abholen... deswegen.«

Sie lächelte ihn an.

»Das wird sich doch feststellen lassen, wann diese Seeumrunder in Langenargen losgepaddelt sind, oder? Dann hätten wir exakt den Tag, an dem sie das Boot gefunden haben.«

Er sah sie überrascht an.

»Ja, genau... genau. Da wäre ich jetzt gar nicht drauf gekommen.«

Er stand sogleich auf, ging mit schnellen Schritten hinüber zum Vereinsheim und verschwand hinter der Tür zum Gastraum. Kurz darauf kam er zurück.

»Das war an einem Mittwoch, der sechzehnte Oktober war es«, er lachte selbstkritisch. »Ja, das hätte ich ja auch so wissen müssen, wo doch am Wochenende zuvor dieser heftige Herbststurm war, da konnte ich gar nicht raus auf den See, weil es hohe Schlagwellen hatte... so leicht lass ich mich nicht abhalten, wissen Sie? Wenn es passt, bin ich jeden Tag draußen.«

Lydia Naber war sichtlich zufrieden und nickte ihm lächelnd zu, bevor sie das Datum notierte. Dann fuhr sie fort: »Und weshalb haben Sie niemanden von Ihrem Fund unterrichtet? Schließlich ist es nicht alltäglich, da draußen ein gesunkenes Boot zu finden, oder etwa doch?«

»Nein, nein, alltäglich ist es nicht, wirklich nicht… oder besser gesagt, Gott sei Dank …«

»Ja und aus welchem Grund haben Sie es dann für sich behalten?«, hakte sie nach.

»Sie wollen mir doch daraus jetzt keinen Strick drehen, oder?«, fragte er und wurde ganz unruhig.

»Was heißt Strick drehen? Ich stelle die Fragen, die zu stellen sind, mehr nicht. Es wäre doch naheliegend gewesen, wenn Sie hier im Club jemandem Bescheid gegeben oder die Polizei angerufen hätten, oder vielleicht nicht?«

»Ja, jetzt, wo man den Toten hat, da ist das schon so, dass man das denken könnte, aber ich habe mir damals einfach nichts dabei gedacht. Da lag halt das Boot da drunten.«

Er ärgerte sich jetzt selbst, damals nicht sofort Bescheid gegeben zu haben. Aber es war einfach keine Zeit, und er hatte es eben selbst heben wollen – das Abenteuer war es. Er wollte das Abenteuer für sich haben. Das Boot war ihm im Grunde egal gewesen. Er hoffte, sie würde nicht weiter nachforschen.

Sie wiegte den Kopf.

»Na ja. Haben Sie denn Schäden feststellen können an dem Boot, als Sie es im letzten Herbst das erste Mal sahen?«

»Nein. Es lag kielunter im Schlamm, der Anker war ein Stück weit entfernt, eh viel zu groß für das kleine Boot, aber Schäden? Nein … die habe ich nicht entdeckt.«

»Sie kennen sich ja mit Booten aus und haben früher im Hafen gearbeitet, wie ich gehört habe.«

Er stutzte. Was hatte sie denn schon alles über ihn gehört,

und mit wem hatte sich die Polizei schon über ihn unterhalten? Er antwortete vorsichtig: »Na ja ... auskennen ... ich weiß nicht ... ich hatte mit Lastschiffen zu tun ... bin Metallbauer ... aber kein Bootsbauer, wenn sie das meinen.«

Sie ging nicht weiter darauf ein.

»Außer dem Anker gab es nichts, was um das Boot herumlag?«

Er überlegte, war aber mehr damit befasst, was ihre Frage zu bedeuten hatte, als dass er nachdachte, ob er wirklich etwas gesehen hatte. Sein Herz klopfte, und er glaubte, sie könne es hören.

»Nein, da war nichts sonst«, antwortete er unsicher.

»Und wie lief das heute ab da draußen?«

Er zögerte.

»Na ja, wir haben erst eine ganze Weile nach dem Boot gesucht, in dem Bereich, den ich mir damals gemerkt hatte, und der Thomas hat es schließlich entdeckt, allerdings viel weiter draußen, als ich es in Erinnerung hatte. Wir sind dann erst mal hierher zurück, und nachdem ich den Neopren angezogen hatte, sind wir wieder raus.«

»Gleich?«

»Nein. Wir haben erst noch eine kleine Pause gemacht und überlegt, wie wir das Boot hochkriegen könnten.«

»Und weiter?«

»Wir sind also wieder rausgepaddelt, und ich bin dann getaucht.«

»Nur Sie sind getaucht?«

»Ja, nur ich. Der Thomas blieb oben, um mir später zu helfen, wieder ins Boot zurückzukommen. Alleine ist das ja so eine Sache beim Kajak ... eine rechte Plagerei.«

»Haben Sie das Boot denn gleich wiedergefunden?«

Er klang etwas stolz: »Ich hatte die Stelle markiert mit

einem alten Eisen, ner Lotschnur und einem Schwimmflügel.«

»Mhm. Dann beschreiben Sie mir doch nun mal genau, was Sie da unten gesehen haben.«

»Na ja, wie gesagt, ich bin ausgestiegen, habe gewartet, bis der Neopren angewärmt war, und bin dann runtergetaucht. Die ersten drei Tauchgänge habe ich nur den Bootsrumpf angesehen und mir einen Überblick verschafft. Beim vierten Mal habe ich dann an der Seite den Sand weggeschoben, um an den Bootsrumpf fassen zu können, aber das Ding hing richtig fest. Deswegen musste ich noch mal runter und an der Seite noch mehr Sand abtragen, und da ist mir dann der Schuh entgegengekommen. Ich hab mir zuerst echt nichts dabei gedacht und wollte den so wegnehmen … halt unter dem Boot hervorziehen … aber irgendwie hat der geklemmt, und ich habe nachgegriffen, und da war da Stoff, und es fühlte sich so seltsam weich an …« Er schüttelte sich. »Ich habe dann vor Schreck den Thomas gerufen … aber war ja noch unter Wasser … ich dachte wirklich, ich komm nicht mehr hoch und ersauf noch …«

Er war kreidebleich, und Lydia hielt es für eine erste Befragung für ausreichend.

»Gut, vielen Dank, das wäre es fürs Erste gewesen. Nur Ihre vollständigen Personalien benötige ich noch.«

Er nickte. So war er noch nie von der Polizei befragt worden. Alles ging so förmlich vonstatten, ganz ohne Witz, wie es manchmal im Fernsehen zu sehen war. Mit belegter Stimme nannte er seinen Namen, Wohnort und Familienstand. Um sich die Beklemmung wegzureden, erzählte er, ohne danach gefragt worden zu sein, von seiner Tochter, die im Bregenzer Wald arbeite und mit ihrem Mann ein Haus in der Nähe von Andelsbuch gekauft habe, wo er mit seinen handwerklichen Fähigkeiten häufig gebraucht werde, beim Herrichten und so; und wie sehr er den See möge, seit einem Urlaub vor drei Jahrzehnten, und wie schön es sei, in Lochau zu wohnen, wo es seiner Frau auch so wunderbar gefalle und wo es ihr viel besser gehe als vorher, und wie gut es sich anfühle, wenn er alte Kumpels von früher treffe, denn für die sei er *der Österreicher*, und von denen habe so was keiner geschafft – sich zu lösen, von dem, was einmal Zuhause gewesen sei, weil es einen Ort gebe, an dem man fühle, es werde einem da besser gehen. Einer von seinen Kumpels, der früher sogar Vorarbeiter gewesen sei, der habe nun einen Wohnwagen am Baggersee bei Paderborn. So könne es auch ausgehen, meinte er, und sah die Polizistin an, die seine Personalien notierte und ihn ab und an kühl anlächelte, während er so leutselig erzählte.

Lydia Naber klappte ihr Notizbuch zu. Als sie sich zum Gehen wandte, fiel ihr Blick auf die breite Front der Schiebetüren des neuen Bootshauses, von denen einige offen standen, sodass die vielen Kajaks und Kanus zu sehen waren.

»Ihr habt hier ja jede Menge Boote. Könnte man da eins haben?«

»Können Sie denn paddeln?«, lautete seine verdutzte Frage.

»Ich bin bei der Polizei, ich kann alles!«, sagte sie mit Bestimmtheit und ohne ihm den Blick zuzuwenden.

Er schluckte und fragte: »Brauchen Sie ein rechtsgedrehtes oder ein linksgedrehtes Paddel?«

Lydia ließ sich ihre Überraschung nicht anmerken.

»Ich wollte keinen Joghurt, sondern ein Paddel. Ich kann rechts wie links.«

»Ach so«, kam es schüchtern zurück.

Er machte Anstalten, ein Boot für sie zu holen, doch sie hielt ihn davon ab.

»Nein, nein, ich brauche jetzt kein Kanu oder Kajak. Es war nur die Frage, ob man hier auch welche leihen kann.«

»Leihen!? Nein, das geht nicht. Das geht nur für Vereinsmitglieder …«

»… und für die Polizei«, ergänzte sie und verabschiedete sich mit einem kurzen Winken.

*

Schielin lehnte derweil geduldig an der Reling des *Hecht* und verfolgte die Bemühungen der Taucher, das Boot zu heben. Endlich hatten sie einen Haken am Boot befestigen können, sodass die Winde des Bergekrans den Bootsrumpf langsam aus dem Sumpf ziehen konnte. Unter Wasser stabilisierten zwei Taucher das Wrack und gaben per Zugseil ihre Kommandos nach oben durch, wo nichts außer Luftblasen an der Wasseroberfläche zu sehen war, denn um die Boote herum war das Wasser vom aufgewirbelten Sand und Schlamm dunkelgrau und trüb. Ein dritter Taucher hatte die Aufgabe, die Leiche zu bergen. Sobald dies gelungen war, wollte man das Wrack endgültig heben. Inzwischen war auch klar, weshalb sich das an und für sich kleine Boot so widerspenstig am Grund hielt. Der Außenbordmotor hatte sich in das Bootsinnere gebogen und heftete das Boot wie eine Klammer an den Seegrund, wo Steine, Hölzer und Schlick genügend Fläche zum Verhaken boten.

Schielin beobachtete, wie sich das Laufrad der Winde langsam drehte.

»Wie schaut's aus?«, rief er hinüber zum *Zander*, wo ein Kollege von der Wasserschutzpolizei die Kommandos von unten entgegennahm.

»Das Paket kommt gleich hoch«, kam es zurück.

Wenige Minuten später tauchte im Sprudeln von Luftblasen tatsächlich etwas auf, das einem *Paket* nicht unähnlich sah. Vorsichtig wurde die Leiche auf ein Hebenetz gebracht und vom Bergekran an Bord genommen. Schielin war verwundert, denn er konnte bereits auf den ersten Blick erkennen, dass es sich um die Leiche eines Mannes handelte. Sogar das Alter war noch abschätzbar, Mitte vierzig etwa, hätte er gesagt, wenngleich bei Wasserleichen der erste Anschein erheblich täuschen konnte. Erstaunlich, die Leiche nach einem dreiviertel Jahr unter Wasser noch in einem solchen Zustand vorzufinden, dachte Schielin. Er hatte sich auf einen ganz anderen Anblick eingestellt. Er ließ den Körper abdecken und erachtete es nicht als notwendig, gleich hier an Bord eine genauere Nachschau durchzuführen. Er hatte bereits entschieden, die Leiche umgehend nach Ulm transportieren zu lassen, wo eine Obduktion genaue Befunde erbringen sollte. Der Leichenwagen stand bereits am Segelhafen vor den Bootshallen der Wasserschutzpolizei bereit.

Eine knappe Unterredung mit einem der Taucher ergab, dass das havarierte Boot nun, da es frei lag, schnell gehoben werden konnte – der Außenborder war abgerissen. Schielin hielt es für sinnvoll, das Ende der Bergungsaktion noch abzuwarten. Schließlich würden sich aus dem Zustand des Wracks einige Schlüsse ziehen lassen. Langsam tauchte der Rumpf des Bootes aus dem Dunkel des Wassers auf. Es glänzte hell. Schielin fröstelte es für einen Augenblick. Wasserschwalle stürzten rauschend aus dem Bootsinneren in den See. Auf den ersten Blick ein schlichtes Fischerboot. Unter dem Bug war ein Bruchschaden zu erkennen. Da es zu groß war, um es an Bord des *Hecht* zu hieven, brachten die Spezialisten des Technischen Hilfswerks Ballons am Wrack an, über die es langsam in den Hafen gezogen werden konnte.

Gelassen fuhr das große Polizeiboot an der leuchtenden

Fassade der Luitpoldkaserne vorbei, passierte den Pulverturm und brachte seine Fracht – ein Bootswrack und eine
männliche Leiche – in den Lindauer Segelhafen. Auf der
Mole am alten Clubhaus hatten sich einige Schaulustige versammelt. Im Laufe der Bergung hatte sich die Nachricht
vom gesunkenen Fischerboot über die Insel verbreitet.

Draußen am Fundort arbeiteten die Taucher weiter. Sie
hatten die Fundstelle unter Wasser in Planquadrate einge-
teilt und suchten das Terrain weiträumig ab. Sie sammelten
alles ein, was der Grund hergab, und dokumentierten ihre
einsame Arbeit mit einer Unterwasserkamera. Der ältere
der drei, der den Job schon länger machte, als es eigentlich
erforderlich gewesen wäre, dachte, während er mit dem
breiten Daumen seines Taucherhandschuhs auf den Auslöser drückte, wie klein und handlich die Dinger inzwischen
doch geworden waren. Mittlerweile war der Mensch mit
seiner schieren Größe ein Hindernis für die Technik, die
immer winziger wurde, während die Menschen an Umfang
immer weiter zunahmen. Ein Klaps auf die Schulter riss ihn
aus seinen philosophischen Reflexionen. Sein Kollege
brauchte noch einige Übersichtsaufnahmen für die Dokumentation.

*

Wenzel hatte sich aus dem Naturschutzhäusle verabschiedet, nachdem er mitverfolgt hatte, wie zuletzt das Boot ab-
geschleppt worden war. An der Schranke, die glücklicher-
weise offenstand, begegnete er Lydia, und sie machten sich
gemeinsam auf den Weg hinüber an das östliche Ende der
Insel, wo der Jachthafen lag und die Baracke der Wasserschutzpolizei. Sie mieden die Maximilianstraße, auf der am
Freitagnachmittag stets großer Andrang herrschte, wodurch

ein schnelles Vorankommen nicht möglich war. Den Hafen entlang ging es schneller.

Sie kamen gerade noch rechtzeitig, um mitzuverfolgen, wie die Leiche vorsichtig in den Zinksarg gelegt wurde. Lydia schüttelte verwundert den Kopf und sah Schielin an.

»Schaut noch ganz passabel aus für die lange Zeit im Wasser. Da frage ich mich doch, ob das, was wir hier sehen, stimmig sein kann mit dem, was dieser Paddler mir erzählt hat – Oktober letzten Jahres? Also ich weiß ja nicht!«

Schielin verfolgte die Arbeit der Bestatter und stimmte ihr zu: »Ich habe mich auch schon gewundert. Schau die Kleidung an, wie gut sie erhalten ist, die Jeans, die Schuhe, die Jacke ... wirklich seltsam. Aber warten wir die Obduktion ab. Fährst du mit?«

Sie war froh, bei der Leiche noch einen ganzen Menschen vor sich zu haben und sagte nun ganz unbekümmert: »Klar komme ich mit.«

Dann wendete er sich an Wenzel: »Kannst du dich um das Boot kümmern?«

»Mach ich.«

Sie standen noch eine Weile zusammen und verfolgten schweigend, wie der glänzende Sarg in den dunklen Mercedes geschoben wurde. Eine fremde Regie ließ gerade in diesem Moment ein helles Surren und Zischen erklingen. Schielin suchte den Himmel über sich ab und entdeckte drei Schwäne; ihr kraftvoller Flügelschlag war es, der das markante Geräusch erzeugte. Sie kamen aus der Bregenzer Bucht und flogen langsam in einem archaisch anmutenden Flug einen weiten Bogen über dem Segelhafen. Mit tänzerischer Sicherheit landeten sie draußen vor der Insel, auf der ein erster warmer Sommerabend seinen Anfang nahm. Glaubte man der Wettervorhersage, so stand das erste Sommerwochenende des Jahres bevor.

Das laute Einrasten der Türen holte Schielin aus seiner Erstarrung. Der Tote war verladen, und gemächlich rollte der Mercedes aus dem Hafen. Die Restaurants im Hafen füllten sich zum Feierabend, und auf der Seebrücke staute sich der Verkehr. Die Wärme verwöhnte die Körper der Lebenden, und die Geräuschkulisse rund um das Wasser wurde aufgeregter und ausgelassener.

*

Zwei Stunden später standen Schielin und Lydia Naber weit entfernt von beschwingter Vorsommerstimmung in einem fensterlosen Saal der Ulmer Rechtsmedizin. Das künstliche Licht der Neonröhren ließ die Stahltische und Instrumente besonders kalt und kühl erscheinen, vor allem das Klirren der Instrumente aber ließ einen frösteln.

Schielin kannte den Rechtsmediziner bereits von einigen früheren Fällen. Doktor Sücking war ein großgewachsener alter Mann und so knurrig wie knochig. Ein silberner Haarkranz schmückte den ansonsten kahlen Schädel. Er hatte bereits mit seiner Arbeit begonnen und mithilfe zweier Assistenten die Leiche entkleidet. Jedes Kleidungsstück wurde in ein eigenes Behältnis gegeben, Faser- und Wasserproben wurden dokumentiert und etikettiert – eine stille Arbeit, in die nur ab und zu das schrille Geräusch eines der Instrumente drang, wenn Sücking es auf dem Stahltisch ablegte.

Der nackte Leichnam, der da vor ihnen lag, hatte sehr wenig mit den Wasserleichen zu tun, die Schielin bisher untergekommen waren. Die Körperform war erhalten geblieben, die Haut glänzte gelblich, bis auf die dunkelvioletten Striemen, die wohl von Druckstellen herrührten. Die schwarzen lockigen Haare waren fast schulterlang. Es war ein kräftiger Körper, nicht sportlich trainiert, nicht dick, nicht schlank – normal eben, Mitteleuropäer. Ein wesentlicher Unterschied zu Toten, die schnell gefunden wurden, bestand jedoch: Es war kein Gesichtsausdruck mehr vorhanden. Schielin blickte in ein maskenhaftes Angesicht, das nichts mehr mitteilte, das kein letztes Erleben mehr, keinen letzten Reflex in einem zuordbaren Muster gespeichert hatte. Es war leer.

Schielin fragte lapidar: »Womit haben wir es zu tun?«

»Mit einer Leiche«, lautete die etwas gereizt klingende Antwort.

Schielin gab sofort Kontra: »Ah, man merkt sofort, Sie haben das studiert.«

Sücking lächelte, ohne aufzusehen. So etwas gefiel ihm.

»Am Telefon sagten Sie mir, es gebe Zeugen, die das Boot schon im Oktober unter Wasser gesehen haben wollen?«

Schielin bestätigte es: »Ja. Ein Kajakfahrer. Er hat es heute Vormittag wieder gesucht und dann das hier gefunden.«

»Und der Körper befand sich unter dem gesunkenen Boot, das im Schlick steckte?«

»Ja.«

Schielin holte das I-Pad hervor und zeigte dem Rechtsmediziner die Aufnahmen der Taucher, die sie vor der Bergung, als das Wasser noch klar war, von der Fundstelle gemacht hatten.

»Haben Sie eigentlich Ihren Esel noch?«, kam es plötzlich von Sücking. »Wie hieß er noch mal?«, er kicherte kurz. »Petrarca, nicht wahr?«

»Nein, Ronsard«, antwortete Schielin von dieser Frage überrascht.

Sücking lachte nun hell auf und sah zur Decke.

»Genau, Ronsard! So etwas Französisches war es. Ronsard ist auch nicht schlecht! ... Wenn mir Petrarca in den

Sinn kommt, assoziiere ich immer diese Erzählung über die Besteigung des Mont Ventoux – kennen Sie die?«

Schielin nickte.

»Da hat nicht erst die Tour de France kommen müssen, um die Gewalttätigkeit dieses Berges zu erfahren. Petrarca war da schon im vierzehnten Jahrhundert unterwegs. Und ganz komisch … ich sehe ihn in meiner Vorstellung immer mit einem Esel durch den Glutofen dieser kahlen Geröll- und Felswelt ziehen, seit ich von ihrem Esel weiß. Das muss an dem Namen liegen.«

»Ronsard heißt er«, wiederholte Schielin. »Noch ein Schuss mehr Romantik als bei Petrarca.«

Sücking beließ es dabei und wurde wieder sachlich: »Da, am linken Knie, hat er eine böse Wunde gehabt. Schon lange her, ist aber nicht richtig behandelt worden. Man hätte es nähen müssen, aber so, wie das aussieht, war es nur verbunden und ist wild zusammengewachsen. Na gut – und was den insgesamt verwunderlich guten Zustand der Leiche angeht, nach einer so langen Liegezeit im Wasser … das ist schon möglich. Schauen Sie, wie fest die Haut ist.«

Er drückte mit dem dickeren Griffende seines Skalpells auf die gelbliche Haut seitlich des Nabels.

»Ich vermute, Sie haben eine andere Erinnerung an Wasserleichen. Bei Ihnen am Bodensee hat man ja öfter damit zu tun als wir hier, weit entfernt von jeder Küste. Auf der Alb droben, da hängen sie sich im Stall auf und werden schnell gefunden, oder sie nehmen ein Bolzenschussgerät wie der Kerl von letzter Woche, der seit fast einem Jahr die Gummi-stiefel nicht mehr ausgezogen hat … welch ein Leid und so ein Ende … man kann es nicht fassen … ein Bauer … hat nach und nach alles verloren … alle Felder mit Hypotheken versehen und von Krediten gelebt … gar nicht mal faul gewesen, der Kerl … Misswirtschaft, Unfähigkeit, die falschen Freunde, vielleicht die falsche Frau in diesem Fall – zu lebenslustig für die Einsamkeit da droben …«

Er nickte, als wolle er sich selbst ermahnen, wieder zu der anliegenden Sache zurückzukehren.

»Nun ja – warum die Leiche nach einem dreiviertel Jahr unter Wasser noch so passabel aussieht, ist schnell erklärt. Das liegt an der sogenannten Fettwachsbildung. Ihre Entstehung ist an feuchtes Milieu gebunden, und von dem hatte er ja wirklich genug. Das Fettgewebe transformiert dabei durch chemische Umwandlung von Fettsäuren in eine feste panzerartige Schicht. So was kann auch mit Leichen geschehen, die in feuchten Lehmböden liegen. Im Wasser beginnt die Transformation der Haut etwa nach zwei Monaten. Voraussetzung ist kaltes Wasser. Die Gewebe werden dadurch langzeitig konserviert. Sie sagten, das Boot habe auf etwa vier Meter Tiefe gelegen?«

»Vier Meter etwa, ja. Exakt wissen wir es erst, wenn der Spurenbericht der Taucher vorliegt.«

Sücking wendete sich wieder dem Leichnam zu.

»Also das mit der langen Liegezeit unter Wasser kann durchaus sein, zumal der Körper vollständig unter dem Bootsrumpf eingezwängt war, wie man sehr schön an den blau eingedrückten Stellen an den Oberschenkeln und auf dem Rücken sehen kann. Und wo wir gerade beim Rücken sind: Es gibt da noch eine Überraschung, die sie als Kriminalisten sicher ganz besonders interessieren wird – vermutlich der für Sie entscheidende Befund …«

Schielin sah zu Lydia, die nun ganz nahe an den Tisch herantrat und sagte: »Überraschungen haben wir eigentlich nicht so gerne.«

Der Mediziner bedeutete seinen zwei Assistenten, den Leichnam auf den Bauch zu drehen.

»Wir haben mit der Öffnung der Leiche gewartet, um

Ihnen das zeigen zu können«, steigerte er die Spannung. »Dokumentiert ist es bereits.«

Es gluckste und blubberte, als der Körper gewendet wurde. Sücking wies mit dem Skalpell auf zwei kreisrunde, an den Rändern eingerissene Vertiefungen. Die eine war kaum zu erkennen, weil sie in einer der dunklen Hautvertiefungen am linken Schulterblatt lag, die andere trat deutlich hervor, etwa auf Höhe der linken Niere. Lydia Naber beugte sich über den Stahltisch und betrachtete die untere Wunde aus der Nähe. »Einschüsse!? Sind das Einschusslöcher!?«

Sücking nickte.

»Und keine Austrittsöffnungen«, stellte Schielin fest, der den vorderen Korpus genau betrachtet hatte. Diese Einschüsse – damit hatte er nicht gerechnet. Er war fest von einem Unglück ausgegangen, wenngleich ein sehr diffuses Gefühl ihn schon auf dem *Hecht* gewarnt hatte. Der Tote hier, von dem er zunächst meinte, er sei ertrunken, hatte zwei Einschusslöcher im Rücken … zwei Einschüsse … im Rücken … also von hinten erschossen. Lydia Naber war ebenso überrascht.

»Das gibt's doch nicht!«

»Anscheinend doch«, meinte Sücking betont nüchtern. »So wie es aussieht, wurde er mit einer Waffe von maximal neun Millimeter Kaliber, eher weniger, ich tippe auf siebenzwoundsechzig, erschossen. Beim oberen Einschuss habe ich mit der Messlehre nur zwei Zentimeter tief in den Schusskanal eindringen können, das Projektil steckt im Schulterblatt fest. Der untere Einschusskanal reicht tiefer. Genaueres dazu folgt noch. Die Kleidungsstücke weisen Konformität mit den Einschussstellen auf. Es handelt sich mithin also nicht um alte Wunden … muss man aber noch mal genau betrachten nach so langer Liegezeit.«

Lydia Naber stand nachdenklich vor dem Toten. Verrückte Dinge beschäftigten sie. Noch heute Vormittag waren ihr Sachen durch den Kopf gegangen, die ihr wichtig erschienen – gerade angesichts ihres Jobs, mit all den Toten, die ja nicht tot sein wollten. Ja, sicher war es von Bedeutung, die Dahlien rechtzeitig in die Erde zu kriegen, und das war es für sie auch noch angesichts eines Menschen, der tot vor einem lag und gewiss nicht hatte sterben wollen; es wurde durch den Tod dieses Menschen nicht weniger wichtig. Hatte dieser Mann hier einen Garten, hatte er eine Frau, die Dahlien pflanzte, hatte er überhaupt ein Zuhause, hatte er … jemanden? Wie war der Rhythmus seines letzten Jahres gewesen, das nur bis zum Oktober reichte?

Sie spulte die Vermisstenmeldungen des letzten Jahres ab. Es gab keine Beschreibung, die auf ihn gepasst hätte, nicht in Lindau, nicht in Friedrichshafen und auch nicht von der Landeshauptmannschaft in Bregenz oder der Kantonspolizei in Sankt Gallen. Nirgends wurde ein Mann mit dunklen Haaren, im Alter zwischen vierzig und Ende fünfzig vermisst. Sie holte ihr Handy hervor und ging kurz nach draußen. Sie musste Wenzel von der Neuigkeit berichten.

Doktor Sücking ging unaufgeregt und wie immer äußerst exakt seine Arbeit an. Er spielte geradezu mit dem Skalpell und ließ es gekonnt durch seine Finger gleiten – hin und her. Es sah beinahe leicht aus. Nur ein einziges Mal hatte er sich dabei geschnitten – tief und schmerzhaft. Es war kurz nach dem Tod seines Sohnes gewesen, als er wenige Wochen danach den gleichen Jahrgang vor sich auf dem Stahltisch liegen hatte – Figur, Haare, Gesicht – er war richtig erschrocken, als er damals in den Saal getreten und sein Blick auf den Toten gefallen war. Die Schnittwunde von damals war lange verheilt.

Heute hatte er Zeit. Selbst an diesem Freitagabend gab es nichts zu verpassen. Seine Frau war mit zwei Freundinnen zum Golfen gefahren, und da hätte er niemals dabei sein wollen. Er selbst hatte nichts Besonderes vorgehabt, trotz des schönen Wetters. Für die alte Neunhunderter BMW war den Sommer über noch genügend Zeit, und die zwei Enkel würden auch erst wieder in zwei Wochen zu Besuch kommen, wenn sie sein Ältester wieder für ein Wochenende haben konnte. Als der Anruf aus Lindau gekommen war, hatte er sich sofort bereit erklärt, die Obduktion zu übernehmen und den anderen dieses erste Sommererleben des Jahres zu gönnen; vor allem der jungen Schwarzhaarigen, deren Augen jedes Knistern verloren hatten, als die Nachricht von der Wasserleiche aus Lindau die Runde machte. An welchem Ort sie jetzt wohl war – und mit wem? Er hielt kurz inne und ging dann wieder seiner Arbeit nach.

Schielin lehnte am Fenster und folgte der Obduktion, während sich Lydia Naber am Nachbartisch mit einem Assistenten der Kleidung des Toten widmete. Vorsichtig durchsuchten sie die Taschen der Hose und die der Jacke. Ein Geldbeutel kam zum Vorschein. Sie schüttelte überrascht den Kopf.

»Unglaublich, wie gut der noch ausschaut nach bald einem Jahr im Wasser. Da habe ich schon üblere Dinger in der Hand gehabt, die noch in normalem Gebrauch waren.«

Der Assistent lachte – ein junger Kerl mit einem groben Piercing in der Unterlippe und einem fehlenden Schneidezahn oben rechts. Lydia versuchte, möglichst auf Distanz zu ihm zu bleiben. Er dozierte: »Auf keinen Fall jetzt schon versuchen, ihn zu öffnen. Da reißt sonst alles, weil er spröde ist. Ich würde ihn schockgefrieren und anschließend in der Mikrowelle sanft antauen. Unter gemäßigt warmer Luft – ein Fön wäre gut – wird er sich mit der Pinzette vorsichtig öffnen lassen.«

Sie sah ihn fragend an.

»Wie ... schockgefrieren?«

Er nahm den Geldbeutel und verließ den Raum. Sie folgte ihm.

Das Gesicht des Toten wurde derweil mit einer Kamera fotografiert, die fähig war, dreidimensionale Aufnahmen zu generieren. Damit konnten dem Gesicht unter anderem lebendigere Züge verpasst werden. Die Fingerabdrücke von vier Fingern waren verwertbar. Ein Zahnstatus wurde ebenfalls erstellt.

Am Ende stand Ertrinken als Todesursache fest. Keiner der beiden Einschüsse habe letale Wirkung gehabt, resümierte Sücking trocken.

*

Auf der Fahrt von Ulm zurück an den See war es Nacht geworden. Ein klarer Sternenhimmel spannte sich auf: der große Wagen im Westen, Kassiopeia gegenüber und der mächtige Schwan, der in Richtung Südwesten zog. Schielin saß schweigend auf dem Beifahrersitz. Lydia fuhr. Vor Memmingen sagte sie nachdenklich: »Ertrunken mit zwei Einschüssen im Rücken ... was soll man damit anfangen? Es muss ihn doch jemand vermisst haben.«

»Das denke ich mir auch schon die ganze Zeit. Mit dem Boot kommt man gut über den See. Er könnte von der Schweiz gekommen sein, aus dem Ländle oder von sonst wo«, grübelte Schielin.

»Ich habe die Vermisstenliste doch immer präsent«, sagte Lydia leise, fast so, als wolle sie sich selbst überprüfen. »Ein Kerl mit der Statur und den Haaren, der passt nirgends rein ... den hat niemand vermisst gemeldet, da brauche ich im Grunde gar nicht nachschauen.«

»Was ist mit dem Geldbeutel?«, fragte Schielin.

»Diese Assistenten da in der Pathologie sind schon hart drauf. Ich sage: Wäre schön, wenn wir einen Ausweis finden würden, da antwortet der ganz düster: *Der Ausweis von Toten ist der Totenschein – und den hat er jetzt.* Mir ist gleich ganz anders geworden, so allein mit dem Typen in dieser dunklen Kaschemme, ohhh«, sie schüttelte sich. »Und der Geldbeutel … schockgefroren; daheim werde ich ihn kurz in die Mikrowelle stecken und danach unter mäßig warmer Luft mit der Heißluftpistole sorgfältig auseinandernehmen …«

Schielin lachte.

»Daheim?«

»Na ja, auf der Dienststelle halt. Ein Personalausweis oder eine schweizerische Identitätskarte halten im Wasser ja ewige Zeiten. Vielleicht sind auch Quittungen, Notizzettel und so Zeug darin, und wenn wir Glück haben, lässt sich das ein oder andere noch entziffern. Wenigstens haben wir den Geldbeutel, wenn schon kein Handy, kein Auto- oder Wohnungsschlüssel … kann weggespült worden sein; vielleicht hatte er auch eine Tasche oder einen Rucksack dabei.«

»Wird ne lange Nacht für dich«, meinte Schielin.

»Ja schon, aber morgen werde ich ausschlafen und erst am Nachmittag kommen.«

»Brauchst du nicht. Wenzel hat ja Bereitschaft und hilft. Bleib zu Hause. Ich würde dich anrufen, wenn wir dich brauchen.«

Aus den Fenstern der Dienststelle leuchtete ihnen Licht entgegen. Wenzel war also noch da, und vielleicht auch Gommi. Beide hatten auf sie gewartet und empfingen die Heimkehrer im Gang, als sie in der nächtlichen Stille das markante knarzende Geräusch der alten schweren Holztür durch die Dienststelle dringen hörten. Gommi machte sofort Kaffee, und weder Schielin noch Lydia widersprachen. Die kleine Runde traf sich im Büro. Die Müdigkeit und Mattheit, die bisher durch die Anspannungen, die der Fall mit sich brachte, zurückgehalten worden waren, senkten sich nun auf sie herab. Gommis Kaffee brachte frische Energie.

»Was habt ihr?«, fragte Wenzel gierig.

»Eine Fettwachsleiche«, antwortete Lydia knapp.

Gommi schauderte. Er war etwas einsilbig geworden in letzter Zeit. Noch hatte Lydia nicht herausgefunden, was dahintersteckte.

Sie berichtete ausführlich und farbig von der Obduktion, um ihn noch mehr zu schrecken, und sagte dann bestimmt: »Und die nächste Autopsie machst du mit, Gommi. Wann warst du eigentlich das letzte Mal dabei?«

Er krümmte sich in seinem Stuhl.

»Ja bist du narrisch?! Ich könnt ja wochenlang nimmer schlafen!«

Sie lachte böse.

»Feigling.«

»Also des muss ja wirklich net sein. Aber des mit der Fettwachsleiche, des klingt ja so grausig auf der einen Seite, aber andererseits auch fast so ein wenig nach dem Ötzi, gell?«

Wenzel murrte: »Was redest denn du für einen Käse?!«

»Ja ich mein halt, wenn wir auch so eine konservierte Leiche haben wie den Ötzi, so ne Moorleiche halt, das interessiert doch die Leute. Manche fahren da ewig weit, um genau so was zu sehen – wegen dem Gruseln. Dann hätten wir neben den Psychos und Nobelpreisträgern noch eine andere Attraktion in Lindau.«

Lydia schüttelte sich angewidert.

»Gommi, du redest Schmarrn daher! Was hat unser Fall denn mit Ötzi oder einer Moorleiche zu tun?! Der Ötzi lag im Gletscher und unser Toter im Wasser. Weit und breit kein Moor.«

Gommi lenkte ein wenig ein: »Na ja, so ähnlich halt. Ich meine ja nur, wie viele Leute es gäbe, die richtig Geld dafür ausgeben würden, um so was zu sehen – dem Schrecken wegen.«

Wenzel wurde unwirsch.

»Niemand wird was sehen. Die Leiche wird beerdigt, so wie es sich gehört.«

Gommi war wie besessen von seiner unseligen und unsinnigen Idee.

»Ja denk doch nur mal an den Ötzi. Da stehen die Leute Schlange am Eintritt.«

Schielin unterbrach die Diskussion: »Ah, jetzt hör schon auf, Gommi! Wenn jemand Moorleichen sehen will, kann er ja mal in eine Stadtratssitzung gehen. Da ist der Schrecken sogar kostenlos.«

Wenzel lachte fies und setzte neu an: »Also, was habt ihr?«

Lydia Naber las von ihrem Notizblock ab: »Zwei Projektile. Siebenfünfundsechzig mal siebzehn. Klassische Munition für Selbstladepistolen. Wurden von John Browning entwickelt und sind auch als *Punkt-Zweiunddreißig-ACP* bekannt.«

Wenzel wiegte den Kopf.

»*Punkt-Zwounddreißig-Automatic-Colt-Pistol* – ein sehr weitverbreitetes Kaliber. Auf kurze Distanz ganz brauchbar, aber jenseits von zehn, fünfzehn Metern ist nicht mehr ganz so viel los. Da fehlt der Pfeffer.«

»Ja, ich würde so ein Ding auch nicht aus zwanzig Metern verpasst bekommen wollen«, giftete Lydia. »Rein pfeffermäßig wäre mir das immer noch zu viel«.

»Und sonst?«, fragte Wenzel unbeeindruckt weiter.

»Tja«, sagte Schielin. »Die erste Überraschung waren also die Einschüsse im Rücken, und bei der Obduktion gab es dann die zweite …«

»Ja und?«, fragte Gommi neugierig. »Was?!«

»An den Schüssen ist er nicht gestorben. Er ist ertrunken.«

»Phhh … was ist denn das bitte!?«, war alles, was Wenzel dazu sagen konnte. »Das ist ja ein blöder Fall – ein erschossener Ertrunkener, der ein ertrunkener Angeschossener ist.«

»Und was hast du rausbekommen?«, wollte Schielin nun wissen, dem das Boot wieder eingefallen war. Seit er den *Hecht* verlassen hatte, waren seine Gedanken allein um den Toten in diesem Fall gekreist, aber jetzt rückte dieses ominöse Fischerboot in den Mittelpunkt. Er trank einen Schluck Kaffee. Noch immer war er über diesen Fall verwundert. So etwas hatte er noch nie gehört, und wenn Kimmel und Funk am Montag wieder hier waren, würden sie sich ebenfalls verwundert die Augen reiben.

Wenzel blätterte in seinen Notizen und las vor: »Es handelt sich um ein stabiles und hochwertig verarbeitetes GFK-Boot aus der Schweizer Bootswerft *Cantiere Nautico Prosperi*; die haben ihren Sitz in Gandria am Luganer See. Vom Typ her ist es ein Fischerboot mit eingebautem Fischkasten. Man bezeichnet es da drunten im Tessin und wohl auch in Italien gemeinhin als *Gondola*, weil man mit dem Ding auch rudern kann. Auf unserem Boot waren aber keine Riemen vorhanden, und auch die Suche der Taucher danach hat dahingehend nichts erbracht. Diese *Gondola* hat einen sehr geringen Tiefgang von etwa zwanzig Zentimetern und ist demnach für die Flachwasserzonen bestens geeignet … bei uns am See eigentlich ein klassisches Boot für den Gnadensee rund um die Reichenau herum. Das Ding wiegt siebenhundert Kilo, was es für kleine Trailer verwendbar macht.

Wir haben weiterhin einen *Mercury*-Außenborder mit fünf-undzwanzig Pferdchen, Elektrostart und Einbautank geborgen. Gesteuert wird der Kahn mittels Lenkrad von der Mittelbank aus. Für uns interessant: Das Boot hatte einen Schaden, vermutlich durch Auffahren auf kantigen Fels. Das Leck war nur notdürftig geflickt, was bedeutet, dass es stark Wasser genommen haben muss während der Fahrt. Die von der Wasserschutz meinen, das Leck stamme nicht vom Untergang am Schachener Berg, denn da gebe es nur groben Kies, und ein solcher Schaden könne dadurch nicht entstehen.«

Er unterbrach seinen Monolog und wartete auf Fragen.

Schielin sah von einem zum anderen.

»Man sollte doch eigentlich wissen, dass das Boot, das man fährt, Wasser nimmt, oder etwa nicht?«

»Sollte man meinen, ja«, antwortete Wenzel und verlas die technischen Daten: »Das Baujahr ist neunzehnhundert-siebenundachtzig, Baunummer: zwölf siebenundsechzig, Länge: fünf Meter fünfzig, Breite: eins sechsundsiebzig, Platz für fünf Personen… tja, und nun das Wichtigste: Die Zulassung ist durch das Lindauer Landratsamt unter LI-12563 erfolgt. Ich habe noch keine Auskunft erhalten, die Info sollte aber morgen Vormittag vorliegen.«

Schielin fragte: »Bei uns ist doch über so ein Boot nichts bekannt, oder? Ich meine Diebstahl oder so.«

Wenzel schnaufte.

»Ich konnte noch nicht recherchieren, weil die in München wieder mal die Verbindung abgedreht haben. Die hauen da ja alle schon am Freitagmittag ab und hocken am Nachmittag bereits am Gardasee. Und vom Landratsamt habe ich keinen mehr erwischt, der mir direkt hätte Zugriff geben können… wir müssen warten… morgen früh dann eben.«

Schielin plante in Gedanken bereits den morgigen Tag.

»Okay, wir machen morgen weiter«, sagte er erschöpft und erhob sich.

Lydia Naber quälte sich aus dem Bürostuhl.

»Bevor ich einschlafe, mache ich mich noch an den Geldbeutel. Vielleicht wissen wir dann ja morgen, wer der ertrunkene Angeschossene ist. Jeder anständige Mensch hat doch einen Führerschein oder Ausweis im Geldbeutel, wie man meinen sollte.«

Lydia erklärte Wenzel und Gommi die Sache mit dem Schockgefrieren.

»Interessante Methode«, kommentierte Wenzel.

Dann packte sie die Plastikkiste, in denen sich der Geldbeutel befand, die Schuhe sowie die Jacke und Hose des Toten, und ging damit in den Keller. Die Klamotten musste sie zum Trocknen aufhängen. Das würde ganz schön muffeln. Schielin rief ihr noch ein »Gute Nacht!« in den Keller hinterher, das sie zwar zur Kenntnis nahm, aber unbeantwortet ließ.

Es wurde still im Gebäude, und nun traten die Geräusche der alten Mauern, Böden und Decken zutage, die im Geräuschpegel des Alltags stets untergingen. Lydia versank ganz in der kniffligen Arbeit, diesem zu einem Batzen verklebten Ledergeldbeutel einige Geheimnisse zu entlocken.

Erst weit nach Mitternacht war sie mit ihrer Arbeit zu Ende gekommen. Müde und nicht ganz zufrieden mit dem Ergebnis verließ sie das Gebäude. Drüben in der Polizeiinspektion brannte Licht. Ein Streifenwagen rückte gerade aus. Der Kollege rief ihr lachend aus dem Fenster zu: »Was'n los, Lydia? Brauchst du Überstunden!?«

Sie winkte kurz zum Gruß und fuhr durch die Nacht nach Hause.

Ganz langsam ließ sie den alten Peugeot auf dem Kiesstück vor dem Haus ausrollen und stieg aus. Die Wärme hatte sich gehalten, und es duftete süß. Die Katze kam sogleich angesprungen und schlich schnurrend um ihre Beine – ein herrliches Gefühl. Leise betrat sie das Haus, den sich rekelnden Gartentiger in ihren Armen. Es war still, nur die Küchenuhr tickte gnadenlos, Sekunde für Sekunde.

Ihr Körper fühlte sich so unendlich müde an und doch konnte sie unmöglich schlafen, denn in ihrem Kopf toste eine wilde Flut aus Bildern wie beispielsweise diese Landschaft, die auf einem Foto, das sie in dem Geldbeutel gefunden hatte, zu sehen gewesen war. Schon seltsam, wie gut sich manche Dinge erhielten, selbst wenn sie sehr lange Zeit unter Wasser gelegen hatten. Sie setzte sich in die Küche, trank ein Glas Wasser und kraulte die Katze auf ihrem Schoß. Gleich morgen nach dem Aufstehen würden die Dahlien Priorität haben, dachte sie und ging schließlich doch schlafen.

Sternenhimmel

Schielin hatte schlecht geschlafen. Ständig war er wach geworden, denn die Bilder des vergangenen Tages geisterten auch durch sein Innerstes: die Kollegen von der Wasserschutzpolizei in ihrer schweigsamen Aufgeregtheit auf den Booten draußen in der Bucht, die Taucher, die nur wenige Worte hatten und auch über Wasser mit den ihnen vertrauten Gesten kommunizierten – und nicht zuletzt dieser mysteriöse Tote, von dem sie noch nicht wussten, was ihn zu einem Bürger machte: sein Name. Die zwei Schusswunden im Rücken bereiteten Schielin Sorgen. Es wäre schon schwierig genug gewesen, wenn sie es mit einem Ertrunkenen zu tun gehabt hätten – aber nun?

Gleich nachdem die Sonne über die Bergrücken geblinzelt hatte, zog eine kühle Brise durch die Bäume vor dem Haus und ließ das Laub hell rauschen, ganz ohne kratzenden Ton; jung und frisch eben, wie nur die sattgrünen Blätter im Mai singen konnten.

Er stand leise auf und versuchte, Marja dabei nicht zu wecken, machte einen Kaffee unten in der Küche und duschte möglichst kalt, um die wirren Bruchstücke der Nacht aus dem Schädel zu bekommen. Dann marschierte er zur Weide hinüber und schauderte wieder über das ihm nach wie vor fremde Bild, das sich ihm dort bot: Im letzten Herbst, gleich Anfang Oktober, hatte ein wilder Sturm den alten Birnbaum gebrochen. Einer der zwei Hauptäste war morsch gewesen und hatte dem Druck der Böen nicht mehr standhalten können. Es war in der Abenddämmerung geschehen, und Schielin hatte das klagende Geräusch noch im Ohr, wie über allem Tosen der schwere Ast brach und den Stamm auseinanderriss. Bis ins Haus hinein war es zu hören gewesen. Ein paar Tage darauf hatte er das Holz mit seinem Nachbarn Albin Derdes beseitigt und den Wurzelstock ausfräsen lassen. Gleich im Frühjahr pflanzten sie an gleicher Stelle einen jungen Baum, wobei es gar nicht so einfach gewesen war, die alte Sorte zu bekommen – Hochstamm, Graubirne. Nun stand ein zwei Meter hoher Jüngling mitten auf der Weide, der durch einen stabilen Zaun vor den Friesen und vor allem vor Ronsards Gefräßigkeit geschützt war. Das vertraute Bild von Ronsard, wie er seinen für einen Esel mächtigen Leib an den alten Stamm drückte und seine Mehlschnauze aus dem Schatten des Blätterdachs hell hervorleuchten ließ, würde es nicht mehr geben.

Schielin entdeckte ihn ganz hinten am Waldrand, wo einige Erlen- und Eichenäste weit überhingen und ein natürliches Dach bildeten. Ronsard kam gemütlich angetrippelt und hängte den Kopf weit über den Weidezaun, um sich hinter den Ohren und am Nasenrücken kräftig kratzen zu lassen. Heute war leider keine Zeit für eine Wandertour, aber vielleicht würde es sich die nächsten Tage ausgehen. Schielin kraulte und tätschelte ihn, während er von dem unbekannten Toten, der so lange im Rumpf eines Bootes unter Wasser gelegen hatte, erzählte.

Einige Stunden nach seinem Besuch bei Ronsard hockte er im Büro und ging die Unterlagen durch. Das Foto des Toten war an die österreichischen Kollegen in Bregenz und die schweizerischen in St. Gallen gegangen, ebenso nach Konstanz und Ravensburg. Mit allen Dienststellen hatte er bereits telefoniert und die eigenartigen Umstände des Falles geschildert und dabei stets das Gefühl bekommen, seine Gegenüber waren froh, mit der Sache nichts zu schaffen zu haben. Sein Freund Walter Lurzer vom LKA in Bregenz wusste nur von einem Einsiedler bei Kennelbach zu berichten, der im letzten Sommer eine Zeit lang in einer Hütte an der Bregenzer Ach gehaust hatte. Der Arbeiter, der den Wanderpfad entlang der alten Eisenbahntrasse mit der Motorsense freihielt, hatte der Polizei davon berichtet. Lurzer war selbst vor Ort gewesen und hatte sich die Hütte aus Zweigen, Ästen und Plastikfolien angesehen. Den Typen selbst hatte er allerdings nicht zu Gesicht bekommen, und im Herbst war er dann verschwunden. Eine genauere Beschreibung des Mannes lag nicht vor.

Lydia Naber hatte Schielin eine Notiz hinterlassen: Sie würde am Nachmittag kommen, um an ihrer Auswertung des Geldbeutels weiterzuarbeiten, und habe bislang kein Papier finden können, welches die Identität des Toten preisgebe. Die extrahierten Einzelteile hingen noch im Keller und mussten trocknen. Er war gar nicht nach unten gegangen, um sich das Zeug anzusehen.

Wenzel war am Vormittag gekommen und fluchte laut herum, weil der Zugriff auf die Bootsdatenbank immer noch nicht funktionierte. Er klapperte nervös mit dem Schlüssel des ebenso klapprigen Passats, der sich Dienstwagen schimpfte, herum und wollte nun versuchen, einen Sachbearbeiter des Landratsamts zu erwischen, um endlich die Daten des Bootshalters zu erfahren. Das war bisher der einzig brauchbare Ansatz, den sie in der Sache verfolgen konnten. Schielin rief ihm in den Gang nach: »Und zu der Zulassung haben wir in unseren Datenbanken nichts... nicht gestohlen gemeldet, kein Unsinn damit getrieben worden – rein gar nichts?«

»Nein«, kam die Antwort aus der Ferne.

Das war wirklich seltsam – und die Frage, die er Wenzel nachgerufen hatte, so unhöflich wie überflüssig. Denn gerade Wenzel hatte mit Sicherheit alles getan, um an Informationen zu kommen. Er musste achtgeben, denn es waren seine Gedanken gewesen, die hier hörbar geworden waren. Zum Glück war Wenzel keine Mimose.

Schielin ging nachdenklich zurück an seinen Schreibtisch. Es war ihm nicht neu, dass Menschen verschwanden und niemand sie vermisste. Ja, es war traurig. Für einen Moment keimte gar das Gefühl in ihm auf, bei Dingen verhielte es sich anders. Auto, Motorrad, Boot – ja selbst Fahrräder hatten *jemanden*, der sie vermisste, wenn sie verschwanden. Sogar an den heruntergekommensten Drahteseln hingen die Herzen ihrer Besitzer. Nun gut – bei dem unglücklichen Toten konnte es sich durchaus um den Bootshalter handeln. Wenn auch keine Menschenseele weit und breit ein Herz für ihn schlagen ließ, so hatte er doch wenigstens ein Boot besessen. Es könnte schnell gehen, wenn Wenzel die Daten hatte. Mit der Identität des Eigentümers kämen sie einen erheblichen Schritt weiter. Reine Formsache. So, wie die Dinge lagen, war ein einsamer Mensch mit seinem Boot im See versunken. Niemand vermisste ihn, niemand das Boot. – Seine Selbstberuhigung wäre fast erfolgreich gewesen. Doch drängten sich nun die Bilder von den Einschüssen im Rücken in seine Vorstellung – und die passten einfach nicht in das Geschehen.

Er hörte auf, zu sinnieren und begann, alle bisher bekannten Daten und Fakten in einem ersten Bericht zusammenzustellen. Am Montag würden nicht nur Kimmel, Funk und Jasmin Gangbacher diese Informationen brauchen, sondern auch die Staatsanwaltschaft würde sich wie immer nervig neugierig zeigen, und am Ende könnte da wieder einer dieser ehrgeizigen Referendare hocken. Er tippte schnell: die Daten des Bootes, die verwendete Munition und die Angaben des verrenteten Duisburger Paddlers aus Lochau, der das Boot am sechzehnten Oktober des vergangenen Jahres entdeckt hatte.

Schielin kam ins Überlegen und klickte auf den Kalender, dessen Anzeige er auf den Oktober des letzten Jahres stellte. Der sechzehnte Oktober war ein Mittwoch gewesen. Und am Wochenende zuvor hatte dieser brutale Sturm gewütet, der seinen Birnbaum erledigt hatte. Vielleicht hatte der Sturm ja auch etwas mit der Sache zu tun? Konnte sein.

Er tippte weiter; nun die vorläufigen Ergebnisse der Obduktion und die Personenbeschreibung: mitteleuropäischer Mann, um die fünfzig, schwarze lockige Haare, ungepflegte Erscheinung, eins einundachtzig groß, etwa fünfundachtzig Kilogramm schwer, Schuhgröße: fünfundvierzig, Größe der Jeans, eine *Levis 501*, achtunddreißig-vierunddreißig, Schuhe von *Ecco* – ausgetreten, eine *Vaude*-Trekkingjacke mit Fleeceinnenfutter, Größe: sechsundfünfzig, mit zwei Einrissen am rechten Oberarm und am Rücken.

Über Mittag fuhr er mit dem Fahrrad hinunter ans Giebelbachufer und sah hinaus auf das blaue Wasser, das erregter wogte als bei der Bergung gestern. Ein leichter Wind zog von Westen her. Hinter dem Lindenhofbad war eine Reihe glänzend weißer Segel auszumachen. Schielin lehnte am schmiedeeisernen Gitter des Zauns, der das Aussichtsplateau hinter dem Aeschacher Bad umgab. Von wo konnte das Boot gekommen sein? So, wie es am Grund gelegen hatte, zeigte der Kiel zwar in Richtung Bahndamm, doch das war kein verlässliches Indiz; es hatte sich beim Sinken ganz sicher gedreht. Von der Größe her – die Breite von unter zwei Meter –, da hätte es gut die zwei Durchlässe im Bahndamm durchfahren können. Soweit er sich erinnerte, hatte der See im letzten Oktober keinen zu hohen oder zu niedrigen Wasserstand gehabt, was einer Durchfahrt entgegengestanden hätte. Das Boot konnte demnach auch von Lindau her gekommen sein, vom kleinen See, und sich auf dem Weg am Ufer entlang in Richtung Wasserburg befunden haben. Oder er wollte in die Schweiz fahren. Aber das alles mit zwei Schusswunden im Rücken? Wie konnte man so schwere Verletzungen aushalten? Das abschließende Gutachten der Obduktion würde das beantworten, und vielleicht auch die Frage, ob der Mann beim Sinken des Bootes bewusstlos gewesen war oder das ganze Drama bei voller Besinnung erleben musste. Ein Handy hatte man nicht bei ihm gefunden; er konnte auch keines dabei gehabt haben, denn dann hätte er doch einen Notruf abgesetzt. Das tat man doch, wenn auf einen geschossen wurde oder ein Boot zu sinken drohte – eins, eins, null! Nein, ein Handy konnte er nicht dabei gehabt haben.

Schielin stöhnte. Es ging eben nichts über eine schöne Beziehungstat – Ehemann erschlägt Ehefrau, Ehefrau vergiftet Ehemann. Da hatte man eine klare Motivlage, eindeutige Spuren und meistens Geständnisse. Beziehungen – das Paradies für Ermittler, Anwälte und Therapeuten.

Eine Radlergruppe rauschte an ihm vorbei: E-Bikes. Nun hockten sich auch Leute auf Fahrräder, die das jahrzehntelang nicht mehr getan hatten, und entsprechend gefährlich ging es entlang der Uferwege am Bodensee inzwischen auch zu: Rennradler trafen auf E-Biker und diese auf Spaziergänger – und alle auf Anwohner. Erst neulich war ihm wieder so eine Truppe auf dem Radweg nach Bregenz begegnet. Der Reiseleiter fuhr hinterher und filmte den Wahnsinn mit einer Helmkamera. Die Welt war dabei, verrückt zu werden – alles musste inzwischen gefilmt werden. Wer sah sich das Zeug denn an? Leute, die ihre Zeit mit *Youtube* und den Erlebnissen anderer Menschen totschlugen? Sein Freund Walter hatte ihm vor Kurzem erzählt, es sei unmöglich gewesen, durch das Eriskircher Ried zu spazieren, weil man aus allen Richtungen von wild gewordenen E-Bikern niedergefahren worden sei, die während der Fahrt fotografiert und gefilmt hätten.

Er radelte über den Bahndamm und fuhr quer über die Insel hinüber zum Jachthafen. Auf dem Platz vor dem alten Rathaus dominierte heute Italienisch, und drunten am Brettermarkt setzte sich gerade eine koreanische Reisegruppe in Richtung Hafen in Bewegung.

Das geborgene Boot stand festgeschnallt auf einem Trailer vor der Bretterbude der Wasserschutzpolizei. Die Oberseite war mit einer notdürftig verspannten Persenning abgedeckt. Er ging einmal drum herum. Beachtlich, was einfache Fischerboote aushielten. So schlecht sah es außen gar nicht aus. Vorne, direkt unter dem Kiel, klaffte ein mehr als handflächengroßes Leck. Es sah aus, als hätte jemand mit einem Fäustel hineingeschlagen. Vom Loch aus setzte sich nach hinten ein Riss von etwa vierzig Zentimetern Länge fort. Schielin kniete unter dem Bootsrumpf und überlegte, was zu diesem Schaden geführt haben konnte, als er aus seinen Gedanken gerissen wurde.

»Muss ganz schön gerumst haben!«

Es war einer der Wasserschutzpolizisten, die gestern bei der Bergung mit draußen gewesen waren. Schielin kroch etwas zurück, um sich den Kopf nicht anzuschlagen, und begrüßte ihn.

»Tja, aber wo könnte es gerumst haben?«

»Da draußen, wo es gelegen hat, auf keinen Fall«, antwortete der Polizist, ging in die Hocke und deutete auf das Loch. »Das muss auf einem Felsstück passiert sein. Das Boot ist aufgefahren, und zwar mit Schmackes. Der Rumpf ist vollständig eingedrückt und gerissen. Das könnte gut vor einem Hafen geschehen sein. Manchmal sind da Felsblöcke als Wellenschutz aufgeschichtet.«

»Und wo ist das so?«

»Oh je, das wäre eine lange Liste, wenn ich die Häfen am See so durchgehe. Damit kommen wir nicht weiter. Interessant ist aber, dass man versucht hat, den Schaden provisorisch zu reparieren.« Er zeigte auf einige Klebespuren rund um das Leck. »Da hat jemand amateurhaft rumgeklebt. Dem ging es wohl nicht um eine vollständige Reparatur, sondern nur darum, zu verhindern, dass das Boot Wasser aufnimmt. Meiner Meinung nach sollte es sich damit erst mal nur auf dem Wasser halten, bis eine richtige Reparatur möglich war.«

»Aber für das Provisorium musste das Ding doch auch erst mal aus dem Wasser genommen werden«, stellte Schielin fest.

»Richtig.«

»Dann hätte man es doch aber gleich draußen lassen können.«

»Vielleicht gab es keinen Stellplatz, und der Termin mit der Werft war nicht so schnell möglich. Also abkleben und wieder rein in die Brühe. Das hält schon ne Weile, wenn es am Liegeplatz festgemacht ist … allerdings nicht, wenn man damit losfährt.«

»Ahh. Das ist wirklich interessant«, meinte Schielin.

»Kann man oben reinsehen?«, fragte er.

»Klar doch, da gibt's aber nichts Interessantes. Ihr kommt doch noch zum Spurensichern, oder?«

»Ja. Sofern man von Spuren reden kann.«

Schielin radelte zurück nach Aeschach. Auf der Seebrücke kamen ihm Trauben von Menschen entgegen, die den Zauber der Inselstadt erleben wollten. Blieb zu hoffen, dass sie den Slalom zwischen Werbetafeln und Verkaufsständern überstehen.

Lydia saß gut gelaunt im Büro, als er ankam.

»Was machst du denn schon hier?«, fragte er und bemühte sich, es freundlich klingen zu lassen.

»Ach, ich war früher wach, als ich gedacht hätte, und erstaunlicherweise putzmunter. Mein Liebster hat heute gütigst darauf verzichtet, am frühen Morgen mit dem Luftdruckstemmeisen herumzuwerkeln. Das Ding macht einen Höllenlärm. Er ist mit dem kleinen Kotzbrocken zum Einkaufen gefahren; da konnte ich in aller Ruhe frühstücken, Zeitung lesen und meine Dahlien vergraben – was sollte ich danach noch zu Hause? Am Ende hätte ich noch angefangen, zu putzen, aber es ist – Gott sei es gelobt – kein Besuch am Horizont erkennbar.« Sie senkte ihre Stimme. »Ich kriege den Typen einfach nicht aus dem Kopf.«

»Ging mir auch so. Schade, dass wir keinen Ausweis gefunden haben. Aber das volle Programm läuft – DNS, Fingerabdrücke, Zahnstatus, Gesichtserkennungssoftware – da muss doch was bei rauskommen, und über die Zulassung des Bootes werden wir schon auch zum Ziel kommen. Wenzel ist bereits an der Sache dran.«

Lydia stimmte ihm beiläufig zu: »Jaja, sicher …«, und fragte ihn dann mit einer gewissen Spannung: »Warst du drunten im Keller und hast dir das Zeug angesehen?«

Schielin schüttelte den Kopf und hoffte, sie würde nicht eingeschnappt sein. »Nein, habe ich nicht, nachdem ich deine Notiz gelesen hatte.«

Sie stand auf.

»Ich hol es mal hoch. Es ist inzwischen bestimmt gut getrocknet. Diese Raumentfeuchter leisten wirklich gute Arbeit.«

Wenige Minuten später kam sie mit zwei Plastikschalen, in denen sich Papierfetzen befanden, die Treppe wieder hinauf.

»Man glaubt ja gar nicht, was sich alles in Geldbeuteln befinden kann. Das ist ja wirklich die Handtasche der Männer.«

Schielin warf einen verdrossenen Blick auf die Plastikschalen.

»Papierkram, nichts als Papierkram. Ein Ausweis, Führerschein oder eine EC-Karte... Kreditkarte – das hätte drin sein sollen!«, schimpfte er.

»Ja, du hast recht. Ungewöhnlich, nicht?«

Sie fuhr mit den Fingern durch die Plastiktütchen, in denen jedes einzelne Stück archiviert war, und suchte etwas Bestimmtes.

»Etwas fand ich aber dann doch interessant... viel Geld hatte er im Übrigen nicht dabei... siebenundvierzig Euro und ein paar Zerquetschte... herrje!... wo ist es denn, dieses Foto...?«

Vom Eingang her war Wenzel zu hören. Er telefonierte und kam mit schnelleren Schritten als üblich den Gang entlang zum Büro. Lydia stoppte ihre Suche.

»Ich hab was!«, sagte er, als er im Türrahmen erschien. »Mein Auftauchen hat zwar keine große Freude beim netten Herrn vom Landratsamt ausgelöst, aber wir wissen jetzt, wem die *Gondola* mit der Zulassungsnummer LI-12563 gehört.« Er zückte theatralisch sein Notizbuch und las den Namen ab: »Edgar Kutz heißt er, wohnhaft in Nonnenhorn... habe schon versucht, ihn anzurufen, es geht aber keiner ran.«

»Das sollte man erwarten, denn er liegt vermutlich in einem Kühlfach in Ulm«, sagte Schielin trocken. »Mit zwei Einschüssen im Rücken.«

»Ah, du meinst der Tote und der Bootsbesitzer sind identisch?«, fragte Wenzel.

»Im Moment müssen wir doch davon ausgehen, oder besser gesagt: Alles spricht dafür.«

Lydia stand auf und gab zu bedenken: »Na ja – bislang wissen wir ja nur, dass das Bötchen auf Herrn Kutz zugelassen ist. Fahren wir doch raus zu ihm und schauen wir uns seine Wohnung an, sein Haus, seine Villa... was auch immer. Da sollte seit längerer Zeit nicht mehr geputzt worden sein, denke ich.«

Wenzel blieb auf der Dienststelle zurück. Es reichte ja, wenn zwei nach Nonnenhorn rausfuhren. Er stöberte eine Weile in den Plastiktüten auf Lydias Schreibtisch. Was manche Leute doch für ein Zeug in ihrem Geldbeutel hatten?!

*

Die kurze Strecke nach Nonnenhorn war schnell zurückgelegt. Etwas länger dauerte es dann, die Adresse von Edgar Kutz ausfindig zu machen. Schielin war der Meinung gewesen, zu wissen, wo die Straße sei, kurvte dann aber doch kreuz und quer durch Nonnenhorn, während Lydia über die alten Karren, die sie fahren mussten, schimpfte und darüber, wie wenig Kimmel als Chef dafür tat, ihre Dienststelle mit einem neuen Auto auszustatten – mit Klimaanlage und Navi und Radio, so, wie es sich heutzutage gehörte.

»Da ist es«, rief Schielin nach der kleinen Rundfahrt und bog in einen stillen Seitenweg ein. Schmucke Einfamilienhäuser im Siebzigerjahre-Stil säumten den sanften Hang rechts des Weges. Gepflegte Vorgärten überbrückten das ausgedehnte Stück bis zu den Häusern. Auf der gegenüberliegenden Straßenseite zogen die Spaliere von Weinreben in Richtung Süden und wiesen auf die in der Ferne spiegelnde Seefläche.

»Nette Wohnlage, Herr Kutz«, meinte Lydia und sah Schielin verwundert an. Der blieb einsilbig und ließ nur ein skeptisches »Mhm« hören. Kaum vorstellbar, dass jemand aus einem dieser Häuser über Monate verschwinden konnte und sich niemand aus der Nachbarschaft Fragen darüber stellte und nicht doch irgendwann zur Polizei ging. Er parkte vor der Hausnummer fünfzehn. Vier Steinstufen führten zum Gartentor des Anwesens. Am Betonpfosten, in dem das schmiedeeiserne Tor verankert war, war auf einer kleinen Bronzetafel der Name *Edgar Kutz* eingraviert. Hinter einem erodierten kreisrunden Lochsieb über der Klingel musste ein Lautsprecher verborgen sein. Schielin klappte den Deckel des Briefkastens hoch: leer. Die zwei Ligusterhecken, welche die Gartenfläche und das Nachbargrundstück vom Weg abtrennten, waren akkurat geschnitten.

»Wer auch immer hier lebt und Edgar Kutz heißt – tot scheint er nicht zu sein«, kommentierte Lydia Naber diese erste Inspektion. »Was machen wir?«

Schielin raunte ihr zu: »Wir stellen die Fragen, die zu stellen sind … ganz einfach. Und von dem Toten erzählen wir erst mal nichts. Er dürfte eigentlich auch nichts von ihm wissen, denn in der Zeitung stand bisher ja nur eine kurze Notiz von einem Wrack vor der Insel. Es reicht, wenn die Presse morgen oder übermorgen von dem Toten erfährt. Da ist es dann schon auch nicht mehr interessant, weil das Gerede und Geschwätz wie immer schneller waren.«

Lydia war einverstanden, und Schielin drückte dreimal hintereinander auf die Klingel. Sie lauschten. Da, wo sie standen, war von einer Hausglocke nichts zu hören. Das Haus war zu weit entfernt. Schielin drückte die Klinke des Tores nach unten. Es war offen. Im gleichen Moment rauschte es im Lautsprecher.

»Hallo!?«

Lydia sagte laut: »Kripo Lindau. Wir müssten mit Herrn Edgar Kutz sprechen. Sind Sie das?«

Nach einer kurzen Pause kam es zurück: »Es ist offen, kommen Sie hoch.«

Na, so hoch ist es nun auch nicht, dachte Schielin und sah

zur Eingangstür. Die Stimme hatte harsch geklungen. Sie hätte nicht zu dem Toten gepasst, fand er.

An der Haustür erwartete sie ein Mann mit langer, hagerer Gestalt. Er trug eine beige Stoffhose und braune Lederschuhe. Der Gürtel war bis zum letzten Loch über die Hüfte gespannt, faltete den Bund und hielt den Stoff am zähen Leib; das blau-rot karierte Hemd war ausgewaschen und wirkte viel zu groß. Sein schütteres dunkles Haar glänzte feucht und war streng nach hinten gekämmt, wodurch seine Hakennase und die tiefliegenden Augen noch stärker auffielen. Seine linke Hand hielt die Türklinke fest umgriffen, was Schielin verzichten ließ, ihm die Hand zum Gruß zu reichen. Stattdessen zeigte er ihm seinen Dienstausweis, auf den der Hagere jedoch nur einen flüchtigen Blick warf. Seine Augen waren wach und wechselten schnell zwischen Schielin und Lydia Naber hin und her.

»Was ist?«, fragte er unfreundlich.

»Sind Sie Herr Edgar Kutz?«, fragte Schielin.

»Ja, der bin ich.«

»Dann möchte ich Sie bitten, mir Ihren Ausweis, Reisepass oder Personalausweis vorzulegen, damit wir Ihre Identität für unsere Ermittlungen überprüfen können.«

»Welche Ermittlungen denn?«, fragte er ärgerlich.

Schielin antwortete provozierend: »Kriminalpolizeiliche Ermittlungen.«

Edgar Kutz fixierte ihn mit einem strengen Blick und konnte die Unentschlossenheit nicht verbergen, die ihn erfasst hatte. Es war ihm anzusehen, wie er abwog, ob er der Aufforderung folgen sollte oder nicht. Er lenkte ein.

»Mhm, ach so … Kriminalpolizei also …«

Lydia Naber übersah vom Treppenabsatz aus den Garten. Sie registrierte ausschießende Buchsbüsche, die nach alter Art die Gemüsebeete rahmten; es gab alte Rosenbüsche, die kurz vor der vollen Blüte standen, und lange Lilienstängel, die ihre leuchtend gelben Blüten der Sonne entgegenreckten. Auch andere Stauden blühten schon. Im unteren Teil stand ein Kirschbaum. Dem Garten war noch die Ordnung anzusehen, die sein Planer einst erdacht hatte – ein System von Blütenfolgen und Sichtachsen. Dieses Gleichmaß jedoch war mangels Pflege dabei, zu verwischen. Der Rasen wurde zwar kurzgehalten, doch der Buchs war seit mindestens einem Jahr nicht mehr geschnitten worden, und in den Rosenbüschen entdeckte Lydia Altholz; auch die Stauden würden bald wild ineinander wuchern. Sie reckte den Hals, um mehr erkennen zu können. Der Blick von der Terrasse aus musste paradiesisch sein: im Vordergrund der Garten, leicht abfallend, dann der Weinberg jenseits der Straße und dahinter die Fläche des Sees und die hoch aufgerichteten Berge – großes Theater für denjenigen, der es erkennen und genießen konnte. Früher einmal hatte sich jemand um dieses Anwesen gekümmert. Dieser Edgar Kutz tat es offensichtlich nicht, oder nicht mehr.

Der war gerade zur Seite getreten, stieß die Tür auf und bat die beiden herein.

Es war kühl im Hausgang. Er führte sie ins Wohnzimmer, wo sich Schielin und Lydia Naber wie ein altes Ehepaar nebeneinander auf die abgenutzte Couchgarnitur hockten und still verfolgten, wie Kutz zum Wandschrank ging, eine Schublade öffnete und mit seinem Personalausweis zurück an den Tisch kam. Er setzte sich steif auf den abgewetzten Sessel, ohne Schielin dabei aus dem Blick zu lassen. Der nahm das Dokument zur Hand, las es, drehte es um und notierte Namen und Geburtsdatum. – Er musste seine Enttäuschung verbergen.

»Die Adresse hinten ist überklebt mit dieser hier. Sie

wohnten bei Ausstellung des Ausweises vor vier Jahren also noch woanders?«

Die Feststellung und Frage des Polizisten irritierten Kutz.

»Ja ... und?«

»Wo wohnten Sie damals?«, fragte Schielin sachlich.

»In Biberach. Ich bin vor knapp zwei Jahren hierher gezogen.«

»Allein?«, fragte Lydia Naber und ließ ihren Blick an ihm vorbei durch den Raum wandern. Diesmal brauchten seine Augen länger, um sich ihr zuzuwenden.

»Ja, allein.«

Sie hatte inzwischen das Mobiliar genau in Augenschein genommen. Das ganze Zeug – Wandschrank, Couchgarnitur, Kommode, Tisch, Lampen, Vorhänge –, es war uralt. Was Vorhänge, Teppiche und Tapeten anging, stammte es unstrittig aus den Siebzigerjahren, als die knalligen, luziden Farben der LSD-Trips bereits Vergangenheit waren und erdige Töne allerorten die Stimmung trübten: mattes Moosgrün auf modrigem Braun, von schmutzigem Rot umzogen – die visuelle Katerstimmung nach den Flower-Power-Explosionen. Er war nicht für diese Einrichtung verantwortlich. Sie schüttelte sich innerlich: So lange in den alten übernommenen Möbeln leben – wie sah wohl die Küche aus, und das Bad? Sie fragte freundlich interessiert: »Sie haben das Haus gekauft?«

Er stutzte.

»Nein, ich habe es geerbt ... von meiner Tante.«

»Mhm, von Ihrer Tante, ach so ...«

Schielin fragte schnell: »Was sind Sie bitte von Beruf, Herr Kutz?«

Die Frage war seinem Gegenüber sichtlich unangenehm, denn er schlug nun die Beine übereinander und fuhr sich mit der Hand über die Stirn, bevor er antwortete. Es klang auch nicht sicher und überzeugt, wie er sprach, sondern eher fragend.

»Kaufmann, ich bin Kaufmann.«

»Und wo sind Sie beschäftigt?«

»Ich bin selbstständiger Kaufmann.«

Schielin blieb dran.

»Ah ja, das ist interessant. Haben Sie ein Geschäft, oder wie muss man sich das vorstellen, wenn man als selbstständiger Kaufmann arbeitet?«

»Oh, ich … also, was ich mache, hat nichts mit Endkunden zu tun. Ich vermittele eher Geschäfte zwischen Firmen in Deutschland und im Ausland, das sind ausgenommen Geschäftskunden, wenn Sie verstehen …«

»Mhm, ja. Haben Sie irgendwo noch Büroräume oder arbeiten Sie hier?«

»Ich habe hier genügend Platz für mein Büro. Es ist oben … nur … ich verstehe Ihre Fragen nicht so recht … ich meine … Sie wollen sehr viel von mir wissen, und ich weiß überhaupt nicht, worum es eigentlich geht … Sie kommen einfach ohne Anmeldung hierher in mein Haus, verlangen meinen Ausweis und sagen nicht, was eigentlich los ist … ich meine, das geht doch nicht.«

Schielin lächelte ihn an. Er hatte ja nicht unrecht.

»Es geht um ein Boot, Herr Kutz, es hat die Zulassungsnummer LI-12563 und ist auf Sie zugelassen. Darum sind wir gekommen, um das zu überprüfen.«

Kutz lehnte sich sichtlich entspannt zurück, und seine Stimme klang erleichtert.

»Ach so, wegen dem Boot sind Sie hier … ja sagen Sie das doch gleich! Wo haben Sie es denn gefunden?«

Schielin ging auf seine Frage nicht ein.

»Haben Sie es denn vermisst, Herr Kutz?«

»Ja sicher habe ich es vermisst, und wie ich es vermisst habe!«

»Seit wann denn?«, fragte Lydia.

»Oh je, das ist schon eine ganze Weile her. Seit letztem Jahr … seit letztem Jahr vermisse ich es, da war es plötzlich verschwunden … ich glaube, es war im Herbst.«

»Wann genau im Herbst?«, hakte sie nach.

Er stand abrupt auf und ging hinüber zum Wandschrank, wo er diesmal eine andere Schublade öffnete und darin kramte. Schielin nutzte es, um das Wohnzimmer zu inspizieren. Ihm war die Stereoanlage aufgefallen – zwar alt, aber sehr gut. In einem Fach im Wandschrank standen Langspielplatten. Das Cover der vorderen LP zeigte Sir Georg Solti. Er kannte die Aufnahme des Rings mit dem *London Symphony Orchestra*: Wagner, Siegfried. Im offenen Fach darüber lagen ein paar CDs. War Kutz es, der Wagner hörte, oder hatte die Tante in den ausufernden, wilden, beseelten Harmonien des Sachsen geschwelgt?

Lydia griff derweil nach dem Ausweis, der noch auf dem alten Fliesentisch lag, und las die Daten. Der Kerl war gerade mal fünfzig. So, wie er aussah, hätte sie ihn locker auf sechzig plus geschätzt. Eine seltsame Type, dieser Edgar Kutz. Bisher war er irgendwie ängstlich gewesen. Erst als das Boot ins Spiel kam, wurde er gelöster, und diesmal suchte er auch viel energischer in dieser Schublade.

»Ah … immer dann, wenn man etwas dringend braucht, muss man danach suchen, suchen, suchen … erst neulich hatte ich es doch noch in der Hand, als das neue Boot geliefert wurde … entschuldigen Sie bitte … gleich.«

Lydia Naber sah sich noch einmal im Raum um. Sie suchte etwas Bestimmtes – Fotos. Auf der Kommode gleich neben der Tür standen keine Fotorahmen, wie es eigentlich üblich war, aber an der Wand darüber hing ein Bild. Eine Frau war darauf zu sehen – ein Typ *Tante Hilde*, wie Lydia fand. Sie war ungefähr Mitte siebzig, hatte eine graue Dauerwelle, trug eine beige Bluse, darüber ein dunkles Jackett, Perlenohrringe und eine schlichte Brosche am Revers – und sie schickte einen ernsten Blick in die Welt. Es war nichts Fröhliches, Beschwingtes in ihrem Gesicht, es war mahnend und ernst – die böse Tante der Familie also. Die Wohnung passte zu der Frau auf dem Foto. Aber wie konnte man nur einfach ein anderes Leben bewohnen, dachte sie, als ihr Blick auf Kutz fiel. Schnell schubste sie diese Gedanken wieder weg. Es war schließlich wenig professionell und zielführend, andere Lebensumstände am eigenen Leben, an den eigenen Vorstellungen zu bewerten. Dieser Kutz lebte im Haus seiner verstorbenen Tante, und wer wusste schon, was ihn dazu veranlasste, alles so zu belassen, wie es Tante Hilde verlassen hatte. Sie sah zum Fenster. Na ja, die Vorhänge hätte er schon mal waschen können – dann wäre es heller gewesen hier drin.

Edgar Kutz kam mit einem Aktenhefter zurück. Schielin entzifferte darauf die Zulassungsnummer LI-12563; darunter stand Kressbronn. Kutz blätterte in der Akte.

»Ah ja, da ist es. Also … ich habe den Verlust am vierzehnten Oktober letzten Jahres gemeldet.«

»Der Polizei?«, fragte Lydia Naber bestimmt.

»Nein, nein … meiner Versicherung … meiner Versicherung.«

»Wieso nicht der Polizei?«, fragte Schielin.

Edgar Kutz winkte ab.

»Da war ich auch, aber was konnten die mir schon helfen. Es war halt weg, und wo hätten die denn danach suchen sollen, auf dem ganzen See, oder was?!«

»Was haben Sie denn der Versicherung gemeldet?«, wollte Schielin wissen.

»Ja den Verlust des Bootes eben. Es war ja versichert … ist aber eine etwas längere Geschichte mit dem Boot … wollen Sie das alles hören?«

»Ja bitte«, sagte Schielin und registrierte, wie dieser Kutz immer lockerer wurde. Jetzt wollte er sogar eine Geschichte erzählen.

»Also – im letzten Herbst, da war ich im Schwarzwald, weil Herbst im Schwarzwald ist etwas ganz Besonderes, ich kenne das von Kindheit an. Ich war in Kirchzarten zum Wandern, das ist einfach wunderbar. Es war an dem Wochenende, als der Sturm hier am See so gewütet hat. In der Woche zuvor war ich noch mit dem Boot draußen gewesen, und beim Reinkommen habe ich dann einen Moment nicht aufgepasst und bin in die Felsblöcke vor der Hafenmauer in Nonnenhorn gefahren.« Er schluckte und sah betreten drein. »Ich kann mich nicht mehr erinnern, aber ich hatte vielleicht auch etwas getrunken, na ja, aber das ist ja nun auch nicht wichtig, oder?«

Schielin hob die Hände und lächelte kurz.

Kutz erzählte weiter: »Na jedenfalls hab ich mir das Boot dabei leckgeschlagen und es deshalb am nächsten Tag aus dem Wasser geholt, um es erst mal notdürftig zu flicken, weil in der Werft erst ab Mitte November wieder Termine frei waren, und zum Einstellen war es mir noch zu früh. Na und als ich dann nach dem Wochenende im Schwarzwald wieder runter in den Hafen bin, da war es auf einmal weg. Vielleicht hatte ich es nicht richtig vertäut … der Sturm hat es wohl losgerissen, und wegen dem Leck hat es Wasser genommen und ist irgendwo draußen auf Grund gegangen. Im Hafen lag es jedenfalls nicht mehr. Genau so habe ich das auch der Versicherung gemeldet. Den Hafenwart habe ich auch gefragt, ob er was gesehen hat, und einige andere Leute, aber keiner hat was mitbekommen … war ja auch keiner drunten im Hafen bei dem Sauwetter.« Er verzog das Gesicht und wartete auf eine Reaktion der Polizisten. Als die ausblieb, fragte er: »Und Sie … Sie haben es jetzt gefunden?«

Schielin ließ sich seine Enttäuschung nicht anmerken. Alles, was Edgar Kutz da erzählt hatte, passte perfekt.

»Ja, wir haben es gefunden. Vor der Lindauer Insel.«

Edgar Kutz war überrascht.

»Was!? Wo!? Vor der Lindauer Insel!? So weit? Das kann ich mir gar nicht vorstellen. Ist ja unglaublich!«

»Kam Ihnen gar nicht der Verdacht, dass es jemand gestohlen haben könnte?«, fragte Lydia Naber fest.

Kutz winkte ab.

»Ach wo. Wer soll denn mit dem alten Ding was anfangen können? Ich bin ja nur zur Polizei, weil die Versicherung nach meiner Meldung ein Aktenzeichen wollte. In Kressbronn auf der Polizeiwache war ich.«

»Wieso denn in Kressbronn?«, fragte Schielin. »Sie wohnen doch in Nonnenhorn, und da ist die Lindauer Polizei zuständig.«

Kutz echauffierte sich: »Ja aber gibt's hier vielleicht eine Polizeiwache? Ich war damals eben grad in Kressbronn, weil ich das Boot ja eh immer da drüben liegen habe wegen der Fischerei, und nicht hier in Nonnenhorn … da hatte ich es ja damals nur wegen dem Schaden liegen. Ich kenne den Liegeplatzinhaber, und der hatte sein Boot schon rausgenommen, schon im September, da ging das, dass ich mit der angeschlagenen Kiste festmachen konnte. Na ja, Ihre Kollegen in Kressbronn haben mir dann jedenfalls gesagt, ich müsse nach Lindau, weil die dort dafür zuständig seien.«

»So ist es«, sagte Lydia mit Nachdruck.

»Jaja, das mag ja stimmen, aber kundenorientiert ist das doch nicht! Das passt doch nicht in unsere Zeit. Wieso können die Kressbronner das bisschen Zeug nicht einfach aufnehmen und nach Lindau schicken? Das ist doch kein Problem mehr heutzutage – E-Mail!«

Lydia Naber warf einen Blick auf die beige Stoffhose, das Hemd und die Schuhe von Kutz. Komm du mir grad mit E-Mail, dachte sie und schwieg. Sie ärgerte sich, dass sie seinem Räsonieren nicht widersprechen konnte. Irgendwie hatte er ja recht, was ihr nun wiederum gar nicht recht war.

Kutz machte weiter: »Ich hab dann bei der Versicherung angerufen und denen das gesagt, und dass mich das nun nervt, und schließlich ging es auch so – ohne Aktenzeichen.« Er lachte und sein Oberkiefer trat dabei markant hervor.

Schielin war über die Formulierung *Liegeplatzinhaber* verwundert, die dem Wort Gewicht verlieht und Kutz wirkte für einen Moment angestrengt, als er es ausgesprochen hatte. Schielin hakte nach: »An welchem Platz genau hatten Sie Ihr Boot denn damals liegen?«

Edgar Kutz fuchtelte kurz mit den Armen, wies zum Fenster hinaus und erklärte, es sei in der letzten Reihe draußen beim Anlegeplatz nach rechts gewesen, ganz außen, dort wo die Hafenmauer den kleinen Knick macht. Er wisse die Platznummer nicht mehr, aber das Boot, das dort sonst liege, sei die *Minerva*.

Schielin klang zerstreut.

»Ja gut, ich denke, wir finden das. Für unsere Unterlagen benötigen wir noch den Schriftverkehr mit Ihrer Versicherung bezüglich des Bootes.«

Edgar Kutz zögerte.

»Mhm. Die Unterlagen also.«

Er blätterte den Aktenhefter durch und sah nach, ob auch nichts dabei sei, was er der Polizei nicht hätte mitgeben wollen. Dann reichte er ihn Schielin.

»Ja gut, bitte … hier – aber den kriege ich wieder, ja!?«

»Selbstverständlich, Herr Kutz, selbstverständlich.«

Lydia warf Schielin ein Lächeln zu, hinter dem sich die Frage verbarg, wie sie nun weitermachen sollten. Sie hatte ein Foto von dem Toten dabei, das man diesem unangenehmen Kerl hätte zeigen können.

Schielin saß schweigend da und sah Edgar Kutz freundlich an. Kutz wurde verlegen. Abrupt und hölzern, ganz offensichtlich, um dieses Schweigen zu beenden, fragte er: »Wo ist denn mein Boot jetzt?«

»In Lindau, bei der Wasserschutzpolizei«, antwortete Schielin langsam.

»Kann ich es wiederhaben?«

»Aber es ist doch nicht mehr Ihr Boot, Herr Kutz.«

»Wieso denn das?«, fragte er irritiert.

»Na wenn Sie mit der Versicherung eine Regulierung darüber getroffen haben, dann ist es nun Eigentum der Versicherung, und *wir* werden uns mit dieser *ins Benehmen setzen* müssen, wie das in unserem etwas knochigen Jargon so heißt, nicht wahr?«

Kutz wirkte nun ein wenig verdattert.

»Ach ja … sicher, sicher … natürlich. Ja, gut, dann machen Sie das mal … das mit der Versicherung.«

Schielin beugte sich nach vorne, nicht allein, um Kutz etwas näher zu kommen; auch das weiche Sofa tat seinem Kreuz nicht gut.

»Noch eine Frage zu Ihrem Boot, Herr Kutz. Es lag da also einige Tage im Nonnenhorner Hafen herum, war aber trotz des Schadens fahrbereit?«

»Fahrbereit? Wie kommen Sie denn da drauf?! Ich habe Ihnen doch gerade gesagt, dass es einen Schaden hatte. Das war nicht fahrbereit. Es war nur provisorisch repariert worden, damit es kein Wasser nimmt.«

»Den Außenborder haben Sie aber drangelassen.«

»Ach so«, Kutz zog eine Grimasse. »Der Außenborder ... der Außenborder ... na, wenn jemand sich damit auskennt, dann kriegt er den schon zum Laufen.«

Schielin erhob sich und wiederholte: »Ja, wenn jemand sich damit auskennt ... für uns ist es erst mal gut soweit, Herr Kutz. Haben Sie vielen Dank für Ihre Hilfe. Und wie gesagt, Sie erhalten die Unterlagen so schnell wie möglich wieder zurück«, versicherte er und hob dabei den Aktensammler in die Luft. Lydia verabschiedete sich ebenso professionell freundlich.

Dieser Edgar Kutz strahlte. Er konnte seine Erleichterung und Freude nicht verbergen, und seine Bewegungen, die zuvor steif und unbiegsam waren, hatten nun etwas geradezu Tänzerisches. Er begleitete die beiden Polizisten nun sogar bis hinunter zum Gartentor und öffnete es.

Schielin drehte sich noch einmal zu ihm und sagte nun ganz unvermittelt: »Ach noch etwas, Herr Kutz. In Ihrem Boot haben wir die Leiche eines Mannes gefunden. Wir sind gerade dabei, ihn zu identifizieren. Ich werde also nochmals kommen müssen und Ihnen ein Foto des Toten vorlegen. Ich wollte Sie nur schon mal auf diese Situation vorbereiten.«

Alle Farbe, alles Leichte wich auf einmal aus Edgar Kutz' Gesicht und Körper. »Oh«, war alles, was er dazu sagen konnte, »Oh, wie schrecklich.«

»Ja, eine schreckliche Angelegenheit. Sie werden verstehen, dass wir noch einige Angaben von Ihnen für unsere Ermittlungen benötigen werden, wie zum Beispiel die Werft, bei der Sie das Boot zur Reparatur angemeldet hatten, und die Adresse des Hotels oder der Pension im Schwarzwald, wo Sie das besagte Wochenende im letzten Herbst verbracht haben. Reine Routine, wie es eben in solchen Fällen üblich ist.«

Kutz nickte betreten und begleitete die beiden auf die Straße, wo er stehenblieb und ihnen nachsah.

»Uhh, das war ja ganz schön hart für den Kerl«, meinte Lydia Naber auf dem Weg zum Auto.

»Es war alles so perfekt, was er erzählt hat. Vielleicht ist ja doch noch irgendwo eine Lücke.«

»Allerdings ist nun die Sache mit dem Toten raus.«
Er winkte ab.

»Ach, es wird ja eh schon überall davon geredet.«
Lydia blieb stehen.

»Das war doch ein komischer Kauz, oder? Die alten Möbel, der Garten so ganz sich selbst überlassen – es kam mir vor, als wäre er in ein anderes Leben geraten.«

»Ja, das ist mir auch aufgefallen. Er hatte alte Langspielplatten, und die stammen ganz sicher nicht von ihm selbst.«

»Was meinst du, fahren wir runter zum Hafen?«, fragte Lydia.»Vielleicht kennt ja jemand den Toten auf dem Foto.«.
Schielin zog eine zweifelnde Miene.

»Nicht?«, fragte sie ungläubig und einige Augenblicke später, als er ihr immer noch nicht geantwortet hatte: »Was ist, was beschäftigt dich? Haben wir etwas vergessen, zu fragen?«

»Nein, nein. Ich denke über den Hafen nach. Zum einen sind jetzt am Samstag alle mit den Booten draußen bei dem herrlichen Wetter. Und zum anderen wird der Hafenwart auch nicht da sein.«

»Woher weißt du das?«

»Er gehört zur Schafkopfrunde meines Nachbarn, Albin, du kennst ihn, und die trifft sich gerade in diesem Moment, und außerdem …«, er massierte sein Kinn mit der Hand, während er nachdachte, »was denkst du, wo und wann auf ihn geschossen worden ist? Das muss doch im Hafen gewesen sein, kurz bevor er auf das Boot ist, denn mit diesen

Schussverletzungen kann er nicht lange unterwegs gewesen sein. Wir sollten den Hafen nach weiteren Spuren absuchen … Querschläger und so.«

Lydia Naber dachte nach.

»Ob wir da nach so langer Zeit noch etwas finden?«

»Es bleibt uns ja nichts anderes übrig … wir müssen außerdem alle Bootsbesitzer befragen …«

Sie klagte: »Oh je, oh je … das wird was geben.«

»Eben. Das muss gut vorbereitet werden … das geht nicht ad hoc … viel Arbeit.«

Verdrossen fuhren sie über Wasserburg und Reuten zurück nach Lindau. In der Schachener Straße kam ihnen eine Kolonne von Porsches 911 entgegen.

»Schon wieder so ne Truppe. Das ist doch ein blödes Geschenk, oder nicht?«, meinte Lydia. »Wobei, bei denen heißt das ja Gratifikation – mit Porsches durch Deutschland zu kutschen, weil man hübsch Aktien gehandelt hat. Auf so was kommen wirklich nur Banker. Das sind doch lauter kleine Buben, und die handeln mit ganzen Ländern … unvorstellbar!«

Die Sportwagen bogen die Einfahrt, die zum Hotel Bad Schachen führte, ein. Sie kniff die Augen zusammen, als ihr plötzlich einfiel: »Vom Hotel drunten hat man doch einen herrlichen Blick auf die Schachener Bucht. Wir müssten da mal nachfragen, die haben eine Webcam genau auf die Insel gerichtet.«

»Das wäre ein Job für Jasmin«, sagte Schielin.

Wenzel hatte auf der Dienststelle auf Schielin und Lydia gewartet und lauschte begierig, was sie von Edgar Kutz erzählten. Sie waren nicht wenig überrascht, als ihnen Wenzel mitteilte, dass dieser Kutz sich bereits gemeldet hatte.

»Er hat eine etwas sarkastische Mail an unser Dienststellenpostfach geschickt. Ihr könnt es euch ja gleich mal an-

75

sehen … so nach dem Motto, er hoffe doch, es würde jemand lesen – irgendwie komisch, nicht so recht witzig. Was is 'n das für einer?«

»Kein wirklich witziger Kerl«, sage Lydia und meldete sich sofort an ihrem Rechner an, während Wenzel den Inhalt der E-Mail zusammenfasste: »Es war eine Adresse und Telefonnummer aus dem Schwarzwald dabei … ein Hotel in Kirchzarten … und dann ist da noch die Durchwahl von einem Herrn Maier von der Werft in Reutenen.«

Schielin sah Lydia an.

»Alles perfekt bei dem Typen. Wir werden es aber trotzdem überprüfen«, sagte Schielin.

Lydia stöhnte: »Schade, schade, schade. Wäre so schön gewesen.«

*

Wenzel verstand nicht recht, was zugleich *perfekt* und wiederum *schade* sei. Er ließ die beiden allein im Büro zurück.

Schielin lehnte mürrisch im Bürostuhl, hatte die Hände im Nacken verschränkt und sah zur Decke. Lydia las die Mail von Kutz mehrfach und schüttelte den Kopf.

»So ein Depp!«

»Ah … du kannst ihn nicht leiden«, sagte Schielin.

»Es gibt eben Menschen, die kann man lieb haben … es gibt Menschen, da muss einem der liebe Gott helfen, sie lieb zu haben … und es gibt Menschen, die muss der liebe Gott alleine lieb haben«, erklärte Lydia.

Schielin verzichtete auf die Frage, zu welcher Gruppe er denn gehöre, und beschloss: »Wir machen Schluss für heute. Im Moment kommen wir eh nicht weiter. Wir müssen bis Montag warten und sehen, was der Obduktionsbericht bringen wird – ich setze einige Hoffnungen auf die Toxikologie. Vielleicht kriegen wir dadurch ja neue Erkenntnisse – Alkohol, Drogen, Gift.« Er richtete sich auf. »Einen Autoschlüssel haben wir nirgends gefunden?«

Lydia sah ihn strafend an und tat erschrocken: »Ach ja, der Autoschlüssel mit Schlüsselanhänger und dem aufgedruckten Kennzeichen darauf und dem Namen darunter … hab ich ganz vergessen …«

»Ist ja gut«, sagte er entschuldigend. »Ich verstehe das einfach nicht – wenn jemand acht Monate lang tot ist, verschwunden ist … die Dinge des Lebens laufen doch weiter: Miete, Versicherungen, Steuer, Zeitungsabos … der Briefkasten läuft über. Der ganze Schwall von Alltäglichkeiten … irgendwann muss da doch mal jemand nachfragen. Und er muss ja auch irgendwie nach Nonnenhorn gekommen sein – irgendwo muss ein Auto rumstehen. Ein Nonnenhorner kann es ja nicht sein, denn da draußen fällt sofort auf, wenn jemand fehlt. Es ist ein Elend … na ja, Jasmin soll trotzdem die Taxiunternehmen abklappern.«

Lydia schnaufte müde aus.

»Ich werde es ihr schonend beibringen. Aber wo du gerade Auto sagst – eine Autorechnung, zumindest Fragmente davon, habe ich in seinem Geldbeutel gefunden.«

Sie drehte sich zur Seite, ächzte gespielt und zog die zwei Plastikschalen zu sich heran.

»Bevor wir Schluss machen, gehen wir das schnell noch durch«, bestimmte sie.

Sie reichte ihm einen Plastikbeutel mit der Autorechnung und noch weitere dazu. Er nahm sie müde entgegen und setzte einen prüfenden Blick auf. Lydia erzählte von den Problemen, die sie dabei hatte, das ganze Zeug Schicht für Schicht zu trennen, und von den Kopien von Zeitungsausschnitten, auf denen jedoch nur noch einzelne Satzfragmente, Worte und Buchstaben zu erkennen waren. Dann gab sie ihm eine weitere Tüte.

»Schau, ein Foto. Er hat es eingeschweißt, deshalb ist es so gut erhalten. Es sind aber leider keine Leute drauf, es ist nur eine Landschaft mit Wasserfällen. Keine Notiz auf der Rückseite.«

Schielin legte die anderen Tüten zur Seite, nahm das Foto und betrachtete es. Lydia Naber schob die Plastikschalen wieder beiseite und arbeitete an ihrem Rechner. Schielin war still geworden. Langsam sank er in die Lehne des Bürostuhls und war selbst überrascht, als er sich sagen hörte: »Ich kenne das.«

Ohne groß auf ihn einzugehen, schrieb Lydia weiter. »Mhm«, kam es nur von ihr.

»Ich kenne das wirklich.«

Jetzt sah Lydia auf.

»Was? Was kennst du?«

Er saß da, hielt das Foto vor sich und sah irgendwie verträumt aus, fand sie.

»Du meinst, du kennst diese Landschaft, diesen Ort da auf dem Foto?«

»Mhm.«

Sie sah ihn an, wie er so dasaß. Diesen Gesichtsausdruck kannte sie noch nicht an ihm, und sie war eigentlich der Meinung, so ziemlich alle Gemütsregungen ihres Kollegen zu kennen. Sie rief laut: »Hallo, Conrad! Hörst du mir zu? Du weißt wirklich, was da auf dem Foto abgebildet ist – wo diese Wasserfälle sind?«

Er ließ sich nicht ablenken, hielt das Foto immer noch in der Hand und sagte wie nebenbei: »Ja.«

Er war ganz und gar von Erinnerungen durchströmt, und in den Szenen, die da vor ihm auftauchten, war es Sommer, heiß und wohlig. Er roch den Wald rundherum, würzig mit einer süßsäuerlichen Note, wie immer, wenn Waldboden auf Wasser trifft. Er hörte das Rauschen der Baumwipfel, die sanft hin- und herwogten, und war wieder an diesem zauberhaften Ort, der ihn damals so magisch angezogen hatte, dieser heimliche Flecken, an dem man seinen Träumen nachhing und der von allem so weit, weit entfernt war – er und Klaus und Heribert und Claudia und all die anderen. Und irgendwann war dann Schluss gewesen mit der Magie des Ortes. Was hatte den Zauber auf einmal genommen, warum haben sie nie wieder dort gespielt? Schielin sann nach und geriet allmählich in eine melancholische Stimmung. So viele Jahre waren seither vergangen. Eine unbestimmte Sehnsucht danach, diesen Ort wieder aufzusuchen, flackerte in ihm auf. War das sentimental?

Lydia riss ihn aus seiner Versunkenheit. Energisch sagte sie: »Hallo! Ich rede mit dir! – Ich tippe ja auf Jugoslawien, diese Wasserfälle da, du weißt schon, dort, wo sie die Winnetou-und-Old-Shatterhand-Filme gedreht haben… Plitschitsch oder so ähnlich …«

Er sah auf.

»Du meinst die Plitvicer Seen?«

Sie hob den Zeigefinger in die Luft.

»Ja, genau, die meinte ich.«

Er schüttelte den Kopf.

»Das sind aber nicht die Plitvicer Seen auf dem Foto. Das ist Hergensweiler. Es ist in Hergensweiler.«

Lydia Naber sah in verdutzt an und lachte.

»Hergensweiler? In Hergensweiler?! Das kann nicht sein.«

Schielin ließ sich nicht aus seiner Zurückgezogenheit holen.

»Doch, doch. Kaum zu glauben, wenn man das Foto so ansieht, ich weiß. Aber es ist drunten an der Leiblach, ganz in der Nähe der Knochenmühle. Da gibt es einige sehr enge Windungen, und der Fluss hat sich tief hinuntergegraben. Darüber rauscht der Wald. Es ist ein ganz versteckt liegender, ein heimlicher Ort, magisch und unberührt, wie im Märchen ... ich war da früher sehr oft ... was sage ich – früher ... es ist eine Ewigkeit her, als ich etwa so vierzehn Jahre alt war. Ich weiß nicht, wie es heute da ausschaut, war seitdem nicht mehr dort.«

Lydia schüttelte etwas ungläubig den Kopf.

»Mhm. Und du bist dir wirklich sicher?«

»Oh ja, da bin ich mir absolut sicher, Lydia.«

»Warst du so oft dort?«

»Ich glaube zwei Sommer lang, immer wenn es uns am See zu voll war und wir es einsam und geheimnisvoll brauchten, um unsere Spinnereien ausleben zu können, und keiner dabei sein sollte ... wie das halt so ist ... und heute nicht mehr sein kann, weil die Kids in ihrem Online-Gefängnis hocken ... ja, da sind wir da hinten an die Knochenmühle.«

»Wie das halt so ist«, wiederholte Lydia Naber und sah ihn, wie er so dasaß und in Erinnerungen schwelgend beinahe zärtlich dieses Foto in der Hand hielt, lächelnd an.

»Knochenmühle ... Knochenmühle – klingt irgendwie mythisch und auch ein wenig grausam. Wurden da wirklich Knochen gemahlen?«

Er zuckte mit den Schultern.

»Keine Ahnung, aber abgelegen genug wäre es dafür.«

»Wenn ich so nachdenke – gehört habe ich das schon mal: Knochenmühle. Aber ich war noch nie dort.«

»Liegt ein Stück östlich von Hergensweiler, tief drunten im Grund. Es schaut da aus wie in einem dieser romantischen Gedichte von Mörike, Uhland oder Gustav Schwab. Vor einigen Jahren habe ich gehört, die alte Mühle sei abgerissen worden, und jemand habe ein neues Haus dort gebaut. Es muss sehr idyllisch sein, dort zu wohnen – und sehr, sehr einsam, und gleich auf der anderen Seite liegt Niederstaufen.«

Sie ließ ihn noch einen Moment weiterträumen, bevor sie fragte: »Fahren wir hin?«

»Unbedingt … unbedingt. Jetzt, wo du es sagst …«

Lydia sprang auf.

»Mensch, du hast recht! Wer sollte schon ein Foto von so einem Ort dabei haben, wenn nicht derjenige, der dort wohnt …«

Ihre gerade noch gefühlte Mattheit war von einem Moment auf den anderen perdu. Sie gaben Wenzel Bescheid und machten sich sogleich auf den Weg: Ludwig-Kick-Straße, Schönbühl, schneller als erlaubt durch Rothkreuz und Wildberg nach Hergensweiler, Lydia in ihrem privaten Auto und Schielin im Dienstwagen. Am Steinhaufen, den jemand als Kunstwerk zu definieren fertigbrachte, bogen sie nach Osten ab. Schielin nahm zwei Mal den falschen Schotterweg durch die Weiden und hatte erst beim dritten Anlauf Erfolg. Der Teerweg hinunter zur Knochenmühle war in einem erbärmlichen Zustand; von Schnee, Frost, Tauwassern und Hitzewellen im Sommer aufgerissen und aufgeworfen, das darunterliegende Kiesbett drang an die Oberfläche.

Ein alter Traktor war das Erste, was sie drunten im Wiesengrund sahen. Er stand vor einem offenen Geräteschuppen. Dahinter kam ein modernes Holzhaus in den Blick, vor dem ein Mann mit irgendetwas beschäftigt war. Er unterbrach seine Arbeit und blickte skeptisch zu den beiden Autos hinüber, die da vor seinem Anwesen parkten. Nachdem Lydia sich und Schielin als Kriminalbeamte vorgestellt hatte, fragte sie: »Ist das Ihr Haus? Wohnen Sie hier?«

Die Frage beruhigte ihn nicht sonderlich.

»Ja, schon einige Jahre, aber was soll die Frage?«

Schielin machte eine beruhigende Handbewegung.

»Es geht nicht um Sie … wir wollen nur wissen, ob Ihnen in den letzten Monaten … im letzten Herbst vielleicht irgendetwas aufgefallen ist, waren Leute hier?«

Er überlegte.

»Nein, nein … wieso?«

Schielin zeigte ihm das Foto mit den Wasserfällen. Er grinste unsicher.

»Ja, das ist dahinten – ja und?«

Lydia holte die Aufnahme des Toten aus ihrer Tasche.

»Nicht erschrecken bitte. Haben Sie diesen Mann schon einmal gesehen?«

Er wich vor dem Anblick auf der Fotografie zurück.

»Das schaut ja furchtbar aus. Der ist tot, gell?«

»Ja, er ist tot. Ich möchte Sie trotzdem bitten, noch einmal genau hinzusehen. Kennen Sie diesen Mann vielleicht, haben Sie ihn schon einmal irgendwo gesehen?«

Er trat vorsichtig einen Schritt näher und warf noch einen Blick auf das Foto.

»Nein, den habe ich noch nie gesehen. Jesus Maria! Wer ist das?«

»Eben das möchten wir herausfinden.«

Er schnaufte aus.

»Das wäre kein Job für mich. Und der soll hier gewesen sein … da hinten an den Wasserfällen?«

Sie entschuldigten sich für die Störung am Samstagabend und gingen zu ihren Fahrzeugen zurück.

»Schade«, sagte Lydia.

»Für ihn ist es nicht schade.«

»So habe ich es ja auch nicht gemeint – er hätte ihn ja erkennen können auf dem Foto.«

Schielin sah auf den Wald. Ein Eichelhäher flog von Baum zu Baum, und ein paar Amseln schimpften aufgeregt. Im Wiesengrund lag alles in Schatten, und aus dem Boden dampfte die Hitze des Tages mit würzigem Geruch. Er fühlte, wie Müdigkeit in ihm aufstieg.

»Jetzt reicht es aber wirklich für heute. Wir machen jetzt Schluss.«

Später, es war schon Nacht geworden, saß er mit einem Glas Wein zu Hause hinter dem Haus. Das Licht aus dem Fenster des Wohnzimmers reichte aus, um sich zurechtzufinden. Drunten, vom See her, leuchteten die Lichter Lindaus herauf. Marja saß neben ihm und erzählte von ihrem Ausflug mit Lena und Laura hinüber auf die Schweizer Seite des Sees, wo sie zuerst am Schloss Arenenberg gewesen waren und danach die Stille der Kartause in Ittingen genossen hatten. Die Rosen hätten leider noch nicht alle geblüht, aber es sei ja eigentlich auch noch zu früh dafür. Sie erzählte, wie erschreckend ehrgeizig Laura ihr Studium verfolgte und wie erholsam dieser Tag deshalb für sie gewesen war.

»Schade, dass du nicht dabei sein konntest.«

Er hörte ihr zwar zu, lächelte freundlich ins Dunkel, sagte ab und zu etwas Nettes oder gab ein *Mhm, schön* von sich, doch seine Gedanken, die waren bei dem unbekannten Toten und bei dem Foto, das er nun in seinem Geldbeutel mit sich trug. Vorhin, noch kurz bevor es dunkel geworden war, hatte er drüben auf der Weide Ronsard gestriegelt und danach die Friesen. Dabei hatte vom Waldrand her ein Luftzug einen süßen Hauch an seine Nase geweht: Maiglöckchen, so herrlich, wie sie dufteten, kurz bevor ihre Blüte verging. Er war dem Duft gefolgt und hatte die weißen Kelche im Dunkeln leuchten sehen und bei sich gedacht: Und trotzdem blühen die Maiglöckchen ... und trotzdem blühen

die Maiglöckchen. Trotz alledem. Ein richtiges Glücks-
gefühl empfand er darüber, diese schlichten weißen Blüten-
becher entdeckt zu haben und ihren verführerischen Duft
schnuppern zu können. Beinahe hätte er diesen Genuss als
pietätlos empfunden angesichts des unglücklichen Toten,
der immer noch namenlos in einem Kühlfach in Ulm lag. Es
war aber doch das Recht eines jeden Toten, wenigstens
einen Namen zu haben. Er musste ihn herausfinden.

Was hatte der Tote mit diesem Foto zu tun? Alle Gesichter seiner eigenen Vergangenheit war Schielin bereits durch-
gegangen – nein, er kannte ihn nicht. Dieser für ihn so ma-
gische Ort an der Leiblach – jetzt verband er ihn mit dem
Toten. Auch der Tote musste einst irgendwelche Erinnerungen mit dieser Stelle an den Wasserfällen verbunden
haben, und es mussten starke und bedeutende sein, denn
sonst hätte er dieses Foto nicht eingeschweißt und in seinem Geldbeutel stets bei sich getragen.

Schielin tauchte noch einmal ein in diese Sommer seiner
Kindheit, in denen sie dort wie wild herumgerannt waren,
Lagerfeuer abgebrannt hatten, an den Bäumen mit Seilen
herumgeschwungen waren, Dämme gebaut und anderen
Unsinn getrieben hatten. – Weshalb war damit dann eigentlich so plötzlich Schluss gewesen? War er zu alt geworden?
Hatten ihn die Kinderspiele plötzlich gelangweilt? Eine
düstere Erinnerung tauchte auf. Da war ja diese eine Sache … nicht bei ihnen in der Clique, sondern bei den anderen, die ein Stück weiter oben am Flusslauf eine Hütte im
Wald gebaut hatten … die waren etwas älter gewesen. Einen
von denen hatte man tot aufgefunden. Genau! Ein toter
Junge. Er war ertrunken – in der Leiblach.

So langsam bastelte er die Bruchstücke seiner Erinnerung zu einem halbwegs ganzen Bild zusammen. Er sah
seine Mutter wieder vor sich, wie sie ihm verboten hatte,

dort zu spielen. – Eigenartig. Auf seinen Wanderungen mit Ronsard ist er auch nie mehr dort oben vorbeigekommen. Konnte ein mütterliches Verbot so lange nachhallen, dass man selbst als Erwachsener einen Ort meidet? Es wäre ja nur natürlich gewesen, so ein kleiner Ausflug an Orte der Kindheit. Aber offensichtlich hatte er, ohne es zu realisieren, diese Stelle auch als Erwachsener gemieden. Er schenkte vom Deufel'schen Rosé nach.

*

Trotz der düsteren Erinnerung kam er zu einem tiefen und erholsamen Schlaf, und der darauffolgende Sonntag verging, wie Sonntage vergehen sollten – mit Stunden voll wohltuendem Müßiggang.

Der Abend war erneut mild, und die Wärme hielt sich lange unter den Bäumen und rund um das Haus. Das alte Holz am Dach knackte, und weit drunten lag die Lindauer Insel im Abglanz des leuchtenden Tages. Aus der Ferne sahen die Boote so klein wie Reiskörner aus, doch ihre Wellen malten gleichwohl gewaltige Fächerformationen in den See, an dessen Ufern es langsam still wurde. Drüben am Rorschacherberg begannen erste Lichter zu flackern.

Von Berlingen aus ruderte ein Mann in einem Nachen ein Stück hinaus auf den See, ließ sich von der Strömung des Seerheins in Richtung Gaienhofen treiben und brachte den Nachen anschließend wieder vom deutschen Ufer weg in eine von Strömungen freie Seefläche. Seine drei Enkel begleiteten ihn und saßen still auf der Bank, von wo aus sie das Spiel der flackernden Lichter auf der Wasseroberfläche verfolgten. Hier draußen war der Blick frei von der Grellheit künstlichen Lichts, das einen überall umgab. Licht! – daran wollte niemand sparen, denn zu groß war die Angst vor der

Dunkelheit. Wie im Mittelalter. Der Alte legte die Riemen ein und hüllte die drei Kleinen in Decken. So lagen sie nun warm auf dem Bootsboden und sahen hinauf zu den Sternen, wohin der Großvater zeigte.

Helle Punkte sprenkelten das Schwarz des Universums. Der Großvater visierte Kassiopeia an und erzählte nun mit warmen, blumigen Worten von dieser äthiopischen Königin, welcher die alten Griechen ein Weiterleben im Himmelszelt geschenkt hatten, wie so vielen anderen Helden, Göttern, Schurken und Dämonen. Er beschrieb die weitwinklige Anlage dieses Himmels-W und meinte, daran sei gut das Überhebliche und Dünkelhafte der Königin zu erkennen, hatte sie doch die Behauptung aufgestellt, viel schöner zu sein als die Nereiden, die Wassernymphen und Begleiterinnen des Poseidon. Als dieser das hörte, war er von der Unverfrorenheit Kassiopeias so erzürnt, dass nur noch die Opferung einer ihrer Töchter – Andromeda – Poseidons Zorn besänftigen und Kassiopeia retten konnte. So wurde Andromeda an die Felsen am Meer gekettet und dem Meeresungeheuer Keto ausgeliefert. Die Kleinen lachten, als ihr Großvater meinte, nun wüssten sie, weshalb ihr kleiner West Highland Terrier *Keto* gerufen wurde.

Mit leiser Stimme erzählte er weiter, vom Helden Perseus, der – Zeus sei Dank! – gerade zufällig, wie bei den Griechen so üblich, an der Schönen vorbeikam und neben seinem Sinn für Ästhetik auch ausgeprägte betriebswirtschaftliche Begabungen hatte. Für die Rettung der Schönen forderte er, sie zur Frau nehmen zu dürfen, und ebenso die Zusage, das Königreich zu erhalten. Die elterliche Liebe von Kassiopeia und Kepheus, ihrem Mann, sagte ihm beides zu, und der Rettung Andromedas stand nun nichts mehr im Wege. Die drei kicherten, und ihre Augen wurden bald darauf schwer.

Ihr Großvater wanderte weiter am Firmament, das kleine

Stück hinüber zum Schwan, der mit weitem Flügelschlag über dem See stand und nach Süden flog, dann zum Kopf des Drachen gleich über dem Schwan und zum kleinen Sternbild der Leier gegenüber, unter dem der Delphin aus dem Schwarz sprang. Über dem Erzählen vergaß der Alte die Zeit und bemerkte gar nicht, dass seine Zuhörer in der wohligen Wärme der Wolldecken und unter dem leichten Wiegen des Sees und dem Gurgeln der Wellen eingeschlafen waren. Nun hörten sie nicht mehr von Gustav Schwab, der die griechischen Sagen übersetzt hatte und neben vielem anderem ein glühend begeisterter Wanderer am Bodensee gewesen war. Sie sahen auch nicht, wie ihr Großvater in Richtung des Heiligenbergs deutete und die Aussicht rühmte, die man von dort oben über den ganzen See genießen konnte, und sie nahmen nur in Fragmenten seinen Monolog über das Licht der Sterne wahr, ein Leuchten, welches nur Abglanz im zweifachen Sinn war – der Lichtschein einer dunklen, harten, gasigen Materie, die schon längst verdampft und vergangen war im Universum und die selbst nie leuchtete und nicht mehr als eine Reflexion der Sonne war.

Er wurde still über seinem Reflektieren eines Leuchtens in unserer Welt, das aus dem Nichts kam und ins Nichts ging. Weit entfernt von dem dümpelnden Nachen mit den schlafenden Kindern und dem selbstvergessenen glücklichen Erzähler stieg die Nacht an Land, und an den Mauern der ehrwürdigen Klöster auf der Reichenau begann es in den alten Rosenbüschen zu knistern, als sich Kühle und Wärme begegneten. Die Nacht zauberte noch einmal fromme Erinnerungen an früher über die spitzen Giebel der Mönchszellen. Die Sanftheit des Heiligensees umspiegelte wie seit tausend Jahren die Schilfhalme an den Ufern der Reichenau. Der Flügelschlag von Schwänen drang durch das Dunkel, begleitet vom Knarren der Haubentaucher und dem schrillen Schlag der Blesshühner. Ein Graureiher fühlte sich gestört und knarzte ungehalten. Am Nordufer schimmerten die Lichter von Meersburg gelblich warm über dem Wasser, und im Deggenhauser Tal war eine Nachtigall zu hören, während im Eriskircher Ried Igel im verbliebenen Laub der Silberweiden umherhuschten.

Es war nicht allein die Nacht, die an Land stieg – auch der Sommer stieg in dieser Nacht aus dem See und ergriff alles um sich –, und er würde lange bleiben.

Hafenwart

Am Montagmorgen war die Mannschaft wieder komplett und Schielins Stimmung deshalb weitaus besser als an anderen Montagen. Kimmel hockte wie immer grimmig hinter seinem Schreibtisch, und Robert Funks Salon war auch wieder in Betrieb genommen; noch bevor er in den Urlaub gefahren war, hatte er darin einige Veränderungen vorgenommen und Ölbilder ausgetauscht. Wo früher romantische Landschaften den Blick in die Ferne auf Bergspitzen leiteten, prangten nun farbenfrohe Blumensträuße. Das Biedermeiersofa und die Polsterstühle waren ebenso verschwunden; sie mussten einer schwarzen Ledercouch aus dem Art déco weichen, die nun gerahmt von zwei passenden Sesseln an der Wand stand. Der alte Perser, dessen Herkunft inzwischen als ungeklärt galt, hatte den Stil- und Epochenwechsel wieder einmal überlebt.

Jasmin Gangbacher war auch wieder zurück. Sie sah blass aus, wie Schielin fand. Vielleicht lag es aber auch an ihren kohlrabenschwarzen Haaren, die das Gesicht besonders bleich erscheinen ließen, oder an der verkorksten Beziehung zu dieser Rothaarigen, die manchmal Freigang hatte. Schielin hatte Jasmin gebeten, im Hotel Bad Schachen Erkundigungen über den Fall einzuziehen. Zum Zeitpunkt des Geschehens Anfang Oktober waren meist noch viele Gäste im Hotel, vor allem Stammgäste, die diese letzten Tage der Saison ausgiebig genossen, bevor das Hotel in die lange Winterpause ging. Unter Umständen hatte einer der Gäste etwas beobachten können.

Gommi kochte Kaffee und unterhielt sich dabei leise mit Hundle, der als einziger pünktlich zur anberaumten Montagmorgenrunde gekommen war und zusammengerollt in einer Ecke des Besprechungsraums lag. Kimmel hatte ihn am frühen Morgen als Ersten begrüßt, ihn getätschelt und sich davon überzeugt, dass es ihm während seiner Abwesenheit auch gut ergangen war. Anschließend hatte er sich durch die Berichte und Mails gelesen, insbesondere durch die Sache mit dem Toten aus dem See, die ihm Kopfzerbrechen bereitete: Bislang gab es nicht einen Ansatzpunkt, der zur Identität des Mannes führen konnte. Es dauerte daher etwas länger, bis Kimmel alle im Besprechungsraum zusammenrief. Ohne Geplänkel kam er sofort zur Sache. Er hätte auch erst mal von seinem Urlaub erzählen oder einer der anderen danach fragen können – das Übliche eben. Da es aber unüblich war, gleich nach dem Urlaub mit einer nach Tagen noch nicht identifizierten Leiche konfrontiert zu werden, startete diese Runde ohne irgendwelchen Small Talk.

»Insgesamt unerfreulich«, murrte Kimmel und sah Schielin dann fragend an. »Acht Monate unter Wasser, in den Rücken geschossen, und wir wissen nichts – nicht, wer er ist, woher er kam, was er für einer ist? – Wirklich unerfreuliche Sache. Ich hatte gedacht, die vom Präsidium aus Kempten nerven mich heute Morgen mit ihrem Verwaltungszeug, Statistiken, Besprechungen, Schräubchenkunde und was nicht alles – aber das hier …«

Schielin wiegte den Kopf.

»Wir haben alle bisher bekannten Spuren verfolgt und warten nun auf den abschließenden Obduktionsbericht. Daneben laufen unsere Abfragen in Österreich und in der Schweiz nach Vermissten. Die Projektile sind in der Ballistik im LKA – mehr haben wir im Moment noch nicht.«

Lydia ergänzte: »Wir konzentrieren uns jetzt auf das Auto …«

»Auto!?«, fuhr Kimmel auf. »Welches Auto? Ich habe von keinem Auto gelesen.«

»Lass mich doch ausreden«, beruhigte sie ihn. »Also – dieser Unbekannte aus dem See, er müsste unserer Meinung nach ein Auto abgestellt haben – irgendwo in Nonnenhorn. Wir glauben nicht, dass er mit dem Zug unterwegs war oder mit dem Taxi. Wir werden aber beides noch überprüfen.«

Kimmel kühlte wieder ab.

»Jaja, ach so … das wäre ein Ansatz. Die Kiste müsste ja dann auch seit Monaten rumstehen. Das fällt doch auf, Mensch! Sonst ruft doch auch Hinz und Kunz wegen jedem Mist bei uns an, und dann soll ein Auto nicht bemerkt werden, das seit einem dreiviertel Jahr herumsteht? – Und Versicherung, Steuer, Miete … das muss doch irgendjemandem mal auffallen, wenn er denn schon keine Verwandtschaft, keine Freunde und keine Bekannten hat, keine besorgten Nachbarn und nicht mal einen Kegelverein. Es macht mich ganz verrückt, dass da ein Mensch verschwunden ist und nicht vermisst wird. Es wäre doch schön, wenn irgendjemand irgendwo einen anderen jemand fragt: Mensch, was ist denn eigentlich mit dem Otto – oder wie immer er heißen mag – was ist mit dem bloß los? Hab ihn schon lange nicht mehr gesehen.«

Kimmel lehnte sich ermattet zurück. Da war sie schon wieder dahin, die Erholung, und das gleich am ersten Tag nach dem Urlaub.

»Ja, das sollte man eigentlich meinen«, sagte Schielin. »Unser Toter wird ganz offensichtlich nicht vermisst. … Lydia hat aus seinem Geldbeutel noch einiges herausholen können. Jasmin soll sich mal darum kümmern, vor allem um das Bruchstück wahrscheinlich einer Autorechnung. Das Zeug ist halt schwer zu entziffern … zumindest haben wir damit aber einen kleinen Ansatz, der zu einem Auto weist ... die Rechnung einer Reparatur vielleicht. Es würde uns gut weiterhelfen.«

»Jawohl ... genau, guter Ansatz«, stimmte Kimmel nun zu und fragte: »Und ein Telefon ... weit und breit kein Handy?«

Lydia Naber schüttelte den Kopf.

»Wir haben die Auswertung der Verkehrsdaten der zwei Mobilfunkzellen beantragt, die in Betracht kommen, aber die stehen nur für längstens sechs Monate zur Verfügung. Da er vorher unterwegs war, schaut es eher schlecht aus.«

Kimmel stöhnte. Ein Fall mit so magerer Spurenlage war ihm auch noch nicht untergekommen. Er hörte dem was Schielin berichtete gespannt zu.

»Gut, ihr ward also an der Knochenmühle drunten, weil der Tote ein Foto von dort im Geldbeutel mitführte. Habt ihr schon eine Ahnung, was das für eine Bedeutung hat? So ein entlegener Ort – ich meine, der muss doch hier aus der Gegend sein. Wie käme er sonst auf die Knochenmühle? Die kennt ja mancher Einheimische nicht mal.«

»Ja, das ist wirklich seltsam, die Sache mit dem Foto. Aber wir haben da noch keine schlüssige Antwort. Es hilft alles nichts – wir müssen abwarten und versuchen, noch einige Hinweise mehr zu bekommen. Lydia organisiert gerade die Spurensuche im Nonnenhorner Hafen. Die Taucher müssen noch mal kommen, und Wenzel und Robert klappern die Leute ab, die da ein Boot liegen haben. Die Liste müsste im Lauf des Tages vom Landratsamt kommen. Ansonsten wie gesagt, abwarten und die Routinearbeiten erledigen.«

»Das ist das, was wir am schlechtesten können«, meldete sich Robert Funk zum ersten Mal zu Wort an diesem Tag, »abwarten.«

Am Nachmittag lag der abschließende Obduktionsbericht vor: keine Drogen, kein Alkohol, keine Medikamente. Hinzu kamen jedoch Verletzungen an beiden Unterarmen, die vermutlich von einem Sturz stammten. Einen Hinweis im Abschlussvermerk fand Schielin äußerst interessant: Am Leichnam waren Merkmale gefunden worden, die auf eine gewisse Vernachlässigung hinwiesen, Anzeichen, die nicht auf die lange Liegezeit unter Wasser zurückzuführen waren; dies betraf insbesondere die Zähne, Finger- und Fußnägel. Die Sache wurde dadurch nicht einfacher. Der Tote – er hatte sich in letzter Zeit also gehen lassen. So interpretierte er die Feststellung Sückings zumindest.

Jasmin Gangbacher hatte sich seit der Morgenbesprechung ausschließlich mit den Textfragmenten aus dem Geldbeutel befasst. Ganz in ihre Arbeit vertieft, hatte sie sogar die Mittagspause darüber vergessen, denn sie war dabei auf etwas gestoßen. Jetzt, da es Nachmittag geworden war, meldete sich der Hunger. Trotzdem ging sie noch nach hinten, wo Schielin und Lydia Naber ihr Büro hatten.

»Na, Kleine«, wurde sie von Lydia empfangen, »haste was, dann kannste bleiben.«

»Ich kann bleiben«, sagte sie unaufgeregt und sah unschuldig in den Raum.

Schielin sah auf.

»Oh … lass hören!«

»Es geht um diesen Zettel, von dem du meintest, es handele sich wahrscheinlich um eine Autorechnung oder Ähnliches.«

»Ja und?«, fragte Lydia ungeduldig.

»Es tauchte zwar das Wort *Auto* darauf auf, nur hat dieses Papier nichts, aber auch gar nichts mit einem Auto zu tun.«

»Und womit dann? Jetzt sag schon!«, drängte Lydia sie.

Jasmin Gangbacher trat nun ganz ins Büro und setzte sich auf den Besucherstuhl.

»Auf diesem Stück Papier von wirklich erhaben schlechter Qualität habe ich folgende Wortfragmente eindeutig entziffern können: *Auto*, *chaltung*, *spectrum*, *assung*, *alyser*, *ystem*, dazu einige Zahlen, ein Eurozeichen, vielleicht also Preisangaben, und noch das Nummernfragment *904-45*. Wenn man diese Fragmente nun alle in einer Kombinationssuche verwendet und einige Stunden damit verbringt, die Anhänge hinter der Google-Trefferliste bis Seite fünfzehn durchzugehen, landet man auf einer Webseite, die alle diese Begriffe logisch bereithält: *Automotive Systems GmbH, Mindelheim, Spectrum Analyser, integrated devices*. Sie für mich nach einem Rüstungsunternehmen aus. Die Faxnummer lautet: *0843-207904-45*. Meiner Meinung nach handelt es sich bei dem Papier um eine Teileliste oder so etwas.«

Schielin stand auf.

»Du hast doch die Adresse sicher auch schon.«

Sie zog einen Zettel hervor und hielt ihm diesen hin.

»Hier – steht alles drauf.«

Lydia packte in Windeseile alles zusammen. In einer Stunde würden sie in Mindelheim sein.

»Ruf dort an und sag, dass wir kommen, aber bitte nicht, wieso. Wir brauchen einen der Chefs da droben!«, rief sie Jasmin schon auf dem Weg nach draußen zu.

Jasmin Gangbacher nickte folgsam und trottete durch den Gang zurück in ihr Büro. Gommi grinste.

»Na, hab ich dir's doch gesagt – das bringt richtig Stimmung in die Bude. Aus dir wird mal noch was.«

Nach ihrer verspäteten Mittagspause setzte sie sich wieder an den Schreibtisch und arbeitete weiter an ihrem Puzzlespiel. Es lag ja noch Einiges herum. Jetzt konnte sie sich aussuchen, womit sie weitermachen wollte. Vor allem die Zeitungsausschnitte interessierten sie, die dieser Mensch kopiert zu haben scheint, denn das Papier fühlte sich fest und ledrig an. Zeitungspapier wäre längst zerfallen.

Kimmel kam einige Zeit später an der Tür vorbei, meckerte Gommi wegen einer Unwichtigkeit an und zwinkerte Jasmin zu. Beim Hinausgehen klopfte er ihr anerkennend auf die Schulter. Gommi zog ihr eine wohlwollend hämische Fratze.

*

Lydia quälte den alten BMW auf der Autobahn nach Norden vorbei an Wangen und Leutkirch. Die Fassade des Schlosses derer zu Waldburg-Zeil zeigte keine Details mehr. Im Schatten der westlich stehenden Sonne prangte es monolithisch auf der Höhe über Leutkirch. Lydia brauste vorbei. Kurz vor der Ausfahrt Aichstetten bremste sie plötzlich stark ab, sodass sich Schielin festhalten musste. Mit quietschenden Reifen nahm sie die Rechtskurve.

»Wo willst du denn hin?«, fragte er ärgerlich und setzte sich zurecht.

»So viel Zeit muss sein«, lautete ihre Antwort.

Kurz darauf hielt sie vor der Bäckerei *Heim* in Illerbeuren, gleich am Biergarten des Bauernhofmuseums. Nur wenige Tische waren dort besetzt.

»Willst du auch was?«

Schielin winkte ab.

Die Fahrt ging alsbald rasend weiter, allerdings duftete es nun nach frischen *Seelen*. Schielin bereute es, keine Bestellung aufgegeben zu haben.

Die Automotive Systems GmbH befand sich im Industriegebiet im Norden von Mindelheim in einem unansehnlichen modernistischen Quaderbau mit Lagerhallencharakter, der nur wenige Fenster hatte – und die ausschließlich im zweiten Stockwerk. Auffallend waren die hohe Umzäunung und die Überwachung des Geländes mit Videokameras.

Gleich hinter der Eingangsschleuse befand sich der Empfang, der ganz überraschend natürliches Licht durch weite Dachluken erhielt. Eine Blondine begrüßte sie freundlich, meinte, sie wisse Bescheid, und brachte sie nach oben in einen nüchternen Besprechungsraum. Lydia äußerte flüsternd ihr Bedauern darüber, nicht mehr von der Firma zu sehen zu bekommen.

»Was glaubst du, was das für ne Bude ist?«, fragte sie Schielin, als die Empfangsdame außer Hörweite war.

Er zuckte mit den Schultern und sah sich um. Kahle Funktionalität.

Zwei smarte Herren betraten den Raum und hielten es für angebracht, am großen Besprechungstisch aus schwarz getöntem Glas Platz zu nehmen. Der jüngere der beiden, ein Herr Doktor Martens und so um die Vierzig, stellte sich als Geschäftsführer vor. Der ältere, auch ein Doktor, hieß Giesebrecht und war der Justiziar der Firma. Die höfliche Frage von Martens nach Kaffee, Tee, Wasser, Saft verneinten Schielin und Lydia.

»Nun, wie können wir Ihnen helfen?«

Schielin berichtete in kurzen Sätzen von dem Boot, das vor der Lindauer Insel gefunden worden sei, von der bislang nicht identifizierten Leiche und dem Schriftstück, das man im Geldbeutel des Toten gefunden habe, dessen Auswertung sie auf die Firma Automotive Systems gebracht hätte. Lydia holte das Foto des Toten hervor und schob es über den blinkenden Glastisch in Richtung Doktor Martens'.

»Würden Sie sich das bitte einmal ansehen, Herr Doktor Martens? Kennen Sie diese Person darauf vielleicht?«

Martens lächelte sie nonchalant mit einem leichten Kopfwackeln an, griff nach der Fotografie und zog sie zu sich heran. Dann erst wendete er den Blick der Aufnahme zu und sah auf das Gesicht des Toten. Mit einem Schrei des Entsetzens und Erschreckens fuhr er aus dem Stuhl und fasste sich an den Hals.

»Jesus Maria, Jesus Maria! Jesus …«

Aufgeregt lief er auf und ab.

Nun zog Doktor Giesebrecht die Fotografie in seinen Blickwinkel.

Martens atmete gepresst und sagte: »Es ist Hugo, es ist Hugo!«

Giesebrecht war entweder durch Martens Reaktion vor dem zu erwartenden Anblick gewarnt oder eine Spur abgebrühter. Er nahm das Bild hoch, studierte es geradezu und stellte dann emotionslos fest: »Ja, das ist definitiv Hugo.«

Schielins Herz pochte.

»Hugo und wie weiter?«

Martens brauchte Bewegung, um sich zu beruhigen, und antwortete mit zittriger Stimme: »Das ist Martin Schober, aber alle nannten ihn Hugo. Er hat viele Jahre für uns gearbeitet.«

»Zweiundzwanzig Jahre«, ergänzte Doktor Giesebrecht.

Martens schlug die Hände vor sein Gesicht und wiederholte immer wieder: »Jesus Maria, Jesus Maria …«

Lydia verfolgte die Szene irritiert. Nach der coolen Begrüßung der beiden Herren im schwarzen Anzug, den blendend weißen Hemden und dezenten Krawatten – Martens dunkelblau, Giesebrecht grau – hatte sie ja mit Einigem gerechnet, aber nicht mit einem derartigen Gefühlsausbruch, denn schwarze Anzüge hatten keine Emotionen.

Giesebrecht blieb sitzen, drehte sich aber nach hinten zu seinem immer noch aufgeregt auf- und ablaufenden Kollegen und sagte zu ihm: »Ich mache hier weiter. Geh doch kurz in dein Büro, und wenn du meinst, es geht wieder, komm einfach wieder.«

Martens folgte dem väterlich gesprochenen Rat und ging.

»Entschuldigen Sie bitte.«

Schielin richtete sich nun an Giesebrecht.

»Erzählen Sie uns von Martin Hugo Schober.«

Giesebrecht setzte sich wieder gerade an den Tisch, legte die Arme auf und faltete die Hände. Dann begann er: »Hugo war einer derjenigen, die diese Firma mit begründet haben … ein im Grunde beliebter Kerl und ein begnadeter Programmierer … etwas introvertiert vielleicht und wie genialische Menschen oft so sind etwas sprunghaft von Zeit zu Zeit und wenig ausrechenbar in ihrem Verhalten, in ihren Reaktionen.« Er wischte seine letzten Worte mit einer Handbewegung beiseite. »Aber das verlangt die Kraft der Kreativität.« Sein lindes Lachen empfand Lydia als unpassend. »Es ist aber sicher – ohne ihn gäbe es dieses Unternehmen hier nicht.« Er nickte Schielin zu. »Selbstverständlich erhalten sie alle Daten, die wir über ihn haben … und was die Reaktion von Doktor Martens angeht, bitte ich um Verständnis; Hugo war es, der ihn nach dem Studium hierher geholt, ihn protegiert und in seine heutige Position als Geschäftsführer gebracht hat. Die beiden konnten gut miteinander. Das ist ein großer Schock für ihn.«

Lydia Naber war der Typ zu glatt. So, wie er gesagt hatte *Martens konnte gut mit ihm*, bedeutete es, er selbst konnte nicht gut mit ihm; und sie hatten Daten über ihn – so als hätten sie ihn überwacht und bespitzelt. Mit merklichem Vorwurf in der Stimme sagte sie: »Ihr Hugo ist seit acht Monaten tot.«

Giesebrecht hob entschuldigend die Hände.

»Hugo hat unsere Firma vor etwa zwei Jahren Knall auf Fall, so muss man es wohl sagen, verlassen … wobei *verlas-*

sen genau genommen das falsche Wort ist, denn eigentlich gehört er immer noch dazu, denn er ist Anteilseigner. Es ist wirklich schwierig, zu erklären, weil selbst wir, die mit der Situation konfrontiert waren, sie nicht recht verstehen, doch ich will mir Mühe geben.« Er holte tief Luft und atmete lange aus, ohne sich an den beiden Kriminalbeamten, die da mit ihm am Tisch saßen, zu stören. »Nicht, dass sie meinen, es hätte Streit gegeben oder dergleichen – nein. Hugo ist einfach eines Tages nicht mehr wiedergekommen. Die Wochen und Monate zuvor war schon eine – nennen wir es Wesensveränderung – an ihm zu bemerken. Er wirkte irgendwie verwirrt, orientierungslos ... im Sinne von abgelenkt und unkonzentriert. Wir haben das auf seine Scheidung zurückgeführt; er hat sich von seiner Frau getrennt, müssen Sie wissen.«

»Er war verheiratet?«, fragte Lydia überrascht.

»Ja. Er hat auch eine Tochter. Soweit ich weiß, studiert sie im Ausland. Das ist aber schon eine Weile her, und vielleicht ist sie auch schon wieder zurück.«

»Haben Sie Namen, Adressen?«

»Wie gesagt ... alles, was wir haben, werden wir Ihnen geben.«

Er stand auf und ging zum Telefon in der Ecke. Er sprach wohl mit der Blondine und bat darum, ein Dossier mit allen vorhandenen, freigegebenen Daten von Martin Schober zusammenzustellen. *Dossier* und *freigegeben* – sowohl Schielin als auch Lydia fielen diese Worte auf. Es gab wohl offensichtlich auch Daten, die nicht freigegeben waren.

»Sie arbeiten im Bereich der Rüstungsindustrie?«, fragte Lydia Naber frech, als er sich wieder gesetzt hatte.

Die Frage irritierte ihn nicht annähernd.

»Nein, nicht primär. Einige unserer Produkte – wir fertigen integrierte Schaltungen – können zwar sehr wohl auch im militärischen Umfeld eingesetzt werden. Wir sind aber im Kern Zulieferer für die Elektronikindustrie.«

»Jene der Rüstungsindustrie«, sagte Schielin spitz lächelnd.

Giesebrecht lachte herzhaft, ohne eine Antwort zu geben.

Doktor Martens kam nun wieder herein. Giesebrecht erklärte: »Ich habe schon alles über Hugo erzählt. Bienilein stellt gerade ein Dossier für die Herrschaften der Kriminalpolizei zusammen. – Es tut mir auch so leid. Es tut mir leid, wie es uns allen hier leidtut, was da geschehen ist. Es ist unfassbar.«

Lydia unterdrückte ein fieses Grinsen. *Bienilein*, soso. Ihr Nachname war das bestimmt nicht. Und dieser kühle Giesebrecht – *es tut ihm leid, was geschehen ist* – ha! Woher wollte er denn überhaupt wissen, was geschehen war? Er hat ja noch nicht mal danach gefragt, wie es denn passiert ist. Sie sah zu Schielin, und ein kurzer, für andere nichtssagender Blickkontakt machte ihr deutlich, dass ihm die gleichen Gedanken durch den Kopf gingen.

Doktor Martens setzte sich wieder.

»Sie müssen verstehen, ich habe Hugo sehr gemocht und konnte es nie verstehen, dass er einfach so alles hingeschmissen hat. Wir hatten ja keinen Streit oder so. Auf einmal war er wie verändert, gar nicht mehr er selbst, hat seltsame Dinge erzählt und ist dann einfach verschwunden.«

»Was waren denn das für seltsame Dinge, die er erzählte?«, wollte Schielin wissen.

»Ach, das ist schwer zu beschreiben. Es ging irgendwie darum, dass es einen nicht loslässt, was einmal war … er sprach von einer großen Enttäuschung und von verlorenem Vertrauen. Er wurde aber nie konkret dabei – ich kann es gerade leider nicht so gut in Worte fassen, tut mir leid.«

Giesebrecht griff ein.

»Ich glaube, es macht nicht viel Sinn, heute weiter darüber zu reden. Sie werden in unserem Dossier alle Daten über Martin Schober finden. Ich denke, damit dürfte Ihnen gedient sein. Immerhin hat Ihre Leiche nun einen Namen.«

Er lächelte, was bei ihm eine Wesensäußerung war, die Distanz schaffte. Martens warf ihm einen bösen Blick zu. Schielin fragte: »Herr Schober hatte doch sicher ein Handy. Wir benötigen die Telefonnummer.«

Giesebrecht rollte gespielt mit den Augen.

»Selbstverständlich ist das Bestandteil unserer Unterlagen.«

Schielin sah ihm für zwei, drei Sekunden ernst in die Augen und stand dann auf, um sich zu verabschieden.

»Wir bedanken uns sehr für Ihr Entgegenkommen, haben Sie vielen Dank.«

Am Empfang lag bereits das Dossier für sie bereit, mit allen *freigegebenen* Daten zu Martin Hugo Schober und einigen Fotografien von ihm zu Lebzeiten – ein Passfoto und Fotos von Feiern, auf denen er zugegen war. Eine eigentümliche Art von Dossier, wie Lydia fand. Wieder am Auto sagte sie: »Diesen Giesebrecht, den nehmen wir uns aber schon noch mal vor, wenn es sich machen lässt.«

»Wenn es sich machen lässt, schon. Jetzt kommt erst mal unser Hugo dran, seine Frau, seine Tochter – ich sehe Licht am Ende des Tunnels.«

Die folgenden Tage vergingen mit Routinearbeiten, die ein grobes Bild des Toten ergaben: Martin Hugo Schober war neunundvierzig Jahre alt. Mit seiner Familie hatte er bis vor zwei Jahren in einem Einfamilienhaus bei Mindelheim gewohnt. Als die Ehe geschieden wurde, kam das Haus zum Verkauf; er hatte zunächst eine Wohnung in Ravensburg genommen, seine Frau zog ins Allgäu, nach Oberstaufen. Die

Tochter, Mitte zwanzig, hatte in den USA studiert und war vor drei Wochen nach Deutschland zurückgekehrt; sie wohnte nun in Karlsruhe. Auf Martin Schober war ein BMW mit Ravensburger Kennzeichen zugelassen.

Eine Fahndung danach war schnell erfolgreich – eine Streife fand den Wagen in der Nacht am Rand von Nonnenhorn und ließ ihn abschleppen. Bei der Durchsuchung des Wagens, der innen aussah, als hätte Martin Schober einige Zeit darin geschlafen, fanden sich keine Dinge, die sie weitergebracht hätten: keine Scheckkarte, keine EC-Karte und vor allem kein Handy.

Wenige Wochen vor seinem Tod hatte Schober seine Wohnung in Ravensburg aufgegeben und war nach Lindau gezogen, wo er aufgewachsen und zur Schule gegangen war. Abitur am Bodenseegymnasium, Studium in Karlsruhe und Erlangen, danach hatte er kurz bei Siemens gearbeitet, und dann folgte, zusammen mit zwei anderen Elektrotechnikern, die Gründung von *Automotive Systems*. Seine Kompagnons hatten sich vor Jahren auszahlen lassen. Einer wohnte auf Mallorca, der andere war bei einem Fährunglück auf den Philippinen ertrunken.

Lydia Naber war mit den Vorbereitungen für die Spurensuche im Nonnenhorner Hafen beschäftigt, während Wenzel versuchte, die Bootsbesitzer zu erreichen und Termine mit ihnen zu vereinbaren. Ein paar hatte er schon gesprochen und ihnen die Fotos von Martin Schober vorgelegt. Bisher war er jedoch auf keinen getroffen, der etwas hätte sagen können. Niemand kannte den Mann auf dem Foto, und an jenem Sturmwochenende im Oktober war das Boot *keine Option für die Freizeitgestaltung*, wie es ein Doktor Schwinge formulierte.

*

Schielin hatte mit dem Nonnenhorner Hafenwart einen Termin für Mittwochnachmittag vereinbart und war eine ganze Stunde zu früh in Nonnenhorn. Lydia organisierte die Nachsuche im Hafengelände und war gerade auf dem *Zander*, weit draußen auf dem See. Schielin hatte keine Ahnung, was sie so weit draußen suchen konnten. Zwei Taucher waren vor Ort und Kollegen von der Wasserschutzpolizei aus Lindau und Friedrichshafen.

Im Hafenbecken selbst gab es nichts für ihn zu tun, und Lydia wollte er schon gar nicht reinreden. So ging er ins Café Lanz, um dort die Zeit zu überbrücken. Er konnte sich nicht erinnern, überhaupt schon einmal hier gewesen zu sein. Trotz des schönen Wetters entschied er sich dafür, nach drinnen zu gehen, denn an den Tischen im Freien saßen einige Leute, die lautstark telefonierten, und ihn interessierte das Bedeutungslose nicht, das sie da in den sonnigen Tag krakeelten.

Im Café war die Zeit auf liebenswerte Weise stehen geblieben, was sich einem vor allem dadurch mitteilte, dass es Kaffee gab, der diesen Namen auch verdiente, und kein dunkles Gesöff, dessen Aroma allein aus blumigen italienisch klingenden Bezeichnungen bestand. Vermutlich stand jemand in der Küche, der den Kaffee in einem alten angeschlagenen Porzellanfilter aufgoss, wie Gommi das auf der Dienststelle machte.

Der Raum selbst hatte eine für ein Café in dieser Lage etwas eigenwillige Anordnung: Beinahe militärisch exakt waren Tische und Stühle Kante an Kante entlang der Fensterfront aufgereiht. Der Serviertisch befand sich eigentümlicherweise am Ende der Längsseite des Raumes und damit abgewandt vom Gastraum, was diesem noch mehr Strenge verlieh. An der Wand klebten Tapeten aus lange vergangenen Zeiten. Gleich rechts der Eingangstür hingen vier Seestücke – eines davon schief – und ein Gemälde, das eine Rose zeigte; es war aus unerfindlichen Gründen zwischen die Seestücke geraten. Er war alleine im Gastraum, und die Bedienung wusste nicht so recht, was sie mit einem Typen anfangen sollte, der sich bei bestem Sonnenschein hier drinnen aufhielt. Ihre Freundlichkeit barg daher etwas Zurückhaltendes in sich.

Schielin sah nicht einfach nach draußen – er scannte die Umgebung: Es gab keinen freien Blick von hier in den Hafen. Die jungen Kastanien vor den Fenstern nahmen einem die Sicht, die Hütte des Bootsverleihs verdeckte den Hauptsteg und das Fahrkartenhäuschen draußen an der Wasserkante. Selbst wenn also während der Sturmstunden im letzten Oktober jemand hier im Café gesessen haben sollte, wäre es für ihn unmöglich gewesen, mitzubekommen, was am Steg und rund um die Anlegestelle geschah.

Schielin zahlte und machte sich auf den Weg.

Der Hafenwart waltete in einer kleinen Kammer. Es musste eine äußerst begabte Seele gewesen sein, die den pensionierten Zugschaffner zu dieser Tätigkeit hatte überreden können. Das Imposanteste an ihm war die weiße Kapitänsmütze, die er auf dem arg haarlosen Schädel trug. Als Schielin kam, strich er gerade die Holzverkleidung seiner Hütte.

»Wie bei der Bundeswehr: Alles, was sich bewegt, wird gegrüßt oder geschmiert, alles Unbewegliche wird angestrichen«, begrüßte ihn Schielin.

Der Hafenwart lachte. Schielin nahm sich die Zeit, etwas mit dem angenehmen Kerl zu plaudern und fragte, wie die Schafkopfrunde am letzten Samstag gelaufen war, obwohl er von Albin Derdes bereits gehört hatte, wie billig der Hafenwart ein Herz-Solo vergeigt hatte, weil er drei Laufende gezogen hatte, anstatt hoch und niedrig zu gehen, wie man es doch von klein auf lernte. Und um das alles noch einem irren Wahn zuzuführen, hatte er die Grün-Sau gleich danach gezogen. Ein verlorenes Herz-Solo mit drei Laufenden schmerzte lange, und dementsprechend nüchtern fiel nun der Bericht aus, der alsbald in Allgemeinheiten und Phrasen verebbte. Es war ebene eine unangenehme Sache – die mit dem Toten.

Schielin berichtete nun sachlich von dem, was er bereits am Telefon kurz umrissen hatte, und fragte dann: »Das Boot gehörte einem Herrn Kutz, der es hier im Hafen festgemacht hatte. Kennen Sie ihn?«

Der Hafenwart nahm die Mütze vom Kopf, wischte sich mit einem blau-weiß karierten Taschentuch den Schweiß von der Stirn und setzte die Mütze wieder auf.

»Den Kutz, ob ich den Kutz kenne? – Ja sicher.«

»Und sein Boot?«

»Des italienische ... ja, auch ... klar ... des hat der früher ja mal hier gehabt, bevor er nach Kressbronn gegangen ist wegen der Fischerei ... er ist ja da drüben im Verein ... schönes Boot im Grunde ...«

Schielin unterdrückte ein Lächeln, denn im Stillen formulierte er für sich: *schönes Boot – am Grunde.*

»Das Boot war beschädigt. Wissen Sie was davon?«

Der Hafenwart schob die Mütze etwas nach hinten. »Ha! Ja natürlich. Der Säckel, der ... fahrt der doch voll in die Mauer, also in die Felsblöcke draußen vor der Hafenmauer, so Kante zur Einfahrt. So ein schönes Boot, Mensch!«

»Haben Sie gesehen, wie das passiert ist?«

Er lachte.

»Hab ich, ja. Ich war grad am Anlegesteg, dem Dreiundzwanziger, und schau halt so raus auf den See. Es war am Abend, ich hatte grad einen Liegegast kassiert, aus Arbon ... schönes Bootle ... eine *Bavaria Vision* ... na ja die Schweizer ham's halt, gell ... Fränkli!« Er lachte und rieb dabei den Daumen an Zeige- und Mittelfinger, wurde aber sogleich wieder ernst. »... Und wie ich da so rausschaue in Richtung Schweiz, da seh ich, wie der Kutz reinkommt – und volles Rohr auf die Mauer zu. Ich dachte noch, na, na, na – der wird des schon noch merken, aber der ist kerzengerade drauf zu. Hatte ich mir schon gedacht, dass der wieder ne Ladung drinnen hat. Das kenn ich ja bei dem Kerl.«

Er lachte verschmitzt, hob die Hand und tat so, als würde er einen Schnaps kippen. Schielin sah ihn grinsend an.

»Ahhh ... um so eine Ladung geht's.«

Der Hafenwart zappelte aufgeregt herum.

»Ja, besoffen halt! Und wie! Voll bis oben, der Kutz. Des ist ja sonst ein ordentlicher Mensch, auch wenn man das ein oder andere so hört ... aber wurscht ... wissen Sie, Herr Kommissar – die einen, die trinken gar nichts, die anderen immer wieder mal und regelmäßig, so wie ich, und dann gibt's die, die ne Weile nix saufen, sich das aber aufsparen, und wenn der Mond richtig steht, alles auf einmal, alles auf einmal rein damit! Und der Kutz, das ist genau so einer. Alle zwei, drei Monat etwa, da hat er sich die Kante gegeben, ha! Und wie!« Er schüttelte die rechte Hand, bevor er weitersprach. »Und an dem Tag damals, da war er wieder draußen und hat sich das Zeug reingeschüttet – auweh, auweh. So wie der beieinander war, da hätt der selbst den Säntis nimmer erkannt, der Kerle, der Bsoffne.«

Er lachte böse und wischte sich abermals den Schweiß von der Stirn.

»Das ist also öfter vorgekommen mit der Sauferei?«

»Was heißt öfter ... so oft halt, dass man es weiß, und wie ich schon sagte – alle paar Monate. Zwischendrin, da war aber Ruhe, das muss man schon auch sagen, der Gerechtigkeit wegen. Aber ich hab ja schon gesagt, er ist seit jetzt zwei

Jahren mehr in Kressbronn als hier, und ich weiß nicht, ob er immer noch so rumtut.«

»Und an dem Tag, wo es gekracht hat, wie war das genau?«

Der Hafenwart überlegte.

»Wie war das genau … mhm …? Ah ja! Also ich bin vom Schweizer Boot weg in Richtung Hafenmauer gesprungen, so gut es eben ging in meinem Alter, bin ja nun auch schon an die siebzig, gell, und dann hab ich es auch schon krachen hören. Jesus, des tut mir heut noch weh, wenn ich dran denken tu, des schöne Bootle! Ich hab ihn gesehen, wie er da im Boot lag, und zwei junge Kerle, die des auch gehört haben, die sind dann gekommen und über die Mauer runter auf die Steine und haben des Boot reingebracht. Gleich am Dreiundvierziger drüben ham mir des Boot dann festmacht – am letzten Platz halt, mir haben ja nur dreiundvierzig Liegeplätze, und fünf sind für Gäste reserviert. Gscheit hat der sein Bootle aufgebockt, das muss man schon sagen … hat halt grad die Kante von einem der großen Felsblöcke erwischt. War sofort Wasser im Boot.« Er machte eine schmerzhafte Grimasse. »Ah, des tut weh, wenn mer bloß dran denkt.«

»Und wie ging es dann weiter?«, wollte Schielin wissen.

»Ja einer von de jungen Kerle, die da herum waren, hat den Kutz dann heimgefahrn, und wir haben derweil des Boot notdürftig versorgt. Was immer im Hafen war, ist ja hergesprungen kommen, gell, bei dem Schepperer. Ich glaub, ich hab auch noch en Schrei nauslosse, als des passiert is. Der Kutz jedenfalls ist dann am nächsten Tag gekommen und hat, weil die Werft in Reutenen grad keinen Termin frei gehabt hat, den Riss eben erst mal verklebt oder so und das Boot dann da liegen lassen … der Doktor Schwinge, der wo den Liegeplatz sonst hat, der hat seine *Minerva* ja schon rausgenommen gehabt, da ging das – schönes Boot, ein sehr schönes Boot. Man kann über die Franzosen sagen, was mer will, aber sie bauen schöne Boote.«

Schielin wartete geduldig, bis er ausgeredet hatte. Wenn die Leute von selbst redeten, ersparte es einem so manche Frage. Als der Hafenwart nichts mehr zu Doktor Schwinge und seiner schönen *Minerva* anzumerken hatte, fragte Schielin: »Am Wochenende darauf, da war dieser heftige Sturm. Erinnern Sie sich daran?«

»Ja sicher – und wie ich mich daran erinnere«, kam es unerwartet prompt und sicher.

»Ah, Sie waren hier im Hafen?«

»Jesses, ja wieso denn? Bei so einem Sturm doch nicht! Noch dazu im Oktober ... da ist doch eh nix mehr los hier; da sind die meisten Boote ja schon raus aus dem Wasser, das geht im September schon los. Nein, nein – ich war bei meiner Tochter in Hagnau. Die ist dort in der Gastronomie, und vielleicht zieh ich nächstes Jahr ganz dahin. Der Sturm, der war da ja auch da unten. Des hat ja brutal gfetzt. Ich hab mir schon gedacht, ob wohl alles heil bleibt?«

»Und das Boot vom Kutz, das war nach dem Sturm ja verschwunden.«

Der Hafenwart wurde nervös. Offensichtlich hatte er die Frage des Kommissars falsch interpretiert.

»Ja wissen Sie ... des hat mich ja nix mehr angegangen. Der Doktor Schwinge, der hat ja Bescheid gewusst wegen seinem Liegeplatz und nix dagegen gehabt, und wegen der Havarie hab ich es dann da auch liegen lassen, ohne Anmeldung und Formularkram, denn ... grad egal, aber der Kutz hat ja einen gewaltigen Schaden gehabt und dann ist man da eben nicht so ... ja und mehr weiß ich eigentlich nicht dazu. Ich hab doch da nichts falsch gemacht, oder?«

Schielin beschwichtigte ihn.

»Aber nein, gar nicht, darum geht es ja gar nicht. Niemand hat behauptet, sie hätten etwas nicht korrekt gemacht. ... Ich möchte noch mal auf dieses Sturmwochenende zurückkommen. Es geht uns darum, einzugrenzen, wann das Boot verschwunden ist. Wann sind Sie denn von Ihrer Tochter aus Hagnau zurückgekommen?«

Der Hafenwart blies die Backen auf. Er überlegte.

»Am Sonntag war das ... ja, am Sonntagnachmittag. Ich war ja nur übers Wochenende dort, und am Montag, da geht da unten alles wieder seinen Gang, da ist man nur im Weg. Nach dem Kaffee bin ich los.«

Schielin lächelte und nickte ihm aufmunternd zu.

»Und wann waren Sie nach Ihrer Rückkehr das erste mal wieder im Hafen?«

»Ja gleich ... ich bin direkt dahin, weil ich nachsehen wollte, ob alles in Ordnung ist nach dem Sturm und so.«

»Mhm ... gut. Und das Boot von Kutz? Erinnern Sie sich vielleicht daran?«

»Ja, das war weg.«

»Sind Sie sich sicher?«

»Ja. Ich bin die Bootsstege mit meiner Liste abgegangen ... und wie gesagt, es waren ja auch nur noch wenige Boote an den Liegeplätzen ... dem Kutz seins hatte ich mir aufgeschrieben ... ich weiß es noch ... *Italienische* stand da auf meinem Zettel, und weil es weg war, da habe ich mir gedacht, gut dass der sein Boot versorgt hat und der Liegeplatz vom Doktor Schwinge nun wieder frei ist. Ja, da bin ich mir sicher. Aber ich habe mir doch nix dabei gedacht!«

Schielin winkte ab.

»Ist schon gut. ... Eine letzte Frage habe ich noch. Sie haben vorhin beiläufig erwähnt, der Kutz sei im Grunde ein ordentlicher Mensch, auch wenn man *so Einiges* hört – was hört man denn so ...?«

Er schob seine Kapitänsmütze ein Stück nach hinten und räusperte sich. »Na ja, was man halt so erzählt... es hat Streit gegeben... in der Familie... wegen dem Erbe. Wie des halt so ist.«

»Wegen welchem Erbe?«

»Na des Haus und so. Die Tante, ich hab sie ja auch gekannt... des war kein Wunder, des die keinen Mann net gehabt hat, sag ich... sie hat ihm des Haus vermacht, und dann gibt's da noch einen anderen Neffen, der leer ausgegangen ist. Streit halt. Wie ich gehört habe, sogar mit Anwalt, und von Erbschleicherei war die Rede. Na ja. Ist aber nichts dabei rausgekommen.«

Schielin hatte etwas mehr Abgrund erwartet als nur eine Erbstreitigkeit. Er bedankte sich für das Gespräch und fuhr wieder nach Lindau zurück.

Lydia war immer noch mit dem *Zander* weit draußen.

*

Robert Funk hatte nach langem Hin und Her die Tochter des Vermieters von Schobers Wohnung erreicht. Ihr Vater war für ein verlängertes Wochenende ins Tessin gefahren, und das *Rustico* in Sonogno hatte keinen Telefonanschluss, und es gab auch kein Mobilfunknetz, welches diese Steinhütte in die moderne, schwingende Welt gebracht hätte. Robert Funk wollte sich diesen glücklichen Ort merken.

Die Tochter hatte nichts von Schwierigkeiten mit einem Mieter gehört und war überzeugt, ihr Vater hätte ihr davon berichtet, wenn es da Probleme gegeben hätte. Schlüssel hatte sie keine.

Robert Funk war trotzdem in die *Grub* gefahren, hatte an einer der anderen Wohnungen geklingelt und war die Treppen nach oben gestiegen. Die Wohnungstür sah unversehrt aus. Er lauschte. Nichts war von drinnen zu hören, kein unangenehmer Geruch drang nach außen. Sollte er die Wohnungstür aufbrechen? Wozu – wer oder was sollte ihnen davonlaufen? Die Frau, die ihm die Haustür geöffnet hatte, konnte zu dem Mann in der oberen Wohnung nichts sagen. Nur einmal habe sie jemanden gesehen, der ein paar Umzugskisten nach oben geschleppt habe, und zwei, drei Mal sei man sich an der Tür begegnet. Nun habe sie ihn aber schon länger nicht mehr gesehen. Ganz dunkel erinnerte sie sich daran, dass die alte Frau in der oberen Wohnung einmal etwas gesagt habe, aber die war inzwischen gestorben. Er klopfte leise an die Wohnungstür, was jedoch mehr dazu diente, seine Gedanken zu ordnen. Dann ging er.

Schielin befand sich bereits wieder auf dem Rückweg zur Dienststelle, als ihn der Anruf von Lydia erreichte.

»Wir haben was!«

Er wendete am Krankenhaus und fuhr zurück nach Nonnenhorn. Schon aus der Ferne konnte er das Menschenknäuel am Steg sehen. Die Kollegen hatten sich um einen der metallenen Fahnenmasten gruppiert, die auf der rechten Seite aus dem Geländer wuchsen. Diese Stelle verblüffte ihn, denn er hatte gedacht, sie hätten draußen im See etwas entdeckt, wo sie doch so lange mit dem *Zander* herumgeschippert waren. Lydia fotografierte gerade den Fahnenmast. Hoch über ihr wehte die Flagge Spaniens.

»Komm her, schau dir das an!«, winkte sie ihn heran und deutete auf den Fahnenmast.

Schielin ging näher heran und entdeckte etwa auf Brusthöhe das kleine Loch und die nach innen gedrückten Stanzränder des Aluminiums. Ohne Frage handelte es sich hier um ein Einschussloch.

»Kein Zweifel, gell!?«, sagte Lydia begeistert. »Das ist doch irre, oder? Das Kaliber könnte auch passen. Wir haben keinen Ausschuss finden können; manchmal rauschen die Dinger ja sonst wo raus. Ich vermute also, das Projektil ist noch da drinnen. Wir werden versuchen, es rauszuholen. Die Masten sind ja ganz einfach zu lösen … sie sind eigentlich nur an der Schelle am Eisengeländer hier festgezogen.«

Sie deutete mit der Hand auf die Befestigung, Schielin nickte nur. Er versuchte festzustellen, von wo aus geschossen worden sein könnte und was der Schütze wohl im Visier hatte. Die Schussrichtung wies genau auf die Grenze von Wasser und Landzunge, hinter der Langenargen lag. Der Schütze hatte also nicht gerade nach vorne in Richtung Bootshäuschen geschossen, sondern in Richtung des Stegs, der von dort vorne nach rechts, nach Westen hin abzweigte und zur Hafenausfahrt führte. Wer auch immer geschossen hatte – er hatte den Liegeplatz von Doktor Schwinges schöner *Minerva* ins Visier genommen, den, an dem an besagtem Wochenende im letzten Oktober das Boot von Kutz gelegen hatte.

»Du schaust zufrieden aus«, frotzelte Lydia.

So falsch lag sie nicht. Wenn sich bestätigen sollte, dass der Einschuss am Fahnenmast mit der gleichen Munition erfolgte, die sie in Martin Schobers Rücken gefunden hatten, waren sie einen erheblichen Schritt weiter – sie hätten endlich einen Tatort, und sie könnten die Tatzeit eingrenzen, in der es geschehen war. Schielin bastelte an einem Tathergang, der jedoch noch nebulös war: Es musste während des Sturms geschehen sein. Der Schütze war sich offensichtlich sicher, von niemandem beobachtet und gehört zu werden; kein besserer Zeitpunkt als das Tosen eines Sturms war dafür denkbar: Ein menschenleerer Hafen, das Rauschen der Wellen, das Schlagen der Bootsrümpfe, der Wind, das Klappern und Klirren der Seile und Masten – da konnte der helle Knall einer kleinkalibrigen Waffe schon einmal untergehen.

Er blieb noch und wartete ab, bis der Mast aus der Verankerung gelöst war. Lydia Naber leitete das Unternehmen und hatte bereits die Handschuhe an und eine Pinzette griffbereit. Als der Mast samt Flagge auf dem Bootssteg lag, kroch sie auf den Knien um die Halterung im Beton und stocherte mit der Pinzette darin herum.

»Bingo!«, rief sie und holte eine Plastiktüte hervor. Das Metallteil, das sie hervorzog, war zwar korrodiert. Trotzdem war das Projektil als solches zu erkennen.

»Ich sage dir jetzt schon, das passt zu den anderen – Kaliber *Punkt-Zwounddreißig ACP*.«

Bis zur Dämmerung fanden sie einen zweiten Spot, bei dem es sich um einen Einschuss handeln konnte. Allerdings war hier kein Projektil mehr zu finden. Im letzten Drittel des Steges befand sich ein Durchschuss in einem Brett, das den Steg zum Wasser hin abblendete, kurz vor Doktor Schwinges Liegeplatz. Schielins Vorstellung von dem ganzen Geschehen wurde nun etwas klarer: der Lärm des Sturms, ein trüber, düsterer Oktoberabend, Martin Schober auf der Flucht vor einem, der auf ihn schoss – und die Italienische, die da lag, als die letzte Rettung.

Altakten

Die folgenden Tage waren mit Routinearbeiten gefüllt, neue Erkenntnisse kamen nicht hinzu. Alle warteten auf das Ergebnis der ballistischen Untersuchung, und Kimmel rief mehrmals in München an, um Druck zu machen. Er schimpfte so herum, dass selbst Hundle ihm aus dem Weg ging.

In Schielins und Lydias Büro hing inzwischen eine Skizze des Nonnenhorner Hafens. Außer Kimmel und Gommi waren alle darum versammelt und diskutierten, von wo Martin Schober gekommen und in welchem Abstand sein Verfolger hinter ihm gewesen sein könnte. Nach eingehenden Debatten wurden sie mit Schielins Ansicht eins, nach der die Schüsse in der Hauptphase des Sturms gefallen sein müssen. Laut Wetteraufzeichnung des Deutschen Wetterdienstes wütete das Unwetter an jenem Samstag im letzten Oktober am wildesten zwischen sechzehn und zwanzig Uhr. Irgendwann in diesem Zeitfenster, eher zum Abend hin, mussten sich die dramatischen Szenen da drunten im romantischen Hafen abgespielt haben: Ein vor seinem Verfolger flüchtender Martin Schober war den Steg hinausgerannt und damit in eine Sackgasse geraten, fand dann aber das havarierte Boot von Kutz, sprang rein, startete den Motor und löste die Leinen, was ihm offensichtlich nicht schwergefallen war, da er sich wohl mit Booten auskannte. Schielin war der Meinung, dass Schober erst getroffen worden sei, als er mit dem Boot bereits ein Stück entfernt war, und der Täter vom Steg aus geschossen habe. Robert Funk fragte, weshalb er denn nicht die Bucht einfach gequert habe oder um die Landspitze herum in Richtung Langenargen gefahren sei. Weshalb diese Wende nach Osten, in Richtung Lindau?

»Weil er da seine Wohnung hatte«, lautete Schielins Erklärung. »Denk doch, wenn du so brutal angegriffen wirst, wenn dich jemand töten will – da reagierst du doch unbewusst und versuchst, einen möglichst sicheren Ort zu finden, und das war für ihn eben seine Wohnung in Lindau. Wir haben zwei Einschüsse im Hafen, und zwei Mal ist Martin Schober im Rücken getroffen worden. Erster Einschuss im Fahnenmast auf dem Weg des Täters zu den Stegen, dann der zweite Einschuss in einem der Blendbretter am Steg, danach die zwei Treffer auf Martin Schober. Ich glaube nicht, er wäre mit den zwei Einschüssen im Rücken weitergerannt. Der Verfolger muss sich entweder sehr sicher gewesen sein, nicht von irgendjemandem beobachtet zu werden, oder er ist schlicht ausgerastet, und es war ihm alles egal.«

Schielins Modell klang einleuchtend, wenngleich es unbefriedigend war, mit Theorien und Handlungsskizzen arbeiten zu müssen, in Ermangelung von Fakten und objektiven Spuren. Er selbst fragte sich, weshalb der Schütze einen so großen räumlichen Abstand zwischen sich und Schober kommen ließ, weswegen er nicht in den südwestlichen Winkel des Hafens gerannt war.

Jasmin Gangbacher erzählte, wie zäh es mit der Auswertung der Papiere aus dem Geldbeutel des Toten voranging. Bei einem der Fetzen, den sie bisher identifizieren konnte, handelte es sich um eine Kopie eines Zeitungsartikels aus der *Frankfurter Allgemeinen*, der schon Jahre alt war und in dem es um einen Politiker ging, der bei Pflegeeltern aufgewachsen war. Weiter war sie noch nicht gekommen. Die anderen in der Runde nahmen die Information kommentarlos zur Kenntnis und verteilten sich wieder in ihre Büros.

Robert Funk widmete sich nun wieder den Überfällen auf Reisemobile, die in letzter Zeit gehäuft auftraten. Schon das fünfte Fahrzeug war in der Nacht auf einem Parkplatz in Eriskirch ausgeräumt worden, während die Besitzer schliefen – komplett. Und wieder hatten die Reisenden, diesmal ein Ehepaar aus Bocholt, über Kopfschmerzen und Übelkeit geklagt, als sie am Morgen wach geworden waren – die gleichen Symptome wie schon in Immenstaad, Tettnang, Hagnau und Friedrichshafen. Gas. Da waren Lumpen unterwegs, die Gas in die Fahrzeuge einleiteten und die Schlafenden so betäubten.

Er blätterte den Bericht durch. Doch immer wieder schweiften seine Gedanken ab, und sein Blick richtete sich auf das Gemälde mit dem opulenten Blumenstrauß – Rittersporn, Lilien, Pfingstrosen, Schleierkraut – alles in kräftigen Farben und nicht mit dem Pinsel, sondern mit der Spachtel gemalt, grob und wuchtig und doch voller Zartheit im Ausdruck. Die Einbrecher, die sie neulich festgenommen hatten, Hoffentlich durfte es eine Weile hier hängen und seine Gedanken erfreuen und wurde nicht von einem kunstsinnigen Staatsanwalt angefordert. Da wäre es ihm lieber gewesen die rechtmäßigen Besitzer meldeten sich und holten es ab.

Draußen brannte die Sonne herab. Das Wetter wendete sich ganz der sommerlichen Seite zu – etwas zu heftig und zu schnell, wie Funk fand. Hoffentlich wurde keine Hitzewelle daraus, denn Hitze vertrug er so schlecht.

Der Tag verging, und die Woche nahm Kurs auf das Wochenende.

Der Mangel an Ermittlungsansätzen brachte Schielin den alten Fall mit dem toten Jungen an der Knochenmühle wieder in Erinnerung. Gleich am nächsten Tag nach der Morgenbesprechung ging er zu Robert Funk, Kimmel und

Gommi, in der Hoffnung, sie wüßten etwas über den einstigen Fall. Doch keiner von ihnen konnte seine Fragen beantworten. Im Falle eines unnatürlichen Todes wurden immer Akten angelegt, doch die beiden waren skeptisch, ob sich über den so lange zurückliegenden Fall noch Unterlagen finden lassen würden.

Schielin wollte es wenigstens versuchen und stieg hinauf auf den Dachboden. Der Türriegel quietschte druchdringend, als er die Tür zu jenen eigenartigen Raum gegenüber der Asservatenkammer öffnete, in welchem die vor Jahrzehnten ausgemusterten Akten langsam zu Staub wurden. Jetzt, am frühen Vormittag, waren die Temperaturen hier oben direkt unter dem Dach gerade noch zu ertragen. Bis zum Mittag würde sich das ändern, und man bekäme keine Luft mehr. Es war extrem staubig und roch nach zerbröselndem Papier. Keine Minute war vergangen, und ein Stechen in Schielins Rachen zwang ihn, zu husten.

Ein Ablagesystem gab es nicht mehr. Die Aktenordner hatten jede Stabilität verloren und hingen zusammengesunken in den groben Holzregalen, die aus Dachlatten und alten Brettern provisorisch zusammengeschustert worden waren. Aus Kartons ragten Hefter und Sammler. Dazwischen lagen lose Blätter, alte Tatortzeichnungen und Fotografien. Er suchte eine ganze Weile in den Regalen und Kartons, bis er in der hintersten Ecke endlich auf eine Akte stieß, in der es nicht um Betrug, Einbruch oder Diebstahl ging, sondern um einen Suizid. Er sichtete die Ordner, die daran anschlossen, und geriet schließlich an eine Reihe sogenannter Todesermittlungen. Hier suchte er nun weiter und fand endlich den Aktendeckel, auf den er es abgesehen hatte. Das ehemals leuchtende Rot des Ordners war inzwischen völlig verblasst. Nur das Aktenzeichen, welches fein säuberlich mit Tinte auf das Deckblatt geschrieben worden war, hatte nichts von seiner Deutlichkeit verloren. Damals verwendete man noch Tinte mit echten Rußanteilen, die Jahrhunderte hielt.

Mit der Akte in der Hand ging er wieder nach unten und blies noch im Gang den Staub von dem Papier, so gut es ging. Er nahm das alte Ding aber nicht mit in sein Büro, denn es war ihm nach wie vor zu viel Schmutz zwischen den Blättern; er ging damit ins Vernehmungszimmer und schloss die Tür. Hier war er ungestört. Vorsichtig blätterte er die ersten Seiten auf und musste lächeln. Es raschelte laut. Heute jagte man so viele Ausdrucke durch den Drucker, wie man brauchte. Damals hingegen wurde noch mit Durchschlägen auf dünnstem Papier gearbeitet, manchmal sogar mit bis zu fünf Blättern mit Kohlepapier dazwischen. Er hatte einen der hinteren Durchschläge vor sich, entsprechend konturenlos waren die Buchstaben, die der Kollege mit der Schreibmaschine mehr geschlagen als getippt hatte.

✳

Ereignisort: Leiblachschleife, nahe Knochenmühle, las er. In kurzen, militärisch anmutenden Sätzen berichtete der damalige Sachbearbeiter vom vierzehnjährigen Robert Zwingler, der am Abend des elften August von dem Wildhüter Ignaz Waller tot am Ufer der Leiblach gefunden worden war. Schielin blätterte schnell weiter und suchte nach der Todesursache: Ertrinken. Robert Zwingler war also ertrunken, genau wie Martin Schober.

Der feste Karton der Bildtafel war schon wellig, und einige der Schwarz-Weiß-Fotos fielen lose umher. Die Leiche am Fundort war darauf zu sehen. Entgegen Schielins Vorstellung trieb sie nicht im Wasser, sondern lag im Randbereich des Flusses auf dem groben Kiesbett, wo der Wasserstand gerade mal so tief war, dass Mund und Nase mit Wasser bedeckt waren. Seltsam.

Er blätterte hin und her, las quer und landete wieder bei den Fotografien. Neben dem toten Jungen lag ein Hanfseil, und eine weitere Fotografie zeigte die Rissstelle im Seil. Im Anhang folgten die Niederschriften der Vernehmungen, Befragungen und Anhörungen. Manche waren handschriftlich verfasst und so zur Akte gegeben worden. Eine Obduktion hatte nicht stattgefunden; ein Protokoll wies aber auf eine Leichenschau unter Hinzuziehung des damaligen Amtsarztes hin. Der hatte stumpfe Kopfverletzungen festgestellt, die vom Sturz auf das Kiesbett herrührten. Dem Bericht des Kollegen zufolge, der den Fall aufgenommen hatte, hatte Robert Zwingler im Wald gespielt. Dabei war er mit einem alten, brüchigen Hanfseil über dem Flussbett geschwungen, als das Seil infolge der Belastung plötzlich riss. Durch den Aufschlag kam es zur Bewusstlosigkeit; die Lage von Mund und Nase in der Wasserlache führte schließlich zum Tod durch Ersticken.

Schielin blätterte ganz nach hinten und fand eine Zusammenstellung der Zeugen, die in der Sache angehört und vernommen worden waren. Wieso machte man das heute eigentlich nicht mehr? Weil keiner mehr Akten las, sondern nur noch in Suchfeldern recherchierte? Sein Zeigefinger glitt über das alte Papier: Hans Bilgeri, Stefan Koppe, Brigitte Reiser, Peter Latz, Bernd Mohr, Martin Schober … Er stockte. Martin Schober! Da stand in der Tat Martin Schober. Er drückte den Stuhl zurück und sah auf die hässliche schmucklose Wand. Er hatte es geahnt – dieses Foto, das Schober da mitgeführt hatte, es war von großer Bedeutung für ihn. Mit einigen der aufgeführten Namen konnte Schielin etwas anfangen. An Hans Bilgeri erinnerte er sich und war überrascht, wie schnell die Bilder aus so lange vergangener Zeit auf einmal wieder präsent waren. Bilgeri war als junger Kerl mit dem Motorrad verunglückt, und alle hatten sich gefragt, wie er überhaupt so lange am Leben geblieben war angesichts seines Fahrstils und Bierkonsums. Brigitte Reiser war ebenfalls schon verstorben – Krebs. Stefan Koppe, der hatte heute ein Bauunternehmen, und Peter Latz betrieb einen Souvenirladen auf der Insel. Mit dem Namen Bernd Mohr konnte er nichts anfangen. Der Ermittler von damals hieß Ludwig Stöck. Der Name kam ihm bekannt vor – mehr nicht.

Die Tür ging auf, und Lydia steckte den Kopf ins Zimmer.

»Ah, hier hast du dich also versteckt.« Sie kam näher und warf einen Blick auf die Unterlagen. »Kann man sich heute gar nicht mehr vorstellen«, sagte sie und deutete dabei auf die Bildtafel. »Handschriftliche Bildunterschriften. Aber wenn man es so ansieht, wirkt es eine Spur authentischer, mehr von Menschen gemacht, lebensnäher. Unsere Akten heutzutage sind so perfekt, eine wie die andere – Computerausdrucke eben – was ist das eigentlich?«

Schielin erzählte ihr von dem toten Jungen damals an der Leiblach und schob ihr das Blatt mit der Zeugenliste zu.

»Ja da, schau her – der Zeuge Martin Schober!«, sagte Lydia überrascht. »Das passt gut, denn ich hatte gerade ein Telefonat mit seiner Ex. Sie ist ein wenig kompliziert, wie ich finde. Erst wollte sie zur Vernehmung nicht nach Lindau kommen, und dass wir zu ihr nach Oberstaufen fahren, war ihr wiederum auch nicht recht; und vorhin ruft sie mich ganz unvermittelt an und meint, sie wolle heute Nachmittag kommen, obwohl sie der Meinung sei, nichts sagen zu können, was uns weiterhelfen würde. Eine komische Frau.«

»Und die Tochter?«, fragte Schielin. »Schaut es da besser aus?«

»Oh, die war echt fertig. Sie nimmt am Wochenende den

Zug von Karlsruhe hierher. Sie hat auch sofort danach gefragt, wer sich um die Beerdigung kümmert ... eine Frage, die seiner Ex gar nicht in den Sinn gekommen ist.« Sie blies ihren Atem geräuschvoll durch die Lippen und schüttelte den Kopf. »Bin mal gespannt, was das für eine Frau ist und was da los war. Ich meine, Scheidung hin oder her, aber er war über ein halbes Jahr lang verschwunden ...«

*

Robert Funk hatte endlich den Termin mit dem Vermieter von Schobers Wohnung und fuhr mit dem Auto auf die Insel. Auf der Seebrücke staute sich der Verkehr, was ihn jedoch wenig ärgerte, da er so für einen Moment die Aussicht hinüber nach Bregenz und auf die Berge genießen konnte. Er hörte *Radio Vorarlberg*, das den richtigen Swing für die sommerliche Wärme des Tages gefunden hatte. Der Pfänderrücken leuchtete in saftigem Grün zwischen den dunklen Waldstreifen hervor, und auf der Seefläche unter ihm waren ein paar Boote unterwegs. Die Zweige der Trauerweide auf der Insel Hoy baumelten ebenso lustlos über der Wasseroberfläche wie die Flaggen an den Fahnenmasten entlang der Seebrücke. Er brauchte eine Weile für das Stück bis zum Stiftsplatz, auf dem er das Auto endlich vor dem Amtsgericht abstellen konnte.

Am Haus *in der Grub* wartete der Vermieter bereits; eine sportliche Erscheinung, braungebrannt mit silbernen Haaren; Funk schätzte ihn auf Mitte sechzig. Der Eingang lag ein Stück in der Gasse, abseits der *Grub*. Die Klingelschilder waren unterschiedlich ausstaffiert: Manche Namen waren mit Computern gedruckt, andere mit Hand geschrieben, einer stand verblichen auf einem Plastikschildchen. Funk suchte vergeblich nach dem Namen Schober, der die zu seiner Wohnung gehörende oberste rechte Klingel offensichtlich nicht mit seinem Namen versehen hatte. Besuch hatte er demnach nicht erwartet oder nicht gewünscht.

Der Vermieter führte Funk über die engen Treppen, Stufe für Stufe und ohne Eile, ganz nach oben unter das Dach. Einmal blieb er dabei kurz stehen und sah stumm auf die Stufen. Das war, nachdem ihm Funk gesagt hatte, unter welchen Umständen sein Mieter tot aufgefunden worden war. Oben angekommen fragte Funk: »Gab es einen bestimmten Grund, warum er gerade die Wohnung hier haben wollte? Es gibt nicht mal einen Lift.«

»Er wollte genau diese und keine andere Wohnung. Einen Grund muss er also gehabt haben, ich weiß aber wirklich nicht welchen. Gewundert habe ich mich schon auch, aber er hat gleich die Miete für drei Monate vorausgezahlt, und bis heute hatte ich keine Schwierigkeiten mit ihm – keine Beschwerden, nichts.«

Kein Wunder bei einem toten Mieter, dachte Funk und fragte weiter: »Und nach den drei Monaten lief die Miete weiter?«

»Ja. Pünktlich, jeden Monat.«

»Hatten Sie die Wohnung im Internet inseriert?«

»Ja sicher, wo denn sonst?«, lautete die Antwort. Er ging eine ganze Reihe von Schlüsseln durch, die an einem Edelstahlring hingen. Jeder Schlüssel war mit einem Etikett beschriftet. »Die Zeiten sind rum, wo man auf der Insel die Wohnungen losgeworden ist, ohne was dafür zu tun.«

»Soso«, sagte Funk beiläufig. »War das mal so?«

»Ja ... früher schon. Aber nun wird die Insel doch immer mehr zum Armenhaus. Wer will denn hier noch wohnen? Ja droben in den Dächern, wo ne Altane dazugehört, am Licht, in der Sonne, mit Blick über den See auf die Berge – da gibt's heimliche Wartelisten ... wenn das mancher wüsste, wie sein Ableben einigen gar nicht so traurig erscheint ... aber was ist mit den drei, vier, manchmal fünf Stockwerken drunter, he? Ja!? Zum Hinterhof die Fenster raus, oder zur engen Gasse, dunkle Räume, schiefe Wände, viele Buden nicht renoviert, kein Aufzug, mufflige Treppenhäuser und dreiviertel vom Jahr den Krach, des Geschrei und den Lärm dazu. Es geht ja manchmal zu auf der Insel ... des drückt natürlich den Preis, und hier wohnen halt auch Leute, die schon sehr aufs Geld schaun müssen. Die Schule vorne am Segelhafen – mit Müh und Not halten die ihre vier Klassen – keine Kinder mehr! Nur noch Busse mit Kaffeefahrten. Wenn die Schule mal zumacht, was soll das denn hier noch werden?« Er lachte böse. »Dann machen wir halt ein lebendiges Inselmuseum.« Er hantierte mit seinem riesigen Schlüsselbund herum und moserte weiter. »Im Erdgeschoss, da gibt's auch keine Probleme, da find sich noch immer jemand, der was verkaufen will und ein Lädele aufmacht. Zeug wird da verkauft, man glaubt es nicht, aber die Leut kaufen's, gell? Und wenn's gekauft wird ...«, er machte eine wegwerfende Handbewegung. »Ich wohn ja in Bodolz, und mir fehlt nichts. Ein paar Mal im Jahr komm ich auf die Insel, Kaffee trinken im Hafen, essen mit der Familie, der Verwandtschaft – *Engel, Sünfzen, Weinhaus Frey* und zu dem Sarden ... man ist recht eingefahren und hat so seine Adressen, gell? Na ja, und dann langt's auch wieder ... die vielen Leut hier rundherum, die täten mich auf die Dauer ja verrückt machen.«

Trotz der Beschriftung probierte der Vermieter zwei Schlüssel, bevor der richtige gefunden war, und schloss auf.

»So, bitte. Brauchen Sie mich noch?«

Funk überraschte die Frage, hatte er in solchen Fällen doch bisher meist nur neugierige Menschen erlebt.

»Nein, danke. Ich sehe mich nur um.«

»Wissen Sie, jetzt, wo er tot ist ... da möchte ich lieber nichts mit zu tun haben. Das wühlt mich zu sehr auf. Aber das verstehen Sie vielleicht nicht, mit Ihrem Beruf ...«

»Oh doch, das kann ich schon verstehen ... ist schon gut«, sagte Funk und drückte die Wohnungstür ganz auf. Es roch modrig und abgestanden, und Funk atmete leblose, dumpfe Luft. »Haben Sie eigentlich einen Schlüssel für den Briefkasten dabei, und könnte ich auch den für die Wohnung haben?«

Der Vermieter murmelte etwas Unverständliches, gab ihm den Wohnungsschlüssel und suchte dann an dem Schlüsselbund herum, bis er den kleinen Schlüssel gefunden hatte.

»Das müsst er sein. Die Briefkästen sind gleich drunten am Eingang, in der Nische. Sie werden sie finden. Ich bin drunten beim *Schönegg* und trinke solange einen Kaffee. Sie können ja dann dazukommen, wenn Sie fertig sind.«

»Ja, das ist eine gute Idee«, meinte Funk und ging weiter in den Gang hinein. Seine Augen hatten sich inzwischen an das Dunkel gewöhnt.

Es war eine bescheidene Dachwohnung. Die kleinen Fenster ließen nur spärliches Licht in die Räume. Es gab ein kleines Bad und eine sehr kleine Küche, ein Schlafzimmer, in dem ein schiefes Bett stand, und ein Wohnzimmer – zwei Holzregale, ein Tisch, ein Sofa, keine Bilder an der Wand, keine Fotos. In der Ecke des Wohnzimmers standen vier Umzugskartons aufeinander. Gemütlich ist das nicht, dachte Funk und öffnete die Fenster, um frische Luft hereinzulassen. Grobe Dielen mit breiten, speckigen Fugen und abgeschabter Oberfläche deckten den Boden; da halfen kein Wachs und kein Öl mehr. Nirgends lag ein Teppich.

Die Geräuschkulisse aus der *Grub* tönte wie von fern; es war somit ruhiger als erwartet, und Funk fand es auf seine

Weise sogar ganz nett dort, doch für einen Mann wie Martin Schober war es schon eine bizarre Unterkunft. Seine finanziellen Verhältnisse hätten ihm locker eine andere Wohnung ermöglicht – in Schachen, Reutenen oder gleich drüben am Alpengarten.

Im Wohnzimmer fand er insgesamt drei Notebooks. Ein Karton neben dem Regal quoll von Elektronikplatinen, Kabeln und Bauteilen über. Die Notebooks legte Funk gleich beiseite. Jasmin würde sich darum kümmern.

Er sichtete die Bücher; ausnahmslos Fachliteratur über Funktechnologien und Kataloge mit weltweit gültigen Funkrufnamen. Er schlug alle auf und ließ die Seiten zum Boden hin gerichtet über den Daumen gleiten. Aus einigen fielen dabei Zettel, die er aufhob und nachsah, ob etwas darauf notiert war.

Als er mit den Büchern fertig war, kippte er den Inhalt der oberen Umzugskiste auf den Boden. So ging es schneller. Im ersten Überblick lagen da Fotografien, Unterlagen, ungeöffnete Briefe, ein paar Schatullen und drei dicke Stapel mit Briefen, die mit den rotleuchtenden Gummis für Einweckgläser zusammengehalten wurden. Er nahm einen der Stapel in die Hand und sah ihn durch. Es war eine schöne, gleichmäßige Frauenschrift. Dem Inhalt nach waren es Briefe von Schobers Mutter an ihre Schwester. Er legte die Packen zur Seite.

Während er unmotiviert in den Sachen herumstocherte, telefonierte er mit den Stadtwerken und bat darum, dass man ihm eine Auswertung von Strom-, Wasser-, und Gasverbrauch der Schober'schen Wohnung an die Dienststelle schickte. Als das erledigt war, widmete er sich wieder konzentrierter den Dingen, die da vor ihm auf dem Boden lagen. Ein Foto fiel ihm dabei auf, weil das Motiv selten war – ein Grabstein. Er nahm es in die Hand und las die Inschrift darauf: *Marianne Schmidt* war mit schlichten Buchstaben in die schwarzpolierte Oberfläche eingraviert; darunter standen, wie üblich, Geburts- und Sterbedatum. Eine verwitterte Grabplatte deckte das Grab ab, auf der ein leuchtend frischer Strauß mit roten Rosen lag. Er legte die Fotografie zur Seite und nahm einen der Aktenordner zur Hand, als er aus der unteren Wohnung auf einmal Geplärr hörte. Türen schlugen, etwas fiel im Treppenhaus zu Boden – mit der Ruhe und dem Gefühl der Abgeschiedenheit war es vorbei. Er stellte einen Ordner in den Türrahmen der Wohnungstür und lauschte ins Treppenhaus. Es waren mehrere Leute, die sich da lautstark artikulierten. Ihr Lachen war ein Geschrei, ihr Gezeter ebenso, und die Amplituden ihrer Emotionsäußerungen pendelten ausschließlich zwischen diesen beiden Polen. Auffallend dabei war das Ansatzlose, mit dem das Lachen manchmal direkt in Gezeter umschlug. Einmal klang es sogar, als würden sich zwei schlagen. Anhand der Stimmen hatte er zwei Männer und zwei Frauen ausmachen können. Er ging die Stufen hinunter.

Im Gang stand ein Typ mit mächtigem Bierbauch, aufgedunsenem Gesicht und schütteren, teils schon grauen Haaren, die zu einem jämmerlichen Pferdeschwanz zusammengebunden waren. Sein schwarzes T-Shirt mit einem aggressiven Adler darauf hatte Flecken. Der Stoß des Adlers wurde durch den dicken Bauch des Mannes in eine unnatürliche Lage geschoben. Er lehnte an der Wand vor der Wohnungstür, die offen stand, und rang nach Luft. Offensichtlich hatte ihn das Treppensteigen angestrengt. Ihm gegenüber werkelte ein jüngerer Typ mit Baseballmütze und Kapuzenpullover umständlich mit einer Umzugskiste. Aus der Wohnung plärrte eine Frau mit böser Stimme: »Des Luder, des Luder …! Uns sowas azumtue …!«

Robert Funk zückte seinen Dienstausweis und stellte sich

vor. Der Typ mit der Baseballmütze hörte auf zu werkeln und sah Robert Funk blöde an. Eine dralle Gestalt mit langen schwarzen Haaren und einer breiten lila Haarsträhne kam langsam die Treppe herauf. Als sie sprach, blinkte am linken Schneidezahn ein Brillant auf, was die Zahnlücke daneben besonders betonte. Der langhaarige ältere mit dem Adler-T-Shirt wälzte seinen Oberkörper um den Türstock und brüllte mit kratzender Stimme in die Wohnung: »Jetzt ist die Bullerei scho do wegen deim Geschrei.« Er lachte dabei und sah Robert Funk aus wässrigen Augen an. Die stetig vor sich hin Schimpfende erschien im Gang, bat Funk herein und forderte die andern auf, ebenfalls mitzukommen. In der Wohnung herrschte Chaos. Die Schränke waren alle geleert, der Inhalt auf dem Boden verstreut. Die Frau stelle den Adlertypen als ihren Mann vor, den jüngeren, der mit der Umzugskiste nicht zurandegekommen war, als ihren Sohn und die lila Haarsträhne als ihre Schwiegertochter.

»Ziehen Sie hier aus oder ein?«, fragte Funk.

»Nein … die Oma …«, sagte der Mann und bemühte sich, ein trauriges Gesicht zu machen, »die Oma ist gestorben.«

Funk vollzog einen Diener und sagte: »Mein Beileid.«

Diese so einfache, stille und angemessen langsam begangene Geste stammte wie aus einer anderen Zeit und machte Eindruck; die vier standen um ihn herum und wussten nicht recht, was sie mit dieser Äußerung von Pietät anfangen sollten.

Die Frau fing an zu sprechen. Ihre durchdringende, natürlich laute Stimme klang entweder aggressiv, oder sie nahm einen durchgängig jammernden, klagenden Ton an. Ganz gewiss konnte die Frau aus dem Stand heraus ins Weinen verfallen und ebenso schnell ihre Umgebung mit übelsten Flüchen und Drohungen vergiften. Jetzt klagte sie: »Einfach so gestorben ist die Oma … einfach so … und des war so ein Kampf, sag ich Ihnen, bis wir die in Pflegestufe zwei gekriegt haben. Wenn Ihnen sowas noch bevorsteht, dann freuen Sie sich auf was ... die sind ja völlig verrückt, was die alles wollen und wie schlecht es einem erst gehen muss bei Pflegestufe zwei ... wie schlecht.«

Ihr Mann pflichtete ihr bei.

»Ja, und grad jetzt stirbt die Oma, grad jetzt ...«, sagte er eher vorwurfsvoll als traurig. Er holte tief Luft und hielt Funk seinen rechten Arm unter die Nase. »Aber mit unsereiner, da kann man des ja machen ... da schauens her ...« Funk sah nichts weiter als einen Unterarm, der nur noch wenig Platz für weitere Tätowierungen ließ. »Vom Unfall her ist der Muskel völlig kaputt, und der Orthopäde, der wo das behandelt hat, der hat gesagt, des ist ein Dauerschaden. Und dann bin ich zur Rentenversicherung damit, und die haben mich zum Arzt von ihnen geschickt, und der schaut das, wo der Orthopäde geschrieben hat, nicht mal an und sagt – *des ist nix*.« Er sah in die Runde und suchte Bestätigung. »*Des ist nix*, hat der gesagt.«

Robert Funk schwieg und widmete seine Aufmerksamkeit den anderen dreien. Die Frau des dicken Adlers mit dem kaputten Flügel beantwortete Funks unausgesprochene Frage, die nach wie vor im Raum stand.

»Ja, die Oma ist halt gestorben, wo wir doch net da waren, gell, weil wir jedes Jahr nach Thailand fliegen ... und jetzt, wo wir zurückkommen, da ist sie tot.«

»Der hat des, was der Orthopäde geschrieben hat, nicht einmal gelesen«, krakeelte der Adlerträger dazwischen.

»Da war sie sicher in der Kurzzeitpflege«, stellte Funk fest, obwohl er ahnte, dass *Oma* nicht dort gewesen war.

»Ah, wegen den paar Tagen, gell«, wischte die Frau des Adlers seine Einlassung zur Seite.

Die werden sich schon von dem Schock erholen, den der

unerwartete plötzliche Ausfall des Pflegegeldes verursacht hatte, dachte Funk. Für den alljährlichen Thailand-Urlaub würden sie eine neue Finanzierungsquelle finden müssen.

Schließlich fragte der Adlertyp: »Was wollen Sie denn überhaupt?«

»Den Mieter in der oberen Wohnung... kennen Sie den?«, fragte Funk.

Die vier sahen sich an, und die Schwiegertochter äußerte verblüfft: »In der oberen Wohnung? Hab gar nicht gewusst, dass da eine Wohnung ist.«

»Mir haben da jetzt so einen Ärger gehabt«, sagte der Adlertyp. »Stellen Sie sich vor, die wollten uns nicht reinlassen ... nicht in die Wohnung lassen.«

»Das verstehe ich nicht. Wenn Sie die Oma gepflegt haben, hatten Sie doch sicher einen Schlüssel zur Wohnung«, äußerte Funk sein Unverständnis.

»Ja, den Schlüssel hatten wir schon, aber die vom Gericht haben gesagt, wir dürfen nur mit jemandem von ihnen in die Wohnung ... bei der eigenen Mutter ... so was!«

Funk konnte das Nachlassgericht nur zu gut verstehen. Der Adler auf dem T-Shirt dehnte sich, so tief holte sein Träger Luft.

»Und dieser Ärger mit der Beerdigung ... aber den Pfarrer, den verklagen wir, den verklagen wir.«

Sein Sohn nickte entschieden. Auch er wollte also den Pfarrer verklagen. Die Adlerfrau hielt wenig davon und schimpfte: »Ach, des bringt doch nichts, was soll denn das bringen ... die halten doch alle zusammen, halten die.«

Funk wurde neugierig und fragte nach, aus welchem Grund der Pfarrer denn verklagt werden sollte.

»Ja des völlig falsche Lied haben die gespielt«, meldete sich die lila Haarsträhne entrüstet zu Wort. »Wir haben ausdrücklich das *Diana-Lied* bestellt.«

Sie summte *Candle in the Wind*. Funk zog den Mund zu einem bitteren Grinsen hoch.

»Ahh«, brachte er nur hervor.

»Ditschei Bobo«, sprach der Adler wissend.

Seine Frau kreischte auf, und sein Sohn fuhr ihn zischend an: »Eiiii! Mann ey, wie oft denn noch, des ist doch der Elton, Mensch! Der Elton!«

Die Schwiegertochter erklärte derweil, sie hätten sich das Diana-Lied gewünscht, weil es auch der Oma immer so gut gefallen habe, und dann sei aber das Sternenlied von Ditschei Ötzi gespielt worden, und wie sie dann gesagt hätten, das sei das falsche Lied, habe der Typ vom Beerdigungsinstitut auf der CD noch zwei Mal den falschen Titel gewählt – erst *Time to Say Goodbye* und danach *Goodbye Argentina*. Robert Funk versuchte, richtigzustellen: »*Don't Cry for Me Argentina* aus dem Musical *Evita*«, doch überhörte man seinen Einwand.

Der Adler echauffierte sich und ballte eine Faust.

»Und der Pfarrer, dem war des völlig wurscht, total wurscht – so was herzloses, und so was will ein Pfarrer sein, ha! Dem war des total wurscht!«

»Wie sind Sie denn auf das schöne Lied gekommen?«, fragte Robert Funk scheinheilig.

Die Schwiegertochter, die es mit der Familie ihres Mannes so gut getroffen hatte, erklärte es ausführlich.

»Mein Bruder hat seine ganzen alten Videos auf CD gemacht, und wir ham der Oma zum letzten Geburtstag die Beerdigung von der Lady Di geschenkt, die wo im Fernsehen war und über drei Stunden dauert. Die hat sie sich immer so gern angeschaut. Und da singt ja der ... der ...«

»Elton John«, half Funk.

»Genau. Und deshalb haben wir es uns zur Beerdigung ausgesucht, wegen der Oma, gell? Das geht doch nicht, gell?

Sie als Polizist müssen das doch wissen, da muss der Pfarrer doch was zahlen, oder etwa nicht?«

»Na ja, es kommt darauf an, welcher Schaden entstanden ist, und ob Sie einwandfrei nachweisen können, dass Sie sich das Diana-Lied gewünscht und stattdessen den Ditschei Ötzi bekommen haben.« Er machte eine ernste Miene und sagte: »Da sollten Sie mal mit Ihrem Anwalt drüber reden. Der kennt sich mit so diffizilen Rechtsproblemen sicher besser aus als ich. Aber mal etwas anderes ... Sie waren ja sicher regelmäßig hier, wegen der Pflege der Oma ... haben Sie nie jemanden gesehen, der nach oben gegangen ist, nie etwas von oben gehört?«

Der Adler wackelte mit dem Kopf, als der Familienvorstand verneinte. Sie meinte: »Ja tagsüber ist's schwierig bei mir, wenn ich im Institut bin, da ha ich keine Zeit für hier.«

Funk war sichtlich irritiert.

»In welchem Institut?«

»Im Institut für Raumpflege.«

»Ah, interessant. Und wo ist das, dieses Institut für Raumpflege?«

»In Niederstaufen.«

»Ah ... in Niederstaufen. Habe ich noch gar nicht gehört ...«

Er ließ den Blick durch die Wohnung schweifen und deutete auf vier kleine Mokkatassen mit Untertellern.

»Sehr hübsch. Hatte Ihre Oma mehr davon?«

Die Adlerfrau stöhnte laut: »Oh mei, alles war voll mit dem alten Zeug. Des hat mer heutzutag doch nicht mehr, dieses einfarbige Gepinsel, gell?«

Funk presste die Lippen aufeinander.

»Oh, Meißener Porzellan ist zeitlos, wissen Sie? Werfen Sie es bitte nicht weg.«

Sie lachte.

»Ja meinen Sie vielleicht, es ist was wert?«

Er wiegte den Kopf und sah Sie unbestimmt an. Was sollte er dazu sagen?

Mit knappen Worten verabschiedete er sich und ging wieder nach oben, machte eine Runde durch die armselige Behausung, die Martin Schober für sich gewählt hatte, und schloss dann ab. Die drei Notebooks, die er mitgenommen hatte, wogen schwer. Der Briefkasten war leer. Er gab die Schlüssel wieder beim Vermieter ab, der still auf der Fensterbank in der Bäckerei *Schönegg* hockte und einen Kaffee trank. Die roten Polster leuchteten einladend.

Jasmin ächzte, als Funk ihr die drei Notebooks hinlegte. Sonst hatte er aus der Wohnung nicht viel mitgebracht – nur einen Aktenordner mit handgeschriebenen Zetteln und Listen mit Namen und Orten darin. So ordentlich alles abgeheftet war, so chaotisch waren die Aufzeichnungen. Robert Funk versuchte, dem Wirrwarr aus Pfeilen und Linien einen Sinn zu entlocken, gab aber nach einem guten halben Tag auf und dachte so bei sich, es könne ja auch sein, dass dieser Martin Schober schlicht verrückt geworden sei. Er verwarf den Gedanken jedoch schnell wieder, denn einen Verrückten so gezielt und energisch töten zu wollen, dafür hätte es keinen Grund gegeben. Wenn Schober also nicht verrückt war, mussten die Vornamen, Namen und Orte, die Striche, Pfeile, Kreise und das ganze verrückte Geschmiere auf den Blättern ja einen Sinn haben. Aber wie nur sollte man dem scheinbar Sinnlosen einen Sinn entlocken?

Kurz war er in Versuchung, vor der Aufgabe zu den Reisemobilen hin zu flüchten, doch dann raffte er sich auf und begann, in stoischer Weise alle Namen und Orte, die sich auf den Papieren fanden, in eine Exceltabelle zu schreiben, und versuchte, dabei die räumliche Zuordnung aus Schobers Darstellung abzubilden. Diese Arbeit des Übertragens, so eintönig sie auch war, nahm Besitz von ihm; er vergaß darüber alles andere und hörte nicht mal mehr, wie Gommi im Gang schimpfte, weil der Toner am Drucker schon wieder zu Ende ging.

*

Elisabeth Schober hatte braune, kurze Haare, trug enge Jeans, eine helle Bluse und eine Sonnenbrille im Haar. Die leichte, schwarze Lederjacke hing locker über ihrer Schulter. Lydia Naber hatte keinen so durch und durch sportlichen Typ erwartet. Sie ging mit ihr in den Vernehmungsraum, wo Schielin bereits wartete. Neben anderen Unterlagen lag auch die alte, blasse Akte vor ihm.

Frau Schober holte einen Stoß Fotografien aus ihrer Handtasche.

»Das sind die jüngsten Aufnahmen von ihm, die ich habe. Die Qualität ist bei manchen nicht so toll … sie sind vom Handy meiner Tochter.«

Lydia Naber hatte sie gebeten, ein paar Fotos jüngeren Datums ihres Ex-Mannes mitzubringen.

Frau Schober lehnte das Angebot nach Kaffee oder Wasser ab, saß den beiden Beamten aufrecht gegenüber und blickte hinunter auf ihre Hände; ihre langen Finger spielten miteinander. Das war auch eine Möglichkeit, Blickkontakte zu vermeiden.

Lydia berichtete über die Ereignisse des letzten Freitags, als die Leiche Martin Schobers aus dem Bodensee gezogen wurde, ohne auch nur einmal einen Blick von ihr zu erhalten. Von den Schussverletzungen erwähnte sie vorerst nichts. Als sie geendet hatte, sah Elisabeth Schober auf und fragte leise: »Ja, und was wollen Sie von mir? Ich habe meinen Mann zuletzt vor einem Jahr gesehen!«

Schielin horchte auf, als er sie *meinen Mann* sagen hörte. Es brachte ihn dazu betont zurückhaltend zu fragen: »Erzählen Sie uns doch einfach von den letzten Kontakten mit Ihrem Mann.«

Elisabeth Schober sah hilfesuchend zur Decke.

»Ach herrje ... da gibt es nicht viel zu sagen ... es ist, wie gesagt, schon lange her. Ich habe ihm letztes Jahr ... etwa um diese Zeit ... noch einige Sachen vorbeigebracht, als er gerade von Ravensburg nach Lindau gezogen ist, und danach haben wir noch einmal telefoniert. Wir haben nach der Scheidung das Haus verkauft, er ist nach Ravensburg gezogen und ich nach Oberstaufen, wo ich in einer Anwaltskanzlei arbeite. Wir hatten uns beim Studium kennengelernt. Er studierte sein technisches Zeug und ich Jura. Nach dem ersten Staatsexamen habe ich abgebrochen, weil ich schwanger geworden bin. Eigentlich hätte ich weitermachen wollen, doch ich habe das während meiner Ehe und vor allem, als Kerstin klein war, nicht mehr angepackt. Ich hatte auch so genug zu tun und fand mich gut ausgelastet.« Sie schnaufte, und ihr Sprechen klang befreiter und erleichtert danach. »Wir haben uns nach der Scheidung noch ein paar Mal gesehen und telefoniert ... es ging dabei um Kerstin und ihr Auslandsstudium. Mehr war da nicht, und ich weiß auch gar nichts über sein Leben danach. Er hat sich sehr zurückgezogen ... ja, er war eigentlich verschwunden. Bei Kerstin hat er sich nur unregelmäßig gemeldet; sie hat häufig versucht, ihn auf seinen Telefonen zu erreichen. Über Kerstin habe ich dann wenigstens in groben Zügen erfahren, wie sein Leben in etwa ausgesehen hat.«

Schielin stutzte und sah Frau Schober fragend an.

»Was meinen Sie denn mit *Telefonen*? Hatte er denn mehrere?«

Sie lachte.

»Er hatte drei Handys – ein rein privates, ein geschäftliches und eines mit einer Verschlüsselung für geheime Gespräche. Die Nummer hatten allerdings nur Leute aus der Firma oder spezielle Kunden.«

Schielin hob den Kopf und sah zur Decke. Soso, dachte er, da hat dieser Giesebrecht uns viel versprochen und wenig gehalten. In den Unterlagen, die sie von ihm bekommen hatten, war lediglich eine nicht mehr existente Festnetznummer aufgelistet und eine Handynummer.

Lydia Naber fragte: »Hätten Sie die beiden Telefonnummern verfügbar?«

Elisabeth Schober gab ihnen alle drei Nummern.

»Wie gesagt, die letzte Nummer wird nicht funktionieren, denn da braucht man ein gleichverschlüsseltes Handy als Gegenstelle, so jedenfalls hat er mir es erklärt.«

»Ja, vielen Dank dafür«, sagte Schielin und wechselte das Thema in Richtung *Automotive Systems*.

»In der Firma Ihres Mannes kann man sich nicht erklären, weshalb er … gegangen ist … so wäre es wohl korrekt formuliert, denn gekündigt hat er ja nicht. Haben Sie denn eine Ahnung, warum er einfach eines Tages nicht mehr zur Arbeit gegangen ist?«

Sie schüttelte den Kopf.

»Nein. Er ist einfach plötzlich seltsam geworden. Ich konnte mir sein Verhalten auch nicht erklären.«

»War dieses Verhalten auch der Grund für Ihre Trennung?«, fragte Lydia Naber.

Sie zögerte.

»Ja und nein, ich weiß es selbst nicht mehr so genau. Jedenfalls hat es den Gang der Dinge beschleunigt. Es ging schon mehrere Jahre nicht mehr gut; wir sind überwiegend wegen Kerstin zusammengeblieben. So richtig schlimm ist es geworden, als seine Mutter gestorben ist. Danach hat er sich wirklich arg verändert und war zeitweise gar nicht mehr ansprechbar. Es hatte den Anschein, als lebe er in einer völlig anderen Welt. Er war häufig tagelang weg, und weder ich noch die in der Firma wussten, wo er sich aufhielt, was er tat. Dann tauchte er irgendwann unvermittelt wieder auf – ohne Erklärung und ohne überhaupt den Versuch zu unternehmen, einem verständlich zu machen, was in ihm vorging. Zeitweise hatte ich sogar den Verdacht, er würde Drogen nehmen.«

»Das war nicht der Fall«, sagte Lydia Naber. »Das steht als Ergebnis der Obduktion fest.«

Elisabeth Schober nickte erschrocken, als sie das Wort *Obduktion* hörte.

»Kennen Sie Doktor Martens?«, fragte Schielin.

»Sie haben schon mit ihm geredet?«, kam es überrascht von Elisabeth Schober.

»Ja natürlich. Wundert Sie das?«

»Mhm ... ja ... nein, eigentlich wundert es mich nicht. Ich wundere mich nur darüber, dass er mich noch nicht angerufen hat. Martens hatte ein sehr enges und gutes Verhältnis zu meinem Mann. Er hat sich auch nach unserer Scheidung immer wieder mal bei mir gemeldet und gefragt, wie es mir ginge und was Martin so mache, wobei ich allerdings immer den Eindruck hatte, er wolle vor allem wissen, wie es Martin gehe. Im Grunde ein netter Kerl, dieser Martens.«

»Wir hatten den Eindruck, Ihr Mann war in der Firma sehr anerkannt. Ist das richtig?«, fragte Schielin.

Elisabeth Schober lachte bitter und wehrte sich nicht gegen die Formulierung *Ihr Mann*.

»Anerkannt? Na, die haben auch allen Grund dazu ... schließlich ist er es, der einen Großteil der Patente innehat, und von denen leben sie bis heute gut.« Sie stockte und musste schlucken. »... Er *hatte* sie, er *hatte* sie inne ... so muss es jetzt heißen.«

Schielin fuhr fort: »Von Patenten haben wir bei unserem Gespräch in der Firma gar nichts erfahren. Welcher Art sind denn diese Patente und wie wird jetzt damit verfahren? Gibt es dahingehend ein Testament, ein Vermächtnis oder eine andere Regelung?«

»Oh ja, das ist geregelt. Wir haben alle diese Fragen im Rahmen der Scheidung geklärt: Meine Tochter ist die Alleinerbin.«

Schielin sah wohl etwas fragend drein, denn sie fügte schnell an: »Es ist notariell verfügt ... wenn Martin etwas geändert hätte wüsste ich es. Sie müssen wissen, um die geschäftlichen Dinge habe ich mich schon immer kümmern müssen. Das hat meinen Mann nie interessiert. Wenn es um Patente und Rechte in der Firma ging ... das hat Martin einfach nicht gekonnt, und die hätten ihn sonst über den Tisch gezogen. Martin war halt etwas lebensfremd und was das Alltägliche anbelangt, nicht so ganz praktisch veranlagt, vor allem bei finanziellen Dingen. Da war es gut für ihn, jemanden zu haben, der sich um all das kümmerte, sodass er ganz in seine technische Welt eintauchen konnte. Das war also mein Part, und mein Studium war keine schlechte Voraussetzung dafür.«

»Ah«, ließ Schielin hören und dachte für einen Moment über ihre Worte nach, bevor er seine nächste Frage formulierte. Währenddessen kämpfte Lydia Naber gegen den Reflex an, die Aufgabenverteilung in ihrer Ehe mit der zu vergleichen, die diese Frau da ihr gegenüber schilderte – auch sie war zu Hause für das Alltägliche zuständig, für das Finanzielle, und auch ihr Mann tauchte stets in seine Welt ab, die ihr fremd war und fremd bleiben würde.

Schielin erlöste sie von ihren Gedanken mit seiner nächsten Frage.

»Vorhin sagten Sie, Ihr Mann habe sich seltsam verhalten, sei abwesend und verwirrt gewesen. Auch in der Firma war die Wesensveränderung Ihres Mannes aufgefallen. Nun aber berichten Sie hier ganz nüchtern, wie sachlich und vernünftig die Regelungen im Rahmen der Scheidung getroffen wurden. Verhielt sich Ihr Mann in dieser Angelegenheit also nicht seltsam? Gab es da gar keinen Streit?«

Elisabeth Schober brauchte eine Weile für ihre Antwort. Sie hielt inne und betrachtete die Vergangenheit. Dann sagte sie leise: »Nein. Streit gab es keinen. Martin war konstruktiv, vernünftig, sachlich – ganz ohne Emotionen. Die hatte er an etwas anderes verloren ...« Sie richtete sich ruckartig im Stuhl auf, als wäre sie gerade aus einem kurzen Schlaf erwacht, und sagte nun nicht mehr versonnen und in sich gekehrt: »Übrigens auch von meiner Seite aus – wir haben einander keine Probleme bereitet.«

»Mhm. Es gab also auch keine finanziellen Probleme?«, fragte Schielin.

»Nein, nein – gar nicht. Das Haus in Mindelheim ist gut verkauft worden. Ich habe jetzt eine große Wohnung in Oberstaufen und bin an den Patentausschüttungen der Firma beteiligt, genau wie Kerstin. Nein, es gab keinen Streit über die Finanzen und in Bezug auf unsere Tochter auch nicht – sie ist erwachsen. Wir haben uns einfach nur getrennt und alles sehr nüchtern geregelt.«

Schielin wechselte das Thema.

»Ihr Mann, Frau Schober ... hat er einmal etwas erzählt von einem toten Jungen – ein Erlebnis aus seiner Kinder- und Jugendzeit?«

Sie überlegte.

»Nein, an so etwas kann ich mich nicht erinnern.«

Lydia Naber kam noch einmal auf die Wesensveränderung von Martin Schober zurück.

»Sie sagten, die Wesensveränderung Ihres Mannes sei nach dem Tod seiner Mutter aufgetreten. Der Tod seiner Mutter, der Verlust, die Trauer – könnte dies der Auslöser für sein verändertes Verhalten gewesen sein?«, fragte sie leicht zu ihr vorgebeugt, um nicht so laut sprechen zu müssen, ging es in ihrem Gespräch doch um sehr persönliche Dinge.

Sie zuckte mit der Schulter.

»Das weiß ich nicht. Es gab kein Herankommen an ihn, was die Gründe für sein sonderbares Verhalten betrafen. Der Zusammenhang mit dem Tod seiner Mutter ist für mich aber unverkennbar … danach war er ein anderer Mensch. Er … es ist schwierig zu beschreiben … er war irgendwie schon immer anders … er ist ganz in seiner Arbeit aufgegangen und war darin genial. Das darf man wohl so sagen. Und als dann meine Schwiegermutter gestorben ist, da hat er sich auf einmal völlig aus dem Leben zurückgezogen – nicht nur aus dem Firmenleben, sondern auch von seinen technischen Studien und von uns, seiner Familie. Es ist nicht leicht auszuhalten, wenn jemand nicht mehr mit einem spricht … wenn man nichts mehr erfährt über das Leben, die Gedanken des eigenen Ehemannes. Er hat einfach nicht mehr geredet. Selbst meine Tochter hat keinen Zugang mehr zu ihm gefunden und wusste nicht, was ihn umgetrieben hat. Es war ganz eigenartig. Ich habe immer wieder versucht, herauszubekommen, was dahinterstecken könnte, aber da war er wie vernagelt; keine Chance, mit ihm zu reden. Es war sehr frustrierend und auch verletzend, weil ich einige Zeit in meinem Verhalten nach einer Erklärung dafür gesucht habe.«

»Wie würden Sie das Verhältnis Ihres Mannes zu seiner Mutter denn beschreiben?«

»Gut, sehr innig – so, wie es sein soll. Er hat sie wirklich ungemein geliebt – und umgekehrt war es auch so. Sein Vater ist ja schon vor fünfzehn Jahren gestorben ... aber Sie müssen nicht meinen, ich hätte ein schlechtes Verhältnis zu meiner Schwiegermutter gehabt. Das nun gar nicht.«

Lydia Naber drang etwas tiefer.

»Wenn so eine Veränderung mit dem Ehemann statt-findet, da macht man sich ja schon so seine Gedanken. Hatten Sie denn gar keinen Verdacht, eine Ahnung, Gerede von früher ...?«

Sie sah Lydia Naber lange in die Augen, bevor sie antwortete: »Ja, was einem in so einer Sache eben durch den Kopf geht. Eine Familiengeschichte, habe ich angenommen. Seine Mutter lebte ja bis zu ihrem Tod hier in Lindau ... zuletzt im *Maria-Martha-Stift*. Ich vermute, er hat bei der Auf-lösung des Nachlasses irgendetwas gefunden, ist auf etwas gestoßen, das ihn ... ja ... das ihn aus der Bahn geworfen hat.«

»Gab es in der Familie einen dunklen Fleck, ein Thema, das man immer umschiffte, wenn man sich traf, an den Wochenenden, an Feiertagen ... ein schwarzes Schaf, eine Begebenheit, die verschwiegen wurde, obwohl jeder davon wusste – wenn Sie verstehen, was ich meine?«

Sie nickte.

»Ja, ich verstehe ... aber da war nichts. Ich habe zuerst auf eine Nazivergangenheit getippt oder so. Das hätte ihn sehr schockiert, da bin ich mir sicher. Aber auch da war nichts.«

Schielin meldete sich nun wieder zu Wort.

»Ich würde gerne noch einmal auf diese Veränderung mit Ihrem Mann zurückkommen wollen. Wie muss man sich das denn genau vorstellen, Frau Schober? Können Sie ein konkretes Beispiel für sein eigenwilliges Verhalten nennen?«

Sie lachte traurig auf.

»Ja, wie muss man sich das vorstellen? Wissen Sie, wenn man einen Menschen viele, viele Jahre kennt, mit ihm gelebt hat, ihn geliebt hat, dann kennt man natürlich auch seine Eigenarten, diese Kleinigkeiten, und da fallen einem dann plötzlich Dinge auf, die man nicht so einfach schildern kann, die aber nicht mehr in die einem vertraute Welt passen, in die Welt, in der man gemeinsam gelebt hat. Aber ein krasses Beispiel: Einige Wochen nach der Beerdigung war er plötzlich verschwunden. Ich dachte, er ist in der Firma, ist auf Geschäftsreise und habe mir keine großen Gedanken gemacht, als er die erste Nacht nicht heimgekommen ist. Übers Handy war er nicht erreichbar. Am Abend des zweiten Tages aber ruft Martens an und fragt nach ihm. Ich war zu Tode erschrocken und fragte: Ja ist er denn nicht in der Firma?! Er war völlig perplex, dass auch ich nicht wusste, wo er war. Vier Tage lang war Martin weg. Ich wollte schon zur Polizei, aber Martens konnte ihn am Ende des zweiten Tages dann doch einmal kurz am Telefon erreichen. Da ist er rangegangen. Durch die Tankbelege, die ich in seinem Auto gefunden habe, wusste ich, dass er in Italien gewesen war. Niemandem hat er Bescheid gegeben, mir nicht, der Firma nicht – verschwindet einfach so für eine Woche, und alles andere ist ihm egal: Besprechungen und Termine, ein Treffen mit Kerstin, ein Konzert hat er verpasst, in das er eigentlich unbedingt wollte – Rachmaninow, Cellosuite Opus neunzehn. Und solche Dinge kamen dann öfter vor.« Sie sah zur Decke und stöhnte angesichts ihrer Erinnerungen. »Und er verweigerte jedes Gespräch … er war zwar ohnehin niemand, der Freude an langen Unterhaltungen hatte, aber er sprach in dieser Zeit noch weniger, und wenn er es tat, machte er nur unverständliche Aussagen, mit denen niemand etwas anfangen konnte.«

»Kryptisch«, sagte Schielin.

»Ja genau – kryptisch. Es kam kein vernünftiges Gespräch, keine Unterhaltung mehr auf – es war gespenstisch. Wenn er wenigstens rumgebrüllt hätte oder so. Aber er ist ganz und gar in sein Innerstes gekrochen und ist einfach ein sehr, sehr komischer Kerl geworden, sozial nicht mehr kompatibel mit seiner Umwelt. Einmal, als ich mit ihm streiten wollte, da sagte er nur: *Du hast es gut, du weißt, wer du bist*! Ich war ganz erschrocken.«

»Wie war denn das Verhältnis Ihrer Tochter zu Ihrem Mann, und wie ist sie mit dieser Veränderung von ihm umgegangen?«, wollte Schielin wissen.

»Oh, die beiden haben sich gut verstanden, und sie hat sich wirklich bemüht, an ihn heranzukommen, aber auch ihr gegenüber war er zuletzt völlig verschlossen. Sie hat mir einmal erzählt, er habe gesagt, er müsse etwas für sich klären, weil es auch für sie von Bedeutung sei. So Zeug eben, unverständlich, nicht konkret, kryptisch – wie Sie es sagten. Gut, dass Kerstin durch das Auslandsstudium dieser Situation etwas entkommen konnte.«

»Wann ist sie in die USA gegangen?«

»Sie ist vor eineinhalb Jahren …« Sie brach den begonnenen Satz seltsam schnell ab und sah Schielin ängstlich an. »Muss ich denn, ich meine … muss ich meinen Mann denn … identifizieren?«

Er schüttelte den Kopf.

»Nein, das ist nicht erforderlich. Meine Kollegin wird Ihnen aber eine Fotografie vorlegen müssen. Was die Klärung der Identität angeht, so können wir … also es ist auch möglich, eine DNS-Probe Ihres Mannes mit einer Ihrer Tochter zu vergleichen. Das würde auch genügen.«

Er hatte dies sachlich und ohne Zwischenton gesagt, doch sie erkannte trotzdem die im Hintergrund mitschwingende Frage und sagte bestimmt: »Er ist ihr Vater.«

Lydia ließ keine Pause entstehen und hatte noch einige Fragen. Ob Martin Schober irgendwelche Besonderheiten am Körper hatte – Narben oder Tätowierungen, wollte sie wissen, und ob er regelmäßig Medikamente nahm, und welche Gewohnheiten er besaß. Einzig eine Narbe am rechten Knie fiel Elisabeth Schober ein.

»Ein schlimmes Ding ... ist nicht richtig vernäht worden ... ist ihm als Jugendlicher passiert – ein Unfall. Ich habe ihn mehrfach gebeten, das doch nachträglich noch einmal operieren zu lassen, aber davon wollte er nichts wissen.«

Schielin hatte sich den Verlauf des Gesprächs zäher vorgestellt. Er ging noch mal zurück zu einem Thema, die Firma betreffend.

»Wussten Sie, welche Tätigkeit Ihr Mann in seiner Firma genau ausübte?«

Sie lachte kurz auf.

»Ganz bestimmt nicht. Ein krudes technisches Zeug, das mich nie interessiert hat. Ich weiß nur, dass er Spezialist für Signalgeneratoren und Signalanalysatoren war. Das habe ich so oft gehört, dass ich es mir tatsächlich merken konnte. Er war so etwas wie der Ideengeber in der Firma, der Entwicklungschef, ohne dass er fähig gewesen wäre, Chef zu sein. Dazu war er zu kreativ, zu verrückt – auf eine positive Weise.«

»Wie würden Sie das Verhältnis Ihres Mannes der Firma gegenüber beschreiben?«

Sie richtete sich auf und nahm den Kopf etwas zurück.

»Mein Mann hatte zwei Leidenschaften: seine Tochter, die er über alles liebte, und seine Firma – womit die reine Entwicklungsarbeit gemeint ist, die er leistete. Die Vermarktung, der Vertrieb und alles andere, was eine Firma an Organisation benötigt, dafür hat er sich nicht interessiert.

Wie gesagt – ich habe die Patentverträge für ihn ausgehandelt.«

»Bedeutet der Tod Ihres Mannes für die Firma ein Problem oder lösen sich dadurch eher Probleme?«, fragte Lydia.

Elisabeth Schober zeigte sich von der Frage nicht irritiert.

»Beides, denke ich. Für Martens ist es ein großer Verlust, denn Martin hat ihn immer gut beraten. Für Giesebrecht hingegen lösen sich Probleme. Er hat ja auch versucht, ihn loszuwerden, als er begann, schwierig zu werden.«

»Können Sie das näher erläutern?«

»Na ja, wir waren da schon getrennt, aber ich habe einmal ein Telefonat mitbekommen, das Martin mit Giesebrecht geführt hat. Es war nach einem seiner Trips nach Italien. Die Firma hatte gerade eine Ausschreibung zu bewältigen – die Bundeswehr hatte eine große Menge an Signalgeneratoren ausgeschrieben, und Martin war zu einem Termin in Bonn nicht erschienen, bei dem das Testgerät vorgestellt wurde. Danach wollte Giesebrecht ihn rausschmeißen.«

»Und?«

»Martens hat nicht mitgezogen, aber mir war das damals schon egal, verstehen Sie? Ich hatte ja schon lange keinen Zugang mehr zu ihm und sah auch keinen Weg mehr, wie ich das hätte ändern können.«

»Was wäre denn passiert, wenn Giesebrecht sich durchgesetzt hätte?«

»Phh – dann wäre er eben nicht mehr in die Firma gekommen. Sie hätten ihm seine Patchkarte gesperrt und aus.«

»Und finanziell?«

»Ach nein, Giesebrecht hätte schon gezahlt. Wissen Sie, der Giesebrecht und Martin – das waren Antipoden. Martin hat ihn schon allein mit seiner Art wahnsinnig gemacht, bevor er in den letzten Monaten dann völlig abgeglitten ist. Giesebrecht ist sicher ein hervorragender Geschäftsführer, oder was auch immer, aber ohne Leute wie Martin gäbe es keine Geschäfte, die er führen könnte, verstehen Sie? Die Firma lebt von den Ideen solcher Menschen, wie Martin es war.«

»Er hatte eine Wohnung hier in Lindau genommen, einige Monate vor seinem Tod«, wechselte Lydia wieder das Thema.

Elisabeth Schober zuckte mit den Schultern.

»Ja, sicher. Warum auch nicht? Er ist ja hier aufgewachsen. Wir waren fast jedes Wochenende hier am See. Seine Mutter hatte eine große Wohnung in Aeschach, und es ist ja nur ein Katzensprung von Mindelheim. Im Grunde hätten wir unser Haus hier bauen sollen, aber er hat ja nicht so sehr nach festen Bürozeiten gearbeitet, sondern viel nach Stimmung, verstehen Sie? Wenn ihm was eingefallen ist, kam es auch mal vor, dass er nachts in die Firma ist und bis in den Morgen programmiert und getestet hat, und das wäre schwierig gewesen von hier aus mit der langen Anfahrt, und erst im Winter …« Sie zuckte mit den Schultern. »Ich hätte mir Lindau sehr gut vorstellen können.«

Lydia Naber formulierte Ihre nächste Frage vorsichtig: »Gab es in der Familie Ihres Mannes psychische Erkrankungen?«

Elisabeth Schober hob den Kopf und sah sie überrascht an.

»Nein … nein, nein, gar nicht.«

Schielin nickte ihr freundlich zu. Die Frage war abgehakt. Er wunderte sich darüber, dass sie die Sprache noch gar nicht auf Freunde, auf Bekannte, auf das soziale Umfeld ihres Mannes gebracht hatte. Er fragte: »Hatte er hier am See eigentlich noch Freundschaften aus seiner Jugend?«

»Nein, das nicht. Na ja, wenn wir beim Einkaufen waren oder auf der Insel essen oder beim Kaffee trinken, wenn wir mit der Oma halt ein Wochenende verbrachten, dann hat schon mal der ein oder andere *Hallo* gesagt, kurzer Small Talk, aber mehr auch nicht.«

»Das klingt nach einem im Grunde introvertierten und kontaktscheuen Menschen«, schlussfolgerte Schielin.

»Ja, das war er – wobei, kontaktscheu würde ich nicht unbedingt sagen. Er war ganz sicher introvertiert, aber er hatte keine Scheu vor Menschen. Er legte nur keinen besonderen Wert darauf, Menschen kennenzulernen und war dahingehend nicht proaktiv.« Sie hob die Hände. »Ah, das ist so schwer zu erklären. Ich will ja auch kein falsches Bild von ihm entstehen lassen. Martin war halt alles andere als ein geselliger Typ, so gar kein Vereinstyp, und völlig unsportlich. Stattdessen hockte er da in seiner Kammer mit all den elektrischen Geräten und war damit sehr, sehr glücklich.« Ein Lächeln breitete sich über ihrem Gesicht aus. »Und Funken, ja, er liebte es, zu funken – über Kontinente hinweg, das hat ihn wirklich begeistert. Es hat lange gedauert, bis ich verstanden habe, worin der Kern seines Glücks dabei bestand: Es war keineswegs, sich mit den unterschiedlichsten Leuten auf der Welt auszutauschen, mit ihnen zu sprechen, über eine so große, unvorstellbar große Entfernung hinweg – über tausende von Kilometern. Diese Menschen und diese fernen, fremden Länder, die haben ihn nicht die Bohne interessiert. Man könnte doch meinen, wenn man mit Leuten in den USA, in Südafrika, Australien und Chile funkt, dass man sich für diese Länder auch interessiert, für die Umstände, in denen diese Leute leben, für die Natur, die Städte, das Leben ... oder etwa nicht?!« Sie sah von Schielin zu Lydia, bei der sie eine zustimmende Geste erwartete. »... Aber nein! Er bezog seine Befriedigung allein daraus, mittels der von ihm zusammengelöteten Technik und den Wellen, die er damit durch die Luft schickte, Sprache als solche hörbar zu machen, belanglose Dinge auszutauschen. Er war allein damit glücklich und zufrieden. Ein paar Mal war ich dabei und habe das verfolgt, aber es hat mich irgendwann zornig gemacht, denn ich bekam Sehnsucht, bekam Fernweh, wenn ich diesen Chilenen hörte mit der kratzigen Stimme und das Rauschen im Lautsprecher, das Chile noch weiter ans andere Ende der Welt versetzte, als es das eh schon war. Ich wollte auf Safari in Südafrika gehen, wenn Ben dran war – ein lockerer Typ aus Johannesburg, so ein wenig wie Hemingway habe ich ihn mir vorgestellt, in Kaki-Bermudas, einen schlabbrigen Hut auf dem Kopf, Zigarette im Mundwinkel und Whiskeyglas in der Hand, und von fern hört man die Löwen brüllen. So eine Mischung aus *Jenseits von Afrika* und *Daktari*, verstehen Sie? Romantische Vorstellungen eben. Und Martin? ... Er drehte nur an seinen Knöpfen herum, sah auf seine Regler und war damit zufrieden, ein paar knarrende Laute und Rauschen im Lautsprecher zu hören. Ich fand das frustrierend, wirklich frustrierend.« Sie lachte bitter auf: »Funken, ha! Das war auch so etwas Technisches, das ich nie verstanden habe. Jedes Jahr war er in Friedrichshafen auf der Messe für Funkamateure. Einmal waren wir sogar mit, Kerstin und ich – das ist über zehn Jahre her – und das eine Mal hat uns dann auch gereicht.«

Sie nickte Lydia Naber zu, um ihrem letzten Satz Nachdruck zu verleihen.

»Er war technisch sehr begabt – kannte er sich auch mit Booten aus?«, fragte sie.

Elisabeth Schober wunderte sich.

»Aber sicher kannte er sich mit Booten aus. Er ist ja am See aufgewachsen und hat auch dieses Bodenseeschifferpatent. Eine Zeit lang haben wir sogar überlegt, ob wir uns nicht ein Motorboot anschaffen sollen, aber wir haben uns schließlich dagegen entschieden.«

»Mhm. Das Boot, unter dem wir Ihren Mann gefunden haben ...«, schaltete sich Schielin wieder ein, »... es handelt sich um ein italienisches Boot ... einen Moment bitte ...«, er blätterte in den Unterlagen, »*Cantiere Nautico Prosperi*, es wird gemeinhin als *Gondola* bezeichnet. Sagt Ihnen das etwas, hat er mal davon gesprochen?«

Sie überlegte und schüttelte dabei den Kopf.

»Nein, das sagt mir überhaupt nichts. Kann mich nicht erinnern, dass diese Worte jemals gefallen sind.«

Schielin lehnte sich zurück und sagte zu Lydia: »Also ich habe vorerst keine Fragen mehr ...«

Lydia Naber hob die Hände. Auch ihre Fragen waren beantwortet.

»Aber ich hätte noch eine Frage«, sagte Elisabeth Schober bestimmt.

»Bitte«, gestattete Schielin.

Sie beugte sich nach vorne über den Tisch.

»Mein Mann ist im Bodensee mit einem Boot gekentert und ertrunken, und Sie befragen mich über so viele private Dinge – wieso das alles? Das ergibt für mich wenig Sinn.«

Schielin stützte sich mit den Unterarmen am Tisch auf und beugte sich ebenfalls nach vorne, um ihr möglichst nahe zu kommen. Leise sprach er: »Frau Schober, es ist so – Ihr Mann ist zwar ertrunken, aber er hatte zwei Schusswunden im Rücken. Aus diesem Grund stellen wir diese vielen Fragen.«

Sie behielt ihre Körperspannung für einige Sekunden bei. Ihr Blick klebte an Schielin – nicht erschrocken, nicht anklagend, nicht fassungslos. Dann atmete sie schwer aus und ließ den Kopf hängen, jedoch auch dies nur für einige Sekunden, bevor sie sich müde vom Tisch zurückdrückte und in den unbequemen Stuhl mit der kantigen Holzlehne sank – so wie Stühle eben sein sollten, für lange, unbequeme Gespräche. Sie klang unendlich traurig.

»Das hat er nicht verdient.«

Sie sagte es so, dass Lydia Naber sich fragte, was sie wohl meinte, was er verdient hätte, stellte die Frage dann aber nicht. Sie wurde nicht recht schlau aus dieser fetzigen Frau, die ganz selbstverständlich noch von *ihrem* Mann sprach, obwohl sie bereits seit zwei Jahren von ihm getrennt lebte und der nun tot in Ulm lag.

Nachdem Frau Schober gegangen war, meinte Lydia: »Seltsam, nicht wahr, mit welcher Selbstverständlichkeit sie noch von *ihrem* Mann gesprochen hat. Und irgendwie hatte ich sie mir auch ganz anders vorgestellt nach unseren Telefonaten – kühler und zickiger. Jetzt kam sie sogar ganz sympathisch rüber, findest du nicht auch? Und was ich mich noch frage: Wie kommt so ein introvertierter Typ wie Schober zu so einer Frau?«

Schielin wusste keine rechte Antwort darauf.

Er öffnete das Deckblatt der verblichenen roten Akte und las die Namen, die er auf einem gelben Post-it notiert hatte: Stefan Koppe, Peter Latz, Bernd Mohr und Martin Schober. Dann nahm er eines der Fotos von Martin Schober, die seine Ex-Frau mitgebracht hatte, und heftete es an die alte Akte. Er versuchte, sich vorzustellen, wie er wohl als Junge ausgesehen haben mochte, wie er sich damals verhalten hat, welche Interessen ihn umgetrieben haben. Mädchen standen bei ihm wohl nicht auf dem Zettel. Schielin konnte sich aber auch nicht vorstellen, dass er Tarzan-Schreie ausstoßend an Seilen über der Leiblach geschwebt war, in Gumpen gesprungen und durch Wasserfälle getobt ist.

»Woran denkst du gerade?«, unterbrach Lydia ihn in seinen Gedanken.

Er wiegte den Kopf und fing an, den Aktenhefter aufzublättern.

»Ich war gerade bei dieser alten Akte hier und fragte

mich, wie Martin Schober eigentlich so als Junge gewesen war. Weißt du, wenn einer einen Spitznamen bekommt – Hugo – dann ist das immer eine Auszeichnung – in die eine oder die andere Richtung. Es bleibt aber dabei: Ein Spitzname, das ist ein Zeichen von Coolness, von Eigenart, ein Ausdruck des Unterschieds, den alle anderen spüren. Ein Einzelgänger war er demnach nicht.«

»Na ja, ein wenig seltsam war er ja schon.«

»Er hat halt seinen eigenen Ideen nachgehangen, war besonders, in welcher Weise auch immer, daher haben sie ihn Hugo genannt – ein Name, der ihm blieb und den er wohl mochte. In der Firma hat man ihn ja auch so genannt, er muss es also eingeführt haben. Und so richtig zurückgezogen hat er sich ja erst, nachdem seine Mutter gestorben war. Nach dem Tod von Robert Zwingler war es mit Hugo vorbei – das glaube ich!«

»Und nach dem Tod der Mutter war es mit Martin Schober vorbei. Hin und her und her und hin – wie sollen wir jetzt weitermachen?«, fragte Lydia Naber und fuchtelte dabei mit den Armen durch die Luft.

Schielin schnaufte gequält.

»Mühsam ernährt sich das Eichhörnchen. Ich schaue mir den Bootsliegeplatz in Nonnenhorn noch mal an. Im Moment weiß ich auch nicht so recht weiter. Magst du mitkommen?«

Sie lehnte ab.

»Ich habe zu Hause noch Einiges zu tun. Passt mir gut, wenn ich mal cher heimkomme.«

Schielin war es recht. Er widmete sich wieder seiner Akte und blätterte darin bis zur letzten Seite, auf der ein Kuvert aufgeklebt war. So machte man das früher mit den Negativen. Er griff nach dem Brieföffner, riss damit das Kuvert auf und hatte sogleich einen dicken Packen Negativstreifen in der Hand. Dem Gefühl nach waren es drei sechsunddreißiger Filme.

»Die lassen wir alle entwickeln«, beschloss er aus einem unbestimmten Impuls heraus.

»Scannen«, verbesserte ihn Lydia. »Entwickelt sind sie schon. Das gibst du am besten gleich Jasmin.«

Er machte eine wegwerfende Handbewegung und packte die Akte weg, während er aufstand.

»Vielleicht findet Robert ja was Entscheidendes in der Wohnung, oder die Projektile gehören zu einer registrierten Knarre.«

Sie sah ihn an.

»Jetzt träumst du aber, gell?«

*

»Wir sehen uns morgen früh«, verabschiedete er sich von Lydia und ging etwas unschlüssig über den Hof in Richtung Auto. Was bitte sollte er in Nonnenhorn? Ronsard brauchte eigentlich mal wieder eine längere Wandertour, insbesondere seine Hufe, die schon wieder begannen, ihre Schräge zu verlieren. Lange würde es nicht mehr dauern, und er stakst herum wie ein Storch. Auf dem weichen Boden der Weide, wo nur am Rand der blanke Boden wie ein Pfad zum Vorschein kam, weil die Friesen immer am Weidezaun entlang ihre Trabrunden hielten, scheuerte sich das Horn der Hufe nicht ausreichend ab. Es wurde also wirklich Zeit für einen kleinen Spaziergang, auch wenn Ronsard es gar nicht ungern hatte, wenn Schielin alle paar Wochen mit dem gebogenen Messer und der Feile anrückte, um das überständige Horn nachzuschneiden. Das lag wohl aber vor allem an dem Handkarren, auf dem sich neben den Werkzeugen stets ein Eimer mit Äpfeln und getrockneten

Feigen befand, auf die er besonders scharf war. Einmal hatte Schielin auch eine Banane dabei, die Ronsard genüsslich fraß. Lena, die gerade einen der Friesen striegelte, hatte es gesehen und etwas bissig gemeint, es sei schon seltsam, wenn ein Esel sich als Affe entpuppe. Schielin hatte etwas gequält gelacht – seitdem gab es keine Bananen mehr für Ronsard.

Schielin entschied sich gegen Nonnenhorn und fuhr nach Hause. Es würde noch lange genug hell sein, um wenigstens die klassische Runde mit Ronsard zu drehen. Auch spürte er eine gewisse Nervosität, die sich in ihm breitmachte, denn es fehlten ihnen in diesem Fall die klassischen Spuren: ein schöner frischer Tatort, die Tatwaffe – einfach alles, womit man als Kriminaler arbeiten konnte. Er ahnte, es würde sehr schwierig werden, die Wahrheit zu erfahren über das, was vor vielen Monaten draußen am See geschehen war. Dieses unangenehme Prickeln, das ihn erfasst hatte – er musste dagegen angehen, und es gab kein besseres Beruhigungsmittel als Ronsards mächtigen, schweren Körper, der so viel Ruhe ausstrahlte, der einem Vertrauen gab in die Ordnung der Dinge. Hysterie war diesem treuen Wesen fremd – zumindest solange keine Pferdebremse in der Nähe war; es war ein Wesen, das einem durch seine pure Existenz half, sich als Mensch zu erkennen und die Welt als einen Ort wahrzunehmen, der selig machen konnte.

Ronsard trippelte freudig am Zaun auf und ab, als er Schielin mit dem Führungsseil kommen sah, und wartete ungeduldig am Einlass zur Weide. Das erste Stück auf der schmalen Teerstraße durch den dichten Wald bis Weißensberg verdarb Schielin beinahe die Tour. Gleich am Waldrand fielen die Bremsen wie närrisch über die beiden her. Dazu mussten sie noch ständig von der Straße auf den Waldboden ausweichen, weil der Autoverkehr so unerwartet dicht war. Diese elenden Navis zeigten inzwischen auch jeden Feld- und Waldweg an. Und was konnte nur in der Luft liegen, dass die Bremsen heute so giftig waren? Ein Gewitter war es nicht. Wie würde es erst drunten im Bösenreutiner Tobel zugehen?

Einen Moment lang zweifelte Schielin an der Sinnhaftigkeit seines Vorhabens, doch letztlich überwog der Wunsch nach der Abgeschiedenheit und Stille des Tobels, wo es auch an hellen Tagen stets dämmrig war und das Rauschen und Gurgeln des Baches und weit droben das sanfte Rauschen in den Baumwipfeln die Sinne beruhigte.

Ronsards stoische Ruhe, die er eben noch gesucht hatte, nervte ihn jetzt. Unbeeindruckt vom Gesumme der Fliegen und Bremsen und von den Autos, die viel zu nah und zu schnell an ihnen vorbeifuhren, setzte er einen Huf vor den anderen, schaute geradewegs nach vorne und war von allem unbeeindruckt. Ausgerechnet dieser Esel, der sonst auch nur bei der Ahnung einer Bremse schon mit dem Arsch nach links und rechts wogte, den Kopf umherschmiss und mit den Ohren wackelte, als wolle er fliegen – ausgerechnet dieser Esel tappte heute so völlig unbeeindruckt dahin und griff dazu nicht ein einziges Mal nach frischem Gras oder überhängenden jungen Ästen. Diese Demut in die Umstände – genau das nervte ihn! Schielin blies ärgerlich eine Fliege weg, die vor seinem Auge wie irr tänzelte. Ja, das Herausfordernde an Eseln war nicht ihr Trotz, der sich angeblich in Verweigerung und Unwillen zeigte. Vielmehr war es ihr unbedingter Wille, mit dem sie unbeeindruckt ihres Weges zogen. Einem Esel war es gar nicht möglich, es einem recht zu machen.

Schielin stolperte über eine Wurzel und schrie einem Auto, das ihn fast touchiert hätte, wütend einige hässliche Schimpfworte nach. Er schwitzte und musste ein paar schnellere Schritte machen, um das Führungsseil wieder locker zu bekommen. Ronsards Kopf baumelte gelassen. Hinter der Autobahnunterquerung entspannte sich Schielin wieder etwas. Die Schwüle, die im Wald so drückend lastete, verging, und entkrampft marschierte nun auch er in Richtung Tobel.

Am steilen Hang des Tobelabstiegs waren alle Bäume gefällt worden, nachdem der Sturm im letzten Herbst eine breite Bresche geschlagen hatte. Hinter der Brücke wechselte Schielin vom Pfad hinunter ins Bachbett. Mattes Licht umfing sie am Tobelgrund, und die Geräusche rundherum erstarben. Der enge Pfad verbreiterte sich bald zu einem Schotterweg. Seltsamerweise blieben sie drunten am Weg von Bremsen und Schnaken verschont, und Schielins Gedanken gewannen wieder Raum.

»Das war auch so ein komischer Kauz, dieser Martin Hugo Schober. Fast so wie du!«, fing er an zu erzählen und tätschelte dabei die dunkle Schulter neben sich. Staubwolken umfingen seine Hand, da der Staub noch nicht vom Schweiß gebunden worden war. Ronsard hatschte weiter, als hätte er einen Wettkampf zu bestreiten, in dem vor allem das Gleichmaß der Bewegung bewertet wurde und gerade nicht die Zeit, die man für eine gewisse Strecke benötigte – wie sonst bei allem der sich zivilisiert nennenden westlichen Welt.

Schielins Gesicht verzog sich zu einer schmerzhaften Miene – der tote Körper von Schober, wie er auf dem Stahltisch gelegen hatte, kam ihm wieder in den Sinn. Monatelang hatte er im sandigen Schlamm des Sees gesteckt, begraben unter dem Boot, das er im Nonnenhorner Hafen bestiegen haben musste. Ja, ein komischer Kauz war er zuletzt wirklich gewesen, verschlossen, geradezu versteinert. Konnte die Trauer über den Tod der Mutter einen Mann, der ein eigenständiges Leben führte und eine eigene Familie hatte, derart verändern? Vorstellbar war es zumindest.

»Wir haben nichts!«, sagte er laut zu Ronsard, »Nichts! Nicht mal eines der drei Handys, die er besaß – wir wissen also nicht, wer mit wem von wo aus wie lange zuletzt telefoniert hat. Wir haben keine Videoaufnahmen, keine Kreditkarte, keine Rabattkarten – alles, was wir modernen Menschen so über unser Leben speichern, all das gibt es nicht. Vielleicht ja, weil er sich mit Technik auskannte, der Hugo, und nichts über sein Leben gespeichert haben wollte. Sein alter BMW hatte nicht mal ein Navi!«

Ronsard konnte es gleich sein, was über seine Vergangenheit gespeichert wurde.

»Ausgerechnet so ein Technikfreak wie Schober hält sich derart bedeckt, was moderne Bequemlichkeitsmittel anlangt. Dazu war er noch vermögend und hat doch nicht annähernd einen Hang zum Wohlstand erkennen lassen.«

Schielin murrte. Es war wie immer – der Verlust machte die Bedeutung erst fühlbar; sie besaßen keine gespeicherte Vergangenheit von Martin Schober und mussten mitten im einundzwanzigsten Jahrhundert ermitteln, als lebten sie in den achtziger Jahren des letzten Jahrhunderts. Keine schöne Zeit, meinte Schielin.

Ronsard legte eine Synkope ein.

Wie hatte seine Großmutter früher immer gesagt, so wie alle Großmütter es sagen, weil diese Aussage von Gewicht ist und ausgesprochen werden muss: *Ach, wie schnell doch die Zeit vergeht*! Die Zeiten änderten sich, denn inzwischen verging die Zeit für sechs Monate eines Lebens nicht mehr einfach so, denn man konnte zurückschauen. Es war eine praktische Sache für Ermittler, wenn nicht gerade Leute wie Schober zu Tode kamen. Und trotzdem hoffte Schielin, es komme niemand auf die Idee, es noch länger tun zu wollen.

Er versuchte sich wieder an der Vorstellung des Sturm-wochenendes im letzten Oktober: die Einsamkeit in dem kleinen unschuldigen Hafen, der um sein Leben rennende Martin Schober, die vom Sturm aufgewühlte Wasserfläche, die Einschüsse am Fahnenmast und an der Stegblende, die auf einen wütenden, rasenden, unkontrollierten Täter hin-wiesen. Nein, da gab es kein feines Gespinst aus Intrigen, keine komplexe Verschwörung und keine Fallen – nur pure Emotion und roheste Gewalt mit wildem Geballer. Wer besitzt schon eine Pistole, nimmt sie mit – und will sie dann nicht auch gebrauchen? Der Täter musste einem Plan ge-folgt sein, und es war eben schiefgegangen. Hatte Martin Schober den Braten gerochen? – Könnte sein. Dem mög-lichen Tathergang nach zu urteilen, ging es dem Schützen einzig darum, Martin Schober aus dem Weg zu räumen, und zwar mit aller Gewalt. Und dann geriet es außer Kon-trolle … oder besser gesagt nicht es, sondern der Täter geriet außer Kontrolle. Ein Profi war es demnach nicht – keiner, der kühl einen gut durchdachten Plan umsetzt und seinem Opfer keine Chance lässt. Da war einer am Werk, dessen Verstand keine Gewalt über seine Gefühle besitzt – in Ver-bindung mit einer Schusswaffe eine gefährliche Kombina-tion.

Diese Erkenntnis gab Schielin etwas Hoffnung. Er sah zufrieden nach oben in die Baumspitzen, wo ihnen eine Els-ter folgte.

Schober war es trotz des Verfolgungsdrucks gelungen, mit dem Boot nach draußen zu kommen, gegen die Wellen, die kurzläufig und steil gewesen sein mussten. Bei dem ver-wendeten Kaliber waren maximal neun Schuss pro Magazin möglich, eher acht. Zwei trafen Schober, zwei hatten sie im Hafen gefunden. Es lag nahe, dass der Täter das ganze Ma-gazin leergeschossen hatte, nur, um am Ende doch zusehen zu müssen, wie sein Opfer draußen auf dem See verschwand. Was hätte er wohl in dieser so frustrierenden Situation getan? Schober verfolgen natürlich – gleich wie, denn jetzt, nach diesem Exzess, war eh alles egal, und das Gehirn hatte keinerlei Einfluss mehr auf ihn, da der für derlei Situationen ungeeignetste Körperteil längst die Lage beherrschte – der Bauch.

»Ganz sicher hat er noch nachgeladen«, rief Schielin in die Stille. Sie hatten zwar nur Projektile gefunden und keine Patronenhülsen. Da hat ihm der See wohl aber geholfen, denn an die Hülsen hatte der sicher nicht mehr gedacht. Und dann?

Ronsard fühlte sich nicht angesprochen. Schielin rüttelte an der Leine.

»Was ist los heute mit dir? Nimmst du Medikamente? – Er ist ihm natürlich gefolgt … er ist in Richtung Lindau gefahren«, gab sich Schielin selbst die Antwort und stoppte kurz, während er so nachdachte, doch Ronsard zog ihn einfach fort.

»Bockel!«, schimpfte Schielin laut und stellte sich die Verfolgung vor. Wenn er Schober nachgefahren war, musste er immer wieder Sicht auf den See haben, um ihn nicht aus den Augen zu verlieren. Das heißt, er war nah am Ufer geblieben und hatte keinesfalls über die Bahnlinie gewechselt, die ihn gezwungen hätte, auf der Landstraße in Richtung Lindau zu fahren. Wer so unter Druck ist, meidet die Bahnschranken. Außerdem muss es ein Ortskundiger gewesen sein. Also vom Hafen aus durch Nonnenhorn, immer nahe am Ufer entlang, in die Wasserburger Straße, in die Wasserburger Bucht – und da war Schluss. Dort musste er weg vom Ufer, nach Norden. Bis fast zum Ende der Schachener Straße, wo es zum Giebelbach abzweigte und die ganze Schachener Bucht und die Lindauer Insel samt Schweizer

Bergen vor einem lag, hatte er keinen durchgehenden Blick mehr zum See. Und an einem Samstagabend im Oktober kommt man mit dem Auto eh nicht ungestört durch diese Straßen, während Martin Schober draußen auf dem See von den Wellen und dem Außenborder nach Westen, dem Bahndamm der Lindauer Insel zugetrieben wurde. Er war viel schneller unterwegs, als es mit dem Auto machbar gewesen wäre. Schielin war sich sicher, der Täter hatte nicht mitverfolgen können, wie Martin Schober versunken war. Nein, er war im Ungewissen herumgefahren und hatte vergeblich nach ihm gesucht. Ob er von der Wohnung in Lindau wusste? Wohl kaum, denn dann wäre er dort aufgetaucht, und Robert hatte ja die Wohnungstür überprüft und keine Hinweise auf eine gewaltsame Öffnung feststellen können.

Schielin trabte im Schlepp Ronsards weiter.

Was nur war der Grund dafür, derart enthemmt gegen diesen verschrobenen, in sich gekehrten Martin Schober zu handeln, dessen ganzes Leben von Friedfertigkeit gekennzeichnet war? Konnte es ein Psychopath gewesen sein? Er wies sich selbst zurecht, nicht ebenfalls der Mode zu verfallen, jedes gewalttätige, asoziale Verhalten sogleich mit einem klinischen Krankheitsbegriff zu versehen.

Seine Schrittfolge hatte sich dem gemächlichen Gang Ronsards angepasst. Sie passierten die ausufernden Flächen mit indischem Springkraut links und rechts des Weges. Das Zeug, in Komplizenschaft mit der Zeit, eroberte nach und nach die Hänge des Tobels und verdrängte alle anderen Gräser. Der feuchte, nährstoffreiche Humusboden war ein ideales Ausbreitungsgebiet für das Kraut. Schielin hatte mal gelesen, dass die Pflanze erst Mitte des neunzehnten Jahrhunderts aus dem Himalaja nach England importiert worden war und von dort aus ihre Eroberung Europas begonnen hatte. Alles und jedes, das sich mit der Zeit verbündete, war unbesiegbar.

Kurz vor dem steilen Aufstieg, der aus dem Tobel herausführte, sagte Schielin laut: »Und diesen Giesebrecht knöpfen wir uns auch noch mal vor. Uns einfach Telefonnummern zu unterschlagen! Tolles Dossier!«

Es ging über die breite Betonplatte, die über den Tobelbach führte, und Ronsards Hufe dröhnten dumpf darauf. Der steile Teerweg nach oben war vom Regenwasser aufgerissen. Der Kies lag über dem Teer verteilt, und Schielin eierte auf den runden Steinen herum. Ronsard trabte unbeirrt nach oben, dem Licht zu. Die Obstgärten, die von den Hängen Streitelsfingens bis herunter an den Waldrand reichten, standen prall und in voller Frische.

Polizeiknarre

In der Morgenbesprechung zog Schielin ein Resümee seiner gestrigen Überlegungen: Ein unkontrollierter, emotional aufgeladener Täter musste es sein, der ungeübt handelte, die heraufbeschworene Situation nicht beherrschte und sich aus der Ruhe bringen ließ, die Nerven verlor.

»Es ist eine unfertige Persönlichkeit, voller Selbstzweifel und Minderwertigkeitsgefühle«, stellte er fest und berichtete anschließend vom Fall des toten Jungen an der Knochenmühle, in dem Martin Schober als Zeuge auftauchte. Schielin fragte in die Runde, ob jemand mit dem Namen Ludwig Stöck etwas anfangen könne – der Ermittler von damals. Nur Kimmel und Funk erinnerten sich dunkel an den Namen, konnten aber kein Gesicht und keine Geschichten mit ihm verbinden. Schielin hielt es für sinnvoll, die noch lebenden Beteiligten von damals zu befragen, und las die Namen vor. Als er Stefan Koppe sagte, hob Wenzel die Hand.

»Moment, Moment, Moment – wie heißt der, Stefan Koppe? Auffälliger Name... für mich jedenfalls... ich denke da immer an Schneekoppe und habe sofort diesen Gesang im Ohr... kann sich jemand daran erinnern?«

Er sah in die Runde. Robert Funk grinste, und Gommi krähte sofort los: »Schneeeee-kop-pe!«

Hundle sah überrascht auf. Kimmel blaffte Gommi an: »Ist aber gut jetzt, Mensch!«

Wenzel blätterte unbeteiligt in seinen Unterlagen und sagte nach kurzer Pause: »Den Koppe, den hab ich doch gehabt... Koppe, Koppe, Koppe... gleich hab ich's.«

Die Augen der anderen ruhten voller Spannung auf ihm.

»Genau, hier steht er – Stefan Koppe.«

Er sah munter in die Runde.

»Und?«, fragte Lydia Naber und reckte sich über den Tisch. »Was ist das für eine Liste?«

»Das ist die Liste mit den Leuten, die im Nonnenhorner Hafen ein Boot liegen haben. Stefan Koppe hat ein Segelboot dort ... eine *Bavaria zweiunddreißig Cruiser* ... liegt auf Platz neunundzwanzig. Er steht ganz oben auf der Liste, weil er zu denjenigen gehört, die ihr Boot an dem betreffenden Wochenende im letzten Oktober noch im Hafen festhatten ... bin bloß noch nicht dazu gekommen, ihn zu befragen.«

Schielin schwieg, während alle anderen darauf warteten, was er dazu sagen würde. Mit grüblerischer Miene sagte er schließlich aber nur, dass er dabei sein wolle, wenn dieser Koppe befragt werde.

»Das müsste doch der Typ von damals sein, oder? Den Namen gibt's hier nicht so oft«, meinte Wenzel.

Schielin nickte und versuchte, seine Gedanken zu ordnen. Konnte eine solche Beziehung Zufall sein? War es tatsächlich Zufall – dieser Koppe von der Knochenmühle mit einem Boot im Nonnenhorner Hafen, auf Platz neunundzwanzig? Der Neunundzwanziger lag schräg gegenüber des Liegeplatzes von Schwinge, also genau da, wo Kutz sein Boot festgemacht hatte.

Lydia rekonstruierte den Tatort ebenfalls und meinte: »Bei dem verwendeten Kaliber wäre es eine denkbare Schussentfernung ... allerdings passt dann der Fahnenmast nicht mehr so ganz ins Bild ... ärgerlich!«

Kimmel kritzelte schnell einige Notizen auf einen Zettel und sah dann wieder in die Runde. Robert Funk war dran. Er breitete einen A3-großen Ausdruck aus, worauf alle Namen enthalten waren, die er in der einen Akte in Schobers

Wohnung gefunden hatte. Zusammen mit Jasmin hatte er die Namen in exakt der Position angeordnet, wie sie sich auch auf dem Original befanden, und mit der Hand nachträglich die im Original vorhandenen Kreise, Linien und Striche eingezeichnet. Die anderen sahen irritiert auf die Matrix. Keiner hatte eine zündende Idee, was Schober damit gemeint oder beabsichtigt haben könnte. Funk war während seiner Erfassungsarbeit zu der Ansicht gekommen, dass es sich dabei in jedem Fall um für Schober bedeutungsvolle Notizen handele, weil er zum einen viel handschriftlich gearbeitet und sich zum anderen in der Zeit vor seinem Tod damit befasst habe – zwischen Juli und Oktober, wie einigen am Rand hingekritzelten Datumsangaben zu entnehmen sei.

Schielin und Lydia beugten sich über den Ausdruck. Die Grundlage war eine Art Tabelle. In der linken Spalte standen Vornamen: Günter, Ewald, Martin, Petra, Willy, Heinz, Paul, Gudrun, Werner, Margarete. In der rechten Spalte stand: Marianne Schmidt, Josefine Hiltner, Mathilde Kinkelin, Rahner und Egger. Die Kreise und Linien brachten jedoch keine klar erkennbare Struktur in diese Namen.

»Marianne Schmidt – das ist doch der Name von dem Foto mit dem Grabstein«, sinnierte Lydia Naber laut.

»Ja schon, aber ich kann nicht einen Bezug herstellen«, antwortete Robert Funk verhalten.

Jasmin Gangbacher meinte: »Vielleicht ist das Ganze ja so eine Art Algorithmus für das technische Zeug, das er entwickelt hat, etwas, das nur er versteht, wozu nur er den Schlüssel hat.«

Sie leitete über zum Stand ihrer aktuellen Auswertungen, die Papierfetzen aus dem Geldbeutel betreffend. Sie war etwas weiter gekommen und recherchierte gerade im Archiv der *New York Times*. Die anderen waren froh, sich nicht damit befassen zu müssen, und Funk nahm die Namensliste vom Tisch und rollte sie wieder zusammen.

»Wieso *New York Times*?«, fragte Kimmel, dem sich der Zusammenhang nicht erschloss.

»Da war doch dieser Zeitungsausschnitt in Englisch – eine Überschrift und ein paar Satzfetzen aus einem Artikel. Die verwendete Schriftart gehört zur Printausgabe der *New York Times*, und ich suche nun nach Artikeln, in denen diese Wortkombinationen vorkommen.«

»Jesus Maria!«, rief Wenzel. »Das ist diesmal aber wirklich eine richtige Sklavenarbeit.«

»Meinst du, es lohnt sich?«, richtete sich Kimmel an Jasmin, aber anerkennend, nicht kritisierend.

»Was hat man denn in seinem Geldbeutel außer Geld, Ausweis, Führerschein und Kreditkarten natürlich?«, fragte sie zurück. »Doch nur das, was einem wichtig ist, was eine Bedeutung hat und was man unbedingt immer dabei haben will. Schober mag ja ein komischer Kauz gewesen sein, aber hinter diesen kruden Namenslisten, den alten Zeitungsartikeln und dem Gekritzel, das er hinterlassen hat, steckt sicher irgendein Sinn. Davon bin ich überzeugt.«

»Ausweis, Führerschein und Kreditkarten hatten demnach keine Bedeutung für ihn?«, fragte Kimmel etwas spitz.

Schielin pflichtete Jasmin Gangbacher bei.

»Jasmin hat recht. Wir haben im Moment zwar noch nicht genug Details entschlüsselt, um uns ein genaues Bild von Martin Schobers letzten Monaten machen zu können. Der war aber ganz sicher nicht planlos unterwegs, sondern mit irgendetwas befasst, was ihn umgetrieben und verändert hat. Mach weiter mit den Schnipseln.«

Es gab keine weiteren Diskussionen, und Kimmel sprach nun noch mal die Überfälle auf die Reisemobile an. Die Tatzeiten lagen auffällig oft in den Nächten von Freitag auf Samstag.

»Da müssen wir was tun! Der Landrat hat schon angerufen und nach dem Stand der Ermittlungen gefragt«, richtete er sich an Funk und Wenzel. »Lasst euch also was einfallen, wenn ihr zu Weihnachten wieder einen Kasten Bier haben wollt.«

In welche Richtung er Einfälle erwartete, deutete er mit der anschließenden Bemerkung an, er hätte heute Nacht durchaus Zeit und stünde zur Verfügung, falls jemand gebraucht würde. Wenzel stöhnte und murrte leise: »... Lasst euch was einfallen ...«

Kimmel hatte die Morgenrunde gerade beschlossen, da meldete sich Jasmin Gangbacher noch mal zu Wort.

»Ach ja, fast hätte ich es vergessen: Die drei Notebooks von Schober, die könnt ihr vergessen. Die sind derart sicher verschlüsselt, das ist mir noch nie untergekommen. Die beim LKA haben gleich abgewunken, als ich denen am Telefon erzählt habe, was ich bisher feststellen konnte. Wir brauchen die also gar nicht erst nach München zu schicken. Seit Snowden weiß eben die ganze Welt, dass nur Eines funktioniert, und das ist Verschlüsselung – wobei: Der Schober brauchte für diese Erkenntnis sicher niemand anderen, so wie der technisch drauf war.«

Schielin war nicht mehr ganz bei der Sache, seit sich das Gespräch auf die Reisemobile zubewegt hatte. Seine Gedanken landeten wieder bei Schober. Was nur wirft einen erwachsenen, erfolgreichen Menschen wie ihn derart aus der Bahn, dass sein gesamtes Leben in sich zusammenfällt? Existenziell gesichert, erfolgreich im Beruf, verheiratet, eine Tochter, von keiner bedrohlichen Krankheit angegriffen und weder dem Alkohol noch Drogen verfallen. Was bloß gab es Fundamentales, das tiefste Innere eines Menschen

Berührendes, das ihn und sein Leben derart auf den Kopf stellen konnte?«

Der Freitag sollte noch eine Überraschung bereithalten: Gleich nach der Besprechung – Schielin und Lydia saßen kaum in ihren Bürostühlen – kam Gommi aufgeregt mit einem Stapel Papier hereingestürmt.

»Heidenei, Mensch aber auch! Die Mail hab ich euch schon weitergeleitet. Hier, vom LKA, die Ballistiker haben sich gemeldet. Die Waffe ist schon mal aufgetaucht! Ein Polizist!«

Schielin und Lydia Naber sahen sich verblüfft an. Lydia stand auf und nahm Gommi die Blätter aus der Hand. Dabei blaffte sie ihn an: »Wie ... schon mal aufgetaucht!?« Schnell überflog sie den Text und die Fotos, die miserabel gedruckt waren, aber doch für einen ersten Überblick genügten. »Ich glaub es ja nicht! Die Knarre ist wirklich schon einmal verwendet worden ... vor zehn Jahren ... bei Markdorf ... da wurde auf ein Pferd geschossen ... ist ja eklig ... eine *Walther PPK* ...« Sie hielt inne und schüttelte verdutzt den Kopf. »Nein! Nicht *irgendeine Walther PPK*, sondern die *Walther PPK* mit der Seriennummer 648923 ... das kann doch gar nicht sein!« Sie sah Schielin verblüfft an. »Du, das war mal eine Polizeiwaffe, und sie haben natürlich das ballistische Profil. Bist du ein Hellseher, he!? Was hast du gestern noch geunkt ...?«

Schielin hatte inzwischen die Mail geöffnet und las selbst. Zu einer erfassten Schusswaffe, noch dazu einer ehemaligen Polizeiwaffe, musste es einen Besitzer geben. Eine *Walther PPK – Polizeipistole Kriminal*, eine der verbreitetsten Waffen überhaupt, die bis weit in die achtziger Jahre verwendet wurde; viele Kollegen hatten damals bei der Ausmusterung dieser kleinen und eleganten Knarre die Gelegenheit genutzt, die Auslaufmodelle zu erwerben. Er scrollte durch die Unterlagen und fand das Aktenzeichen des alten Vorgangs. Alles bei diesem Fall weist in die Vergangenheit, dachte er – erst dieser tote Junge an der Knochenmühle und jetzt eine alte, ausgemusterte Polizeiwaffe.

Lydia war mit den Ausdrucken schneller.

»Ich ruf da gleich mal an und lass die Akten von der Tierquälerei kommen.«

Zwei Stunden später lag die Kriminalakte in ihrem Mailpostfach. Derweil hatte sie mit dem damaligen Ermittler reden können, der inzwischen in der Konstanzer Polizeidirektion arbeitete. Er erinnerte sich recht gut an den Fall. Drei Schüsse waren auf ein Pferd abgegeben worden, das auf einer Koppel gestanden hatte. Er hatte damals versucht, dem Weg der *Walther PPK* zu folgen, aber keinen Erfolg damit gehabt, denn der Kollege, der sie noch im aktiven Dienst erworben hatte, lag zum Tatzeitpunkt schon seit zwei Jahren auf dem Friedhof. Eine Mitarbeiterin der Sozialstation hatte ihn in seiner Wohnung in Tuttlingen tot aufgefunden. Sein Sohn, der mit seiner Familie in Australien lebte, war gekommen, hatte die Wohnung aufgelöst und war nach der Beerdigung wieder zurück nach Melbourne geflogen. Der Konstanzer Kollege erinnerte sich noch, welch ein Aufwand es wegen der Zeitverschiebung gewesen war, mit dem Sohn zu telefonieren. Von einer Pistole wusste der allerdings nichts, wie er überhaupt von allem, was mit seinem Vater zu tun hatte, nichts wusste oder wissen wollte.

Enttäuscht saß Lydia vor dem Bildschirm und blickte auf den Ausdruck der Konstanzer Kriminalakte.

»Das ist doch zum Verrücktwerden! Erst gibt es so ziemlich Nullkommanix an Spuren, dann haste eine, die aus dem kriminalistischen Paradies entsprungen scheint, und gerade die endet im ermittlungstechnischen Sumpf.«

Schielin machte gar keinen so frustrierten Eindruck und

reagierte nicht weiter auf Lydias Klagen. Bissig sagte sie: »Was'n los mit dir? Du schaust irgendwie ganz zufrieden aus. Hast du denn eine Idee?«

»Es ist noch zu früh für Ideen«, ärgerte er sie. »Wir machen einfach weiter mit dem, was wir haben. Als nächstes ist dieser Koppe dran, und natürlich werden wir es wenigstens versuchen, dieser Knarre auf die Spur zu kommen. Das Ganze klingt ja sehr nach Pferderipper. Da war doch vor ein paar Jahren mal eine Serie im Badischen, erinnerst du dich?«

Sie stöhnte.

»Ja, so grob.« Sie hob die Ausdrucke hoch, ließ sie aber gleich wieder fallen. »Die Akte hier macht mich ziemlich mutlos … der Kollege hat wirklich ordentlich gearbeitet. Er hat nichts übersehen, so wie es aussieht.«

»Vielleicht haben wir ja mehr Glück, oder manche Zusammenhänge stellen sich heute anders dar. Häng dich mal an die Pferdesache ran. Die anderen sollen dir helfen, wo es geht.«

Lydia hob sich mühsam aus dem Bürostuhl und ging in den Besprechungsraum, um sich einen Kaffee zu holen. Zuvor schaute sie noch bei Jasmin und Gommi vorbei, der sich gerade eine Apfelsaftschorle mischte. Sie flötete boshaft: »Was gibt deutschen Männern Kraft? – Apfelsaft! Apfelsaft!«

Jasmin lachte fies und sah hinüber zu Gommi, der nur den Kopf schüttelte und etwas Unverständliches nuschelte.

Lydia balancierte die volle Kaffeetasse zurück ins Büro und begann zu grübeln: Soso – der australische Sohn wusste also nichts von einer Pistole – und die Umstände sprachen für ihn. Eine Knarre ins Flugzeug zu schmuggeln, wäre ja auch blöde. Wer konnte denn noch von der Wumme gewusst haben und an sie rangekommen sein? Die Pflegeschwester hatte damals angegeben, nie etwas von einer Pistole gehört oder gesehen zu haben, ebenso wenig wie ihre Kolleginnen, mit denen sie sich manchmal abgewechselt hatte. Und dann gab es noch einen Wohnungsauflöser. *Zuverlässig und diskret*, lauteten die Worte unter dem Firmennamen. Diskret also. Sie setzte sich hin und suchte Namen, Anschrift und Telefonnummer heraus. Ob das nach so vielen Jahren noch aktuell war? Sie probierte es zunächst per Telefon. Die Rufnummer hinter der Vorwahl war noch dreistellig – fünf, eins, sieben. Ein Herr Bommel meldete sich; Lydia Naber schnippte mit den Fingern. *Bommel Wohnungsauflösungen* – so schlicht hieß die Firma, die von sich behauptete, diskret und zuverlässig zu sein. Sie begrüßte den Mann derart überschwänglich, dass der gleich meinte, er würde am Telefon keine Verträge abschließen, und Anstalten machte, aufzulegen.

»Nein, nein!«, rief sie. »Ich bin von der Kripo in Lindau. Ich habe eine alte Akte vor mir liegen und freue mich nur, Sie gleich ans Telefon bekommen zu haben. Es geht um eine Wohnung, die Sie vor zwölf Jahren in Markdorf geräumt haben. Es war die Wohnung eines Polizisten. Die Kollegen haben Sie damals zu dem Fall befragt – es betraf eine Pistole, mit der auf ein Pferd geschossen worden ist.«

Bommel schwieg eine Weile, und Lydia wartete geduldig auf seine Reaktion.

»Ja du lieber Gott«, sprach er schließlich. »Vor wie viel Jahren sagten Sie!? Gute Frau, Sie sind ja lustig… wissen Sie, wie viele Wohnungen ich in meinem Leben schon geräumt habe? Ich glaube nicht, dass ich mich noch an irgendwas von einer einzigen erinnere. Ich sehe vor mir nur einen riesigen Haufen Müll.«

»Oh, Herr Bommel, ich glaube Ihnen auf's Wort – das

waren sicher unvorstellbar viele Wohnungen ... und gewaltige Berge Müll, die Sie da entsorgt haben.«

»Ganze Häuser waren dabei, ganze Häuser!«, rief er aufgebracht dazwischen. »Sie haben ja keine Vorstellung, was man da alles erlebt mit den Nachkommen und so, glauben Sie mir.«

Lydia blieb hartnäckig.

»Oh, meine Vorstellungskraft reicht weit, Herr Bommel, aber hören Sie, ich möchte das jetzt auch nicht am Telefon besprechen ... wann könnte ich mich denn mit Ihnen treffen?«

Die Terminfindung gestaltete sich schwierig, da Herr Bommel, jetzt im Ruhestand, viele Termine wahrzunehmen hatte. Am Nachmittag werde ihn sein Sohn abholen, und am Sonntagabend starte der Bus nach Antwerpen, wo er bis Mittwoch bleiben würde. Danach gehe es gleich weiter mit dem Bus zum Rosensommer an die Loire – von Schloss zu Schloss. Lydia brachte es schließlich fertig, einen Termin für Sonntagnachmittag zu bekommen und versprach, ihn nicht lange mit Fragen zu belästigen.

»Ganz schön unterwegs, der Herr Pensionär Bommel«, sagte sie über den Schreibtisch hinweg zu Schielin.

Der antwortete nicht weiter auf Lydias Kommentar eingehend: »Wenzel hat Koppe erreicht und noch für heute einen Termin ausgemacht – er müsste in einer halben Stunde da sein.«

»Und die Firmentruppe – Giesebrecht und Martens?«

»Sechzehn bis siebzehn Uhr heute.«

»Mhm, da bin ich ja mal gespannt.« Sie wedelte mit ein paar Blättern der Kriminalakte herum. »Und aus dem Ding hier werde ich nicht annähernd schlau. Wer auch immer auf das Pferd geschossen hat, es ging ihm nicht darum, es zu töten. Die drei Einschüsse waren verteilt von der Schulter bis zum Hinterlauf ... böse Fleischwunden, aber nicht mehr. Ich habe mal das Umfeld recherchiert, du hattest recht – zu der Zeit lief gerade eine Angriffsserie auf Pferde, allerdings nicht in Markdorf.« Sie schnaufte laut. »Ich werde mir die Akten kommen lassen.

✳

Wenzel kam vorbei und gab Bescheid, dass Koppe gleich da sei. Sie vereinbarten das übliche Vorgehen: Wenzel sollte ihn für einige Minuten alleine befragen, dann würden sie dazukommen.

Während Schielin und Lydia auf ihren Einsatz warteten, kam Kimmel mit schnellen Schritten den Gang entlang und winkte ihnen zu.

»Wenn ihr fertig seid, brauche ich euch.«

Als sie in den Vernehmungsraum traten, hörten sie Wenzel gerade fragen: »Und das Boot neben Ihrem Liegeplatz?«

Schielins Blick blieb an Koppe haften – ein großgewachsener Mann mit kantigem Gesicht und selbstbewusster, kräftiger Stimme. Seine kurzen schwarzen Haare zeigten erste graue Stellen.

»Das neben meinem? – Das gehört dem Breugmann, so ein Computerfreak, der arbeitet für ein Bestattungsinstitut!?«

Lydia Naber setzte sich neben Wenzel, und Schielin an eine der schmalen Seiten des Tisches. Koppe musterte beide mit scharfem Blick aus dunklen Augen.

»Computerfreak?«, fragte Wenzel. »Kriegt der denn keinen Job? Die werden doch eigentlich gesucht.«

Koppe lachte dunkel.

»Nein, nein – der hat mit den Leichen nichts zu tun ... der ist schon in seinem Metier unterwegs ...«

171

»Das verstehe ich jetzt nicht.«

»Ja, sozusagen als Hacker … weil die Hinterbliebenen mit Computern und Smartphones oft nichts anfangen können und vor allem keine Zugangsdaten haben für die Bankkonten, Mailserver und was weiß ich nicht noch alles. Der Breugmann kümmert sich in diesen Fällen darum, hackt die Computer und so … der lebt nicht schlecht davon, nach dem, was ich so mitbekomme.«

»Na so ganz einwandfrei klingt das aber nicht«, meinte Wenzel und verzog das Gesicht.

Koppe war da aufgeschlossener.

»Ah ja … nun, den Angehörigen, Erben und denjenigen, die sich dafür halten, ist damit aber sehr geholfen – in ihrer Trauer, versteht sich, beziehungsweise darin, die Trauerarbeit gelungen abschließen zu können.« Die letzten Sätze hatte er mit unverhohlener Häme gesprochen, so als spräche er ein Gutteil aus eigener Erfahrung.

Wenzel stellte seine beiden Kollegen vor. Koppe reagierte selbstbewusst. Anscheinend befürchtete er, von so vielen Polizisten länger als ihm lieb war, aufgehalten zu werden.

»Nur, um das gleich vorneweg zu sagen: Ich habe nicht so arg lange Zeit und muss bald wieder auf der Baustelle sein … ich wüsste auch nicht, was ich zu der Sache noch mehr sagen könnte.«

»Sie haben also an Ihrem Boot keine Beschädigungen feststellen können?«, wiederholte Wenzel eine Frage, die er schon gestellt hatte, und tat so, als hätte Koppe nichts gesagt.

Dessen Stimme wurde nun eine Spur ungeduldiger.

»Nein. Sie sagten ja zudem, Sie hätten alle Boote angesehen, die im Hafen gelegen haben.«

»Sicher, aber Sie müssen davon ausgehen, dass ein Einschuss nicht immer gleich als solcher zu erkennen ist.«

»Okay, das verstehe ich … schon eine blöde Sache … da drunten in dem kleinen Hafen … ausgerechnet da eine Schießerei … in Nonnenhorn.«

»Eine Schießerei war es nicht«, schaltete sich Schielin nun ein. »Nach allem, was wir bisher wissen, hat nur einer geschossen – und zwar auf einen wehrlosen, flüchtenden Menschen.«

Koppe erwiderte Schielins Blick über die Maßen lange und hob beide Arme leicht an, womit er sein Unverständnis über das Geschehen ausdrückte und gleichermaßen die Unabänderlichkeit der Ereignisse. Sein *Ja nun* zu dieser Bewegung klang zynisch. Für ihn war die Sache, gleich wie sie zugegangen sein mag, erledigt. Bisher hatte er den Oberkörper nach vorne geneigt. Nun gab er diese Position auf und lehnte sich nach hinten in die Stuhllehne.

»Also bequem geht anders … ich schätze aber mal, das ist Absicht«, lachte er.

Es war ein guter Augenblick, zuzupacken. In ernstem Ton sagte Schielin: »Also, Herr Koppe. Mein Kollege hat Ihnen ja den Fall, mit dem wir konfrontiert sind, erläutert.«

Er ließ eine Pause und sah Koppe mit fragender Stirn an. Der nickte betont langsam.

»Ja. Und in der Zeitung hatte ich das ja auch gelesen, dachte aber, es ginge um einen Ertrunkenen.«

»Wir haben bisher nichts von den Schussverletzungen an die Öffentlichkeit gegeben.«

Lydia Naber beobachtete Koppe, der vermeintlich ruhig dasaß. Es war ihr aber nicht entgangen, wie ein winziges Zucken ihm über sein Gesicht gefahren war. Gerne hätte er seine Beine übereinandergeschlagen, blieb aber in diesem Ansatz stecken und vermittelte so einen Anflug von Unsicherheit. Seine Gedanken traten in diesem Moment deutlich zutage: Wenn die Polizei bisher noch nichts von den

Schüssen gesagt hatte, warum konfrontierten sie ausgerechnet ihn damit?

Wie zuvor vereinbart, hatte Wenzel die Identität des Toten noch nicht preisgegeben. Nüchtern sagte Schielin nun: »Der Name des Opfers lautet Martin Schober, sein Spitzname war Hugo. Kannten Sie ihn?«

Koppes Augen blieben starr auf Schielin gerichtet. Sein Körper wirkte wie eingefroren. Einzig seine Lippen berührten einander zwei Mal, so als wolle er etwas sagen, könne es aber nicht. Als er schließlich antwortete, klang seine Stimme belegt.

»Ja sicher kannte ich Hugo. Wir sind zusammen aufgewachsen.«

»Wann haben Sie sich zuletzt gesehen?«, fragte Schielin gleich hinterher und mit Nachdruck.

Koppe erwachte langsam aus seiner Starre.

»Ohje, das ist eine Ewigkeit her, eine Ewigkeit … Jahre … ich glaube vor drei, vier Jahren, da sind wir uns zufällig mal begegnet … auf der Insel. Er war mit seiner Mutter und seiner Familie unterwegs … an einem Sonntag. Er hat ja nicht mehr hier gewohnt, sondern irgendwo da droben bei Ulm oder Augsburg, wenn ich mich recht erinnere.«

»In Mindelheim hat er gewohnt«, informierte ihn Schielin.

Koppe ließ seine Hände durch die Luft fahren.

»Ja gut, dann halt in Mindelheim. Wie gesagt, wir waren als Jugendliche öfter mal zusammen, aber dann haben sich unsere Wege getrennt, wie das eben so ist.«

Er sah von einem zum anderen, in der Hoffnung auf Bestätigung seiner Feststellung. Außerdem war ihm die Erleichterung anzumerken, mit seinen Worten zu Ende gekommen zu sein und etwas Zeit dafür zu haben, die Gedanken zu ordnen. Schielin lächelte bedacht und wartete einen Augenblick. Selbstbewusst auftretende Charaktere wurden in der Regel hysterisch, wenn sie die Kontrolle verloren. Gemächlich holte er das Foto von der Knochenmühle hervor und schob es über den Tisch zu Koppe hinüber.

»Das haben wir unter anderem bei der Leiche gefunden. Kennen Sie diesen Ort?«

Er hatte die Frage so harsch gestellt, dass ein *Nein* eigentlich ausgeschlossen war. Koppe tippte das Foto mit dem Zeigefinger an und zog es über die Tischplatte näher zu sich heran, um es anzusehen. Für einen ganz kurzen Augenblick bleckte er die Zähne, so als müsse er seine Gesichtsmuskeln straffen.

»Ein Wasserfall im Wald«, stellte er mit fester und aggressiver Stimme fest. Schielins Behandlung gefiel ihm nicht.

Schielin entschied sich, nicht länger um den heißen Brei herumzureden. »Ja, das ist ein Wasserfall im Wald, der an der Knochenmühle. Wir sind bei unseren Ermittlungen auf eine alte Akte gestoßen, in der Martin Schober als Zeuge aufgeführt ist … und Ihr Name taucht darin auch auf, Herr Koppe«

Koppe schluckte.

»Sicher … sicher. In der Akte, von der Sie sprechen, müssten viele Namen stehen, von allen, die damals da draußen gespielt haben. Es geht also um den Jungen, der da ertrunken ist.« Er sah zur Decke und überlegte. »… Der Nachname fällt mir gerade nicht ein.«

Lydia Nabers Augen wurden schmal. Schlechte Show, dachte sie. Natürlich flog ihm gerade der Name *Robert Zwingler* im Hirn herum. Und nicht nur das. Jedes Wort, jede Szene von damals, jede Sekunde Furcht – alles war nun wieder da. Es war ihm hinter seiner aufgesetzten, spröden Art anzumerken.

»Zwingler, Robert Zwingler – genannt Zwinge«, half ihm Schielin.

»Jaja … Zwinge, natürlich. Mein Gott, das ist ja wirklich eine Ewigkeit her. Wie lange genau?«

»Eine Ewigkeit«, antwortete Schielin. »Und trotzdem schien die Geschichte von damals Martin Schober nicht in Ruhe gelassen zu haben. Ich kann mir nicht vorstellen, weshalb er sonst dieses Foto dabei gehabt haben sollte. Es ist im Übrigen exakt die Perspektive, wie sie auch auf den Tatortfotos der Polizei zu sehen ist – dort allerdings mit der Leiche des Jungen.«

Koppe schwieg. Er bewegte weder die Füße noch fuhr er sich aufgeregt mit den Händen über das Gesicht oder veränderte seine Körperhaltung – er saß starr da und sah Schielin mit seinen schmalen dunklen Augen an.

»Ich verstehe nicht, was Sie damit sagen wollen«, entfuhr es ihm schließlich mit bedrohlicher Stimme.

»Hat sich Martin Schober im letzten Jahr vielleicht einmal bei Ihnen gemeldet? Wollte er mit Ihnen reden?«, löste Schielin die Konfrontation vorerst auf, indem er in zurückhaltendem Ton weitersprach.

Koppe schüttelte energisch den Kopf.

»Nein! Ich sagte doch schon, ich habe ihn das letzte Mal vor etlichen Jahren getroffen, und da haben wir uns nicht mal unterhalten, nur kurz *Hallo* gesagt.«

»Das ist aber auch seltsam, finden Sie nicht?«, griff Lydia ein. »Da trifft man einen alten Jugendfreund nach Jahren wieder und wechselt nicht mal ein paar Sätze miteinander? Wie geht's, lange nicht gesehen, was machst du zurzeit, verheiratet, Kinder, was, geschieden, echt – ne Neue … Beruf, und sonst so? Das wäre doch normal!«

Koppe schnitt ihr eine Grimasse.

»Was wissen denn Sie schon, was normal ist. Sie haben doch in Ihrem Job nur mit fertigen Typen zu tun und erkennen doch gar kein normales Verhalten mehr … aber wurscht jetzt … warum habe ich nicht mit ihm geredet? Weil es sich halt nicht ergeben hat. Ich weiß gar nicht mehr, warum, ob Freunde von mir dabei waren oder die Familie … das ist doch Unsinn, was Sie da von mir wissen wollen, banales Zeug, das Jahre zurückliegt.«

Schielin bohrte weiter, um Koppe nicht zur Ruhe kommen zu lassen. »Hat Hugo versucht, in Kontakt mit Ihnen zu treten, wenn Sie es schon nicht wollten? Er könnte ja Ihre Frau oder jemanden in Ihrer Firma erreicht haben.«

Koppe faltete die Hände, sah Schielin unbewegt an und sagte eindringlich: »Nein, hat er nicht! Wenn Sie keine anderen Fragen mehr haben, würde ich jetzt gerne gehen. Architekten lasse ich nicht gerne warten, die sind so sensibel.«

»Herr Koppe, gleich haben wir es, nur noch eine Frage, wenn Sie gestatten … vielleicht haben Sie ja kurz Zeit für einen Blick in Ihren Terminkalender auf Ihrem schicken I-Phone. Schauen Sie doch bitte mal nach, was Sie im letzten Oktober, genauer gesagt am zwölften, gemacht haben.«

Koppes Augen wurden schmal.

»Fragen Sie mich jetzt etwa nach einem Alibi?«

»Reine Routine«, stellte Lydia Naber ungerührt nüchtern fest.

Koppe lachte unnatürlich.

»Sie wollen im Ernst wissen, was ich an einem ganz bestimmten Tag im letzten Jahr gemacht habe … vor über einem halben Jahr … wie soll ich das heute noch wissen?«

»Wenn das kleine Ding da Ihnen nicht hilft, dann denken Sie nach, rufen Sie Ihre Erinnerung ab, sehen Sie in Kalendern nach, in Geschäftsunterlagen … es ist gar nicht so schwer, glauben Sie mir … fragen Sie Ihre Frau, Ihre Kollegen – wen auch immer. Wir wollen eine Antwort von Ihnen.«

»Fragen Sie Ihre Geliebte, wenn es sein muss«, warf Lydia Naber ein.

Koppe hob sich leicht aus dem Stuhl und wurde laut.

»Sie! Sie! Jetzt reicht es aber, ja! Jetzt haben Sie den Bogen aber überspannt ... weit überspannt!«

Lydia Naber blieb unbeeindruckt und grinste ihn an. Er war ihr ja nicht unsympathisch, doch es half alles nichts. Koppe wusste nicht recht, wie er sich verhalten sollte, und sank in den Stuhl zurück. Ärgerlich zog er sein I-Phone aus der Tasche und begann, aufgebracht auf dem Display herumzufuhrwerken. Am liebsten hätte er es gegen die Wand geschmissen vor Zorn, Ärger, Wut – Hilflosigkeit. Schließlich sagte er: »Das war ja das Wochenende mit dem Sturm ...«

»Genau das«, sagte Schielin. »Steht das da drin?«

Koppe fuhr energisch mit einer Hand durch die Luft.

»Da war ich das ganze Wochenende auf Baustellen unterwegs. An einem Haus in Wasserburg hatte der Sturm das Gerüst weggerissen, und bei einem anderen in Hergensweiler gab's Probleme mit dem Dach. Ich bin ständig hin- und hergefahren. Da muss ich zu Hause genauer nachsehen ... und mit meinen Leuten reden ... vielleicht wissen die das.«

»Gut, tun Sie das. Damit wäre uns sehr geholfen. In Nonnenhorn waren Sie demnach an keinem dieser Tage, wo doch Ihr Boot da lag. Haben Sie denn gar nicht nachgesehen, ob es heil geblieben ist nach dem Sturm?«

»Nein. Meine Frau und mein Sohn haben das erledigt, wenn ich mich recht erinnere. Ich war ja die ganze Zeit über mit den Baustellen beschäftigt – Chefsache eben.«

Schielin blätterte in den Unterlagen, die vor ihm auf dem Tisch lagen.

»Wer gehörte denn eigentlich zu Ihrer Clique damals?«

»Der Slomo und der Mori ...«, kam es nach einer Weile bissig.

»Slomo … Mori?«, fragte Lydia Naber gelassen nach.

»Slomo – das kommt von *Slow Motion*, weil er so langsam und überhaupt faul ist – das ist der Peter Latz. Der Mori, das ist der Spitzname von Bernd Mohr.«

Schielin nickte und geriet in semantische Betrachtungen; wie Worte doch auf Sichtweisen hindeuteten. Während man im Englischen mit *Slow Motion* sehr direkt von langsamer Bewegung spricht, verwendet der Begriff *Zeitlupe* hinsichtlich des physikalischen Ordnungsbegriffs *Zeit* nicht eine Skala, die diese von langsam bis schnell unterteilt, sondern beschreibt die Veränderung des Stattfindens zeitlichen Fortschritts mit einer optischen Größeneinheit – dem Größer-Erscheinen einer Bewegung. Seiner Meinung nach war es weitaus sinnhafter, von *Zeitlupe* zu sprechen, auch wenn das Wort freilich völlig ungeeignet dafür war, es zu verkürzen und griffige Spitznamen daraus zu entwickeln.

»Und Martin Hugo Schober, gehörte er auch dazu?«

»Nicht so fest … er war nur manchmal dabei.«

»Ja gut, Herr Koppe, vorerst gibt es keine weiteren Fragen. Wir melden uns, wenn wir neue Erkenntnisse haben und wir Sie benötigen.«

Koppe stand auf.

»Na dann, ciao.«

Lydia Naber verabschiedete ihn mit ausnehmender Freundlichkeit.

»Auf Wiedersehen und viel Glück auf der Baustelle mit den sensiblen Architekten.«

Als Koppe draußen war, zupfte sie Schielin am Ärmel.

»Das ist echt ein Nachteil, so schwarze Haare … da fällt sofort auf, wenn jemand die Gesichtsfarbe wechselt. Der war ja bleich wie ne Leiche zum Ende hin.«

Schielin sah aus dem Fenster hinaus in den Hof und wartete, dass Koppe auftauchte.

»Er hat eine unglaubliche Körperbeherrschung... ist dir das aufgefallen? Die Füße ruhig, kein Bein bewegt sich, Arme und Hände wie festgemauert – das erlebt man selten. Sein Verstand hat seine Gefühle gut im Griff... obwohl er ein eher impulsiver Typ ist. Ich tippe mal auf Qigong oder so was. Der hat das gelernt, glaube mir.«

»Na ja, kann aber auch gut sein, dass ihn die Geschichte von damals und der Tod von Hugo derart erwischt haben, dass er wirklich erstarrt ist. Also mir kam er in manchen Augenblicken wie betäubt vor. Glaubst du, an der alten Sache könnte was dran sein in Bezug auf unseren Fall?«

Schielin sah weiter konzentriert hinaus in den Hof.

»Bei diesem Fall weist doch alles in die Vergangenheit.«

Sie verzog ihr Gesicht.

»Was die Sache nicht einfacher macht. Wie machen wir mit ihm weiter?«

»Wir warten das Wochenende ab und bestellen ihn am Montag wieder ein. Bis dahin wissen wir hoffentlich schon etwas mehr. Ich bin auf die alten Schwarz-Weiß-Fotos gespannt.«

Sie sprach mitleidig: »Ach der arme Kerl. Der wird sich freuen, uns so bald wiederzusehen. Vielleicht verrät er uns ja dann den Namen seiner Geliebten... fällt auf die plattesten Nummern rein, der Kerl... sich aber auch so aufzuregen... wo wir doch mindestens so diskret und zuverlässig sind wie ein Wohnungsauflöser.«

»Du warst ganz schön gemein«, stellte Schielin trocken fest.

»Rein vernehmungstechnisch war es der beste Augenblick.«

»Absolut«, bestätigte Schielin. »Absolut.«

Bei Kimmel im Büro erfuhren sie, dass Giesebrecht und

Martens in Begleitung zweier Beamter des Verfassungs-schutzes nach Lindau kommen würden, um die Wohnung von Martin Schober zu sichten. Lydia war sprachlos.

»Verfassungsschutz!? Was wollen die denn hier?«

Kimmel hob entschuldigend die Hände.

»Ich habe einen Anruf aus München bekommen, danach aus Kempten – höchste Ebene. Es hieß, Martin Schober könnte im Besitz von Unterlagen gewesen sein, die – falls sie in die falschen Hände kämen – die Sicherheit der Bundes-republik Deutschland gefährden könnten.«

»Das fällt denen jetzt ein?«, ereiferte sie sich.

Schielin fragte: »Aber wir werden doch dabei sein und ein Auge darauf werfen können, was die Sicherheit der Bundes-republik Deutschland gefährdet, wenn sie denn was finden? Schließlich geht es um Material, das in einem Mordfall von Bedeutung ist.«

Kimmel wirkte unglücklich.

»Das habe ich gar nicht besprochen. Ich war so überfah-ren … daran habe ich gar nicht gedacht.«

»Ist ja egal«, sagte Lydia. »Wir rücken denen einfach nicht von der Pelle. Ich hab's doch gleich gewusst – Rüstungs-technik, das steckt dahinter.«

Robert Funk tauchte in der Tür auf und teilte mit, dass er alle Unterlagen aus Schobers Wohnung von Jasmin foto-grafieren lassen habe – nur für alle Fälle. Kimmel schickte ihn gleich weiter – er solle sein Büro absperren, nicht dass die Typen vom Verfassungsschutz sähen, wie er resi-diere.

»Wo hast du eigentlich diese Hundeleckerli, diese Fritzi-fatz oder wie das Zeug heißt?«, fragte Lydia Funk plötzlich völlig aus dem Zusammenhang gerissen.

»Maxischmatz«, stellte er richtig. »Die sind in meiner Schublade, wieso?«

Sie war schon auf dem Weg. Kimmel schimpfte: »Was soll denn das jetzt, Lydia?! Gib Hundle bloß nichts davon! Du weißt doch, was er von dem billigen Zeug immer für schreckliche Blähungen kriegt!«

»Eben!«, sagte sie, als sie zurückkam. »Bereiten wir den Herren doch einen schönen Empfang im Vernehmungszimmer. Verfassungsschutz! Wenn ich das schon höre ... uns im Fall rumfuhrwerken, ohne Bescheid zu geben ...«

Kimmel klang halbherzig.

»Lydia, das muss doch nicht sein, und bedenke: Ihr müsst da mit drinhocken – ich geh da nicht rein.«

»Für den Spaß leide ich gerne.« Zuckersüß rief sie: »Hundle, Hundle – feines Leckerli!«

»Armer Hund«, sagte Schielin und ging zurück in sein Büro. Giesebrecht sollte ihm nicht ohne Befragung davonkommen.

✳

Koppe war eine ganze Zeit lang im Schatten der voluminösen Eingangstür der Lindauer Kripo stehen geblieben und ging nun die paar Stufen hinab in den Hof. Es kam ihm unerträglich heiß vor, und er musste im Stehen einige Male tief durchatmen. Ein Schwindel erfasste ihn, und obwohl er versuchte, einzuatmen, bekam er keine Luft in seine Lungen. Als er den ersten Schritt tat und ausatmete, erschrak er bei dem gequälten Geräusch, das ihm dabei entfuhr. Er nahm den Weg nach Hause und fuhr langsam in Richtung Schönbühl. Es war das erste Mal, dass er in der Dreißigerzone die Geschwindigkeitsbeschränkung einhielt. Immer wieder zog ein Flimmern über seine Augen. Im Kreisverkehr an der Kemptener Straße touchierte er beinahe die hohe Kante der Einfahrt, er fuhr aber weiter, ohne anzuhalten. Zu Hause angekommen ging er ins Wohnzimmer. Aus dem oberen Stockwerk dröhnte unerträglich laut Musik – sein Sohn. Normalerweise hätte er geschrien, doch heute fehlte ihm die Kraft dazu. Er ging hinüber zum Barwagen und goss sich ein großes Glas Cognac ein. Das Brennen im Mund und im Rachen belebte ihn wieder etwas. Das Glas in der Linken, die rechte Hand stützend an der Wand, die Augen geschlossen, den Oberkörper weit nach unten gebeugt – so erblickte ihn seine Frau, als sie das Wohnzimmer betrat. Sie hatte das Auto gehört. Ein Schrecken erfasste sie: Noch nie, noch nie in diesen vielen Jahren hatte sie ihn derart zusammengefallen gesehen. Er sah gebrochen aus. Sie wusste nicht, was sie tun, was sie sagen sollte, und dachte für einen Moment, es wäre besser, den Raum zu verlassen und abzuwarten, doch sie wollte nicht feige sein und fragte leise: »Stefan, was ist los?«

Diese vertraute Stimme, sie löste seine Anspannung, und erst jetzt konnte er richtig ausatmen, lange und tief ausatmen. Er blies die Luft durch seine Lippen und horchte dem Geräusch nach, gerade so wie beim Ausatmen nach seinen Joggingrunden. Seine Lippen fühlten sich trocken und brüchig an; er ließ seine Zunge über sie gleiten, bevor er antwortete: »Nichts … ich bin mit dem Auto im Kreisverkehr drunten in Lindau fast hängen geblieben. Mir ist schwindelig.«

Sie kam langsam näher und legte vorsichtig ihre Hand auf seine Schulter. Es tat so gut, er hätte heulen wollen.

Sie fragte: »Hast du Schmerzen im Oberbauch oder in der Brust?«

Er lachte müde, denn er hörte die Krankenschwester fragen.

»Nein, nein – ich habe keinen Herzinfarkt, mach dir

keine Sorgen. Ich war bei der Polizei, das habe ich dir doch erzählt.«

»Ja und ... was war da?«

»Es war wegen dem Toten, den sie draußen vor der Insel gefunden haben ... ich habe es dir vorgelesen, aus der Zeitung ... der ertrunken ist ... das Boot in der Schachener Bucht.«

»Ja, ich weiß. Überall spricht man davon. Was ist mit dem Toten?«

»Ich kannte ihn von früher her. Wir waren zusammen in einer Clique ... er heißt Martin Schober, wir haben ihn aber alle immer Hugo genannt, weil sein Großvater so hieß; der hatte so schweres Rheuma, dass er sich nur auf Krücken voranschleppen konnte, und wegen der Schmerzen hat er gesoffen.«

Sie lehnte sich sanft an ihn.

»Den Namen habe ich noch nie gehört.«

»Konntest du auch nicht. Er hat weit weg studiert und war dann später nur noch in Lindau, wenn er seine Mutter besucht hat. Er hat in Mindelheim gewohnt.«

»Mhm. Und was wollte die Polizei von dir?«

»Unser Boot in Nonnenhorn ... es ist blöd, zu erklären ... er hat das havarierte Boot von einem genommen, der es gleich gegenüber von unserem Liegeplatz festgemacht hatte.«

»Ja und? Verstehe ich nicht.«

»Sie befragen alle, die dort Liegeplätze haben, weil ...«, er stoppte.

»Weil ...?«

»Jemand hat auf ihn geschossen. Er hatte Schussverletzungen im Rücken.«

Sie schlug die Hände vor den Mund.

»Jesus! Davon stand nichts in der Zeitung, oder?«

»Nein.«

»Ja, das glaube ich, dass einem da schlecht werden kann. Komm, setz dich rüber auf die Couch.«

Sie ging zur Treppe, nahm zwei Stufen auf einmal nach oben, und der Lärm endete. Stefan Koppe setzte sich auf die bordeauxfarbene Ledercouch und atmete wieder tief aus.

»Du siehst schrecklich aus ... kreidebleich«, sagte Frau Koppe, als sie wieder zurückkam. »Heute gehst du nicht mehr weg.«

Er widersprach nicht.

Der Sohn kam die Treppe herunter, warf einen Blick auf seine Eltern, holte sich eine Cola in der Küche und kam zurück. Er blieb vor der Ledercouch stehen. Er hatte mit seinen zwanzig Jahren schon die gleiche athletische Statur wie sein Vater.

»Schaust fertig aus«, sagte er lapidar.

Es klang weder Mitleid noch Häme in diesem kurzen Satz mit – es war Gleichgültigkeit. Um das Gefühllose, das ihm selbst aufgefallen war, zu entschärfen, und noch bevor ihn der anklagende Blick seiner Mutter traf, fügte er an: »Was'n los gewesen ... Baustelle?«

Seine Mutter erzählte ihm die Geschichte.

»Boa ey ... it sucks!«, rief er. »Das muss ja an dem Sturmwochenende im letzten Oktober gewesen sein, wo es uns das Gerüst in Wasserburg zusammengehauen hat ... da ging's echt ab ... weiß ich noch ... die ganze Nacht war ich draußen ... wir haben das elende Ding kaum auseinandergebracht ... und ich musste ewig auf dich warten, weil du so lange aus Nonnenhorn zurück brauchtest, wo du das Boot festgemacht hast ... oh Mann, das war 'ne Nacht.«

Stefan Koppe schwieg.

»Kannst du rüber ins Büro fahren und Bescheid geben ...

und vielleicht den Termin mit den Architekten übernehmen?«, fragte Frau Koppe ihren Sohn.

»Klar doch … kein Problem … eh klar.« Er war froh, der
seltsamen Szene entkommen zu können.

*

Giesebrecht und Martens kamen pünktlich in Begleitung
zweier ernst dreinblickender Männer in schwarzen Anzü-
gen auf die Dienststelle. Lydia Naber empfing sie äußerst
freundlich und brachte sie zum Vernehmungsraum. Dort
hatte sie Hundle eingesperrt, der sogleich heraussprang, als
sie die Tür aufmachte, und schließlich unter Gommis
Schreibtisch verschwand. Seine Verdauung hatte in der be-
absichtigten Weise reagiert. Einer der Verfassungsschützer
sah Lydia Naber entsetzt an.

»Habt ihr keinen anderen Raum? Hier stinkt es ja ent-
setzlich.«

»Ja bitte!«, fuhr sie ihn an. »Sind wir hier beim Verfassungsschutz, oder was?! Wenn wir einen andern Raum hätten, wäre das schön. Bei uns auf dem Land geht's nun mal
beengt zu. Ich hole Kaffee und Wasser, bin gleich wieder da,
und so schlimm ist es ja nun auch wieder nicht. Macht halt
ein Fenster auf.«

Sie schloss die Tür und griente fies. Schielin linste aus dem
Büro. Lydia flüsterte: »Wir lassen sie ein bisschen durchzie-
hen.«

Er hob den Daumen in die Höhe und wartete, bis sie vom
Kaffeeaufsetzen zurückkam.

Martens wich ihren Blicken aus, als sie in den Vernehmungsraum traten. Giesebrecht hingegen suchte geradezu
wild Blickkontakt, um seine stumme Missbilligung loszuwerden. Die beiden schwarzen Anzüge taten so, als wären sie eher

zufällig dabei, und weil ihnen die Unterhaltung der anderen unangenehm war, verhielten sie sich, als gäbe es sie gar nicht.

Giesebrecht fing an zu reden.

»Ihre Dienststelle dürfte ja informiert sein über …«

Schielin hob die Hand mit gestrecktem Zeigefinger und sah ihn böse an.

»Herr Giesebrecht, wir haben Fragen an Sie, die für die Aufklärung eines Mordfalls von Bedeutung sind. Erst wenn Sie die beantwortet haben, und erst dann, sind Sie mit Ihren Wünschen an der Reihe.«

»Welche Fragen denn?«, echauffierte sich Giesebrecht und suchte Hilfe bei den zwei Verfassungsschutzbeamten, die so taten, als ginge sie das alles nichts an.

»Sie haben uns das Diensthandy von Schober verschwiegen.«

»Ach Gott … das war wohl ein Versehen meines Büros.«

Aha – jetzt muss Bienilein also herhalten, dachte Lydia Naber.

»Haben Sie das Handy in Ihrem Gewahrsam?«, fragte Schielin.

»Nein, natürlich nicht.«

»Warum haben Sie uns nicht darüber informiert, in welche sicherheitsrelevanten Projekte Martin Schober verwickelt war?«, fragte Schielin weiter.

»Das eine hat doch mit dem anderen nichts zu tun.«

»Woher wissen Sie das?«

»Ich weiß es ja nicht.«

»Und wieso behaupten Sie es dann?«

»Ich bitte Sie! Das führt doch hier zu nichts.«

»Wo waren Sie am Samstag, den zwölften Oktober letzten Jahres?«

Giesebrecht lachte theatralisch.

»Herrje! Sie erwarten doch nicht ernsthaft, dass ich das

jetzt hier aus dem Stegreif beantworten kann ... letztes Jahr, mein Gott!«

»Wenn nicht jetzt, dann erwarte ich eine belastbare Auskunft innerhalb der nächsten vierundzwanzig Stunden. Ansonsten werde ich einen Beschluss erwirken.«

»Das klären Sie mal schön mit den Herren hier«, gab sich Giesebrecht generös.

»Die Herren hier werden sich aus unseren Ermittlungen ganz fein raushalten«, stellte Schielin klar und fügte hinzu: »Und falls Sie der Meinung sind, ein paar Politiker für sich einspannen zu können, so möchte ich Sie vor einer Enttäuschung bewahren. Keiner dieser Damen und Herren ist erpicht darauf, in der Öffentlichkeit mit einer Mordermittlung in Verbindung gebracht zu werden, glauben Sie mir. Das scheuen die wie der Teufel das Weihwasser – auch nur in den Ruch zu kommen, etwas mit einer solchen Sache zu tun zu haben.«

»Sie drohen hier mit Öffentlichkeit!?«, wurde Giesebrecht laut.

»Drohen? In demokratischen Rechtsstaaten sind derlei Ermittlungen öffentlich, falls Ihnen das noch nicht bekannt war. Ich drohe also nicht – betrachten Sie es als Beratung außerhalb einer Gebührenordnung.«

»Ich benötige Ihre Beratung nicht!«, schnaubte Giesebrecht.

»Meine vielleicht nicht, aber grundsätzlich könnte eine Beratung nicht schaden, wie ich finde – Ihre Performance ist ja nicht berauschend. Ihr wichtigster Mitarbeiter und Anteilinhaber läuft völlig aus dem Ruder, zeigt soziale Auffälligkeiten, nimmt Termine nicht mehr wahr, verschwindet manchmal sonst wohin, und Ihnen ist das völlig gleichgültig ... Sie bleiben tatenlos und lassen die Dinge einfach treiben. Sie sind doch derjenige, der für die Geheimschutzbetreuung Ihrer Firma verantwortlich ist. Wieso haben Sie so lange gewartet? Gab es einen Grund dafür?«

Die beiden schwarzen Anzüge blieben völlig teilnahmslos. Es war geradezu eine Kunst, in einer so emotional aufgeladenen Situation, in diesem kleinen, schmucklosen Raum weiterhin so zu tun, als würden sie von dem Gespräch rein gar nichts mitbekommen. Mit Fug und Recht hätten sie behaupten können, niemals zu irgendeinem Zeitpunkt an diesem Ort gewesen zu sein.

Martens, dem jemand angeordnet haben musste, zu schweigen, sank immer tiefer in den Stuhl, auf dem zuvor Koppe gesessen hatte. Was war da los? – Giesebrecht sah sich in der Tat alleine gelassen.

Er tat so, als hätte Schielin keine Frage gestellt und legte sich auf betonte Sachlichkeit fest als er fragte: »Können wir nun die Wohnung von Martin Schober sichten? Dort könnten sich durchaus Unterlagen befinden, die von kritischer Relevanz sind. Sie wurden ja informiert, wie ich meine.«

»Selbstverständlich können wir das tun. Nur noch eine Frage an Herrn Martens: Wo waren denn Sie am zwölften Oktober letzten Jahres? Nehmen Sie die Frage gerne mit und liefern Sie die Antwort nach. Meine Kollegin wird Sie nun zur Wohnung begleiten und Ihrer – nennen wir es Nachschau – beiwohnen.«

Giesebrecht faltete die Hände und bearbeitete seine Fingergelenke, dass es knackte. Er machte ein Geste, die Zustimmung signalisierte.

»Was ist eigentlich mit dem Kaffee?«, fragte er gehässig.

»Oh, das war ein Versäumnis unseres Büros. Ich muss mal mit unserem Bienilein reden, dass das nicht mehr vorkommt«, meldete sich Lydia Naber mit säuselnder Stimme, ohne es ironisch klingen zu lassen, und mit einem Ausdruck des Bedauerns auf dem Gesicht.

Noch bevor Giesebrecht reagieren konnte, fragte Schielin: »Martin Schober ist Inhaber der wichtigsten Patente Ihres Unternehmens. Hatte er Kontakt zu anderen Firmen, als er im Ausland war? Wissen Sie etwas davon?«

»Nein, er hatte keinen Kontakt zu anderen Firmen«, sagte Giesebrecht bestimmt.

Hinter seinen Worten stand Wissen, fundiertes Wissen. Er sagte das nicht einfach so, nur um Ruhe zu haben.

»Seine Unzuverlässigkeit in den letzten Monaten – hatten Sie Streit deswegen?«

»Nein, gar nicht. Ich musste ihm natürlich deutlich machen, dass das so nicht weitergehen kann, ich habe es ihm aber in ganz ruhigem Ton gesagt.«

»Es hat Sie also gewaltig aufgeregt«, schlussfolgerte Schielin, den die Bestimmtheit von Giesebrecht beschäftigte, mit der er zuvor geantwortet hatte.

»Wieso denn? Ich sagte doch gerade, ich habe es ihm ganz ruhig mitgeteilt.«

»Ja eben. Wenn Sie sich heute noch so genau daran erinnern, ruhig geblieben zu sein, war es doch sicher eine herausfordernde Situation für Sie – also ein richtiger Aufreger. Hatten Sie persönliche Schwierigkeiten mit ihm – wäre es Ihnen lieber gewesen, Martin Schober hätte das Unternehmen verlassen?«

Schielin war sicher: Dieser Giesebrecht hatte Schober überwachen lassen. Daher wusste er so genau, dass es keine Kontakte zu anderen Firmen gegeben hatte, beziehungsweise nur solche, die als ungefährlich für ihr Unternehmen bewertet wurden.

Giesebrecht zwang sich, ruhig zu sprechen.

»Es war nie sehr einfach mit ihm, aber er hatte Ideen … gute Ideen … und wichtiger noch – er konnte sie auch umsetzen. Das hat für Vieles entschädigt. Doch in den letzten

Monaten … eigentlich so die letzten eineinhalb Jahre war sein soziales Verhalten mindestens gewöhnungsbedürftig. Es machte eine Zusammenarbeit quasi unmöglich. Er engagierte sich auch nicht mehr in der Entwicklung – keine Einfälle, keine Anregungen, keine Innovationen, keine Weiterentwicklungen mehr. Selbstverständlich habe ich da eine Überwachung veranlasst, die allerdings ergebnislos blieb … keine Kontakte zu relevanten Zielen.«

»Zu wem hatte er denn Kontakt, wenn er auf Reisen war?«

»Keine Ahnung«, brauste Giesebrecht auf. »Wir haben nur die Auskunft bekommen, es wäre unkritisch. Punkt. Mehr Infos gab es nicht. Fragen Sie doch die zwei da.«

Schielin würde genau das nicht machen. Die hatten doch sowieso keine Ahnung und hörten hier das erste Mal von der ganzen Angelegenheit. Er würde Kimmel in Bewegung setzen, sich die Observationsberichte zu besorgen. Damit kamen sie weiter als mit Martens und Giesebrecht.

»Vielen Dank für Ihre Kooperationsbereitschaft, Herr Giesebrecht«, beendete Schielin das Gespräch.

Lydia begleitete die Herren mit auf die Insel und kam nach zwei Stunden wieder zurück.

»Nichts gefunden – wie erwartet. Sie haben nicht ein Fuzele mitgenommen, und der Martens, der war ja heute wie unter Drogen. Hast ja ganz schön auf den Busch geklopft vorhin, mein Lieber.«

»Kimmel kümmert sich um die Observationsberichte«, entgegnete Schielin.»Das ist schon ein starkes Stück, oder? Lassen die den Schober überwachen und sagen uns nichts davon. So ein …«

Lydia hielt sich theatralisch die Ohren zu und flehte: »Sag's nicht, sag's nicht …«

Er lachte und erzählte ihr von seiner Unterredung mit Kimmel, dem er gesagt hatte, welch schlechtes Gefühl er an-

gesichts der Schlapphüte habe, die mit einem Mal hier aufgetaucht seien, und wie dringend er die Observationsberichte brauche. Denn wenn sie ausschließen konnten, dass
er sich konspirativ mit Leuten traf, um sein Wissen loszuwerden, mussten ja Informationen darüber vorliegen, was
er stattdessen gemacht hatte auf seinen Exkursionen nach
Italien. – Kimmel war nicht glücklich gewesen über diese
Wendung im Fall.

Bevor er Feierabend machte, sah Schielin noch kurz bei
Jasmin und Gommi vorbei und bat darum, sie mögen Peter
Latz und Bernd Mohr ausfindig machen und gleich am
Montag zur Vernehmung vorladen beziehungsweise einen
möglichst zeitnahen Termin finden, an dem man bei ihnen
vorbeikommen könnte.

*

Am Abend traf Schielin seinen Nachbarn Albin Derdes,
der am Stock vom Haus her zur Weide gehumpelt kam und
schon von Weitem rief: »Ahh, die Hüfte, die Hüfte lässt mir
keine Ruhe. Aber lieber lauf ich mit dem Stecken herum,
bevor ich mir da was Künstliches reinmachen lasse.«

»Warten wir's mal ab«, entgegnete Schielin unbeeindruckt,
denn er hatte ihm schon mehrfach eindringlich geraten, sich
endlich operieren zu lassen. »Du lässt dich ja gar nicht mehr
blicken, Albin. Was ist los – so viele Rentnertermine?«

Derdes drruckste herum.

»Ach, weißt du … des ist es ja nicht, aber der alte Birnbaum … der geht mir schon sehr nah. Ich hab den damals
zusammen mit deinem Vater gepflanzt – eine Ewigkeit ist
des her. Und immer, wenn ich an die Weide gekommen bin,
da hab ich eine rechte Freud an dem Baum gehabt … wenn
er geblüht hat, so weiß und doch mit Grün gesprenkelt,

eben wie nur Birnbäume blühen können … ah. Und dann auf einmal – rums und weg. Da muss ich mich erst dran gewöhnen, und ich, so ein alter Säckel wie ich bin, glaube nicht, dass des noch was wird mit dem Dran-Gewöhnen. Das ist so mit Dingen, wenn man älter wird – es ist ein ständiges Abschiednehmen. So hat das neulich der Pfarrer in der Kirche gesagt, und ich hab mir des gemerkt, wobei man sich sonst von dem net viel merken muss, und du musst mich auch gar nicht so sorgenvoll anschauen – ich werd's schon noch eine Weile machen, wenn der Herr will. Es macht ja im Moment in Lindau auch gar keinen rechten Spaß, zu sterben, wo man doch keinen Pfarrer mehr für die Beerdigung kriegt, und wenn ich so an die letzten Leichengänge denke, bei denen ich war, dann vergeht es einem ganz und gar.«

Schielin schmunzelte, ließ ein paar verständnisvolle Laute hören und lehnte sich gelöst an einen Zaunpfahl.

»Und selbst so?«, fragte Derdes.

»Jaja, … es ist schnell warm geworden dieses Jahr.«

»Da hast du recht. Und soll ich dir was sagen – wenn die Hitze so schnell kommt, dann wird sie bleiben. Des wird ein heißer Sommer, ein harter Sommer mit wenig Wasser. Aber gut mit dem Wetter – was gibt's auf der Arbeit? Viele Lumpen und Halunken zum Einfangen im Moment?«

»Arbeit is grad genug«, sagte Schielin und ließ Derdes grausam warten.

Der kam endlich zum Kern seiner Neugierde.

»Ah, wege dem Kerle, der versoffe ist, drunten am See?«

»Ja, wegen dem Toten. Und weil du gerade da bist – sagt dir der Name Stefan Koppe etwas?«

Derdes zuckte erschrocken zusammen.

»Jesus Maria! Ist der des, ja gibt's denn sowas!?«

»Nein, nein – der nicht«, fiel ihm Schielin ins Gejammer. »Du kennst ihn also?«

»Ja, so halt vom Hören und Sehen eben. Des ist doch der Bauunternehmer. Der hat von meiner Frau ihrer Schwester der Großnichte ihrem … ihrem, ja verheiratet sind die zwei net … der hat dene zwei des Haus baut. Sauber … wirklich sauber, der macht saubere Arbeit. Des ist so ein großer, schwarzer Kerle, gell?«

Schielin erzählte ihm von der Knochenmühle, doch Albin Derdes erinnerte sich nur dunkel an den toten Jungen von damals.

»Ja, da war was, aber so genau weiß ich da nix mehr.«

Schielin wurde konkreter.

»Der Polizist, der das damals aufgenommen hat, das war ein gewisser Ludwig Stöck. Hast du vielleicht von dem mal was gehört?«

»Au weh!«, rief Derdes, als er den Namen hörte. »Au weh, der Stöck Luggi! Ja aber sicher hab ich den gekannt – aber Gott sei Dank net kennengelernt … oijoijoi … des war vielleicht ein böser Kerle, alle ham den gefürchtet. Des war halt noch einer von dene, die in Russland warn, gell? Und es Bier und der Selbstgebrannte, des hat er selber auch net schlecht mögen, aber wehe er hat einen andern erwischt … der Säckel der. Ein verkehrter Hund war des, sag ich dir, ein ganz verkehrter Hund.« Derdes schüttelte die rechte Hand. »Drunten, in der Schulstraße, da wo früher die Bäckerei war, da hat er immer gelauert, wenn die Fratzen mit die frisierten Mofas umanand sind und hinten auch noch einen drauf hocken gehabt ham. Ich hab des selbst gesehen, wie er do einen beim Fahren runtergezerrt hat, weil der gmeint hat, er könnte an ihm so vorbeiwischen – von wegen! Runtergezerrt hat er den, und sofort hat's links und rechts eingeschlagen, und dann war er zufrieden, der Luggi, und ist weiter – wahrscheinlich in die Weinstube Reutin, was trinken. Im Köchlin war er net so oft. Da hat er mal ein paar eingefangen – aufm Klo … links, rechts …« Derdes lachte hell. »Des war halt ganz anderes dazumal wie heut. Da hat mer dem *Teufele* im Lamm auf der Insel noch eine Kräftige mitgeben, wenn mer beim Brunsen war, ha! Aber da ist ja inzwischen auch die Tür zugenagelt, gell?«

Schielin grinste. Ronsard war gekommen und hatte Derdes gestupst, der nun anfing, ihm genüsslich den Nasenrücken zu kraulen. Es war nicht ersichtlich, wer von beiden mehr Vergnügen dabei empfand.

»Aber der hat keinen einfachen Tod gehabt, der Kerle der. Der Krebs hat ihn erwischt. Viele Leut haben net gweint auf seiner Leich, am wenigsten die Selma, seine Frau. Weißt du, die haben in Oberreitnau gewohnt … und … wo du des vorhin gesagt hast, der Koppe Stefan … der Stöck Luggi, des war der Onkelopa von dem.«

Schielin erstarrte.

»Wie? Wer war der Onkelopa vom Stefan Koppe – der Luggi?«

»Ja! Wenn ich's doch sag. Der Luggi war der Schwager von dem Koppe seiner Oma, weil er ihre Schwester, also die Selma, geheiratet hat – so rum halt.«

Schielin wurde fast schwindlig beim Konstruieren der Verwandtschaftsbeziehung.

»Was redest du denn da für ein Zeug – Onkelopa, das habe ich ja noch nie gehört. Du meinst Großonkel – der Großonkel vom Koppe.«

»Ja, sag ich doch«, meinte Derdes und kraulte Ronsard nun hinter den Ohren.

Schielin versteckte seine Überraschung und lenkte ihr Gespräch fort von dem Toten. Er hatte bereits genug erfahren. Stefan Koppe würde am Montag ganz sicher noch einmal Zeit für ein Gespräch einplanen müssen.

Mit Einbruch der Dämmerung sank die Temperatur in

angenehme Bereiche. Lange saß Schielin an diesem Abend mit Marja hinter dem Haus und genoss den ersten Rosé des Jahres vom *Weingut Deufel*. Aufmerksam hörte er Marja zu, die gerade von Lauras Studium erzählte und machte sich so seine Gedanken. Kulturgeschichte – dabei war es ihr doch immer um Konkretes und Praktisches gegangen. Andererseits stand hinter einem solchen Studium aber auch eine Offenheit und eine Freiheit der Gedanken, die einen auf die Idee brachten, dass die Dinge vielleicht gar nicht so sein müssen, wie sie sind, und ihr Wesen eigentlich fundamental anders ist. So etwas bereitete manchen Menschen Angst. Kulturgeschichte also – damit konnte man sehr gut eine Bank auf ganz andere und anständige Weise führen, oder ein Unternehmen.

In den Momenten ihres Gesprächs, in denen sich die tote Gestalt von Martin Schober vor ihm auftat, verscheuchte er diese Bilder und Gedanken und kam so zunehmend ganz in der Welt seiner Frau an, in der die Probleme und Entscheidungen nicht bestimmt waren von der Frage, warum ein Mensch einen anderen getötet hat. Es war eine Welt, die wohl tat – wie dieser erste lange Sommerabend unter einem friedlichen Himmel voller Sterne und dem Knistern in Gras, Geäst und im Haus. Würzige Aromen von frischem Gras und allerlei Blüten der vom Tag angeheizten Stauden drangen bis an ihre Nasen. Die Wettervorhersagen berichteten für das anstehende Wochenende von wolkenfreiem Himmel und kontinuierlich steigenden Temperaturen. Wie Derdes es vorhergesagt hatte, setzte sich die Hitze über die nächsten Tage am See fest.

✳

Stefan Koppe hatte den ganzen Nachmittag über keinen Gedanken mehr an seine Baustellen richten können und war nach dem Kaffee nach draußen gegangen, um einen Spaziergang zu machen. Er konnte sich nicht erinnern, wann er das letzte Mal spazieren gegangen war – nicht joggen, nicht wandern – spazieren. Er kam sich zunächst irgendwie fremd und seltsam dabei vor, an einem Freitagnachmittag, an dem im Geschäft normalerweise der ganze Papierkram der Woche aufgearbeitet werden musste, einfach spazieren zu gehen. Würde es denn auf den Baustellen weitergehen, wenn er zu dieser Zeit hier herumwanderte? Er stellte sich diese Frage ohne jene Beklemmung in der Brust, die unerledigte Dinge sonst in ihm erzeugten. Erschrocken über die Erkenntnis, zu der ihn sein Nachspüren führte, blieb er stehen: Gleichgültigkeit. Sein Innerstes war von Gleichgültigkeit erfüllt. Die verdammten Baustellen waren ihm egal. Unsicher über sich selbst ob dieser Erkenntnis ging er weiter und spürte, wie er erst nach einigen Metern wieder feste, sichere Schritte in diese neue Welt tat. Um ihn wütete die Hitze und so suchte er den schnellsten Weg in den Wald, der wie ein schwarzer Block in der Ferne stand und dessen tiefer Schatten Linderung versprach. Der Weg zog sich durch frisches Grün, bis er endlich im Schutz der Bäume angekommen war. Kein Windzug ging, die Blätter hingen reglos an den Zweigen, und die Luft war dumpf und feucht. Er spürte, wie sich seine Augen entspannten und in deren Folge die gesamte Gesichtsmuskulatur. Wieso machte er so etwas nicht öfter – alleine spazieren gehen und an nichts denken?

Er lachte laut auf über diesen Selbstbetrug, denn es war ja nicht so, dass er an nichts dachte, im Gegenteil. Er wurde geradezu überströmt von Gedanken, und diese Fülle an Erinnerungen war so erdrückend, dass er froh war, überhaupt Luft holen zu können.

Hugo war also tot. Das veränderte viel – nein: alles. Er sah ihn wieder vor sich, so wie er ihn als Jungen in Erinnerung hatte, diese etwas gedrungene Gestalt, die tiefliegenden, dunklen Augen, die keinen Einblick gaben in sein verschlossenes Wesen, aber Neugierde weckten. Immer wieder drängte sich das Foto, das ihm der Polizist hingehalten hatte, in den Vordergrund – dieses entstellte, leere Gesicht, aus dem jeglicher menschliche Ausdruck gewichen war. Collagenhaft schichteten sich die Bilder übereinander: der tote Hugo, Szenen von den Sommern an der Leiblach, die manchmal jenes Empfinden von Freiheit und Unabhängigkeit wieder in ihm aufblitzen ließen, wie er es in der Abgeschiedenheit dieses Ortes erlebt hatte, und dieser dichte Wald, der ihr Geschrei ebenso schluckte wie das beständige Rauschen des Wassers.

Er lief und lief – und vergaß darüber die Zeit.

Seine Frau war bereits in Sorge gewesen.

»Wo warst du denn so lange? Ich wollte schon die Polizei rufen«, sagte sie vorwurfsvoll zu ihm, als er endlich zurückkam.

Erst jetzt merkte er, wie verschwitzt er war. Die Haare klebten ihm feucht an der Stirn. Er umarmte sie zärtlich.

»Ich muss telefonieren, und danach gehört der Abend ganz uns beiden.«

Im Arbeitszimmer unter dem Dach war er ungestört. Er musste die Nummer von Peter Latz heraussuchen. Er tippte jede einzelne Ziffer ein und merkte dabei, wie fremd einem dieser Vorgang vorkam, wo man doch sonst gewohnt war, auf gespeicherte Nummern zuzugreifen. So schnell nach dem ersten Tuten abgenommen wurde, so langsam kamen die Worte aus dem Mund des Angerufenen.

»Ja … Latz.«

»Servus Slomo, hier ist Stefan.«

Am anderen Ende entstand eine Pause – Slomo eben,

dachte Koppe und sah angewidert aus dem Fenster. Drunten im Garten richtete seine Frau gerade den Tisch für das Abendbrot. Der Anblick tat ihm gut, und er fragte sich, was ihm eigentlich noch Angst machte nach all den Jahren. Wie lange brauchte er noch, um ganz frei zu werden?

Peter Latz sprach stockend. Die unangenehme Wirkung seiner Sprechweise rührte daher, dass die Betonung der Worte etwas Fragendes, Lauerndes in sich barg und das Gegenüber meinen konnte, entweder vorgeführt zu werden oder mit jemandem zu sprechen, der eigentlich mit anderen Dingen befasst war als dem Gespräch.

»Ah … Stefan? Bist du das? … Mensch, ey … wie komme ich denn zu der Ehre? Willste mir ein Haus verkaufen?« Latz lachte glucksend und redete sich in eine träge Euphorie. »Ja so was … wie geht's denn so? Kann ja nur gut gehen, oder? Ist ja alles voll mit Koppe-Häusern … und 'nen schicken Porsche fährst du auch … hab dich schon manchmal damit gesehen … braucht man, gell, so ein Geländeteil, wenn man auf den Baustellen unterwegs ist … was gibt es denn?« Er lachte, und es klang, als hätte er sich verschluckt.

»Was hältst du von einem Klassentreffen – allerdings nur im kleinen Kreis?«

»Ah, im kleinen Kreis … so … ah ja … höre ich nicht ungern. Wer ist denn dabei?«

Koppe klang hart.

»Du, der Mori und ich. Ich schlage vor, wir treffen uns morgen am Stadel vor der Knochenmühle. Die Stelle sollte noch jeder von uns kennen. Was hältst du davon?«

»Sag mal, spinnst du!?«, giftete Slomo unerwartet aggressiv, gerade so, als wäre jetzt ein anderer am Telefon.

»Ne, ich spinne nicht. Die Polizei war bei mir … oder anders herum – ich war bei der Polizei. Sie haben mich befragt.«

»Befragt?«, kam es skeptisch. »Wie … befragt?«

»Martin Schober ist tot.«

»Martin Schober?«

Koppe wurde ärgerlich.

»Hugo! Hugo ist tot!«

Latz' Stimme wurde gelassener.

»Ach Hugo, ja … so … ist er tot … mhm. Und du warst deswegen bei der Polizei?«

»Ja. Und die haben mir die alte Akte gezeigt, von damals. Sie werden auch zur dir kommen und zu Mori. Wir sollten also vielleicht kurzfristig ein Treffen organisieren.«

»Ich … ich …«

Koppe dachte, er würde jetzt sagen, dass er nicht kommen werde. Doch Slomo sagte etwas anderes.

»Ich habe kein Problem mit der Polizei.«

»So, wie du das sagst, klingt es, als hätten andere ein Problem damit.«

»Vielleicht«, antwortete er auf die Feststellung mit einem gehässigen Unterton, und Stefan Koppe konnte sich gut vorstellen, wie er dabei grinste.

»Hugo ist nicht einfach so gestorben – jemand hat ihn umgebracht.«

»Umgebracht«, wiederholte Latz abermals und ließ eine lange Pause entstehen, bevor er weitersprach. Es machte Koppe rasend.

»Mhm – umgebracht also, sagst du. – Hast du eigentlich einmal mit ihm geredet – über damals, so wie du das mal vorhattest? Du wolltest doch mal mit ihm reden, nicht wahr?«

Koppe erschrak. Wie konnte dieser blöde Kerl davon wissen? Hatte er es wirklich einmal ihm gegenüber erwähnt? Er ballte eine Faust mit seiner Linken.

»Nein, habe ich nicht. Ich habe keinen Kontakt zu ihm bekommen. Weißt du, wo Mori steckt?«

»Nein … hab den schon ewig nicht mehr gesehen … soll aber hier irgendwo wohnen … in der Wohnung seiner Mutter.«

»Bis morgen dann, fünfzehn Uhr, an der bekannten Stelle«, sagte Koppe und legte auf, bevor Latz dem Treffen überhaupt zustimmen konnte.

Er setzte sich an den Bildschirm und begann, zu recherchieren, doch einen Bernd Mohr konnte er im Internet nicht finden. Gibt's ja gar nicht, dass es einen nicht mal im Internet gibt, dachte er. Er ging in den Nebenraum, in dem Gerümpel lagerte, und suchte ein altes Telefonbuch heraus. Wer brauchte so was denn heute noch? Unter dem Familiennamen *Mohr* fand er eine Elfriede, Hintere Metzgergasse.

Sackgasse

Robert Funk und Wenzel starteten ihre Streife gegen Mitternacht. Wenzel hatte einen Plan mit allen Parkplätzen erstellt, die sie immer wieder anfahren wollten, und den Stellen, von denen aus sie den nächtlichen Verkehr am besten beobachten konnten. So pendelten sie zwischen dem alten Grenzübergang Ziegelhaus, der Tankstelle an der Autobahnauffahrt und der ersten Abfahrt auf der B31 bei Kressbronn. Die Sache mit den Überfällen hatte sich inzwischen herumgesprochen, sodass weit und breit kein Wohnmobil zu sehen war, das sich als Opfer angeboten hätte. Für die Räuber, so sie unterwegs waren, musste es eine frustrierende Nacht sein. Der Sternenhimmel spannte sich klar über den See, und wenn sich die Augen an das Dunkel gewöhnt hatten, konnte man die Umrisse der Bergkette erahnen.

Nach einigen Stunden, kurz vor Beginn der Morgendämmerung, wurde die Müdigkeit zu einem ernsthaften Gegner, und Wenzel steuerte den Wagen auf eine Parkbucht bei Wasserburg. Er stieg aus, atmete ein paar Mal tief durch, reckte und streckte sich und bewunderte den leuchtenden Sternenhimmel. Er erschrak, denn hinter ihm im Gebüsch hatte etwas auf dem steinigen Boden gekratzt. Dem Geräusch nach konnte es nichts Kleines gewesen sein, kein Hase oder Igel; ein Reh wäre laut davongesprungen, und Wildschweine gab es hier nicht.

Robert Funk hockte auf dem Beifahrersitz und döste. Wenzel ging zurück zum Wagen und holte die große Taschenlampe.

»Pssst, hey!«, flüsterte er schroff, um Funk zu wecken.

Funk brauchte einige Sekunden, um zu verstehen, wo er war und was er hier mitten in der Nacht tat. Noch im Aussteigen sortierte er sich, während Wenzel bereits in die Büsche leuchtete. Das Licht der Taschenlampe war grell und tat in den Augen weh. Die hellen Strümpfe reflektierten den Strahl der Taschenlampe zuerst.

»Polizei! Kommen Sie raus da!«, rief er klar, deutlich und drohend.

Eine Gestalt erhob sich aus dem Buschwerk, die Hände weit nach oben gestreckt.

»Tut mir leid, wenn ich Sie erschreckt habe, Herr Polizist«, sagte eine feste Männerstimme.

Sie fuhren mit dem höflichen Menschen zurück zur Dienststelle, wo Wenzel ihn gleich in den Vernehmungsraum brachte. Das Alter des Mannes war schwer zu schätzen – er konnte vierzig sein, aber auch schon fünfzig. Er trug einen dunkelbraunen Anzug und ein schwarzes Hemd. Auffällig war der breite, goldene Ring an seiner linken Hand. Graue Strähnen machten sich in den pechschwarzen Haaren breit, die streng nach hinten gekämmt und von einem akkurat sitzenden Scheitel geteilt waren. Seine dunklen Augen blickten ruhig, teilweise amüsiert auf das Geschehen.

Robert Funk kam alsbald nach, und setzte sich ihm gegenüber. Der Typ blieb gelassen. Auf seinem Gesicht war gar der Ansatz eines hintersinnigen Lächelns zu erkennen. Locker saß er im Stuhl, der ein Stück von der Tischkante weggerückt stand, und hatte die Hände im Schoß gefaltet.

»Sie haben also keinerlei Ausweispapiere oder andere Dokumente bei sich, anhand derer wir ihre Identität feststellen können? Wie lautet denn Ihr Name?«, begann Wenzel die Vernehmung.

»Schoppan.«

»Ist das Ihr Nachname?«

»Ja, was denken denn Sie?«

»Und Ihr Vorname lautet wie?«

»José Irunablo Pascale Monega Derandola. Man nennt mich Schopo, was die Sache für alle vereinfacht.«

»Mhm. Wir bleiben bei Ihrem Nachnamen. Das vereinfacht die Angelegenheit auch. Wo wohnen Sie, Herr Schoppan?«

»Bei Ravensburg. Wir haben dort einen alten, ruhig gelegenen Bauernhof gekauft. Die Adresse steht dort auf dem Zettel, der vor Ihnen liegt.«

»Wer ist wir?«

»Meine Familie – wir alle eben, eine große Familie.«

»Welche Staatsangehörigkeit haben Sie?«

Schoppan beugte sich leicht nach vorne.

»Na was denn, Herr Polizist … Staatsangehörigkeit hin, Staatsangehörigkeit her … die ist doch völlig ohne Bedeutung … ich bin Zigeuner.«

Wenzel stutzte.

»Sie sprechen völlig akzentfrei Deutsch, Herr Schoppan. Sind sie also deutscher Staatsangehöriger?«

Er beantwortete die Frage mit einer Gegenfrage.

»Na, Sie haben mich ganz sicher nicht mit hierher auf Ihre Dienststelle genommen, weil ich akzentfrei Deutsch spreche – das ganz sicher nicht, oder? – Nein! Ich bin hier, weil ich ein Zigeuner bin, so ist das doch! Wenn ich morgens in den Spiegel schaue, sehe ich das, was Sie jetzt sehen – einen Zigeuner.«

Wenzel wurde das Gespräch unangenehm.

»Herr Schoppan, den Begriff Zigeuner verwenden wir nicht mehr. Sie sind also Sinti oder Roma mit deutscher Staatsangehörigkeit?«

»Also mir ist Zigeuner wirklich lieber, glauben Sie mir. Für Sie mag das ja mittlerweile schwierig geworden sein, aber ich habe damit wirklich keine Probleme, ganz im Gegenteil. Ich finde es ehrlicher, und in Vielem, was man mit diesem verpönten Wort ausdrücken will, schwebt etwas mit, was ich persönlich in keiner Weise als stigmatisierend oder gar beleidigend empfinde. Wissen Sie, ich mag den kleinen Teil des Romantischen daran, gerade in solchen Situationen wie vorhin. Es hat fast etwas Tröstendes, und außerdem kommt es auch darauf an, wer es wann in welchem Ton sagt. Und nur weil man ein Wort nicht mehr offiziell verwenden soll, ist es ja nicht aus der Welt – ganz im Gegenteil, es erhält sogar mehr Gewicht, mehr negatives Gewicht, wie ich meine, und nicht zuletzt steht hinter dem Verbieten von Worten auch Ohnmacht.« Er fuhr mit der Rechten durch die Luft und imitierte eine Drehbewegung. »Ha, *Zigeunerin*! – Damit kann man so viel Herrliches ausdrücken. Es gibt in der Literatur zahlreiche Beispiele dafür, wie eine solche ehrbaren Herren der Gesellschaft den Verstand gekostet hat. Würde man das mit *eine Sinti* oder *eine Roma* ausdrücken können – oder mit *eine Fahrende*? Ich denke nicht. Aber kurz und gut, ich sitze hier, weil ich nicht nur ein Zigeuner bin – viel mehr und vor allem sitze ich hier, weil ich wie ein solcher aussehe … sogar wie ein aus dem Bilderbuch entsprungener.« Er lachte befreit und völlig ohne Bitternis.

Wenzel wusste nicht so recht, wie er reagieren sollte.

»In jedem Falle drücken Sie sich sehr gewählt aus. Aber Sie sitzen eben nicht aus den von Ihnen dargelegten Gründen hier, sondern weil Sie sich früh um vier Uhr an einem Rastplatz in den Büschen versteckt haben – exakt an einem Ort, an dem es in den vergangenen Wochen immer wieder zu Raubdelikten gekommen ist. Dazu haben Sie weder einen Ausweis, einen Führerschein oder sonst etwas dabei – nicht mal ein Handy. So stellen sich uns eben Fragen, und darunter die so wesentliche, wer Sie sind.«

»Ah, ich bin also verdächtig. Verstehe. Aber hören Sie, ich kann Ihnen versichern, dass Raub und alles, was mit Gewalt zu tun hat, nicht zu meinem Metier gehört – mein Beruf ist viel brutaler.«

»Und was sind Sie von Beruf, Herr Schoppan?«, fragte Wenzel sofort.

»Bettler?!«, kam es von Schoppan mit einem Hauch von Provokation in der Stimme.

»Bettler?«, wiederholte Wenzel irritiert.

»Das muss Sie nicht verwundern. Es ist ein ehrenwerter Beruf, wie ich meine, und ich meine auch, niemand anderes als wir können ihn mit dieser Hingabe ausüben« erklärte er ruhig und mit einer feinen Prise Sarkasmus. Er hob langsam eine Hand, als wolle er verhindern, dass einer der beiden Polizisten etwas sage. »Nein, nein, ich rede nicht von meinen Stammesgenossen, die mit körperlichen Missbildungen – seien sie nun konstruiert oder in der Tat vorhanden – die Innenstädte bevölkern und durch ihr verdichtetes Auftreten jedes Mitgefühl für uns stille Bettler ersterben lassen. Nein, ich rede vom Betteln, wie wir es seit jeher gelernt haben – passiv. Das ist die schwerste Art, diesen Beruf aus-zuüben, und ich kann Ihnen sagen, denken Sie nicht abfällig darüber. Niemand sonst hält das aus, stundenlang dazuste-hen, zu sitzen und die Hand aufzuhalten. Probieren Sie das mal aus, nach längstens einer halben Stunde werden Sie davonrennen – Sie werden vor Blicken davonrennen, die schmerzhafter sind als Schläge. Es ist eine Kunst, verstehen Sie!? Es ist eine Kunst, die ganze Erbärmlichkeit eines Da-seins auf die Straße zu bringen und dabei trotzdem einen Rest von Stolz zu bewahren, denn nur durch diese kleine

Prise Stolz verleiten Sie die Menschen dazu, eine Münze zu geben – des Stolzes wegen. Mitleid allein genügt nicht in einer Leistungsgesellschaft. Zu viel Stolz ist allerdings auch nicht zielführend, denn damit erzürnen Sie die Menschen, die an Ihnen vorbeilaufen. Ihre Gesichter verformen sich dann zu harten Mienen, und sie schimpfen leise vor sich hin, weil es eh schon eine Zumutung ist, an einem Bettler vorbeizulaufen. Ja, es ist ein harter Beruf, das Betteln, ein Beruf, in dem die kleinen Details den Unterschied machen. Die Kleidung zum Beispiel, die Kleidung. Eine Stoffhose muss es sein, nur keine Jeans, und ein dunkles Hemd mit langem, spitzem Kragen, darüber eine Kunstlederjacke ohne Applikationen, schlicht, abgewetzt und ein wenig speckig. Keine Strümpfe! Mit blanken Füßen in Halbschuhen, die schon mal ein kleines Loch, einen Riss haben dürfen, doch die Kleidung insgesamt darf nicht zerfetzt sein, denn das weckt Assoziationen von Gewalt und Brutalität; ein wenig schmutzig ja, aber intakt. Die Haare müssen zeigen, dass sie vor einiger Zeit noch frisiert gewesen waren – kurzum: Hinter allem, was am Boden angelangt ist, muss eine gute Vergangenheit noch erkennbar sein – das ist unendlich wichtig. Dann erreichen Sie die Menschen, dann sind sie bereit, zu geben und gehen mit dem Gefühl, ein guter Mensch zu sein.« Er atmete ächzend aus. »Oh ja, es ist eine harte Arbeit, dieses Betteln, und wie oft habe ich den Begriff der *geregelten Arbeit* gehört, der man *nachgehen* soll …« Er lachte und schüttelte ungläubig lächelnd den Kopf. »Dabei ist Betteln doch wahrhaftig eine geregelte Arbeit … daran ist mehr geregelt als die Vorgänge in mancher deutschen Amtsstube – ohne Ihnen damit zu nahe treten zu wollen.«

Robert Funk und Wenzel hatten ihm ohne Regung zugehört.

»Sie sind niemals Bettler. Sie schwindeln uns an«, sagte

Wenzel ruhig und mit festem Blick, als Schoppan seinen Monolog beendet hatte.

Schoppan neigte den Kopf.

»Ich danke Ihnen für das *schwindeln* anstelle von *lügen*. Es zeigt, wie sehr Sie um feine Details wissen. Also gut – ich bin Anwalt, kann es Ihnen aber im Moment wirklich nicht beweisen, genauso wenig, wie ich meine Identität belegen kann.«

»Sie sind also Jurist?«, fragte Robert Funk noch einmal nach.

»Wenn Sie so wollen … Jurist, Anwalt, Advokat …«

»Was haben Sie denn heute Nacht da draußen auf dem Parkplatz gemacht, im Gebüsch versteckt – ohne Geld, ohne Handy, ohne Ausweis?«

»Ich habe auf meinen Cousin gewartet … Ciffra heißt er. Im Übrigen würden auch Sie sich im Gebüsch verstecken, wenn Sie in den frühen Morgenstunden alleine auf einem Parkplatz rumstehen und plötzlich ein Auto angefahren kommt. Wer weiß, welche Typen da in der Kiste hocken, nicht wahr? Ich hatte überhaupt nichts vor – da draußen am Parkplatz. Mein anderer Cousin, Enati, er hat mich dort abgesetzt und es war ausgemacht, dass ich von Ciffra abgeholt werde. Von einer halben Stunde Wartezeit war die Rede.«

»Und was ist mit ihrem Cousin Ciffra?«

»Na ja. Ich gehe mal davon aus, dass er sich wieder mit dem Zuhälter und den zwei Viehhändlern in Hörbranz getroffen haben wird – pokern. Danach ist er zu einer Hure gegangen … und danach hat er gesoffen … alles Dinge, die ihm von zu Hause verboten worden sind. Wenn er dann im Lauf des Tages dort auftaucht, wird ihn Jovana, das ist seine Schwiegermutter, schlagen wie immer. Seine Frau Ellijsa kann nämlich nicht so hart zuschlagen, wie er das verdient …«

Wenzel klatschte leise in die Hände, um einen Themenwechsel einzuleiten. Von bevorstehenden Körperverletzungen wollte er im Moment nichts hören.

»Das waren sehr interessante Ausführungen, Herr Schoppan, doch wir werden nicht umhinkommen, Sie erkennungsdienstlich zu behandeln, um Ihre Identität festzustellen.«

Schoppan machte eine wegwerfende Handbewegung.

»Das wird in der Tat gerade das Schnellste sein, um meine Identität nachzuweisen. Ihre Kollegen in Biberach haben das vor einigen Wochen erst mit mir gemacht, als ich in eine Verkehrskontrolle geraten bin und nicht an die Tasche gedacht habe, die offen auf dem Beifahrersitz lag und voller Geld war.« Er senkte die Stimme. »Ich kam gerade von einem Mandanten, der mich beauftragt hatte, etwas Finanzielles für ihn zu erledigen. Sie vermuteten, ich hätte sonst was getan – so wie ich aussehe. Da half mir auch mein Führerschein und Ausweis nicht mehr. Nun gut – ich finde, das ist eine gute Idee, denn mit diesen modernen Scannern geht das ja schnell und sauber, und nach einigen Minuten ist meine Identität bestätigt. Fingerabdrücke, Fotos – alles ist vorhanden, denn ich wette darauf, der erkennungsdienstliche Datensatz ist nicht gelöscht worden. Wollen wir wetten?«

Robert Funk nahm ihn mit hinunter in den Kellerraum. Daumen linke Hand, Zeigefinger rechte Hand, das sollte für eine Überprüfung genügen, sofern er die Wahrheit gesagt hatte. Nach fünf Minuten lag das Ergebnis vom BKA vor: Das Foto passte, die Adresse – alles, was er angegeben hatte, war korrekt. – Schoppan grinste.

»So ist das mit uns Zigeunern eben. Wissen Sie, wenn Sie da draußen auf dem Parkplatz eine rheinländische Frohnatur getroffen hätten, die ziemlich betrunken gewesen wäre und ihre Identität mit *Isch bin de Jupp* bekanntgegeben hätte, dann hätten Sie ein Taxi bestellt und wären weitergefahren, so ist das doch.«

Robert Funk winkte mit dem Zeigefinger.

»Oh, oh, oh ... da täuschen Sie sich aber. Wir hätten den Ausweis der rheinischen Frohnatur verlangt, den Namen überprüft ... alles hätten wir überprüft, und hätte er keine Dokumente dabei gehabt wie Sie, so hätten wir auch den *Isch bin de Jupp* mitgenommen.«

Schoppan sah Funk zweifelnd an.

»Okay, mag sein, aber der Jupp hätte schon längst einen Kaffee bekommen.«

Wenzel und Funk sahen sich an. Erwischt. Ihr Schoppan sprach weiter.

»Es ist doch mit allem so. Meine Cousinen zum Beispiel haben eine große Begabung, zu heilen. Erst vor wenigen Wochen haben sie durch ihren Zauber einem Geschäftsmann in Tettnang eine schwere Krankheit vom Leib genommen, und als der ihnen aus Dankbarkeit ein paar tausend Euro dafür gegeben hat, völlig freiwillig, will ich betonen, war das Geschrei groß. Sogar im Radio ist es gekommen – sozusagen als Warnung vor den Zigeunern, welche die Leute ausnehmen. Dabei hat der Kerl doch völlig freiwillig gezahlt! In diesem Land werden jedes Jahr an die fünf Milliarden Euro für nachgewiesen nutz- und wirkungslose Medikamente ausgegeben – von Ärzten verschrieben. Das aber regt niemanden auf beim Radio. Deutsche Banken vernichten Milliarden von Werten und lassen ihre Kunden und uns Steuerzahler dafür blechen – wen juckt's?! Kriegt man in einer deutschen Bank spitz, dass jemand ein paar Hunderttausend herumliegen hat, wird eine ganze Armada in Richtung des stark geruchsbelasteten Haufen Geldes in Bewegung gesetzt – sie nennen es Beratung, diesen Raub auf Raten, und es geht dabei ausschließlich um Provisionen und hübsche Zahlen in Geschäftsberichten. Darüber gibt's auch kein hysterisches Feature im Radio. Und selbst der unfähigste Mensch, der mit allem scheitert, der sich Geschäftsräume anmietet, eine Messingtafel mit der Aufschrift *Auramassage* an der Tür anbringen lässt und für die halbe Stunde achtzig Euro verlangt – niemals wird ein Radiosender über diesen Schmu berichten. Sobald ein Zigeuner aber seine heilende Wirkung entfaltet, geht das Geschrei los. An der lächerlichen Summe von ein paar tausend Euro kann es nicht liegen – der Grund ist also unsere soziokulturelle Zugehörigkeit.«

Wenzel schnaufte.

»Ich bringe Ihnen einen Kaffee. Es dauert aber, weil wir keine dieser modernen Dinger haben, die Tausende kosten und pfeifen und knarzen; wir brühen das Zeug auf, wie Oma früher.«

Schoppan hob die Hände, womit er sagen wollte – na endlich. Später äußerte er sich lobend über das pechschwarze Zeug, das er pur nahm – ohne Milch, ohne Zucker.

Als Wenzel ihn zum Ausgang brachte, sagte er schon in der Tür: »Ach übrigens: Heute Nacht, als ich da draußen gewartet habe, da kam ein Auto auf den Parkplatz gefahren. Ich habe mich hinter den Büschen versteckt ... genau wie bei Ihnen. Es war ein *Opel Omega Kombi*. Drei Männer saßen drin. Der Beifahrer stieg aus und telefonierte ... sehr laut. Das Kennzeichen war Berta, Otto, Strich, Berta, Otto ...«

»Bobo«, fasste Wenzel zusammen und grinste, weil er damit eine Person verband, die sofort vor ihm auftauchte – groß gewachsen, akkurate Erscheinung, ernster Blick. »Bochum ...«, sagte er.

»Ja, Bochum ... und die ersten beiden Zahlen dahinter waren sieben und zwei, also Bochum, BO, sieben, zwei und dann noch zwei weitere Zahlen, die ich aber nicht erkennen konnte. Wenn ich es richtig verstanden habe, war noch ein zweites Fahrzeug in dieser Nacht unterwegs. Die suchten etwas … ich glaube Reisemobile. Kam mir irgendwie alles verdächtig vor. Vielleicht hilft Ihnen das ja weiter.«

Wenzel bedankte sich.

*

Lydia Naber hatte sich für den frühen Nachmittag mit der Tochter von Martin Schober verabredet und kam etwas früher in die Dienststelle. Robert Funk und Wenzel erzählten ihr von Schopo und von dem Bochumer Opel, der auf eine Jacqueline Kübelbach zugelassen war. Sie war mehrfach vorbestraft. Die Liste ihrer Akte begann mit *Förderung der Prostitution*; es folgten Tatbestände quer durch das Strafgesetzbuch, angefangen von Beleidigung über alle wesentlichen Betrugsformen bis hin zu einigen Körperverletzungen.

»Wow, die hat ja ganz schön hingelangt, die Schakkeline. Würde mich mal interessieren, wie die aussieht«, meinte Lydia und war anschließend enttäuscht, als sie nur eine schmächtige Blondine mit unschuldigem Gesicht auf den Fotos am Bildschirm sah. »Mhm … sieht man der gar nicht an.«

Wenzel und Funk bereiteten noch ein paar Daten auf und gingen dann hinaus in den heißen Samstagnachmittag. Die Fahndung nach dem Opel lief, auch in Vorarlberg und in den Schweizer Kantonen um den Bodensee. Die Kontrolle sollte aussehen wie eine normale Verkehrskontrolle und unverzüglich weitergemeldet werden. Man wollte abwarten bis sie sich trafen, denn schließlich wollte man alle erwischen.

*

Kerstin Schober erschien auf die Minute genau pünktlich. Sie machte einen verunsicherten Eindruck und drehte sich ab und an nach hinten zur Tür um. Offensichtlich fand sie es ungewöhnlich, mit Lydia Naber so ganz alleine auf der Dienststelle zu sein. Nur der Drucker surrte leise draußen im Gang, und ab und zu schaltete sich der Kühlschrank im Besprechungsraum mit einem erschöpften Zittern aus und ließ die Flaschen dabei klirren.

Wie Kerstin Schober erzählte, hatte sie zwar regelmäßig mit ihrem Vater telefoniert, es war dabei aber nie um seine ominösen Ausflüge gegangen, beziehungsweise hatte er das Thema gemieden. Mit dem Foto des Grabsteins, auf dem *Marianne Schmidt* stand, wusste sie überhaupt nichts anzufangen. Das einzige Interessante für Lydia Naber war ihre Erklärung für die Scheidung ihrer Eltern. Ganz anders als ihre Mutter es dargestellt hatte, meinte sie, ihrer Mutter sei es gar nicht um die Scheidung als solcher gegangen; vielmehr habe sie gedacht, mit dieser Drohung könne sie ihn wieder zurückholen in sein normales Leben. Sie zuckte mit den Schultern – es war nicht gelungen. Was sollte sie dieser Polizistin auch auf ihre Fragen antworten? Was sollte sie über ihren Vater erzählen, der schon immer unkonventionell und gegenüber der Außenwelt zurückgezogen war? So warm und liebevoll er seine Familie auch behandelte, so sehr schottete er sich von anderen Menschen ab und umso schmerzhafter war seine Veränderung in den letzten zwei Jahren gewesen. Sie schwieg, und wieder machte sie sich Vorwürfe, weggegangen und nicht in seiner Nähe geblieben zu sein.

Sie war mehr mit ihren eigenen Gedanken befasst als mit den Fragen dieser blonden Polizistin. Sie antwortete knapp und mit ausdruckslosem Gesicht: Ja, sie hatte von einem Notar Post erhalten und ja, ihr Vater hatte sie als Alleinerbin eingesetzt. Die Prozedur mit dem langen Wattestäbchen, mit dem Lydia Naber eine DNS-Probe von ihr nahm, fand sie unterhaltsam, weil sie das bisher nur aus Krimis kannte. Der Wattestab kitzelte an der Wange.

Am Ende bekam sie die Schlüssel des BMW und der Wohnung ihres Vaters ausgehändigt. Sie spürte die Enttäuschung der Polizistin über das Wenige, was sie gesagt hatte und sagen wollte.

Unschlüssig, was sie nun tun sollte, lief sie von der Dienststelle aus hinunter auf die Insel. Sollte sie vielleicht eine Fahrt mit dem Schiff machen, nach Bregenz hinüber oder nach Wasserburg? Sie spazierte wie in Trance über die Seebrücke, blieb auf der Hälfte stehen und folgte mit ihrem Blick den Booten, die wie an einer Perlenkette aufgezogen vom Kleinen See aus bis weit vor die Insel tuckerten und erst da draußen ihre Motoren aufheulen ließen. Auf einem der Boote lag eine schöne Frau am Bug und gab sich der Sonne hin. Kerstin Schober beneidete sie und wünschte sich in einem heftigen Affekt in dieses fremde Leben.

Der Horizont im Osten, der sich aus der Linienführung von Bergen und Hügeln bildete, leuchtete warm, und jetzt erst fühlte sie die Wärme, die sie umgab. Bregenz lag schon wieder im Dunst, und über den grünen Flächen der Appenzeller Hügel im Süden waren nur noch die Umrisse von Säntis und Altmann zu erkennen. Über dem Wasser spielte schreiend ein Schwarm Möwen. Die Wärme war allgegenwärtig, und wer sich darin seinen Sorgen hingab, fühlte Enge und Beklemmung.

Es dauerte einen Atemzug lang, bis sie wieder frei atmen konnte. Die Möwen lachten schrill und zogen ihre weiten Kreise ohne einen einzigen Flügelschlag.

*

Stefan Koppe ließ den Porsche langsam durch die Straßen von Hergensweiler rollen. Zweimal verfuhr er sich und landete auf einem dieser schmalen Weidewege – im Westen sah er den Stadel, zu dem er eigentlich wollte. Es war lange her, dass er das letzte Mal hier gewesen war – über dreißig Jahre. Er bog auf den Schotterweg ein und parkte auf der offen gelassenen Wiese direkt am Stadel. Die Hitze tat weh. Er setzte sich auf die Holzbank an der Schattenseite des Stadels. Die groben Holzwände knackten unter der sengenden Sonne, Fliegen summten, sein Blick war eingerahmt von frischem Grün, und ein lebensbejahender, würziger Duft stieg vom Boden auf. Die alte Eiche stand wie eh und je drunten am Waldrand, und die gelben Moosflecken auf den Ästen leuchteten im Sonnenlicht aus dem Blattwerk hervor. Hinter all dem Grün lag der Pfänderrücken, und im Dunst dahinter waren die Gipfel zu erahnen, die an Föhntagen zum Greifen nahe heranrückten. Er liebte diese Bergkette und das Satte der Landschaft rings um den See. Seine Augen suchten – keine Kühe weit und breit. Er drückte sich gegen das Holz, das trotz des Schattens voller Wärme war. Vom Dorf her schnitt das Plärren einer Kreissäge in die Luft, dazwischen Motoren aus der Ferne und die Kirchturmuhr – drei Uhr.

Er wartete ohne Aufregung, denn es war ihm inzwischen egal, ob die anderen kommen würden oder nicht. Die Chance hatte er ihnen gegeben, noch einmal zu reden, und er hätte sie über sein Vorhaben gerne informiert. Aber letztlich war es seine Entscheidung, und um Erlaubnis musste er niemanden fragen.

Er blieb noch eine Stunde sitzen. Einige Radler kamen vorbei und grüßten freundlich, kurz danach eine kleine Wandergruppe, die aus dem Tal der Knochenmühle herkam. Sollte er nach unten gehen?

Es war schön, hier zu hocken und der Zeit beim Vergehen unbeteiligt zuzusehen. Als es vier schlug, stieg er wieder in den *Cayenne* und fuhr behutsam von der Wiese. Er freute sich auf den Abend und den Sonntag. Geradezu euphorisiert war er, da er in dieser Stille einen Plan entwickelt hatte, wie er mit der Polizei verfahren wollte. Es war ein gutes Gefühl, das Schicksal wieder selbst beeinflussen zu können, und der lose Zustand seines Gemüts fand ein Ende.

*

Der Tag lief in die Dämmerung. Wärme überall. *Radio Vorarlberg* spielte alte Schleicher, und der Abendhimmel über dem See verabschiedete sich mit einem glühenden Rot in die Nacht. Ein letzter Ausflugsdampfer zog über den See nach Rorschach hin.

Spät am Abend rief Lydia bei Schielin zu Hause an.

»Ich muss mit dir reden.«

Nächtliche Anrufe kamen selten vor. Schielin war gespannt.

»Schön, dich zu hören, Lydia.«

»Red keinen Quatsch, Mensch!«, grollte sie dunkel, nur um gleich darauf zu fragen: »Kennst du Asterix und Obelix?«

Schielin hätte ja mit allem gerechnet, doch diese Frage brachte ihn aus dem Tritt.

»Äh ... ja ... schon ...«

Was soll denn das jetzt, dachte er. Wir haben einen See-Ötzi, und sie fragt mich, ob ich Asterix und Obelix kenne?

»Gut«, sagte sie fest. »In diesem Fall ist dir ja sicherlich auch die Existenz eines Zustands bekannt, der einen meinen lässt, der Himmel fiele einem auf den Kopf.«

Es dauerte eine Weile, bis Schielin antwortete.

»Ich glaube, ich verstehe, was du meinst.«

Sie war ungnädig.

»Nix verstehst du, und ganz sicher hast du dir gerade gedacht: Wir haben eine Mumie aus dem See gefischt, und die textet mich hier mit Asterix und Obelix zu.«

Was sollte er darauf nun antworten? Er schwieg. Vielleicht hatte sie ja Stress mit ihrem Mann oder ihrem Sohn.

Vorwurfsvoll sagte sie seine Gedanken lesend: »Nein – ich habe keinen Ärger mit meinem Liebsten und auch nicht mit dem fünfzehnjährigen Kotzbrocken, der hier in der Hütte rumeiert und von Sonnenaufgang bis Sonnenuntergang und manchmal auch noch bis weit darüber hinaus rummuffelt. Stell dir vor – zerrt der gestern doch so eine Schickse hierher und meint, sie könnte bei uns pennen. Meinem Liebsten, der einen Ansatz von Schulterzucken zeigte, habe ich gleich mal erklärt, er solle sich aus der Sache heraushalten, und dem heranwachsenden Pascha in extrem kurzen, jedoch extrem verständlichen Sätzen, wo es langgeht – und dem Blondchen auch. Nun hasst er mich, ich bin die schrecklichste, fürchterlichste Mutter auf Erden, wahrscheinlich wird er nie wieder ein Mädel anschleppen, wo doch so ein Drache in der Hütte herumfaucht.«

Schielin war sich nicht sicher, zuvor vielleicht zu laut gedacht zu haben, und war für einen Moment verblüfft. Dann lachte er stumm – und ein ganz wenig hämisch – in sich hinein.

Lydia kam zu ihrem eigentlichen Thema zurück.

»Was ich meine … mich plagt das Gefühl, unser Ermittlungshimmel befindet sich im freien Fall, und die Frage, die mich umtreibt und mir keine Ruhe lässt, ist: Wie bremsen wir nur dieses Dahinrasen, bevor er uns auf die Birne schlägt?«

»Du hast Sorgen, weil wir keine Indizien haben – keine

Telefone, keine Verkehrsdaten aus dem Mobilfunk, eine verschwundene Polizeiwaffe ohne Vergangenheit …?«

»Ja, genau das alles … und ich sage dir, was mich wirklich fertigmacht, das ist die Akte mit dieser Pferderippersache; die ist nicht wirklich vergnügungssteuerpflichtig, glaube mir. Das hat mich jetzt endgültig runtergezogen.«

»Du hast das Zeug mit nach Hause genommen? Oh je, oh je – das tut mir leid. Das ist aber auch eine eklige Angelegenheit. Sollen wir uns treffen? Oder komm doch zu uns.«

»Nee. Wochenende ist heilig. Es hat mir schon gut getan, bei dir anzurufen, weil mir das einfach keine Ruhe lässt.« Ihre Stimme wechselte in einen vorwurfsvoll jammernden Ton. »Aber du machst so einen gelassenen Eindruck!«

Schielin schwieg ins Telefon. Ein Verhalten, das bei jedem anderen befremden auslösen würde, doch mit Lydia kein Problem war.

»Ja nun … es ist schwierig, in der Tat. Aber ich bin der festen Überzeugung, wir finden den Schlüssel zu dem Fall und, glaube mir, er liegt irgendwo in der Vergangenheit.«

»Du denkst an die Sache an der Knochenmühle?«

»Könnte schon sein – an Zufälle glaube ich einfach nicht. Am Montag vernehmen wir die drei – Koppe, Mohr und Latz. Dann sind wir wieder ein Stück weiter.«

»Ach«, stöhnte sie, »wenn ich nur auch so eine innere Ruhe hätte wie du, und noch dazu die, mit einem Esel wandern zu gehen … ich beneide dich darum.«

Er tröstete sie.

»Ich habe Ronsard und du halt deinen Garten, der dich den Schrecknissen der Welt entzieht – ist doch ebenso ein Rückzugsgebiet.«

Sie murrte etwas von viel Arbeit, der chaotischen Kraft der Natur, von Schnecken und Spitzmäusen. Doch während sie so herummaulte, tauchten die Staudenbeete vor ihr auf, mit denen sie vor einigen Jahren, als in Kempten ein Garten mit *Karl-Foerster-Stauden* aufgelöst wurde, das ganze Auto vollgeladen hatte. Sie hatte es nie bereut... solche Rittersporne, mit so einem strahlenden Blau, die gab es nirgends sonst – so hoffte sie wenigstens.

»Du kriegst nächste Woche den Bericht über die Pferdesache«, beendete sie das Telefonat schließlich so abrupt, wie es über Schielin gekommen war.

Hausrat

Den Sonntagvormittag über döste sie im Garten, im Schatten des großen, alten Jasminbusches, dessen Zweige wie ein Baldachin bis zum Boden reichten und die voller Blütenknospen hingen. Der süße Duft, mit dem sie in wenigen Tagen die Gartenwelt verzaubern würden, war schon zu erahnen. Aus dem umgebauten Stadel waren von einem CD-Spieler Fragmente von klassischer Musik zu hören – ein Tenor jammerte laut, während ein Bass eine Art Anklage loswurde; ab und an winselte ein gellender Sopran dazwischen. Sie konnte mit italienischer Oper nichts anfangen, während ihr Liebster ohne diese überfüllte Musik nicht sein konnte.

Sie nutzte die verkehrsarme Zeit über Mittag, in der alle anderen beim Essen waren, und machte sich auf den Weg zu Herrn Bommel. Wie sie erhofft hatte, waren die Landstraßen zwischen Amtzell und Grünkraut kaum befahren. Sie fuhr im Süden an Ravensburg vorbei, ließ auch Markdorf hinter sich und machte einen kurzen Abstecher nach Baitenhausen, wo sie der Wallfahrtskapelle einen Besuch abstatten wollte. Die Fresken dort waren einfach zu schön, als dass man sie nur auf Fotos betrachten sollte – und so ganz verloren durfte dieser Sonntag ja auch nicht sein.

Ein Ehepaar saß versonnen in der vordersten Kirchenbank und bewunderte die Malereien. Sie unterhielten sich leise. Lydia Naber trat direkt in die Querhäuser, reckte den Kopf und genoss den Anblick. *So schön wie der Mond*, las sie lächelnd über der seeseitig gefertigten Stadtansicht von Meersburg. Hinter sich hörte sie den Mann erklären, dass der Name *Kreszentia* für zunehmende Mondsichel stehe und diese auch in Frankreich im Wort *Croissant* ihren Ausdruck finde, ebenso wie in der Form.

Draußen vor der kleinen Kirche weideten einige Kühe. Ein Schwung Radfahrer kam die Straße herauf, und weit entfernt im Norden glänzte die Fassade von Schloss Heiligenberg einem besuchsreichen Sonntagnachmittag entgegen. In Bermatingen bekam sie noch einen Platz im Biergarten und aß spät zu Mittag.

Entspannt und gut gelaunt traf sie zur vereinbarten Zeit am Haus von Bommel ein. Der Hof stand voll mit alten Fässern. Einige von ihnen waren bepflanzt. Ein halb geöffnetes Scheunentor gab den Blick auf alte Truhen, Schränke und Kommoden frei. Es war also Einiges übriggeblieben bei den vielen Haushaltsauflösungen. Ob da drinnen einige Knarren und Gewehre rumstanden?

Bommel war für seine gut siebzig Jahre noch gut in Schuss, allerdings schnaufte er laut, als er sie am Haus vorbei in den Garten führte, wo sie sich an einen runden Holztisch in den Schatten dreier Erlen setzten. Sie erzählte noch einmal vom Hintergrund ihres Besuchs, und er hörte aufmerksam zu. Eine junge Frau, sie vermutete die Schwiegertochter, kam und brachte frischen Kaffee. Bommel war von ihrem Bericht sichtlich in Unruhe versetzt. Er erinnerte sich nun wieder und erzählte von dem Polizisten aus Konstanz, der vor vielen Jahren bereits wegen dieser Polizeipistole bei ihm gewesen war. Aber er könne heute ja auch nicht mehr sagen als damals. Ihm selbst sei nie eine Waffe untergekommen, und falls dies der Fall gewesen wäre, hätte er natürlich sofort die Polizei informiert.

Er schüttelte den Kopf.

»Wer nur so was macht – auf Pferde schießen, auf Menschen schießen?«

Er stand auf und holte einen Stoß Unterlagen.

»Des ist alles, was ich von damals noch gefunden habe. Ein Bestandsverzeichnis gibt es bei Haushaltsauflösungen leider nicht – da geht es nach Kilo, Tonne und Kubikmeter. Ich erinnere mich aber an die Angelegenheit wegen dem Sohn. Wie der damals aus Australien angekommen ist – ich sehe es noch heute vor mir. Wir waren an der Wohnung verabredet. Der ist da reingestochen, zwei Blicke rechts, zwei links, dann hat er den Zettel, den ich auf den Küchentisch gelegt habe, wortlos unterschrieben, und gleich drauf war er auf Nimmerwiedersehen wieder verschwunden. Stellen Sie sich vor, der ist damals noch vor der Beerdigung wieder zurück nach Australien geflogen. Im Nachhinein hab ich mich gefragt, warum der überhaupt den weiten Weg hierher gemacht hat. Schon seltsam, dass ein Sohn seinem Vater gegenüber so gleichgültig ist, nicht wahr? Aber Sie haben sicher mit noch ganz anderen Sachen zu tun bei der Polizei, und wer weiß, was da los war.« Er hob den Arm und machte eine wegwerfende Handbewegung. »Gut, dass ich damit nichts zu tun hab.«

Lydia Naber lächelte und lobte das schöne Haus und den gepflegten Garten.

»Waren Sie beim Räumen der Wohnung selbst dabei?«, fragte sie.

Er verneinte.

»Da hab ich schon meine Leut für.« Er deutete auf die Unterlagen. »Steht alles da drinnen. Obwohl wir es nicht gebraucht hätten, haben wir alles exakt aufgeführt. Die Fotos sind auch dabei ...« Er wedelte suchend mit seinem Zeigefinger herum. »Ah, hier sind sie. Vor dem Ausräumen wird jeder Raum fotografiert. Mein Sohn hat das einmal angefangen, und ich hab es deswegen auch gemacht, obwohl wir des über die Jahre nicht ein einziges Mal haben brauchen können. Na ja, heut mit dem Digitalen, da ist das ja eh wursch, aber früher … die Filme entwickeln … was des damals kostet hat! Jesus, ich will's gar nicht mehr nachrechnen, aber er hat sich so seine Sammlung angelegt.« Er beugte sich nach vorne und sagte leise: »Archiv, sein Archiv heißt er es … ist doch auch irgendwie komisch, oder?«

Lydia wusste nicht so recht, wie sie darauf reagieren sollte, und beließ es dabei, ihre Augen schmaler werden zu lassen.

Bommel fuhr leise fort: »Bei so manchen Wohnungen allerdings, da hab ich schon gesagt: *Des wird net fotografiert.*« Er knurrte: »Muss ja auch net sein, wenn dann die Menschen tot sind, gell?«

Lydia nickte und zog die Unterlagen zu sich heran. Während er von früher erzählte und welche Überraschungen sein Beruf bereitgehalten hatte, blätterte sie darin.

»Die können Sie mitnehmen, so wie sie sind. Ich brauche die sowieso nicht mehr«, sagte er und deutete auf die Mappe.

Sie verstand sein Angebot als Aufforderung, ihm seinen Sonntag nicht länger mit zweifelhaften alten Erinnerungen zu befüllen und nahm einen letzten Schluck Kaffee. Der war schwarz und stark. Gerne hätte sie auf den Boden der Untertasse gesehen, welche Manufaktur das altmodische Blumendekor hergestellt hatte – sie tippte auf *Bavaria*. Wer das Service wohl einmal besessen hatte?

Auf dem Rückweg hielt sie in Langenargen und fand einen schönen Platz im Schatten, vorne an der Seepromenade. Die Reflexe der Sonnenstrahlen auf den feinen Kämmen des Wassers vermischten sich zu einer einzigen gleißenden Fläche, aus denen wiederum einzelne Lichtblitze emporschossen. Segelboote glitten dahin – geräuschlos, wie aus dem Unsichtbaren gezogen, denn Wind war nicht zu spüren, nicht einmal ein Luftzug. Schloss Montfort stand mit maurischem Ernst an den Gestaden und erinnerte sich heimlich-vergnügt an seine Zeit als Lustschloss.

In Ruhe blätterte Lydia die Unterlagen durch. Die sonntägliche Sommerstimmung um sie herum half jedoch nicht gegen die Enttäuschung, die sie dabei heimsuchte. Wieder nichts Brauchbares.

Die *Vorarlberg* zog langsam heran. Am Oberdeck standen die Menschen an der Reling und verfolgten, wie das Schiff am Steg festgemacht wurde. Die Motoren wummerten, darüber war das aufgeregte Rufen der Kinder zu hören. Ein Flugzeug drehte seine Kreise über dem See, und über den Bergen bei Bregenz war ein Zeppelin auszumachen.

Wenigstens musste sie sich heute nicht mit dieser Pferdegeschichte auseinandersetzen. Sie mischte sich unter die Sonntagsspaziergänger und ließ sich mittreiben.

*

Schielin hatte den Sommersonntag zu Hause verbracht. Lena und Laura waren da, und die gemeinsamen Stunden vergingen wie im Flug. Am späten Nachmittag ritt Marja mit den beiden eine Runde aus, während er sich bis zum Abendessen in den Schatten der Obstbäume hinter dem Haus zurückzog. Ronsard, der nicht enttäuscht darüber schien, allein auf der Weide zurückbleiben zu müssen, hatte er zuvor ausgiebig gestriegelt.

Schielin holte das Notebook und sah die Fotos durch, die Jasmin eingescannt hatte – die alten Negativstreifen, die in der Ermittlungsakte in einem Kuvert aufbewahrt worden waren. Er hatte eigentlich verkratzte, kontrastschwache, milchige Aufnahmen erwartet, doch stattdessen leuchteten am Bildschirm vor ihm pralle Grauschattierungen. Seine Augen hafteten an Motiven, die eine enorme Plastizität vermittelten. Während er so von Bild zu Bild klickte, dachte er, es wäre gar kein Fehler, in manchen Ermittlungssituationen

Schwarz-Weiß für die Fotos zu verwenden, denn der Abstraktionsgehalt der Grautöne erweiterte den Erkennungshorizont, verlegte den Fokus von farbigen Flecken auf den Informationsgehalt einer Übersicht und lenkte doch nicht von feinsten Details ab.

Ludwig Stöck hatte über die Maßen viel fotografiert, und viele Motive waren sogar mehrfach vorhanden, doch nur ein geringer Teil der Fotos fand sich in der Bildmappe wieder. Es existierte eine auffallend große Zahl an Übersichtsaufnahmen – aus jeder Himmelsrichtung hatte er fotografiert. Schielin blickte auf den Wasserlauf der Leiblach, die großen runden Kiesel und das monströse Wurzelwerk, das sich an den ausgespülten Rändern hilfesuchend in die Luft reckte und dem dazugehörigen Baum keinen Halt mehr geben konnte. Über allem wölbte sich ein sommerliches Blätterdach, durch das grell das Tageslicht fiel. Stöck war ein guter Fotograf gewesen, da seine Aufnahmen jenseits des rein dokumentarischen Inhalts eine besondere Ästhetik vermittelten; er spielte in seiner Bildanordnung mit dem Wasser, den steilen Uferabrissen und den Blättern und nicht zuletzt mit dem Licht. Die Sonne selbst war nicht auszumachen; demnach waren die Fotos am frühen Morgen oder am späten Nachmittag entstanden. Schielin geriet ins Sinnieren: Ein menschenleerer Wald, der Blick des Fotografen in alle Himmelsrichtungen, das Opfer nicht im Bild – was nur hatte dieser Stöck mit diesen Fotos bezwecken, welche Ereignissituation hatte er dokumentieren wollen?

Die Aufnahmen von dem toten Jungen waren im Vergleich zu den Landschaftsaufnahmen bemerkenswert nüchtern, was nicht alleine an der grotesken Unterschiedlichkeit des Motives als solchem, sondern auch in der Wahl der Perspektive begründet lag. Die Aufnahmen zeigten den Kopf des toten Jungen, was den Blick des Betrachters unweigerlich zu seinem linken, offen stehenden Auge leitete. Der Hintergrund verschwamm in Unschärfe. Schielin fröstelte bei dem Anblick, und er klickte schnell weiter. Stöck war laut Akte damals alleine vor Ort gewesen. Seltsam, dachte Schielin, ganz allein, ohne Kollegen? Wie lange etwa konnte das Fotografieren gedauert haben – eine kleine Ewigkeit. Und das Vermessen? Er musste es vermessen haben, denn es war der Akte eine Skizze beigefügt, mit Tusche gezeichnet und mit Messpunkten versehen – nach dem guten alten Dreiecksmessverfahren gefertigt. Als Fixpunkt hatte ein alter Grenzstein am östlichen Ufer gedient. Wie konnte Stöck diese ganze Arbeit nur alleine bewältigt haben? Ein aus heutiger Sicht wenig nachvollziehbares Verhalten, konstatierte Schielin.

Schielin legte das Notebook zur Seite und sah in den Himmel, der durch die Blätter der Bäume leuchtete. Wozu derart viele Fotos?

Er nahm das Notebook erneut zur Hand und sichtete die Fotografien ein weiteres Mal eingehend. Es war schwer, dabei dem Drang zu widerstehen, nach dem ersten Erfassen des Bildinhalts schnell zum nächsten Foto zu klicken, weil man das Bildmuster zuvor ja schon gesehen hatte. Schielin hielt auch dem Reflex stand, den Fokus seiner Aufmerksamkeit auf die Stelle gleiten zu lassen, auf die der Fotograf in seiner Motivkomposition gezielt hatte. Er inspizierte die Kleidung des Jungen – ein Sommerhemd, kurze Hosen. Auf einem Foto, das mehr Tiefenschärfe bot, entdeckte er einen dunklen Striemen über dem linken Knöchel. Er vergrößerte die Stelle und staunte nicht schlecht, welches Auflösungsvermögen die Scans lieferten. Kein Zweifel – es handelte sich bei diesem Striemen, der in der Vergrößerung deutlich zu erkennen war, um eine Fesselungsspur. Ganz sicher ließ sich auch eine Fesselungsspur über dem rechten Knöchel finden, doch leider war dieser vom darüberliegenden Bein verdeckt. Schielin stockte. Von Fesselungsspuren hatte er in der Akte nirgends auch nur eine Silbe gelesen, oder? Jetzt ärgerte er sich, die Akte nicht mit nach Hause genommen zu haben, aber Marja mochte es nicht, wenn sich diese Blätter im Haus befanden, diese trockenen Berichte, diese sachlichen Schilderungen grausiger Vorgänge und die nüchterne Bestandsaufnahme menschlicher Abgründe. Sie meinte, es brächte böse Geister ins Haus. Nun gut – er ging die Fotos erneut durch, diesmal auf der Suche nach einer Aufnahme der linken Hand. Unter hundert Fotos fand sich jedoch nur ein einziges – und da war sie unscharf abgebildet, aber dennoch scharf genug, um auch hier den feinen dunklen Rand erkennen zu können. Kein Zweifel mehr: Robert Zwingler war gefesselt gewesen – und Stöck hatte sich viel, sehr viel Zeit genommen, das zu verschleiern.

Schielin klappte das Notebook zu und ging einige Schritte durch den Garten. Bis Marja wieder zurück war, musste er die Gedanken aus dem Kopf bekommen. Auf keinen Fall durfte er tun, wozu es ihn jetzt geradezu drängte: auf die Dienststelle zu fahren und die Akte mit seinen neuen Erkenntnissen abzugleichen. Er musste bis zum nächsten Tag Geduld haben.

Waldfrieden

In der Nacht hatte es nur mäßig abgekühlt, und schon am Morgen, kurz nachdem erste Sonnenstrahlen die Linie des Horizonts über Bregenz aufgebrannt hatten, füllte sich die Luft um den See mit Wärme. Die Seefläche selbst war unberührt. Kein Boot hatte bislang seine Spuren in die spiegelnde Fläche geschnitten. Der Kirchturm der Mehrerau ragte als Nadelschatten über die Baumwipfel, und von einigen Flächen des Sees stieg dichter Dunst empor. Schwäne zogen von ihren Nachtrevieren nah an die Insel heran, Haubentaucher und Blesshühner begannen ihr Tagwerk, und an der Insel Hoy sammelte sich eine Gruppe Enten um den kahlen Rest eines im Sturm gebrochenen Astes. Würde die Trauerweide den Winden noch eine Weile trotzen können? Und wie lange konnte das brüchige Mauerwerk dieses metaphysisch wirkende, winzige Eiland noch zusammenhalten? Sein Verlust wäre unermesslich.

Schielin hatte auf seinem Schreibtisch einen Notizzettel von Jasmin vorgefunden. Sie hatte Bernd Mohr und Peter Latz erreichen können. Ersterer wollte nicht zur Dienststelle kommen, erwartete sie aber in seiner Wohnung auf der Insel. Die Adresse stand dabei: Hintere Metzgergasse. Peter Latz wollte schon um neun Uhr auf der Dienststelle erscheinen, weil sein Geschäft – ein Antiquitätenhandel – spätestens ab Mittag wieder geöffnet sein musste. Hinter diese Notiz hatte sie ein Emoji mit einem nach unten gewinkelten Mund gemalt. Schielin kannte das Ding von seinen Töchtern, die es unmäßig oft gebrauchten – zumindest in der digitalen Kommunikation mit ihm. Es konnte alles und auch nichts bedeuten. In der nächsten Zeile fand er wieder so ein Ding, aber diesmal lachend – darüber flog ein Vögelchen. Zeichnen konnte sie also auch, dachte er und war gespannt, was sich hinter diesem Bilderrätsel verbarg.

Später, in der Besprechung meinte sie, Latz hätte den Eindruck gemacht, gar nicht schnell genug aussagen zu können.

Lydia Naber wirkte heute früh schlecht gelaunt; die anderen ließen sie deshalb in Ruhe. Als Wenzel ihr im Gang begegnete und sie ironisch fragte, welche Ziele sie für die Woche habe, nur um sie aufzumuntern, blaffte sie: »Na, da heute Montag ist, wäre es schon ein gutes Ziel, den Freitag gesund zu erleben.«

Sie hatte zuvor mit Koppe telefoniert. Eigentlich war sie darauf eingestellt gewesen, dass er ungehalten auf die erneute Vorladung reagieren würde, doch er war freundlich gewesen und blieb gelassen, obwohl sie ihn so früh und auch noch an einem Montagmorgen anrief. Sie vereinbarten einen Termin für dreizehn Uhr, nach dem Mittagessen. Das war das Einzige, was ihm wichtig war – das Mittagessen mit seiner Frau.

Lydia erzählte in der Runde von ihrem Besuch bei Bommel, der leider keine neuen Ansätze erbracht hatte, und davon, wie das Geschäft der Wohnungsentsorger so lief. Der Konstanzer Kollege hatte damals schon alle Beschäftigten von Bommel befragt; sogar einen jungen Kerl, der dort nur einen Ferienjob gemacht hatte, hatte er damals aufgetrieben und in die Mangel genommen. Mehr konnte man wirklich nicht tun. Wovon sie nichts erzählte, was sie aber nicht weniger beschäftigte, betraf ihren Junior. In einer Musik-Ex hatte er die Frage nach Musikepochen beantwortet mit: *Romantik, Klassik, Erotik.* In der anschließenden Diskussion mit dem Lehrer, der besonders pädagogisch reagieren wollte, war er dann auch noch frech geworden.

Erst gestern Abend hatte er den Verweis hingelegt. Sie stöhnte innerlich. So langsam wurde es ihr zu viel – hier im Dienst Mördern nachrennen und zu Hause einem Pubertätsmonster – und es war nicht erwiesen, was schlimmer war.

Schielin hatte die Zeit bis zur Besprechung genutzt, um seine Vermutungen hinsichtlich der Stöck'schen Ermittlungen zu verifizieren. In der Besprechung aber wartete er erst mal ab, bis alle ihre Berichte abgegeben hatten. Wenzel und Funk lockerten die Runde mit ihren Ausführungen über einen Typen namens Schopo auf, dessen Hinweis auf einen Bochumer Opel vielleicht bald zur Aufklärung der Überfälle auf die Reisemobile führe. Die Fahndung liefe bereits.

Kimmel sah Schielin mit offenem Mund an, als der schließlich verkündete, dass die alte Ermittlungsakte entscheidende Informationen zum damaligen Todesfall Robert Zwingler verschwieg, und zwar konstruiert verschwieg – nämlich die Fesselung des Jungen. Als er dann noch die verwandtschaftliche Beziehung zwischen Stefan Koppe und Ludwig Stöck erwähnte, pfiff Wenzel durch die Zähne.

»Uhh – so langsam nimmt die Sache Formen an.«

»Warten wir die Vernehmungen ab«, sagte Schielin und meinte, es wäre nicht schlecht, wenn man diesen Peter Latz und Bernd Mohr gleichzeitig befragen könnte, und es am besten noch so einrichte, dass sie keine Gelegenheit mehr hätten, mit Koppe zu reden, bevor der auf der Dienststelle sei. Lydia Naber zog eine ärgerliche Schnute.

»Das hättest du mal besser früher gesagt – dreizehn Uhr ist ausgemacht mit Koppe, und da geht er nicht von weg, weil er unbedingt mit seiner Frau Mittag essen will – lacht nicht – aber das war ihm wirklich wichtig.« Und giftig fügte sie an: »So etwas gibt es tatsächlich … aber wie auch immer – so lange können wir die zwei nicht aufhalten.«

»Dann muss es eben so gehen«, meinte Schielin.

Jasmin Gangbacher hatte noch etwas. Es ging um einen Gast aus dem Hotel Bad Schachen, mit dem sie letzten Freitag noch kurz vor Feierabend telefoniert hatte. Er war aus Heidelberg und verbrachte jedes Jahr die letzten beiden Wochen der Saison im Hotel Bad Schachen. »Ein *Birder*«, sagte sie.

»Was ist er?«, fragte Kimmel nach. Schon wieder so was Englisches, von dem man nicht wusste, was es genau sein sollte, dachte er.

»Ein *Birder*«, wiederholte sie und bemühte sich, äußerst betont zu sprechen. »So nennt man neudeutsch die Leute, die Vögel beobachten, Vogelkundler, Ornithologen – auf Englisch eben *Birder*.«

»Birder, Birder… ja und wieso nennt man sie nicht Vogelkundler oder Ornithologen?«

»Das weiß ich auch nicht… es heißt halt so«, sagte sie emotionslos. »Vielleicht, weil es kurz und knackig auszusprechen ist und nicht so nach altem, vergesslichen Professor klingt wie bei *Vogelkundler*. Es hat so eine sportliche Note, dieses *Birder*.«

»Mhm.« Kimmel sprach lautlos vor sich hin: *Birder, Vogelkundler*. Womöglich hatte sie recht – *ich bin ein Birder, ich bin ein Vogelkundler. Birder* klang eindeutig jünger. Seine Gedanken glitten ab. Ich bin ein Biertrinker… ich bin ein… ein *Beerer*. Das war blöde.

Gommi meldete sich zu Wort.

»Also ich würde ja nicht *Birder* genannt werden wollen, wenn ich Vogelkundler oder Ornithologe wäre. Das klingt so oberflächlich, so… so – na ist ja auch egal, aber – findest du nicht auch?«

»Mhm. Irgendwie schon, ja«, pflichtete Robert Funk ihm bei.

»Und was war jetzt mit diesem Birder?«, fragte Schielin, da Kimmel irgendwie außer Gefecht gesetzt schien.

»Er hat was gesehen«, sagte Jasmin.

»Ja, und was?«

»Zunächst einmal ein Goldhähnchen … genauer gesagt ein Sommergoldhähnchen, was für Oktober völlig untypisch ist und ihn nachhaltig aus der Fassung gebracht hat. Gleich oberhalb des Hotels im Park hat es auf der Robinie gesessen. Er hat mir Fotos gezeigt – es ist wirklich ein besonders schönes kleines Vögelchen.«

»Jesus Maria! Was sollen wir denn damit anfangen?! Ich habe mein Lebtag noch kein Goldhähnchen gesehen …«, stöhnte Kimmel, der wieder ins Gespräch zurückgefunden hatte, resigniert. »Goldhähnchen … wie soll man nur mit solchen Zeugen Fälle lösen?!«

Jasmin Gangbacher sprach unbeirrt weiter.

»Weil der Sturm dann so stark geworden ist und er Angst unter den alten Bäumen bekam, ist er auf sein Zimmer gegangen und hat von dort aus in die Schachener Bucht gesehen, mit seinem *Swaro*.« Sie erklärte, Birder hätten wohl eine besondere Beziehung zu ihrem Fernglas.

»Und da flog ein Herbstgoldhähnchen herum, oder was?«, beschleunigte Lydia Naber Jasmins Erzählung.

»Nein, die gibt es nicht. Wenn, dann ein Wintergoldhähnchen. Aber auch das hat er nicht gesehen, sondern ein Boot, ein Motorboot, das da im Sturm in Richtung Lindau gefahren ist, und er hat sich noch gewundert, was der Fischer da draußen macht, weil es bei dem Sturm doch sicher gefährlich auf dem See war. Er hat das Fernglas dann im Bad gereinigt und als er danach wieder hinausgesehen hat, war das Boot auf einmal fort. Das konnte er nicht verstehen. Er hat sich aber die Zeit notiert. Es war um achtzehn Uhr siebenundzwanzig.«

Die anderen schwiegen und sahen ihre Jüngste an.

»Also gegen halb Sieben?«, wiederholte Schielin zweifle-risch. »Aus welchem Grund hat er denn die Zeit notiert?

»Weil er das immer so macht, wenn er entweder etwas Interessantes oder Unerklärliches sieht – er notiert Ort, Datum und Uhrzeit. Es ist so eine Art Tagebuch für ihn. Das Sommergoldhähnchen hat er um sechzehn Uhr sieben-unddreißig gesehen.«

»Das würde also bedeuten, Martin Schober ist gegen halb Sieben mit dem Boot am Schachener Berg gesunken. Hältst du diesen Birder denn für vertrauenswürdig?«, fragte Kim-mel skeptisch.

»Natürlich. Er kann ein Sommergoldhähnchen von einem Wintergoldhähnchen unterscheiden und eine Robinie von einer Esche.«

*

Wenzel und Funk übernahmen die Vernehmung von Peter Latz, während Lydia und Schielin sich auf den Weg zu Bernd Mohr auf die Insel machten. Gerade als sie die Dienststelle verließen, kam ihnen Peter Latz entgegen. Er hetzte grußlos an ihnen vorbei und drängte seine unter-setzte Gestalt durch die Tür. Lydia bemerkte die klebrigen braunen Haare und seinen ungepflegten Bart. Na Funk und Wenzel werden es ihm schon bereiten, dachte sie.

Gommi brachte Peter Latz nach hinten in den Verneh-mungsraum, nicht ohne Hundle vorher zur Ruhe zu mah-nen, der tatsächlich geknurrt und trocken gebellt hatte, als die schmierige Gestalt im Türrahmen aufgetaucht war. Nun machte er ein ganz hässliches Maul und sah zur Tür.

»Was'n das für eine Rasse!?«, rief Latz aus dem Verneh-mungsraum in den Gang hinein?

»Mehrere«, antwortete Jasmin abweisend und tätschelte Hundle den Kopf.

»Des ist aber auch ein komischer Kerle, der Latz«, flüsterte Gommi, als er zurück ins Büro schlich. »Kein Wunder, wenn es Hundle da aufschreckt. Der hat eine ganz seltsame Ausstrahlung, der Mensch … so zappelig.« Er schüttelte sich. »Ich könnt des net, mich mit solche Leut in des furchtbare Zimmer da hinten setzen und mich rumstreiten.«

Jasmin Gangbacher grinste, auch deshalb, weil sie inzwischen drei der Kopien identifiziert hatte, die Martin Schober in seinem Geldbeutel mit sich herumtrug. Der Artikel aus der *New York Times* hieß *Gerti's Babies*, der andere war in der *Augsburger Allgemeinen* erschienen und handelte von einem Urteil des Europäischen Gerichtshofes in einer Unterhaltssache. Einen Reim konnte sie sich allerdings nicht darauf machen. Den Sinn des anderen vor ihr liegenden Ausdrucks einer Internetseite verstand sie überhaupt nicht. Es ging darin um ein barockes Theaterstück, das im August 1678 nachmittags im *Cesareo Giardino del Thabor* aufgeführt worden war und den Titel *Minatos La vita ne' morsi de' serpenti. Introduttione ad un Balletto* trug. Es war ein Stück, in dem es um tyrannische Regeln und die Folgen ihrer allzu strikten Einhaltung ging und dessen Kern sich auf einen Text von Plinius dem Älteren bezog. Interessiert las sie vom Volk der Psiller, die das Glück hatten, gegen Schlangenbisse immun zu sein und nicht selten die Abstammung ihrer Nachkommen überprüften, indem sie diese Schlangenbissen aussetzten. Es schüttelte sie bei dem Gedanken. Ratlos saß sie über den Papieren, die ihr so viel Arbeit gemacht hatten und doch zu keinem fassbaren Ergebnis führten. Wie gerne hätte sie Lydia und Schielin damit geholfen.

*

Robert Funk und Wenzel saßen an der Längsseite des Tisches, sodass für Peter Latz nur die Frontalposition gegenüber übrig blieb.

»Vielen Dank für die Zeit, die Sie sich genommen haben«, murmelte Funk und tat geschäftig mit den Papieren vor ihm auf dem Tisch.

Wenzel sah finster auf die Tischplatte, schwieg und ließ ab und an einen unangenehm gliedernden Blick über Peter Latz gleiten. Der rutschte nervös auf seinem Stuhl herum. Seine Zunge fuhr häufig über die Lippen, und für einen kurzen Moment verharrten danach die oberen Schneidezähne am Saum der Unterlippe. Wenzel grinste in sich hinein. Ob Latz wusste, wie hässlich das aussah? Auch Latz' Hände fanden keine Ruhe, fuhren beständig über Nase oder Kinn, und auch die Füße wechselten häufig ihre Position. Ein Nervenbündel schon vor der ersten Frage, dachte Wenzel und musste aufpassen, dass diese Unruhe nicht auf ihn übergriff. Das Anstrengende am Zustand von Latz war vor allem die Langsamkeit seiner Bewegungen, das kurze Innehalten, bevor die Hände wieder eine andere Richtung nahmen. Nichts war bei diesem Kerl im Fluss. Kein Wunder, dass sie ihm den Spitznamen *Slomo* verpasst hatten.

Robert Funk atmete schwer, als plagten ihn große Sorgen. Dann richtete er endlich den Blick von den Papieren auf zu Latz.

Wenzel hatte Latz weiterhin in unauffälliger Beobachtung und meinte, hinter dessen Nervosität ein gewisses Lauern, eine eifrige Willfährigkeit zu erkennen. Es fiel ihm gerade jetzt in diesem Augenblick der Stille am erwartungsvollen Blick von Latz auf, der den ersten Worten von Funk entgegenfieberte. Dieser Latz war nicht von Aufregung befallen, weil er etwas befürchtete. Nein– seine Nervosität rührte daher, endlich etwas loswerden zu können. Er verhielt sich wie ein Hund, der geifert angesichts des Stöckchens, das Herrchen in der Hand hält und bald werfen wird und das er so schnell wie möglich zurückbringen kann – und dafür gelobt wird. Etwas in ihm drang beinahe gewalttätig nach außen.

»Es geht um Martin Schober, Sie kennen ihn?«, begann Robert Funk die Vernehmung.

Latz antwortete willfährig schnell: »Ja ja – Hugo … wir nannten ihn Hugo. Er ist im See gefunden worden; ja, ich habe es schon gehört.«

»Von wem?«, fragte Funk wie nebenbei.

Latz erstarrte und sah ihn mit großen Augen an.

Funk fasste aggressiv nach: »Ja nun, von uns können Sie es nicht wissen, und in der Zeitung stand kein Name – also?!«

Latz schluckte.

»Koppe … Stefan Koppe hat mich angerufen und es mir erzählt.«

Obwohl Funk seine Frage so zupackend gestellt hatte, antwortete Latz langsam wie ein Automat. Es machte Wenzel nervös.

»Mhm. Wann haben Sie Schober denn zuletzt gesehen, oder gab es sonst Kontakt zu ihm – Telefonate, Mails, Messenger?«, fuhr Funk mit der Befragung fort.

Wieder ließ Latz eine Pause entstehen, bevor er die Worte unnötig dehnend antwortete: »Nein, nein – nichts davon. Seit der Schulzeit gab's da nichts mehr … also keinen Kontakt und so. Ich habe ihn nur ein paar Mal zufällig gesehen in den Jahren … seine Mutter war ja auf der Insel und zuletzt im *Heilig-Geist-Spital* – glaube ich jedenfalls. Früher habe ich sie immer auf dem Samstagsmarkt getroffen … auf der Insel.«

»Maria-Martha-Stift«, stellte Funk richtig und kam zur Sache.

»Stefan Koppe, Bernd Mohr, Martin Schober und Sie – das war eine Jugendclique, nicht wahr?«

»Ja, so zwei Jahre lang waren wir viel zusammen … mit dreizehn, vierzehn etwa. Ein paar Mädchen waren ab und zu auch dabei, aber nicht so fest …«

»In diese Zeit fällt auch der Tod von Robert Zwingler«, stellte Funk trocken fest.

»Ja.«

»Wir gehen davon aus, dass eine Verbindung besteht zwischen diesem lange zurückliegenden Ereignis und dem Tod von Martin Schober.«

»Oh … ah ja … mhm … eine Ewigkeit her ist das. Es gab damals eine Untersuchung, und wissen Sie, wer die gemacht hat, welcher Kollege von Ihnen die gemacht hat? Das war der Onkel von Stefan Koppe … ja! Der Onkel von Stefan Koppe …!«

So langsam er auch sprach, so leuchteten nun seine Augen. Er drehte den Kopf schräg und nickte freudig. Wenzel grinste ihn an und verbarg damit seine wenig wohlwollenden Gedanken ihm gegenüber. Na, jetzt ist es also heraus. Es wirft zwar niemand ein Stöckchen, aber du bringst trotzdem eines, das du dir selbst ausgesucht hast.

Robert Funk zeigte keine Regung.

»Ja, der Ermittler von damals war Ludwig Stöck, der Großonkel von Stefan Koppe.«

Latz Gesicht verzog sich zu einer starren Miene, die seine Überraschung verbergen sollte. Die wussten das also schon, dachte er enttäuscht.

Funk fragte forsch: »Wo waren Sie denn damals, als Robert Zwingler starb?«

»Damals?«, fragte Latz irritiert.

Funk zog seine Stirn in Falten und sah ihn fordernd an.

»Ah ja … damals … ja aber, das müsste doch aufgenommen worden sein – ich weiß es nicht mehr.« Er ließ sein Unverständnis durch ein dunkles Lachen hören. »Sie fragen aber auch Sachen … das ist über dreißig Jahre her.«

»Waren Sie draußen an der Knochenmühle oder mit den anderen beim Baden?«, ließ Robert Funk nicht locker.

»Baden?«, kam es nachdenklich.

»Ja, waren Sie mit den anderen beim Baden und wenn ja, wo?«, wiederholte Funk ungeduldig seine Frage.

»Ah, bitte! Das weiß ich wirklich nicht mehr. Das ist viel zu lange her …«

»Im Eichwald oder auf der Galgeninsel?«, kam es von Funk wie aus einem Automaten.

»Eichwald«, sagte Peter Latz unerwartet schnell.

»Herr Latz, Sie sind sich schon darüber im Klaren, dass das hier kein Spaßevent ist«, brummte Funk böse. »Wir haben Anhaltspunkte dafür, dass Zwingler damals getötet worden ist und es kein Unfall war, und seit einigen Tagen liegt ein getöteter Martin Schober in der Rechtsmedizin in Ulm. Er ist damals als Zeuge vernommen worden – also, wie kommen Sie plötzlich auf das Eichwaldbad?«

»Ja, da waren wir halt oft.«

»Ich habe Sie nicht danach gefragt, wo Sie halt oft waren, sondern wo Sie an diesem Tag waren!«

»Ich weiß es doch nicht mehr«, jammerte Peter Latz nun und wechselte von seiner bisher störrischen Haltung in einen naiven Modus.

»Wieso sagen Sie dann Eichwaldbad?«

»Ich wollte halt was sagen. Ich wollte was sagen, damit Sie zufrieden sind und mich in Ruhe lassen.«

Ohje, dachte Wenzel; um in Ruhe gelassen zu werden, ist das hier aber der völlig falsche Ort.

Robert Funk machte weiter.

»Zwingler wurde am späten Nachmittag von einem Wild-

hüter gefunden. Es war kurz nach sechzehn Uhr, ein herr-
licher Sommertag den Wetteraufzeichnungen nach – Ferien.
Ein so einschneidendes Ereignis … ein toter Junge in dem
Wald, in dem man selbst oft gespielt hat und mit dem man
befreundet war – an so einen Tag erinnert man sich doch ein
Leben lang.«

»Ja, schon«, sagte Latz leise.

Robert Funk ließ seine Forderung mit dunklem Bass über
den Tisch dröhnen.

»Ja, dann erzählen Sie doch mal! Vom Aufstehen an – mit
wem, wann, wo, was, warum – bis Sie sich schlafen gelegt
haben, damals.«

»Das ist doch lange verjährt … das ist doch schon lange
verjährt«, keifte Latz.

»Wieso verjährt? Es war doch angeblich ein Unfall – was
soll denn da verjähren, wenn niemand etwas begangen
hat?«, meinte Funk böse. »Es sei denn, es handelt sich um
einen Mord – der verjährt bei uns nie. Mord …?«

Latz sah die beiden mit aufgerissenen Augen an, so als
wären sie verrückt geworden.

»Nein, nein. Ich meine … ich meine … es ist über dreißig
Jahre her!«

Funk setzte eine gleichgültige Miene auf. Mord – dieses
Wort hatte eine enorme Wirkung auf Latz. Seine Lippen gerieten völlig außer Kontrolle und ließen hässliche Grimas-
sen entstehen.

»Ja ich, ich habe doch mit dem Ganzen gar nichts zu tun.
Fragen Sie lieber mal Ihren Kollegen von damals, der für
seine Verwandtschaft alles geregelt hat … da haben Sie
genug zu tun … den Zwingler, den hat keiner gemocht,
keiner!«

»Sie auch nicht?«, fragte Funk spitz.

Latz sah ihn irritiert an.

»Was denn?«

»Ob Sie ihn auch nicht leiden konnten, will ich wissen.«

»Ja das hab ich doch gerade gesagt!«, jaulte Latz.

»Sie waren also schwimmen an diesem Tag. Und wie ging es weiter?!«, fragte Funk nüchtern, ohne auf Latz' Aufbrausen zu reagieren.

Latz sah ihn furchtsam an.

»Ja, wir sind zum Baden gegangen, und am Abend habe ich gehört, Zwinge sei tot. Da ist dann sofort der Polizist gekommen, und ich habe noch in der Nacht meine Aussage gemacht. Mehr habe ich dazu nicht zu sagen. Mehr nicht.«

»Was sind Sie von Beruf?«, fragte Funk.

Latz sah ihn verdutzt an.

»Antiquitäten … ich handele mit Antiquitäten.«

»Wo?«

»Ich habe einen Laden auf der Insel … den hatten meine Eltern schon.«

»Ihre Eltern hatten in der Tat einige Antiquitäten in diesem Laden«, ätzte Robert Funk ganz nebenbei.

Latz sah ihn wütend an und fragte: »Kann ich jetzt endlich gehen?«

Robert Funk legte die Stirn in Falten.

»Wieso?«

»Ja, ich habe doch bereits alles gesagt …«

»Na wenn Sie alles gesagt haben … einen guten Tag wünsche ich Ihnen«, verabschiedete ihn Funk kühl und blieb sitzen.

Latz wusste nicht recht, ob er wirklich aus der Befragung entlassen war, und schob den Stuhl misstrauisch nach hinten. Langsam stand er auf und fand seine Fassung erst wieder, als er zur Tür ging.

Wenzel folgte ihm und brachte ihn wortlos zum Ausgang. Es war wirklich eine Heimsuchung, dieser Fall. Mit

Fug und Recht konnte jeder, den sie zu der alten Geschichte vernahmen, die Frage stellen, wie man sich denn um Gottes Willen noch an einen so lange zurückliegenden Tag erinnern sollte – selbst wenn er von einem so hervorstechenden Ereignis wie dem Tod eines jungen Menschen markiert war.

*

Lydia kam nur langsam voran.

»Wo bloß die ganzen Autos herkommen? Haben die Leute denn keine Arbeit mehr, keine Büros, wo sie rumhocken können?«, schimpfte sie.

Zu allem Unglück ging auch noch die Schranke am Langenweg nach unten, und Schielin befürchtete schon, sie würde versuchen, noch schnell unter den Schrankenarmen durchzuflitzen.

»Wird Zeit für die Unterführung«, meinte sie und stellte den Motor ab.

»Das werden wir nicht mehr erleben«, meinte Schielin und fragte: »Was hat dieser Bommel, du weißt schon, der die Wohnung des Polizisten aufgelöst hat, was hat der eigentlich mit dem Zeug aus der Wohnung gemacht?«

Sie trommelte mit ihren Fingern auf dem Lenkrad und summte leise vor sich hin. Schielin erkannte die Melodie nicht.

»Verkauft hat er es.«

»Und an wen?«

»An eine Firma aus Ravensburg – *Compo*, *Krampo* oder *Campo* hieß die.«

»Hieß sie?«, fragte er nach.

Sie spielte ein Schlagzeugsolo auf dem Lenkrad und sah ihn beleidigt an. »Ja … hieß sie. Natürlich habe ich Erkundigungen über die Firma eingezogen. Die ist vor zehn Jahren insolvent gegangen. Das Gewerbeaufsichtsamt schickt mir noch Unterlagen zu; die heften wir dann schön in unsere Akte, dass sie noch dicker wird und noch weniger Ergebnisse liefert. Es ist wirklich so, wie der alte Chefermittler Ponickau – Gott hab ihn selig – früher gesagt hat: je dicker die Akte, desto dünner der Inhalt. Es hat ja schon Kollegen gegeben, die haben beim Ladendiebstahl von zwei *Snickers* eine Fototafel angelegt, und neben den Fressriegeln lag ein Lineal. So kann man auch Karriere machen.«

Zwei Züge passierten, und die Schranken richteten sich auf. Ein kleiner Stau am Kreisverkehr vor der Heidenmauer hielt sie noch einmal auf, bevor Lydia den Wagen im Inselgraben vor dem *Café Vogler* abstellen konnte. Durch die Gasse am *Hotel Helvetia* war ein kurzer Blick auf den Hafen samt Leuchtturm und Löwe zu erhaschen. Einer der Bodenseedampfer, womöglich die *Stuttgart*, wendete gerade im Hafenbecken und ließ die Hörner vor der Ausfahrt kräftig tuten.

Schielin hatte noch schnell etwas zu erledigen und eilte die Gasse nach oben, wo er in der Werkstatt des Schusters verschwand und drei Paar Schuhe abgab, an denen er hing. Lydia ging derweil ein Stück die Ludwigstraße entlang und blieb vor dem *Haus Commissari* stehen.

Dies Haus, einst Haus am unteren Inselthor, später zum Commissari zubenannt, bot jahrhundertelang den Lindauer Patrizierfamilien eine Heimstätte. So den Geschlechtern der Guderscher, und der Litscha ,der Heintzl und der Stein. Ulrich von Stein war Fürsprech für die im Möthellistreit geächtete Stadt.

Litscha und *Guderscher* – sie grübelte: Diese Namen waren ihr noch nie untergekommen. Da rauschte es auf einmal über ihr: Ein Entenschwarm zischte über die Dächer der Insel, hinüber in die Schachener Bucht. Am Morgen hatten die Enten noch an der Insel Hoy Schatten gesucht, jetzt brauchten sie Licht und Sonne.

Mohr wohnte im dritten Stock. Gleich nach dem Klingeln surrte der Türöffner. Sie gingen in den dunklen Hausgang und mussten kurz warten, bis sich die Augen an die Dunkelheit gewöhnt hatten. Es roch nach altem, trockenen Holz und ... Schielin musste überlegen ... nach Bohnerwachs. Lydia Naber stieß ihn an und grinste.

»Bohnerwachs ... gibt's ja nicht ... da werd ich ja gleich sentimental.«

Die Eingangstür von Mohrs Wohnung stand halb offen. Von drinnen war kein Laut zu hören. Trotz der Funzel, die brannte, und den zwei kleinen Fenstern, durch die Tageslicht fiel, blieb das Treppenhaus duster.

Lydia Naber rief zurückhaltend: »Herr Mohr?«

»Jaja, nur hereinspaziert«, antwortete eine kehlige Stimme. Darauf folgte ein heftiger Hustenanfall.

»Scheiß Raucherei«, hüstelte die magere, heruntergekommene Gestalt, die da am Tisch stand und eine Zigarette drehte. »Wirklich ... scheiß Raucherei.«

Bernd Mohr war ein langer, schlaksiger Kerl. Die Jeans hingen verloren an seiner knochigen Hüfte, darüber trug er noch verlorener ein blau-rot kariertes Hemd. Die braunen, lockigen Haare reichten bis weit über die Schulter. Im Gesicht klebte ein schütterer Bart, der nicht im Geringsten seine braun-gelbe Haut kaschieren konnte.

Die ungesunde Ausgabe von Led Zeppelin, dachte Schielin und sah sich in der Stube um: ein alter Wohnzimmerschrank, ein Sofa unter dem einzigen Fenster des Raumes, das zur Gasse hinausgehen musste, ein rustikaler Holztisch in der Mitte des Zimmers, vier einfache Stühle drumherum. Der Tisch war bedeckt mit Tassen, Kannen, Tellern, Gläsern, leeren Weinflaschen, dazwischen lagen volle, halbvolle und leere Tabakbeutel. Vom Aschenbecher, einer ehemaligen Salatschüssel, die randvoll mit Kippen, Asche und anderem Abfall war, ging ein staubig-beißender Dunst aus.

Bernd Mohr hatte seine Zigarette fertig gedreht und lächelte die beiden an. Dann schob er mit dem gesamten Unterarm das Zeug auf dem Tisch in einer umständlichen Weise auf einer Seite zusammen und wies auf die beiden Stühle neben ihm. Zwei, drei Wischer mit der Hand und die Reste von Asche, Krümeln und Tabak waren am Boden gelandet.

»Polizei im Haus…« Er lachte böse und unterdrückte das aufkeimende Husten. »Ist nur Tabak, was ich rauche… keine Sorge. Reiner Selbstschutz, denn ich brauche einen klaren Kopf, wissen Sie? Ihrer Kollegin, die mich angerufen hat, war eine gewisse Erleichterung anzuhören, die wohl allein darin begründet lag, mich erreicht zu haben. Das hat mich amüsiert, denn mich zu erreichen, ist nun wirklich nicht schwer. Ich lebe so in die Tage hinein, wissen Sie, was selten geworden ist in einer Gesellschaft, die ständig außer Haus ist und das Wort *Schlafstadt* erfunden hat. Na ja, ich gehöre zu denen, die keine Seele mehr zu verkaufen haben, wie Faust – der kann auch keine Seele mehr verkaufen – er hat ja keine mehr… haha; er lebt von Begierde zu Begierde – nur in der Hoffnung auf die Zukunft. Die Befriedigung unserer Begierden durch moderne Technologien und Lebensarten ermöglicht es uns einfach nicht mehr, *in den Tag hinein* zu leben. Wer das aber trotzdem tut, wird sofort mit Psychologen, Psychiatern und Ärzten konfrontiert, die nach Gründen suchen, denen man den Namen einer Krankheit geben kann. Was nur mit uns los ist, he!? Wehe dem, der sich dieser Welt entziehen will, wehe dem! Alles Ruhende und alles Stehende verdampfen.«

»Wir sind wegen Martin Schober gekommen«, unterbrach ihn Schielin, der noch über den soeben verklungenen Monolog nachdachte, der unversehens über sie gekommen war, als sie sich gesetzt hatten.

Lydia Naber rückte ein Stück vom Tisch weg, um den Ausdünstungen des Aschenbechers zu entkommen. Sie studierte die Wohnung genauer. Im Regal rechts hatte sie ein MacBook entdeckt. Das Chaos auf dem Tisch und das Gehabe des dürren Kerls vermittelten einen in die Irre führenden Eindruck. Der Wohnung hätte zwar eine Renovierung gutgetan, und das Mobiliar war alt, doch wenn man genauer hinsah, befand sich alles in gutem Zustand. Der Zigarettenrauch hing zwar in allen Poren, doch nichts war verdreckt. Dieser Bernd Mohr achtete sehr wohl darauf, nicht zu verkommen. Sie nahm ihr I-Phone zur Hand und suchte ein WLAN. Sofort sah sie ein *mohrnet* auf dem Bildschirm auftauchen, leider verschlüsselt. *Mohrnet* – das konnte nur ihm gehören. Eitel ist er also, der Kerl, dachte sie und steckte das Smartphone wieder weg – *mohrnet*, WLAN, MacBook.

»Hugo«, sagte Mohr. »Ihre Kollegin hat es mir am Telefon bereits gesagt. Er ist tot, nicht wahr?«

»Ja, so ist es«, bestätigte Schielin.

»Und wie kann ich Ihnen da weiterhelfen? Er scheint auf nicht unbedingt natürliche Weise verschieden zu sein, wenn sich die Polizei der Angelegenheit annimmt, nehme ich an.«

Er reckte seinen dürren Hals nach vorne, und sein kantiger Adamsapfel zuckte, als er schlucken musste. Seine Augen funkelten wach. Schielin berichtete nun von der alten Ermittlungsakte, in der Martin Schober zusammen mit anderen Personen aufgeführt war, die man nun der Reihe nach befragte.

»Wann hatten Sie zuletzt Kontakt mit Martin Schober?«

Bernd Mohr ließ ein leises, kratzendes Lachen hören und

rutschte mit dem Stuhl nach hinten, um seine Beine bequemer übereinanderschlagen zu können. Er zündete sich die Zigarette an und stieß während seiner ersten Worte mit jeder Silbe eine Rauchfahne aus. Es klang überlegt und überlegen, als er sprach.

»Mhm, Kontakt... wissen Sie – die Geschichte meines Scheiterns begann schon früh – eigentlich schon in meiner frühen Kindheit. Immerhin kann ich einen ordentlichen Schulabschluss und ein abgeschlossenes Studium vorweisen, weswegen mein Jammern womöglich schwer zu ertragen ist – dennoch! Einmal hatte ich die Idee, mein Scheitern in einem Buch zusammenzufassen und hielt es für eine geradezu grandiose Eingebung, sozusagen das Scheitern als Grundlage für meinen zukünftigen Erfolg zu nehmen. Bedauerlicherweise hatte ich hier in meinem Schneckenhaus die gesellschaftliche Entwicklung nicht mehr so ganz präsent und verfügte daher nicht über die zentrale Information, dass die Medien voll waren mit den Geschichten Gescheiterter – ganze Heerscharen publizierten die Geschichte ihres Scheiterns. Wie bin ich erschrocken, als ich, völlig unschuldig, Kenntnis von der Geilheit dieser Gesellschaft nach Opfergeschichten erlangte und mich durch den Schlamm einer überbordenden *Ich-bin-ein-Opfer-Literatur* wühlte. Opfer, wohin man blickt – *Opfer* einer Krankheit, eines Chefs, eines Unternehmens, einer Bank, der Frau, des Mannes, der Gier, der Wollust... und so überflüssig wie dazugehörend die ausgesprochene oder unausgesprochene Forderung einer Übernahme von Verantwortung durch die Gesellschaft, wie auch immer man es verstehen mag. Ahhh – allenthalben ein elendes Schicksal – keine Zeitung, kein Magazin, kein Fernsehsender kommt ohne aus, und wenn ich mich an meinen so langen, unerfüllten Tagen durch die Fernsehprogramme zappe, frage ich mich, wie dieses Land eigentlich so erfolgreich sein kann, wenn auf allen Kanälen Gescheiterte, Scheiternde, Betrogene und Verlassene ihr Elend offenbaren.« Er senkte seine Stimme und sagte mit blitzenden Augen: »Soll ich Ihnen sagen, was das Ergebnis meiner Überlegungen ist?« Ohne auf eine Antwort zu warten, lachte er glucksend. »Ich bin der festen Überzeugung, diese Unglücklichen sind der Humus, aus dem die Pflänzlein des Erfolges sprießen. Wie finden Sie das?« Unvermittelt, mit einem erschrockenen Gesichtsausdruck, stand er plötzlich auf. »Oh, entschuldigen Sie bitte, aber möchten Sie vielleicht einen Kaffee? Ich bin ein schlechter Gastgeber ...«

Lydia und Schielin verneinten eilig, und er nahm bedächtig wieder Platz, während er selbstvergessen seinen Monolog fortsetzte.

»Eine indirekte Wirkung wäre auch vorstellbar, insofern, als dem Gesunden, Erfolgreichen, Glücklichen unausweichlich das Gegenteil gespiegelt wird, was das Erfolgserleben noch steigert und Erfolgreiche sich noch reicher, gesünder, leistungsfähiger und glücklicher fühlen lässt – finden Sie, dies ist ein dummer Gedanke?«

Schielin wiederholte seine Frage so, als hätte er sie nie zuvor gestellt.

»Herr Mohr, wann hatten Sie zuletzt Kontakt mit Hugo?«

Aus Bernd Mohr fuhr alle Spannung, die ihn während seiner Rede erfasst hatte, und die dürre Gestalt knickte und faltete sich wieder. Er nahm einen langen und tiefen Zug an seiner Zigarette und saugte den Rauch tief hinunter in seine Lunge, wobei das Zigarettenpapier knisternd aufglühte. Schielin spürte die Hitze auf seiner Zunge.

»Es ist schlecht, wenn die Zeit tut, was sie tut, nämlich *fortschreitet*, während man als Persönlichkeit verharrt. Hugo hat es also geschafft – nun gut. Ich erinnere mich an ihn nur als jungen Kerl ...« Er wies mit einer flüchtigen Bewegung hinter sich. »Da hinten im Schrank habe ich sicher noch ein paar Fotos von früher ... falls Sie so etwas brauchen sollten. Wir haben uns sozusagen aus den Augen verloren.« Er lachte leise hustend. »Auch so eine Erfahrung, dieses Sich-aus-den-Augen-Verlieren ... der letzte Kontakt? Es mag etwa zwei, drei Jahre her sein, dass ich ihn gesehen habe – drunten im Hafen. Er sah irgendwie traurig aus, ja traurig. Ich erinnere mich deutlich ... und er war alleine unterwegs. Einer der Dampfer, die gar nicht mehr dampfen ...«, er lachte kurz, »... der hatte gerade angelegt, und die vielen Menschen darauf drängten in den weiten Hafen und füllten sofort die Restaurants und Cafés um den Mangturm. Es war einer dieser leichten Frühjahrstage, sonnig, aber eine kühle Brise allenthalben. Ich sah ihn am Hafengeländer stehen, gegenüber vom *Hotel Helvetia*, und rief *Hugo, Hugo!*« Mohr drückte den Rest seiner Zigarette in die Asche und begann sofort, sich eine neue zu drehen. »Er schaute sich um, unsere Blicke trafen sich, doch er erkannte mich nicht ... vielleicht wollte er mich auch nicht erkennen ... durchaus möglich ... doch sein trauriger, leerer Blick, der ist mir in Erinnerung geblieben. Ich bin damals dann einfach weitergegangen, mischte mich unter die Leute und musste den Zwang beherrschen, mich nach ihm umzudrehen. Kennen Sie das, wenn man den Blick eines anderen im Rücken fühlt, sich eigentlich umdrehen will, jedoch genau dies scheut – ein unangenehmer Zwiespalt, nicht wahr?«

Er zündete die neue Zigarette an und nahm wie zur Bestätigung seiner Worte einen genussvollen Zug. Eine Rauchwolke schwebte in Richtung Lydia, die leise Luft durch die Lippen blies, um das Zeug aus dem Bereich ihrer Nase und Augen zu kriegen.

»Sie haben ihn doch gerufen. Aus welchem Grund sind sie dann weitergegangen?«

»Ich weiß es nicht mehr genau. Kann sein, es hat mich eine wohlwollende Erinnerung an frühere Zeiten übermannt, als ich ihn so da stehen sah. Und dann … «

»Was sind Sie von Beruf?«, fragte Schielin und ließ es mit der vorherigen Frage gut sein.

Bernd Mohr sah in fragend an, als wolle er eine Bestätigung, dass die Frage ihm gegolten habe.

»Philosoph … ich bin Philosoph.«

»Wie muss man sich Ihre Arbeit als Philosoph denn vorstellen?«

»Ich denke über die Dinge des Lebens nach. Das Lachen ist mein Thema. Ich halte es für angemessen angesichts dieser monotonen Welt, über die ich traurig werde.«

»Sie denken also über das unangemessene Lachen nach«, brachte es Lydia auf den Punkt.

Er sah sie fordernd an.

»Ja, oh ja – das Lachen ist ein interessantes und spannendes Themengebiet. Von Hippokrates bis Kant haben vor allem die Aufklärer das Lachen als etwas Gesundes, Geist und Körper Förderndes gepriesen. Es gab auch andere Zeiten, im frühen Mittelalter war es verboten – die Kirche … *Der Name der Rose* und so – kennt ja jeder.« Er verdrehte die Augen und fummelte mit seiner Zigarette wilde Rauchkaskaden in die Luft über seinem Kopf. Abrupt drückte er die erst zur Hälfte gerauchte Zigarette in den Ascheberg der Salatschüssel. »Stefan hat mich angerufen am Samstag.«

»Stefan Koppe?«, fragte Lydia Naber.

»Ja. Er wollte sich mit mir treffen, draußen an der Knochenmühle …«, und nachdenklich, als täte es ihm im Nachhinein leid, fuhr er fort: »Ich bin aber nicht raus… ich wollte ihn nicht sehen. Wozu auch… was soll das denn bringen?« Er griff nach dem Tabakbeutel. »Ist ja auch zum Lachen, oder? Nach über dreißig Jahren … so ein Anruf, aus dem Nichts.«

So selbstvergessen, wie er sprach, ließ Schielin ihn gewähren. Er wollte ihn nicht durch Fragen zum Schweigen bringen. Vielleicht erfuhren sie ja so sogar mehr.

Bernd Mohr war geübt im Drehen, und im Handumdrehen lag wieder ein Rauchstängel da. Die langen Finger der rechten Hand waren vom Nikotin abstoßend gelbbraun verfärbt. Die Hand zitterte leicht.

»Ich muss mich mit niemandem mehr treffen, verstehen Sie? All diese Orte, an denen sich viele Menschen treffen, um gemeinsam etwas zu tun, zu kaufen, zu erleben – ich meide sie. Dieses Gerede von Schwarmintelligenz in unseren Tagen – haha. Erschreckend, wie einfach sich durch dumpfe semantische Tricks das eigentliche Wort dafür, nämlich *Herdentrieb*, vermeiden lässt, nicht wahr? Wissen Sie, ich bin keines dieser Herdentiere, und Hugo war auch so ein Mensch, einer, der sich von anderen eher fernhielt, jedenfalls wenn er so geblieben ist, wie er damals war – er gehörte zwar zu unserer kleinen Clique, auf sehr subtile Weise aber wiederum auch nicht … er … er baute stets so eine feine Distanz auf, nicht unangenehm, nicht unangenehm.«

Mohr nahm einige Züge und sah dem Rauch gedankenverloren nach. Beinahe konnte man meinen, er spreche mit sich selbst und nehme die beiden Polizisten am Tisch gar nicht wahr. Er sah in das schummrige Licht seiner Behausung und suchte im hellen Grau des Rauches nach Bildern aus der Vergangenheit. Leise sprach er weiter, so wie Menschen sprachen, die sich zuvor ihres Urteils Gewissheit verschafft hatten.

»Ich mochte ihn, diesen kauzigen Kerl. Ich mochte ihn

besonders dann, wenn er lachte. Keiner von uns konnte so ernsthaft frei lachen. Heute würde ich es vielleicht als obszön bezeichnen, sein Lachen. Ja, obszön ist das richtige Wort. Wer weiß? Vielleicht legte er mit dieser Auffälligkeit ja die Grundlage für mein Interesse am Lachen ...« Er drehte sich Schielin zu und sagte ernst: »Es gibt unserer Tage ja Leute, die sich eigens zum Lachen treffen – auch so ein Fall von Herdentrieb im Mäntelchen der Schwarmintelligenz – oder etwa nicht!? Das ist doch kein Lachen – das ist nicht mehr als eine medizinische Übung, Zwerchfellmobilisation oder Bauchmuskeltraining meinetwegen ... mehr ist das nicht, denn es fehlt doch der intellektuelle Impuls für das Lachen! Diese Leute, sie lachen, so wie man Gymnastik macht, joggt oder schwimmen geht. Ich finde das unerträglich. Es kommt wohl aus Indien ... und wenn es von da kommt, müssen westliche Spießer immer gleich was Heilendes draus machen.« Er wackelte mit dem Kopf und sagte unbestimmt: »Indien!« Nach einem eigenwilligen Laut fuhr er fort: »Lachen kann man durchaus auch durch physische Reize erzeugen und es allein biologisch definieren – zum Beispiel durch Kitzeln. Ja, klingt seltsam, ist aber so. Kitzeln – das ist ein Angriff, der nicht interpretierbar ist, verstehen Sie? – Mit Kitzeln können beispielsweise Eltern ihre Kinder vertreiben, ohne dass diese physische Einwirkung und die gewollte Wirkung negativ konnotiert sind – irre oder? Sooo einfach. Ach ja, Kinder wegzukitzeln, ist eine feine Sache, finde ich jedenfalls, und gesundes Lachen ist gut für uns Menschen – ja, es richtet sich gegen die Angst. Wer lacht, der lässt die Angst hinter sich, die Enge und Beklemmung – das Dunkle in sich. Es ist ein ernsthaftes Sujet – das Lachen. Nur wenn Philosophen sich einer Sache annehmen, dann bleibt wenig zu lachen. *Affekt der Verwandlung einer gespannten Erwartung in nichts* – so beschreibt Kant das Lachen, und überraschende Aufhebung eines Kontextes zugunsten eines anderen … das ist von Heinrichs. Schon sehr nüchtern, nicht wahr?« Er murmelte Unverständliches zu sich selbst, bevor er weitersprach. »Wenn ich mich recht erinnere, dann hat Hugo am liebsten über das Jodeldiplom von Loriot gelacht – das war damals gerade so ein Renner. Loriot ist ja eine große Ausnahme für uns Deutsche. Ist Ihnen aufgefallen, dass seine Figuren von einer ausnehmenden Höflichkeit sind? – Alles Lachen entsteht ja irgendwie durch Kitzeln, und Loriot kitzelte die sensiblen Stellen unseres Charakters …« Mohr sah auffordernd von Schielin zu Lydia, wartete auf eine Reaktion und machte schließlich eine wegwerfende Handbewegung. »Ah, ah, ah … ich weiß, ich rede gerne, und es klingt manchmal pathetisch.« Mohr lachte und beschwor damit einen Hustenanfall herauf.

»Das ist alles sehr interessant, was Sie da sagen«, hakte Schielin ein, als er Mohr wieder für sprechfähig hielt. »Aber wir sind eigentlich gekommen, um mehr über den Tod von Robert Zwingler zu erfahren. Wir vermuten einen Zusammenhang zwischen diesem lange zurückliegenden Ereignis und dem Tod von Martin Schober – es ist auf ihn geschossen worden, wissen Sie?«

Bernd Mohr sah ihn mit großen Augen an.

»Ein Zusammenhang mit damals … jemand hat auf ihn geschossen, auf Hugo?! Ja um Gottes willen, warum das denn?«

»Genau das möchten wir herausfinden.«

Bernd Mohr stand auf, lief ein paar Mal auf und ab, zündete eine weitere Zigarette an und sah der ersten, langsam in den Raum geblasenen Rauchfahne lange nach.

»Geschossen … auf Hugo? Kaum zu fassen! Er war ein so zurückhaltender Mensch. Ich habe ihn nie als ungestüm oder gar gewalttätig erlebt … schrecklich! Aber der Tod von

Robert Zwingler ... was sollte es denn da für einen Zusammenhang geben? Ich erinnere mich nicht einmal mehr an sein Gesicht. Da taucht nur eine verschwommene Gestalt vor mir auf.« Mohr hielt für einen Moment inne und fragte mit theatralischem Gebaren in den Raum: »Hat er je gelacht?« Mit einem milden Kopfschütteln radierte er die Frage jedoch sogleich wieder aus, als hätte er sie nie ausgesprochen. »Der Peter Latz, fällt mir gerade ein, der hat immer gegrinst – daran erinnere ich mich, an dieses konformistische Grinsen, diese widerwärtige, selbstgefällige Fratze ... denn das ist genau der Unterschied, verstehen Sie? Das Lächeln des Konformisten verbürgt keine eigene Meinung, während hinter dem eines höflichen Menschen die Haltung einer Persönlichkeit steht, eine, die dem Gegenüber nicht zudringlich wird ... jaja, es ist nun mal eine Frage der Art und Weise, wie wir kommunizieren, womit wir wieder bei Loriot wären, der sich meisterlich und meisterhaft auf dieser Schnittstelle zwischen Konformismus und Höflichkeit bewegte – und der dabei seinen Hang, der Höflichkeit zum Sieg zu verhelfen, hemmungslos auslebte. Köstlich! ... Wobei es den Witz, wie wir ihn kennen, erst seit dem achtzehnten Jahrhundert gibt. Ein guter Witz kitzelt an der Lachhaut von aufgeklärten, vernünftigen Menschen. Die Gegenform davon ist die Groteske – der Bauer des Mittelalters hat niemals über Witze gelacht, sondern über das Groteske.«

Lydia Naber saß da und folgte dem Auftritt von Bernd Mohr. Mein Gott, der redet ja, als ginge es um sein Leben, dachte sie. Was meint er wohl, interessiert uns? Sie überlegte, wie sie ihn schocken, wie sie ihn aus der Fassung bringen konnte. Er lebte mit Sicherheit allein. Vielleicht sollte sie das kurz thematisieren – mit einer Feststellung, einer Frage. Das könnte ihn auf den Boden der Tatsachen zurückführen. Ob er sich dann auch noch fragte, wer wann wo wie gelacht hat?

Mohrs Ausführungen nagten auch an Schielins Geduld, und er beschloss, die Zügel wieder etwas straffer zu nehmen.

»Stefan Koppe, Peter Latz, Martin Schober und Sie waren an jenem Tag, als Robert Zwingler ums Leben kam, zusammen drunten an der Leiblach bei der Knochenmühle, richtig?«

Bernd Mohr wirkte wie aus einem Tagtraum gerissen und sah Schielin scharf an, eine ganze Weile lang, bevor er sagte: »Es gab damals doch eine Untersuchung … die Akte dazu müsste doch noch existieren … da sollte alles drinstehen … schwarz auf weiß. Ich kann mich wirklich kaum erinnern. Es ist lange, lange her.«

Lydia Naber rutschte wieder etwas näher an den Tisch heran und sagte wie beiläufig: »Sie leben allein, nicht wahr?«

Mohr war tatsächlich irritiert von ihrer Feststellung. Noch bevor er darauf antworten konnte, fuhr sie in strengem Ton fort: »Uns, Herr Mohr, interessiert nicht das Schwarz-Weiß in einer Akte – uns interessieren vor allem die Grautöne. Also – bemühen Sie sich! Es geht uns nicht um das Lachen von Martin Schober oder sonst irgendwem – es geht uns um eine Leiche mit Fettwachsbildung, die in der Schachener Bucht lag, mit zwei Einschüssen im Rücken. Ist das für Sie deutlich genug? Hugo lag mehrere Monate unter Wasser, bis man ihn gefunden hat. Mehrere Monate!«

Er nickte in langsamen Bewegungen, ließ eine Art Grunzen dabei hören und stippte die Asche seiner Zigarette in die Salatschüssel.

»Ja, ja, ja … Sie appellieren an meinen Altruismus, an mein soziales Gewissen – das ist grotesk, wirklich grotesk! Genauso grotesk wie der Ansatz, den Sie verfolgen, womit wir wieder beim Thema wären. Wir Deutschen haben ein Problem mit der Groteske, und Schuld daran tragen die Romantiker, die ihr das Lachen entzogen haben – die Gebrüder Grimm! Ja! Sie haben den grotesken Geschichten, über welche die Menschen zuvor gelacht haben, das Lachen entzogen und es mit Schwere und Deutungsräumen befüllt, und seither sind wir Deutschen so, wie wir sind. Doch es besteht Hoffnung: Wir nähern uns dem Grotesken wieder langsam an – also einem neuen Mittelalter sozusagen – Kafka war der Vorbote. Unserer Zeit gehen die Witze aus, und auch das Lachen wird leiser – überlegen Sie doch mal, über was wir alles keine Witze machen dürfen. Wird nicht mehr lange dauern, und irgendwer wird das Lachen verbieten – so wie sonst alles verboten wird – rauchen, trinken, lieben. Da hilft nur das Groteske. Ahhh … nehmen Sie zum Beispiel Helge Schneider. Der hat noch nie einen Witz gemacht – er entlockt seinem Publikum das Lachen durch das Groteske; wenn man seinem Tun folgt, weiß die linke Gehirnhälfte nicht so recht, was die rechte gerade denkt, und das Ergebnis ist Lachen – so will ich es mal erklären … so …«

Schielin sah genervt zu Lydia Naber, während Mohr weiter vor sich hin referierte. Dann fand er aber doch noch zu einer Antwort und sagte mit einer Stimme, die tiefer und abgeklärter klang als die, mit der er eben noch gesprochen hatte: »Nein – wir waren damals nicht an der Leiblach, als dieser Junge zu Tode kam. Soweit ich mich erinnere, waren wir mit den Rädern auf der Hinteren Insel beim Baden. Ich weiß das noch so genau, weil Stefan nämlich vom Rad gefallen war, als es von der Thierschbrücke hinunterging, in der Kurve, wo man heute zur Nasenklinik abbiegt – Sie wissen doch, all die dick eingebundenen Nasen, die da am Bahndamm auf- und abgehen. Ja – wir waren beim Baden.«

»Wer ist wir?«

Bernd Mohr schüttelte irritiert über diese Frage den Kopf.

»Na wir – Stefan, Hugo, ich …«

»Peter Latz?«, fragte Schielin.

»Mhm … da bin ich mir jetzt nicht sicher …«

Schielin meinte: »Jetzt erinnern Sie sich aber sehr präzise an diesen Tag. Das mit der Hinteren Insel steht nicht in der Akte.«

»Ob nun Hintere Insel in der Akte steht oder nicht – glauben Sie mir, diese alte Geschichte hat nicht die Kraft, jemanden nach drei Jahrzehnten zu einem Mord zu treiben.«

»Da bin ich mir nicht so sicher. Wir sind der Meinung, dass der Kollege damals im Zuge der Ermittlung nicht alle Fakten unvoreingenommen betrachtet hat.«

»Oh. Das klingt nicht gut. Sie haben also neue Erkenntnisse – nach so langer Zeit.«

»Aus welchem Grund, meinen Sie, wollte sich Stefan Koppe mit Ihnen treffen? Alte Freundschaft kann es nicht sein – Sie alle haben seit Jahrzehnten keinen Kontakt mehr miteinander, ich vermute, seit jenem traurigen Ereignis.«

»Exakt. Seit diesem Tag hat der Prozess der Distanzierung zwischen uns eingesetzt, mit der gleichen Kraft, mit der das Universum sich ausdehnt – andere Freunde, andere Schule, andere Wohnungen, andere Interessen, andere Städte …«

»Was ist passiert?«, fragte Lydia Naber mit Nachdruck. »Wer von Ihnen hat Robert Zwingler gefesselt? War es Hugo? Sie? Waren Sie dabei und machen sich seither Vorwürfe? Jetzt wäre ein guter Augenblick, zu reden.«

Bernd Mohr lachte verlegen und schluckte. Als die Glut seiner Zigarette ihm den Finger ansengte, zuckte er erschrocken zusammen. Tief drückte er die Kippe in den Aschehaufen der Salatschüssel und ging anschließend in die Küche, von wo das Rauschen eines Wasserhahns zu hören war. Schielin zog Lydia eine Grimasse. Die Sache mit der Fesselung schon jetzt preiszugeben, hielt er für riskant. Ihre glatte Miene ließ jedoch kein Schuldbewusstsein erkennen.

Bernd Mohr kam aus der Küche zurück.

»Soso ... gefesselt war er, der Junge. Das kann man also heute sehen ...«

»Ja, das können wir heute sehen. Man hätte es auch schon damals sehen können«, sagte Schielin.

Mohr lachte und reckte dabei seinen Kopf nach vorne.

»Oh Woody Allen hat das so herrlich ausgedrückt, als er nach einer Welt des Unsichtbaren gefragt wurde. *Ganz ohne Frage gibt es eine Welt des Unsichtbaren*, sagte er. *Das Problem ist, wie weit ist sie vom Stadtzentrum weg, und wie lange hat sie offen?*«

»Waren Sie es?«, stellte Lydia unschuldig diese hinterhältige Frage, die sowohl mit *ja* als auch mit *nein* eine weiterführende Antwort geliefert hätte.

»Ich habe ihn nicht gefesselt«, lautete seine Antwort. Seine Augen suchten nach dem Tabakbeutel.

»Sie sprechen immer von *dem Jungen*«, sagte Schielin. »Haben Sie Angst, seinen Namen auszusprechen, weil Ihnen dadurch sein Gesicht wieder vor Augen käme? Er hieß Robert Zwingler.«

»Ja ja, ich weiß ... er war halt ein Junge damals ... jetzt fällt es mir wieder ein! Peter Latz war nicht mit auf der Hinteren Insel beim Baden ... er ...«

»Er?«, wiederholte Schielin fordernd.

»... muss irgendwo anders gewesen sein.«

»Kann es sein, dass Sie sich deshalb mit dem Lachen beschäftigen, weil es Ihnen damals vergangen ist?«, fragte Lydia Naber und ließ in ihrer Frage eine unverhohlene Boshaftigkeit hören.

Bernd Mohr schenkte ihr keinen Blick und kramte im Tabakbeutel.

»Kann auch sein. Kennen Sie einen guten Einwortwitz? – Brennholzverleih!« Er lachte nicht und begann, seine Zigarette zu drehen. »Es ist eine wirklich vertrackte Angelegenheit – Lachen, Witze, Groteske, Humor. Wissen Sie – hinter allen großen Humoristen steht eine noch größere Verwundung, ein familiäres Trauma. Das gilt für Charlie Chaplin, Buster Keaton, Heinz Erhardt und auch für Helge Schneider.«

Schielin brachte ihn wieder zum Thema zurück.

»Es geht konkret um ein Wochenende im letzten Oktober«, sagte er und nannte das Datum. »Wissen Sie noch, was Sie da gemacht haben, mit wem Sie sich getroffen haben?«

Bernd Mohr stand mühsam auf und zitierte laut: »*Denn wo der Glaube tausend Jahre gesessen hat, eben da sitzt jetzt der Zweifel. Die Himmel, hat sich herausgestellt, sind leer. Darüber ist ein fröhliches Gelächter entstanden.*«

Er schlurfte zum Regal in der hinteren Ecke des Raumes, von wo sogleich Papiergeraschel zu hören war. Mit einem einfachen blauen Heft in der Hand kam er zurück, setzte sich, schlug eine Seite darin auf und begann vorzulesen: »Gut geschlafen. In der Gasse Ruhe, eine himmlische Ruhe, nach diesem Sommer voller Busladungen. Es wird kaum hell. Wind rüttelt und zerrt an den Gebäuden und macht einem den Kopf wirr. Zwei Kaffee und drei Zigaretten. Mache mir Gedanken: Jeder hat doch in seinem Leben erfahren, dass dort, wo das Leben konkret und ernst wird, Wissen im Sinne von Erlerntem kaum eine Rolle spielt, sondern der Glaube Regie übernimmt. Kann man sich nach einem erlernten Muster verlieben? Nein! Es gibt keine wissenschaftliche Evaluation dieses Vorgangs. Wäre es so, dann verfehlten Verliebte ihre Wahrheit, das Erlebnis jenes Geheimnisses der Liebe, dann sähen sie den Anderen nicht so, wie ihn der Schöpfer gemeint hat. Und so ist es bei vielen anderen Lebensentscheidungen – zum Beispiel bei Managern, die ihr Unternehmen für die Zukunft ausrichten müssen. Für viele Entscheidungen ist in der Tat ein Faktenwissen unerlässlich, doch es existieren Lücken in diesem Faktenwissen – und diese Lücken wollen produktiv und sinnhaft gefüllt sein, und hierbei spielt der Glaube eine Rolle. Wer also glaubt, der lebt besser, liebt intensiver, managt raffinierter, heilt nachhaltiger und – stirbt am Ende friedlicher. Um mich herum: Fundamentalismus als Verwechselung von Glauben mit Wissen. Das ist die wahre Häresie. Fundamentalismus stellt das für sich requirierte Allwissen über Gott, macht ihn zu einem Empfänger menschlichen Wollens und die Fundamentalisten zum Maßstab des richtigen Lebens. Fundamentalismus tötet das Transzendentale des Glaubens, er raubt ihm sein Geheimnis und etabliert das Amoralische. Fundamentalismus in jeder Lebensregung unserer Gesellschaft. Schrecklicher Kontrollzwang über das Denken. Malraux sagte, das einundzwanzigste Jahrhundert werde religiös sein oder überhaupt nicht sein. Es scheint so, als würde es vor allem fundamentalistisch. Bei *Zeller* ein Bild ersteigert. Landschaft. Ich ertrage keine Gesichter. Landschaft – mit grobem Pinsel gemalt. Eine Weide mit Bäumen ist zu erkennen, dahinter ein See und Berge. Wolken am Himmel. Mehr muss nicht sein. Der Witz stirbt, das Groteske scheint als Fratze durch. Mittelalter.« Er ließ eine Pause entstehen. Dann fuhr er fort: »Am Nachmittag Bootsfahrt. Das Wasser tut gut – es bewegt einen, was es einem einfach macht, wenn man sich selbst nicht bewegen will. In Wasserburg ausgestiegen. Viele Menschen, dünner Kaffee, die Kirche – ewige Anmut, das Wasser vor der Halbinsel – am Nachmittag aufgekocht vom Sturm … Säntis und Altmann im grauen Nichts verschwunden – gab es sie je? Bin zurückgelaufen. Dunkel schon sehr früh. Der Sturm riss jäh und voller Bösartigkeit an den Bäumen im Lindenhofpark – schnöde Angst, darunter herzugehen. Starker Kaffee. Acht Seiten geschrieben.« Er sah Schielin an und schloss mit den Worten: »Ja ja – eindeutig mag der Esel sein – der Mensch hingegen bleibt ein Rätsel.«

Schielin erschrak über diese letzte Bemerkung von ihm. Wusste dieser Mohr etwa etwas von ihm? Zwar hatte Mohr an der gleichmütigen Miene Schielins nichts ausmachen können, doch fügte er in entschuldigendem Ton hinzu: »Das steht da … es steht wirklich da. Mehr kann ich Ihnen zu diesem Samstag nicht sagen. Nur noch eines: Dieser tote Junge, er war ein widerlicher Kerl, jede Pore an ihm war voller Widerwärtigkeit. Er hat uns genervt, ja gequält mit seiner Arroganz und seinem altklugen Getue, und er hat uns ständig belauert, obwohl er wusste, dass er nie dazugehören würde, niemals – ein geborener Außenseiter.«

Außenseiter?, dachte Lydia Naber und lächelte schal. Hinter der nikotingetränkten Fassade Mohrs brodelte es. Er war nun wahrlich kein Humorist, auch wenn er beinahe die Gestalt von Karl Valentin hatte und zwanghaft über das Lachen und den Humor referierte. Vorhin hatte er etwas Interessantes gesagt – über die Tragödien der Humoristen, und so wenig er auch Humorist war, ein großes Trauma schleppte er ganz sicher ebenso mit sich herum, sonst würde er hier nicht so menschenfern hausen – in der hinterlassenen Wohnung seiner Eltern. Schon wieder so ein Mensch, der in die Schalen eines zuvor gelebten Lebens kroch. Kutz war auch so ein Typ gewesen, und tatsächlich bestand auch eine gewisse Ähnlichkeit zwischen beiden. Sie hätte sich schütteln wollen.

Bernd Mohr schien ihre Gedanken zu erraten.

»Außenseiter, ja. So, wie ich einer bin und hier hause, in der Wohnung, in der ich groß geworden bin.« Schnell flüchtete er sich wieder in erlernte Phrasen. »Tja, das spezifisch Menschliche beginnt da, wo das Wissen endet – ist von Kant. Sie liegen falsch mit Ihrer Vermutung – es gab keine Entscheidung von vier Jungs, einen anderen zu beseitigen, weil er sie nervte. Sie liegen falsch.«

»Worüber schreiben Sie?«, wollte Schielin wissen.

Lydia wunderte sich über Schielins Frage, provozierte er damit doch gerade einen der Mohr'schen Monologe, hinter denen er sein Reflektieren versteckte. Denn mit dem Wort *Entscheidung* hatte er deutlich gemacht, wie eingehend er die Varianten analysierte, die ihn betreffen konnten. Man durfte ihn nicht unterschätzen.

»Mhm, woran ich schreibe? An einem Buch über das Leben einer Pfarrköchin im achtzehnten Jahrhundert und an Artikeln für Zeitschriften und Zeitungen – wobei ich alle meine Arbeiten unter dem Blickwinkel der Psychologie des Lachens betrachte. Das liest man ganz gerne. Im Moment allerdings biete ich einen Artikel an, den wirklich niemand will – noch nicht.« Er zeigte seine gelben Zähne und lachte sein kratziges, böses Lachen. »Die Zeit ist noch nicht reif dafür. Vor einigen Jahren starben fünfzehn Kinder bei einem Busunglück in einem Tunnel. Es geschah auf dem Rückweg von Skiferien nach Belgien. Unsere säkulare Welt reagierte auf dieses schmerzhafte Unglück mit Äußerungen von Fassungslosigkeit, und im Trauergottesdienst wurde die Frage nach der Schuld gestellt – von *Gottes vergessenen Kindern* war da die Rede, und es wurde gefragt, wo Gott denn gewesen sei. In der gesamten Diskussion wurde nicht ein Gedanke daran verschwendet, welchen Gefährdungen wir Kinder aussetzen, wenn wir sie routinemäßig zum Skifahren quer durch Europa kutschieren – also ich meine rein statistisch. Zunächst wurde der Busfahrer ins Zentrum der öffentlichen Ermittlungen gestellt, anschließend die Tunnelbauer, danach Konstrukteure und die Betreiberfirma – alle, alle, alle. Ich schreibe also über das böse Lachen des Schicksals, über unsere Unfähigkeit zur Verantwortung. Furchtbar, ich weiß, aber so etwas schreibe ich – ganz gleich, ob es jemand lesen will oder nicht, und ich nehme keine Rücksicht auf Pietät oder dergleichen, denn die öffentliche Meinung interessiert sich nicht für Pietät; sie zieht weiter zum nächsten Opferbild. Sex sells – blood sells. Ah, ich meine, ein Kaffee wäre nun doch recht gut zu vertragen, oder?«

Schielin sah keinen Sinn mehr in dem Gespräch mit Mohr. Was sollten sie von ihm noch erfahren? Er verabschiedete sich freundlich und meinte, man würde auf ihn zukommen, wenn noch konkrete Fragen bestünden. Mohr hob müde die Arme.

»Jeder Zeit, gerne, wirklich gerne.«

Lydia war noch einen Moment sitzen geblieben, obwohl Schielin sich bereits von seinem Stuhl erhoben hatte. Angriffslustig sah sie Mohr an. Der wich ihrem Blick aus und blies den Rauch unter den Tisch. Dann stand auch sie auf.

Draußen an der frischen Luft fächerte sie sich mit den Händen Luft ins Gesicht.

»Bei der achten Kippe habe ich aufgehört zu zählen. Boah! Wie kann ein Körper das nur so lange aushalten? Und Fragen hin oder her – ich höre mir das nicht noch mal an. Der labert und labert, weil er sonst niemanden hat, der ihm zuhört. Du, glaub mir, der wäre froh, wenn wir ihn festnähmen und verhören würden.«

Schielin klagte: »Mir ging es genau so. Ich war zwischen Angewidertsein und Faszination hin- und hergerissen. Egal. Vielleicht haben ja Wenzel und Robert was herausbekommen.«

✳

263

Zurück auf der Dienststelle informierte Wenzel Schielin und Lydia darüber, wie intrigant Latz in der Vernehmung auf Koppe gezielt hatte.

»Hübsche Jugendfreundschaft«, meinte Lydia.

Koppe machte bei seiner Ankunft einen entspannten, ja einen geradezu freundlichen und aufgeräumten Eindruck. Lydia Naber warf Schielin auf dem Weg zum Vernehmungsraum einen fragenden Blick zu. Sie wählte diesmal die schmale Tischkante, Schielin hocke sich an die lange Seite, und Koppe nahm ihm gegenüber Platz.

Schielin erläuterte zunächst mit unbestimmten Worten jene Umstände, die sie zu einer neuen Betrachtungsweise hinsichtlich des Geschehens an der Knochenmühle geführt hätten, und konstatierte, dass sie inzwischen zu der Überzeugung gekommen seien, das damalige Ereignis stehe mit dem gewaltsamen Tod von Martin Schober in Zusammenhang, woraus sich die Notwendigkeit ergebe, noch einmal über die Vergangenheit zu reden. Er formulierte absichtlich umständlich, wiederholte sich, beschrieb manchen Aspekt aus wechselnden Blickwinkeln – alles, um zu beobachten, wie Stefan Koppe sich geben würde. Auch Lydias Augen hingen an ihm.

Koppe hörte aufmerksam zu und wartete geduldig, bis Schielin geendet hatte. Seine Hände lagen ruhig in seinem Schoß, die beiden Füße standen mit voller Fläche auf dem Boden. Er saß bequem. Ein feines, zurückhaltendes Lächeln stand auf seinem Gesicht. Lydia Naber meinte, heute mehr Grau in seinen schwarzen Haaren zu entdecken als beim letzten Mal.

Als Schielin gerade zu seinen Fragen kommen wollte, beugte sich Koppe zu ihm nach vorne und deutete auf seine Nase.

»Sehen Sie das?« Er drehte sein Gesicht dabei ins Profil.

Die Nase war krumm und lief von der Nasenwurzel aus der linken Gesichtshälfte zu. »Ganz schöner Zinken, nicht wahr?«, sagte er humorvoll, und seine linke Hand fuhr vorsichtig über den linken Oberkiefer. »Von außen ist es nicht zu erkennen, aber der Oberkiefer ist nicht sonderlich gut verwachsen. Bei manchem Wetterwechsel rumort es derart, dass nur starke Schmerzmittel helfen. Diese Schmerzen – das sind meine ständigen Erinnerungen an *jenes Geschehen an der Knochenmühle*, wie Sie das gerade formuliert haben – und die Träume; die sind nicht weniger aufreibend.« Er lehnte sich nach hinten und ließ seine rechte Hand auf der Tischplatte ruhen. Sie war groß und kräftig, mit starken, langen Fingern und trug einige Schrunden von der Arbeit auf den Baustellen. »Meine Mutter wusste, dass er immer bei uns herumgeschlichen ist, der Zwingler, weil ich, wie es Jungen halt so machen, öfter über ihn hergezogen bin und gesagt habe, wir würden ihm eine Abreibung verpassen – so Zeug halt, Sie wissen schon. Ja – und eines Tages lag er tot im Wasser.« Er sah zur Decke, als liefe dort ein Film, in dem er sehen konnte, was er beschrieb. »Diesen Tag werde ich wahrhaftig nie vergessen. Ich kam mit dem Fahrrad vom Baden nach Hause, es war ein Sommertag, Ferien – sie wartete schon im Hof auf mich. In ihrem Gesicht, in ihrer ganzen Haltung lag eine Mischung aus Wut, aus Zorn und Angst – ja, sie hatte Angst. Sie packte mich, und noch bevor ich wusste, worum es ging, und irgendetwas sagen konnte, hatte sie mich an den Haaren und schrie, fragte immer wieder, was wir mit dem Robert angestellt hätten, schlug auf mich ein und zerrte mich herum. Irgendwann fing ich an zu heulen, als sie mich, völlig hysterisch geworden, ins Haus schleifte. Sie beschrie ihr Unglück mit mir und was weiß ich nicht alles. Mein Schweigen, mein Heulen – es war für sie wie ein … ein Geständnis.

Ich weiß nur noch, dass ich auf einmal eingesperrt und sie verschwunden war. Einige Zeit später kam sie mit Onkel Ludwig zurück. Er nahm mich mit hinüber in den Stadel und verriegelte das klapprige Holztor mit einem Spaten. Er wollte von mir wissen, was ich mit dem Robert gemacht hätte. Ich konnte jedoch nur noch heulen, zitterte am ganzen Leib und fing an zu schreien. Verstehen Sie – ich hatte nichts, aber auch gar nichts mit dem toten Kerl zu tun, war aber durch diese Angst, die mich umgab, dieses Hysterische, das ich nicht verstand, nicht in der Lage, auch nur einen einzigen vernünftigen Ton herauszubringen.« Mit einer energischen Bewegung seiner Hand fegte Koppe den Beginn seiner Erzählung vom Tisch. »Aber egal nun. Was hat er gemacht, der Onkel Polizist, he?! Nun ... sein erster Schlag hat mich gleich an der Nase getroffen – mit der Faust. Er schrie, ich solle endlich sagen, was los gewesen sei. Ich war wie benommen, fiel in den Dreck der Scheune und fühlte das Blut im Maul – ein ekelhafter Geschmack, vor allem, wenn man wehrlos ist. Als er mich an den Haaren hinter den Ohren packte und mich zu sich hochzog, da musste ich husten und spuckte ihm dabei aus Versehen Speichel und Blut ins Gesicht. Er war wie verrückt und schlug meinen Kopf gegen einen Balken des Stadels. Dabei ist der Oberkieferknochen zertrümmert worden. Reden konnte ich danach gar nicht mehr, für lange Zeit. Ich war bewusstlos. Als ich im Krankenhaus aufgewacht bin, sagte der Doktor zu mir: *Du bist aber gscheit vom Radl gefallen.*« Koppe lachte gequält. »Ja, das war gar nicht so ganz falsch. An diesem Tag bin ich nämlich wirklich vom Rad gefallen; allerdings habe ich mir dabei nur das Knie aufgeschlagen. Auf der Hinteren Insel war das, und damals gab es noch keinen Professor Mang, der mich schnell hätte zusammenflicken können.«

»Das war an der Thierschbrücke, die kleine Abfahrt runter, richtig?«, ergänzte Schielin.

»Ja, genau da. Mein Onkel Ludwig – besser gesagt Großonkel – der war Polizist und hat den Fall damals untersucht, oder wie auch immer man das nennen möchte. Er war ein mieser, grober Kerl, den keiner richtig mochte. Er hätte mich an diesem Tag auch totschlagen können, und trotzdem hätte ich nicht ein einziges Wort sagen können.« Er deutete auf das Mikrofon, das vor ihm auf dem Tisch stand. »Noch mal für Ihr Gerät da: Mit dem Tod von Robert Zwingler habe ich nichts zu schaffen. An dem Tag, als es passiert ist, habe ich mich mit den anderen, mit Peter Latz, Bernd Mohr und Martin Schober, draußen an der Knochenmühle getroffen. Wir hatten da ein Stück im Wald ein Hüttchen gebaut – Bretterverschlag, recht dicht, ein passables Dach, das einen Sommerregen abwehren konnte. Drinnen war ein Holzstock in der Mitte, für Gläser, Flaschen, Kerzen, drum herum alte Matratzen, Kissen Petroleumlampen, Fix-und-Foxi-Heftchen, Sexheftchen und all so'n Kram halt. Da haben wir immer mit den Mädels rumgeknutscht, Lagerfeuer gemacht, sind im Wasser rumgesprungen, haben herumgebrüllt und getobt, gelacht, totalen Schmarrn halt – herrlich! All das, was man am See eben nicht tun durfte, weil da ja die *Gäste* sind. Zwinge – so hieß Robert Zwingler bei uns – der ist da immer rumgeschlichen, total unangenehm … ein zutiefst unerträglicher Kerl. Daran ändert auch die Tatsache nichts, dass er so früh und auf so blöde Weise gestorben ist. Hinter einem Baum hat er sich versteckt und uns beobachtet. Wir … also Peter Latz, Mori, Hugo und ich, haben ihn gejagt und niedergestreckt – er wollte abhauen, da hab ich ihm ein Bein gestellt, und ihn hat's hingehauen. Wir haben ihn zu einem Baum vorne an der Unterspülung gezerrt, wo der Fels aus dem Steilufer ragt wie ein Podest, und ihn dort festgebunden. Ich habe das gemacht, habe ihm die Füße und Hände gefesselt, und Peter Latz hat ihn dann an den Baum gebunden. So haben wir ihn da stehen lassen und sind zum Baden mit den Rädern auf die Hintere Insel gefahren. Am Abend hatte ich vor, ihn wieder loszubinden. So war es ausgemacht. Nach dem Baden bin ich dann aber erst mal nach Hause, aufgeschunden vom Sturz, und da steht also meine Mutter – den Rest der Geschichte kennen Sie.«

»Ganz schöne Strecke da raus nach Hergensweiler, mit dem Rad«, meinte Lydia Naber skeptisch.

Er winkte ab.

»Damals doch nicht; von Weißensberg aus, wo wir wohnten, war das ein Katzensprung. Heute müssen Kinder für jeden Furz mit dem Auto gefahren werden – ich bin an einem Ferientag im Sommer weiß Gott wie viele Kilometer und Höhenmeter geradelt! Da haben wir gar nicht drüber nachgedacht. Und das ganz ohne Funktionskleidung und Helm und Knie- und Ellbogenschoner …« Er lachte fies. »Wie ich den ganzen Scheiß verachte. Wissen Sie, manchmal möchte ich schreien: Lasst sie doch auf die Fresse fliegen – lasst sie doch um Gottes willen auf die Fresse fliegen – es schadet nix! Aber meinem Geschäft schadet es schon, wenn ich so etwas sage, und deshalb halte *ich* eben die Fresse.«

Schielin fragte nüchtern: »Haben Sie denn eine Erklärung dafür, was passiert sein könnte?«

»Moment, ich bin noch nicht fertig«, wehrte Koppe die Frage ab. »Seitdem Tod von Zwinge hatte ich keinen Kontakt mehr mit den anderen, und die untereinander auch nicht, soweit ich weiß, weil jeder von uns den jeweils anderen verdächtigte, mit dem Tod von Zwinge zu tun zu haben. Von jetzt auf gleich, mit einem Mal war der ganze Indianerehrenwortmist, die Vertrautheit aus gemeinsamen Lumpereien, aus geteilten Heimlichkeiten, sie war dahin, und wir sind uns aus dem Weg gegangen. Wissen Sie, man kann dieses stille Misstrauen in den Augen lesen, man fühlt, wenn man gemieden wird, und es hat mich unendlich gequält, weil ich ja eines wusste: Ich habe nichts Schlimmes getan. Und erst die Scham der anderen – die Scham meiner Mutter für etwas, das ich nie getan hatte …« Stefan Koppe hob die Hand und bedeutete Schielin, dass er noch Einiges mehr zu sagen hatte und nur eine kurze Pause brauchte. Nach einem tiefen Atemzug fuhr er fort. »Es war völlig unmöglich – und wenn ich völlig sage, dann meine ich es auch so, ein anderes Wort fällt mir auch nicht ein –, es war völlig unmöglich, mit meiner Mutter jemals über diesen Tag zu reden. In den Jahren darauf habe ich dann meine Lehre gemacht, bin zur Bundeswehr, habe studiert und nach und nach mein Baugeschäft aufgebaut, und darüber stellte sich das Vergessen ein. Stellen Sie sich vor, ich habe diesen Sommertag und Zwinge einfach vergessen. Mitunter sind mir schon so Gedanken gekommen, und gelegentlich haben mich Träume überfallen, aber es hat mich nicht mehr so gequält – allein die Schmerzen im Kiefer … eine ständige Strafe. Einmal noch aber, da war es wieder da, dieses innere Brennen … etwa zehn Jahre nach dem ganzen Trara. Meine Mutter hatte mich damals gebeten, Onkel Ludwig zu besuchen … haha … Onkel – es war ihr Onkel, nicht meiner, ha …« Sein bitteres Lachen endete in einem trockenen Husten. »Was für eine tolle Idee von ihr! Er hatte Krebs und lag in einem Pflegeheim in Wangen. Nicht, dass Sie meinen, ich hätte mich gedrückt, nein, ich bin da wirklich hingefahren. Meine Mutter, die lebte in ihrer eigenen Welt … hat vermutlich gar nicht mehr an das gedacht, was damals geschehen war. Sie war eine Meisterin im Verdrängen, oder anders gesagt: Die Schmerzen und Leiden anderer haben sie nicht weiter interessiert, weil immer ihr eigenes Schicksal im Mittelpunkt stand. Nun ja – ich also nach *Wangen im Allgäu* gefahren ...«, sagte Koppe spöttisch, »ja und da lag er nun in einem jämmerlichen Bett und sah mich komisch an. Es stank wie im Klärwerk, weil er sich gerade eingeschissen hatte, und er fingerte hilflos nach der Klingel. Ich ging zum Bett, zog den Stecker der Klingel aus der Dose, bestellte ihm schöne Grüße von meiner Mutter, sagte, es sei nun Zeit für ihn, endlich zu verrecken – und ging wieder. Das Ganze dauerte keine Minute, und es hat mir so gutgetan, ja ich gestehe es, es hat mir gutgetan, so gut, dass ich es gar nicht beschreiben kann. Von da an war ich wie befreit ... Jahre über Jahre ging es mir blendend – bis zu dem Tag, an dem meine Mutter starb. Es kam jäh zurück, so etwa zwei Monate nach ihrer Beerdigung. Zuerst bin ich in manchen Nächten aufgewacht und konnte nicht mehr einschlafen – Zwinge war wieder da, Onkel Ludwig und Mutter. Und dann begannen die Schmerzen: das linke Bein, der rechte Arm, Leibschmerzen – einmal konnte ich für eine Woche meine beiden Arme nicht mehr bewegen, und zwei Mal wurde ich mit dem Notarzt ins Krankenhaus eingeliefert wegen Verdacht auf Herzinfarkt. Ich bin untersucht worden von oben bis unten: Ultraschall, CT, MRT, EKG, EEG, Belastungs-EKG – Verdacht auf Bandscheibenvorfall, Gallensteine, Nierensteine, Hiatushernie, Gastritis, Herzkranzgefäßproblematik, Bluthochdruck – was ich mir nicht alles angehört habe. Und was haben die ganzen Untersuchungen gebracht? Nichts! Kerngesund – ich war kerngesund!« Er lachte irr. »Ich – ein Simulant! Ein eingebildeter Kranker! Ich habe mich gefühlt, als hätte ich nur noch ein paar Tage zu leben. Am Ende war ich sogar bei einer Schamanin hier in Lindau auf der Insel; sie ist mit einer Trommel um mich herumgetanzt, während es aus Räuchertöpfen wie verrückt gequalmt hat, und hat mir was erzählt von meinem Wolfs-Ich, das mit dem Baum-Ich kämpft: Danach war ich richtig fertig … richtig fertig. Ich habe sie gefragt, ob das schwarze Magie sei, was sie da betreibe, da hat sie fast beleidigt geantwortet, sie würde nur mit weißer Magie arbeiten. Ich hab ihr dann gesagt, dass ich das für verdammt rassistisch halte, und bin gegangen.«

Lydia lachte leise. Es gefiel ihr, wie er sich nicht davon abbringen ließ, das loszuwerden, was er sich vorgenommen hatte, loszuwerden.

»Sie sind Polizisten und haben mit fürchterlichen Dingen zu tun, aber ich glaube, Sie können sich nicht vorstellen, was man bereit ist, zu tun, um Schmerzen loszuwerden. Etwa drei Jahre lang habe ich mich dahingeschleppt. Meine Frau hat natürlich gedacht, es hinge mit dem Geschäft zusammen – der finanzielle Druck, weil ja Finanzkrise war … die haben wir zwar immer noch, aber das interessiert ja keinen mehr. Ja gut – ich konnte das auch bestens dahinter verstecken; dazu der Stress mit den Bauträgern, Projektbüros, Architekten; die sind ja auch nicht immer einfach und wälzen die Probleme gerne ab, wie jeder das so macht, wo es möglich ist. Vieles hat meine Frau auch gar nicht mitbekommen, zum Beispiel wenn ich manchmal mit dem Auto irgendwo am Straßenrand stand und einfach nicht mehr fahren konnte«, er schluchzte auf, »einfach nicht mehr fahren konnte!« Er bewegte seinen Oberkörper hin und her und holte Luft, schlug ein paar Mal mit der Faust auf den Tisch, um sich wieder zu besinnen, und sprach dann mit fester Stimme weiter.

»Vor etwa zwei Jahren habe ich versucht, Kontakt mit Martin Schober aufzunehmen. Ich dachte, es wäre nun an der Zeit, einmal miteinander zu reden. Wir haben den Kontakt über die Jahre hin ja gemieden, sind aber dennoch irgendwie nicht freigekommen … verstehen Sie? Das Band, das uns immer noch zusammenhielt, war nur viel, viel weiter geworden. Unsere Kinder- und Jugendfreundschaft war von jenem Tag an zwar genauso tot wie Zwinge, aber trotzdem fühlten wir diese Verbindung – doch keiner wollte mit dem anderen zu tun haben, aus Angst vor einer schrecklichen Wahrheit, aus Angst vor dem Verdacht … schrecklich, einfach schrecklich. Ich wollte das aber für mich ändern und von Hugo wissen, wie sein Tag damals verlaufen war. Er hat aber nicht reagiert – der war ganz komisch geworden. Telefonisch habe ich ihn nie erreicht, immer nur seine Frau, und der war es am Ende selbst peinlich. Ich habe es dann auch sein lassen und ihm stattdessen zwei Briefe geschrieben – mit der Hand, dass er sieht, wie wichtig es mir ist. Ich habe aber nie eine Antwort bekommen. Und dann habe ich ihn eines Tages zufällig in Lindau gesehen, in der Ludwigstraße vor dem *Teebazar*, und habe ihn angesprochen. Er kam mir vor, als hätte er Drogen genommen; er hat wirres Zeug vor sich hingemurmelt, die Augen waren herausgetreten – er war in einem schrecklichen Zustand, also nicht äußerlich, vielmehr geistig. Ich glaube, er hat mich gar nicht erkannt. Ein paar Tage später habe ich erfahren, dass seine Mutter gestorben ist, allerdings nicht an dem Tag, an dem ich ihn getroffen habe – da war sie schon ein oder zwei Wochen beerdigt.« Er setzte sich zurecht und atmete schwer. »So, das war meine Geschichte in Kürze. Und zu Ihrer Frage vom letzten Mal, wo ich an diesem Sturmwochenende im Oktober war: Ich dachte wirklich, ich wäre auf der Baustelle gewesen, auf der es das Gerüst weggerissen hat. Tatsächlich aber war ich in Nonnenhorn im Hafen und habe mich darum gekümmert, dass das Boot richtig vertäut wird – mein Sohn hat die Baustelle mit dem Gerüst organisiert.« Er atmete laut aus. »Ich war aber nur kurz im Hafen bei dem Sturm. Ich habe in meinen Unterlagen nachgesehen: Ich war danach in Ravensburg.«

Die letzten Worte klangen wie der Abschluss seiner Erzählung. Schielin schwieg und überdachte, was er gerade gehört hatte, Lydia Naber ebenfalls. »Gibt es Zeugen für Ravensburg?«, fragte Schielin schließlich.

»Ja. Ich war bei einer Frau.«

Lydia Naber lächelte und zog erwartungsvoll die Augenbrauen hoch. Koppe ging nicht darauf ein. Stattdessen kramte er in der Innentasche seines Jacketts, holte ein Kärtchen hervor und schob es über den Tisch. Schielin las Namen und Beruf.

»Eine Psychotherapeutin?«

»Ja. Psychotherapeutin. Kurz nachdem ich Hugo getroffen hatte und es mir wieder richtig beschissen ging, war ich auf der Insel und bin ins *Café Hugo* gegangen, wegen dem Namen, verstehen Sie … das unter den Arkaden an der *Brodlaube*. Ich hocke also da rum, vor meinem Mailänder Kirschkuchen, und hinter mir, da saßen ein paar Psychos, die hatten gerade ihren Kongress. Es war nicht viel los im Café, die Musik war leise, und die unterhielten sich so, dass ich verstanden habe, worum es ging: Abwehrmechanismen – also Verdrängung, Verleugnung und so. Und als eine der Psychotanten eine Patientengeschichte erzählte und die Begriffe *Somatisierung* und *Konversion* fielen, bin ich dann hellhörig geworden – denn alles, was ich da hörte, hätte auch auf mich passen können. Die sprachen von hysterischer Lähmung, hysterischer Blindheit und dergleichen, von Untersuchungen, die keinen klinischen Befund erbrachten – mir ist gleich ganz anders geworden. Ich habe einen Cognac bestellt, was ich sonst nie mache in der Öffentlichkeit, und der Runde völlig ungeniert gelauscht. Es war ein für mich zutiefst aufregender und lohnender Nachmittag.

Ich habe dann gewartet, bis die Runde sich aufgelöst hatte und alle gegangen sind, und als die Frau alleine war, also die Psychotante, die die Patientengeschichte erzählt hatte – sie stand gerade im Eingang zum *Hotel Helvetia* – da habe ich sie angesprochen. Sie war ziemlich erschrocken und dachte, ich hätte sonst was vor.«

»Sie sind ihr nachgegangen?«, fragte Lydia.

»Ja. Sie war aus Hamburg. Ich erzählte ihr dann alles … im Eingang vom *Helvetia*. Es war natürlich nicht möglich, dass ich bei der Entfernung zu ihr als Patient in die Praxis komme. Sie hat mir aber die Praxis in Ravensburg vermittelt. Da bin ich seither in Behandlung, wenn inzwischen auch nicht mehr so oft. Auch an diesem Oktobersamstag war ich dort. Das geht manchmal auf Zuruf, wenn es nötig ist.«

Schielin hielt die Visitenkarte hoch.

»Und wir können Ihre Therapeutin fragen?«

»Sie weiß Bescheid. Ich habe sie für diese Angelegenheit von der ärztlichen Schweigepflicht entbunden. Sie meinte allerdings, das könne ich zwar tun, es sei aber trotz allem ihre Entscheidung, wie sie damit umgeht und was sie sagen wird. Aber mein Alibi, das kann sie bestätigen. Ist ja auch auf der Rechnung für die Krankenkasse so vermerkt und eingereicht. Wenn Sie wollen, kriegen Sie die auch.«

Lydia Naber fragte: »Weiß Ihre Frau davon?«

Er lachte.

»Niemand weiß davon, niemand, und meine Frau schon gar nicht. Ich will das nicht. Was glauben Sie, was los ist, wenn irgendjemand mitbekommt, dass ich eine Psychotherapie mache … da heißt es doch sofort, der Koppe hat ein Schepperle, und ich kann mein Geschäft vergessen. Und das dumme Gegrinse oder mitleidige Blicke, die brauch ich schon gar nicht. Das darf nicht an die Öffentlichkeit, verstehen Sie … verstehen Sie!?«

Schielin nickte und reichte die Visitenkarten an Lydia weiter.

»Aus welchem Grund war es eigentlich für Sie so wichtig, Kontakt zu Martin Schober, also Hugo, zu bekommen? Peter Latz und Bernd Mohr waren doch auch dabei – haben Sie die auch kontaktiert?«, wollte Schielin wissen.

»Nein, die beiden nicht. Das heißt, zunächst nicht, aber nach der Vernehmung letzte Woche hier bei Ihnen, da habe ich sie angerufen und wollte, dass wir uns treffen. Es ist aber keiner von beiden gekommen.«

»Mhm. Und aus welchem Grund war Ihnen Hugo wichtiger als die anderen beiden?«

Stefan Koppe musste schlucken.

»Hugo war derjenige von den anderen, dem ich am allerwenigsten zugetraut habe, dass er etwas mit dem Tod von Zwinge zu schaffen hat.«

Lydia Naber sah ihn prüfend von der Seite an. Mit dieser Äußerung wagte er sich weit vor. Dem Mohr und Latz hatte er es all die Jahre also zugetraut.

»Sähen Sie sich in der Lage, Herr Koppe, einen Blick in die damalige Ermittlungsakte zu werfen – vor allem auf die Fotos?«, fragte Schielin, und Lydia Naber ergänzte: »Das wäre auch im Beisein Ihrer Therapeutin möglich, wenn Sie möchten.«

Koppe hörte sie gar nicht. Er war fassungslos.

»Die gibt es noch … es gibt noch Unterlagen von damals!?«

»Ja, natürlich«, sagte Schielin.

»Ja her damit! Natürlich will ich sie anschauen! Endlich kann ich mal mit eigenen Augen sehen, wie das damals war, wie es aussah. Es ist ja schon weit über dreißig Jahre her. Ich dachte, das wäre alles schon futsch.«

Schielin holte den Aktenordner hervor und fragte noch

einmal: »Wirklich, Herr Koppe? Sind Sie sicher? Nach dem, was Sie erzählt haben … trauen Sie sich das zu?«

Koppes Hand forderte ungeduldig die Akte. Gierig blätterte er die ersten Seiten auf, las, ging weiter, blätterte wieder zurück. Seine Hände zitterten. Schielin und Lydia Naber existierten nicht mehr für ihn. Sie warfen sich Blicke zu, aus denen sprach, wie wenig sie wussten, ob das, was sie ihm da erlaubt hatten, gut sein würde.

Schielin holte ein Glas und Wasser von draußen, schenkte ein und schob es Koppe über den Tisch. Der war gerade bei den Bildtafeln angekommen. Sein ganzer Oberkörper hing über den Blättern, als wolle er sie vor jedem, der sich ihnen auch nur nähern würde, schützen. Sein Blick hing wie eingefroren auf dem ersten Foto, das den toten Zwinge zeigte.

Sie ließen ihn schauen und warteten geduldig, denn es gab ihnen Zeit, das Gehörte zu reflektieren.

Als Koppe sich aufrichtete, fragte Schielin, der nun bemüht war, Distanz zwischen Koppe und die alte Akte zu bringen: »Sie müssen zugeben, es ist ein großer Zufall, dieser Sturmsamstag im Nonnenhorner Hafen: Sie waren um Kontakt mit Martin Schober bemüht, wie Sie sagten, und genau der ist da fast zur gleichen Zeit unterwegs, als Sie Ihr Boot sichern. Es waren seine letzten Stunden … wann hatten Sie denn den Termin in Ravensburg?«

»Siebzehn Uhr dreißig. Ich bin so gegen fünf losgefahren.«

»Haben Sie irgendjemanden in Nonnenhorn gesehen?«, fragte Lydia Naber.

»Niemanden … eigentlich niemanden.«

»Eigentlich?«

»Vorne am *Café Lanz* hatten sie gerade die Stühle und Tische mit Bändern gesichert, aber im Hafen selbst … da war niemand unterwegs, als ich dort war. Es lagen ja auch nur noch wenige Boote dort, und ich war so spät dran, weil ich am Feiertag, am dritten Oktober, mit Freunden noch eine Segeltour gemacht hatte. Das Wetter war ja noch prima Anfang des Monats … bis zu dem Sturm eben. Ab da ging der Wind nicht mehr weg.«

»Wäre es vorstellbar, dass Martin Scholz versucht hat, Sie zu treffen?«, fragte Schielin.

Koppe verzog den Mund.

»Nein … nein. Dann hätte er mich doch angerufen, oder es zumindest im Büro versucht, und meine Frau hätte mir doch auch gesagt, wenn jemand für mich zu Hause angerufen hätte. Nein, nein – das halte ich für ausgeschlossen.«

»Und die anderen beiden – Mohr und Latz? Könnte er versucht haben, mit denen in Kontakt zu kommen, oder umgekehrt?«

Koppe schnaufte müde aus.

»Das halte ich ebenso für ausgeschlossen … hören Sie … ich glaube nicht an einen Zusammenhang zwischen dem da«, seine Hand deutete auf die Akte, »und dem, was mit Hugo geschehen ist. Es muss einen anderen Grund für den Mord geben, einen anderen Bezug. Wieso sollte plötzlich Hugo in den Fokus rücken? Ich … ich bin doch derjenige, den dieser blöde Onkel Ludwig … nein, falsch! den meine hysterische Mutter und mein blöder Großonkel quasi zu einem Mörder erklärt haben. Wenn es also etwas gäbe, was mit der alten Sache zu tun hat, dann stünde doch ich im Fokus einer späten Rache, oder etwas nicht.«

Schielin schwieg. Was Koppe da aussprach, war zutiefst frustrierend für ihn. Er sagte: »Zumindest stehen sie im Fokus unserer Ermittlungen.«

»Im Moment noch – aber ich gehe davon aus, dass das nach unserem Gespräch nicht mehr der Fall sein wird.«

»Was ist mit der Akte? Ist Ihnen darin irgendetwas aufgefallen?«, fragte Lydia Naber.

»Ich weiß nicht, was ich dazu sagen soll. Sie kommt mir vor wie aus einer anderen Welt, gar nicht so, wie ich gedacht hätte. Ich bin wirklich froh, die Fotos gesehen zu haben ... er liegt da, und man schaut auf sein offenes Auge, und es sind da drei Jahrzehnte dazwischen, die er schon tot ist ... was ich alles in diesen Jahren erlebt habe – es ist verrückt. Wie es wohl wäre, wenn ich derjenige gewesen wäre, der da läge? So lange schon tot. Was alles an mir vorübergezogen wäre ... aber ich hätte es ja auch nicht mitbekommen.« Er fuchtelte mit den Händen durch die Luft. »Ich rede Schmarrn, entschuldigen Sie, das ist Schmarrn.«

»Nein, nein«, beschwichtigte Schielin. »Es sind ja genau derlei Gedanken, die einen in solchen Situationen befallen.«

»Diese Akte da, die gehört jedenfalls nicht zu meiner Vergangenheit ... es war gut, das gesehen zu haben, denn nun weiß ich, wie wenig ich wirklich mit Zwinges Tod zu schaffen habe. Und mit Hugo habe ich nun auch nichts mehr zu tun. Er ist tot, Zwinge ist tot – und ich lebe. Und das ist gut so.« Stefan Koppe klang zutiefst erleichtert.

*

Am Abend traf sich die Runde im Besprechungsraum. Es gab keinen Kaffee, und Hundle war auch in Gommis Büro liegen geblieben; nun wirkte der Raum so nüchtern, wie er tatsächlich war. Allein der Kühlschrank ratterte vertraut. Sie tauschten sich lustlos über die Ergebnisse des Tages aus. Wenigstens einigte man sich darauf, Peter Latz noch einmal zu vernehmen. Wenzel stöhnte, weil ihn dieser Kerl nervös machte mit seiner aggressiven Langsamkeit, diesem Zähen und Lahmen, das in seiner Art steckte. Allen war klar: Sie steckten mit den Ermittlungen fest.

Müde holte Lydia Naber die Unterlagen über den Pferderipper hervor und begann schleppend, zu berichten. Sie erläuterte noch einmal den Bezug der Polizeiwaffe, mit der auf Martin Schober geschossen wurde, zum Fall von Markdorf und die mögliche Verbindung zu einer Serie von Pferderipping.

»Vor gut zehn Jahren gab es eine Serie von Angriffen auf Pferde. In diesen Zeitraum fallen auch die Schüsse auf ein Pferd in Markdorf, bei dem die Waffe aus unserem Fall verwendet worden ist. Es existiert eine gut dokumentierte Untersuchung dieser Fallserie. Es geht darin um insgesamt siebenundzwanzig Taten, die im badischen Raum begangen wurden – und zwar im Dreieck Tuttlingen, Pfullingen, Sigmaringen. Mehrere Dienststellen haben daran gearbeitet, die Serie lief über mehrere Jahre, wobei der Täter über die Zeit hinweg sein Tatvorgehen perfektioniert hat. Wie wir aus forensisch-psychiatrischen Betrachtungen wissen, gilt Tierquälerei als frühes Warnsignal für eine deviante, also straffällige Entwicklung. Was die Schüsse auf das Pferd in Markdorf angeht, haben die Kollegen damals geprüft, ob diese Tat zu der Fallserie gehört, und sind zu der Ansicht gekommen, es handele sich um eine Einzeltat… ich gehe noch genauer darauf ein.«

Jasmin Gangbacher meldete sich.

»Ich dachte immer, Pferderipper verwenden Messer und Lanzen, um die Tiere zu quälen – das mit den Schusswaffen ist mir neu.«

»In der Tat ist es so, dass neben Messern und Lanzen, mit denen sie die Tiere verletzen oder töten, auch Schusswaffen verwendet werden. Bei unserer Serie wurden insgesamt vier unterschiedliche Waffen benutzt. Die Tötungen fanden im

Herbst und Winter überwiegend in Reithallen und Pferdehöfen statt, im Frühjahr und Sommer im Freien auf den Weiden – mit Schusswaffen. Dabei wurden Kleinkaliber verwendet: Fünf-Punkt-Sechs und *Punkt-Zwoundzwanzig-LFB*. Daneben waren eine Siebenfünfundsechziger und eine *Punk-Zwounddreißig Browning* im Spiel. Der vorerst letzte Schusswaffengebrauch erfolgte vor neun Jahren mit einer russischen Militärpistole, Marke *Tokarew*, Kaliber Siebenzwoundsechzig. Insgesamt wurden sechs Pferde auf Weide mit aufgesetzten Kopfschüssen getötet.«

»Du lieber Gott«, sagte Schielin und dachte an seine Weide am Haus. Als die Serie damals begann, hatte er das nur beiläufig zur Kenntnis genommen, aber nie eine Bedrohung für seine Tiere darin gesehen. Jetzt wurde ihm richtig flau angesichts der Brutalität, die aus Lydias nüchternem Bericht hervorging. Jasmin Gangbacher klagte: »Das mag man sich doch gar nicht vorstellen, oder?«

Lydia fuhr fort.

»Unsere Waffe, die *Walther PPK*, taucht in diesem Zusammenhang wirklich nur ein einziges Mal auf: bei den Schüssen auf das Pferd in Markdorf. Es kam danach im Umkreis von Markdorf zu keinen weiteren Tathandlungen gegen Pferde oder andere Großtiere. Der Täter damals muss sehr mobil gewesen sein, besitzt also wahrscheinlich ein eigenes Fahrzeug, und er hat die Taten überwiegend am Wochenende verübt, was auf eine regelmäßige Berufsausübung hinweisen könnte. Die Tat in Markdorf lässt sich zwar zeitlich der Serie in Baden zuordnen, allerdings passt der Tatort nicht in das Serienmuster – der Täter hat das Tatortdreieck Tuttlingen, Pfullingen, Sigmaringen nicht verlassen. In Markdorf lässt sich zudem keine Tötungsabsicht erkennen, obwohl der Pferderipper zu diesem Zeitpunkt schon sehr versiert in der Ausführung war. Kurzum: Markdorf passt nicht in die Serie. Es muss ein anderer Täter gewesen sein, der unsere Waffe verwendet hat … ein Trittbrettfahrer. Bedauerlich ist, dass sowohl bei der Serie in Baden als auch bei dem Fall in Markdorf auf eine Obduktion der getöteten Pferde verzichtet wurde, obwohl aus kriminalistischer Sicht jede Pferdetötung im fraglichen Zeitraum wie ein Tötungsdelikt am Menschen hätte behandelt werden müssen. So hat es ein Kollege in einem Aktenvermerk hinterlegt. Gar nicht blöde, wie ich finde, aber ich denke mal, einige Chefs sind durchgedreht, als er ihnen das gesagt hat. Ein Pferd obduzieren – ja, wo kommen wir denn da hin!«

Sie vermied einen Blickkontakt mit Kimmel, der sich gerade fragte, wie er wohl reagieren würde, wenn einer seiner Leute käme und verlangen würde, ein getötetes Pferd zu obduzieren.

»Wenn man die Presseberichte von damals so durchsieht, dann wurde da viel über die Bevorzugung von Tatzeiten während der Vollmondphase berichtet … die bekannten Blätter haben natürlich die Werwolf-Metapher bemüht. Tatsächlich wurden aber vom Pferderipper nicht durchgehend die Nächte des kalendarischen Vollmondes genutzt, sondern häufig die eine Woche vor oder nach dem Vollmond. Dieses zeitliche Muster lässt sich sehr gut mit höheren Helligkeitswerten des Mondlichtes in dieser Zeit erklären, die eine örtliche Orientierung bei der Tatausführung erleichtern. Die Helligkeit des Mondlichtes hängt nämlich nicht nur von der Mondphase ab, sondern in erster Linie von der Höhe der erreichten Mondbahn, die sich wiederum im Jahresverlauf deutlich ändert. Diese Tatsache wird beispielsweise von Jägern systematisch genutzt und hat dazu geführt, dass die monatlichen Helligkeitswerte des Mondlichtes für Nachtjäger, die beispielsweise Schwarzwild und Raubwild wie Fuchs, Dachs, Marderhund oder Waschbär gezielt be-

jagen wollen, in einer der führenden Jagdzeitschriften regelmäßig veröffentlicht werden.«

»Das heißt in der Jägersprache *Sauensonne*«, erklärte
Robert Funk. »Für unsere Freunde von der Presse ist so
eine Serie ja ein Traum. Da kann man alles bedienen, was das
Volk so erwartet.«

Lydia lachte bitter.

»Kannst dir die Pressemappe ja mal ansehen nachher. –
Die Ermittler haben natürlich versucht, ein Täterprofil zu
erstellen, das aber nicht sehr aussagekräftig war: unabhän-
gig und mobil, weil Tatorte weit verstreut, keine sozialen
Bindungen wegen der nächtlichen Tatzeiten, geregelte be-
rufliche Tätigkeit, weil fast ausschließlich am Wochenende
unterwegs ...«

»Gibt es Täterprofile von anderen Tierquälern?«, fragte
Schielin.

»Ja, die gibt es. Für mich war neu, dass es kein männliches
Phänomen ist – es gibt auch Pferderipperinnen. Eine zwan-
zigjährige Arzthelferin zum Beispiel, arbeitslos, unauffällig
und kontaktscheu – sie hat insgesamt drei Pferde gequält,
darunter sogar ihr eigenes.«

»Ne arbeitslose Arzthelferin mit eigenem Pferd«, kommentierte Wenzel. »Ja wo sind wir denn?!«

»Die Analysen der forensischen Psychiatrie sprechen alle
von einer gestörten Mutter-Kind-Beziehung, und sexueller
Missbrauch spielt auch eine Rolle. Es existieren zudem
einige kulturhistorische Forschungen, die auf die besondere
emotionale Affinität des Menschen zum Pferd abstellen. Es
geht dabei um die Sonderstellung des Pferdes als ältestes
Haustier des Menschen, das seine vitalen Bedürfnisse be-
friedigte: Nahrung, Reittier, Arbeitstier, Rauschgetränke
aus Stutenmilch. In der Mythologie steht das Pferd symbo-
lisch für Lebenskraft. Ein Zitat von Robert Musil, das mir in

dem Zusammenhang untergekommen ist, hat mir gut gefallen. Es lautet in etwa: So hoch unsere Häuser auch gebaut werden – wenn jemand etwas darstellen will, so hockt er sich nicht auf ein Hochhaus, sondern auf ein Pferd.«

Die anderen lachten.

»Den Kerl hat man also nie erwischt, aber die Übergriffe haben dann irgendwann einfach aufgehört?«, fragte Kimmel.

»Ja. Aus kriminalpsychologischer Sicht ist es aber unwahrscheinlich, dass so jemand einfach so aufhört. Man vermutet daher, dass ihn eine schwere Erkrankung ereilt hat oder dass er gestorben ist, oder er musste eine mehrjährige Haftstrafe absitzen wegen anderer Delikte oder ist umgezogen ins Ausland und macht da weiter. Es ist wirklich frustrierend: Dieser eine Fall in Markdorf passt einfach nicht in die Serie. Unser Mann, der auf Schober geschossen hat, ist definitiv nicht der Pferderipper, sondern nur ein Feigling, der sich im Schutz der Taten von damals bewegt hat.«

Robert Funk meinte, er werde sich mal darum kümmern, Koppe, Mohr und Latz dahingehend zu überprüfen, ob es Hinweise auf Tierquälerei in ihrer Vergangenheit gebe. Dann war die Sitzung beendet.

Nach der Besprechung breitete sich das Gift der Niedergeschlagenheit in den Büros der Dienststelle aus. Auch Kimmel spürte dieses verabscheuungswürdige Gefühl in sich. Als Chef musste er eine Entscheidung treffen. Er rief Schielin zu sich ins Büro.

»Setz dich«, sagte er förmlich, und Schielin hockte sich auf den Besucherstuhl und wartete, was kommen würde.

»Was machen wir nun?«, lautete Kimmels Frage, doch Schielin hörte diesen entschiedenen Ton darin, der das primär Fragende in den Hintergrund treten ließ. Kimmel erwartete keine Antwort – er wusste schon, was er zu tun gedachte.

Schielin gab sich unbedarft.

»Mhm … noch keinen rechten Plan.«

»Aber ich habe einen: Du nimmst morgen frei!«

Schielin war ernsthaft überrascht. Er hätte ja mit Einigem gerechnet, aber nicht damit.

»Frei!? Wieso soll ich freinehmen … ausgerechnet jetzt – mitten im Stimmungstief?«

Kimmel lehnte sich zurück und atmete schwer.

»Eben gerade jetzt … ja. Du nimmst frei und gehst mit deinem Esel wandern … von mir aus bleib auch übermorgen noch zu Hause … völlig egal. Wenn du mit deinem Esel unterwegs warst, hast du bisher immer die richtigen Ideen gehabt. Also, wie gesagt: Ich will dich morgen hier nicht sehen. Lauf meinetwegen zum Arlberg hoch oder bis zum Rheinfall nach Schaffhausen, aber laufe und denke nach – und nimm das Vieh mit.«

»Das Problem ist aber«, wandte Schielin ein, »dass ich nichts habe, worüber ich nachdenken könnte – Leere!« Beim letzten Wort deutete er an seine Stirn. »Ich bin im Moment wirklich ratlos, und da hilft es auch nichts, mit Ronsard durch die Landschaft zu ziehen.«

»Egal!«, bürstete Kimmel seinen Einwand weg. »Mir ist es lieber, du bist ratlos mit deinem Esel unterwegs, als dass du da hinten genauso ratlos im Büro rumsitzt. Die Chance auf eine gute Idee ist mit dem Esel allemal höher als hier in dieser Bude. So – von meiner Seite wäre ich fertig. Schönen Abend … grüße Marja von mir … bis morgen oder übermorgen dann.«

Er packte seine Unterlagen zusammen, steckte sie in die Schubladen seines Rollcontainers und tat so, als wäre Schielin schon nicht mehr da.

Möggers

Noch vor Sonnenaufgang war Schielin aufgestanden, hatte ausgiebig gefrühstückt, Zeitung gelesen und war mit dem ersten Licht hinüber zur Weide gegangen. Die Friesen wieherten und galoppierten in engen Kreisen. Ronsard stand reglos am Zaun. Schielin legte ihm die alte Decke über und die leichten Packtaschen aus Segeltuch, in denen er ihr Proviant verstaute und das alte achter *Zeiss Victory* einschließlich den Teleskopstäben, die er brauchte, falls sich sein linkes Knie wieder unangenehm bemerkbar machen würde.

Noch bevor der Berufsverkehr einsetzte, brachen sie auf. Die Vögel plärrten und schrien. Als sie von Weißensberg in Richtung Bösenreutin liefen und selbst das Getrappel von Ronsards Hufen auf dem Teer zu einem Teil der Stille geworden war, vernahm er von Ferne den Motor eines Autos, hörte, wie er langsam hochdrehte, und – genau im richtigen Moment – das Schalten. In seinem Rücken spürte er das feine Ruckeln des Kupplungsvorgangs.

An der Autobahnunterführung war es mit der morgendlichen Stille und Einsamkeit vorbei, und er war froh, in Ronsard heute einen zügigen Begleiter zu haben, mit dem er den Lärm, Witzigmänn und Egghalden bald hinter sich lassen konnte. Sie folgten der Leiblach flussaufwärts bis nach Sigmarszell. Hier wendeten sie sich nach Westen, wo die Sonne inzwischen die Hügelkette überschritten hatte. Der Tau glänzte auf den Gräsern. Von nun an ging es bergauf. Schnell wurde ihm warm, und auch Ronsard schnaufte hinter Hub vernehmbar. Kühe standen auf den Weiden und sahen gelangweilt zu den Gestalten, die da an ihnen vorbeizogen.

Schielin hatte nicht kokettiert, als er zu Kimmel gesagt hatte, keine Idee zu haben, in welche Richtung die Ermittlungen weitergeführt werden sollten. Er hatte wirklich keine Eingebung – das war die Wahrheit. Und worüber sollte er nun nachdenken? Was sollte er Ronsard erzählen? Es gab nichts, und das war neu. Ronsard würde sicher bald stehen bleiben oder ihm den Kopf fragend zuwenden. So stumm und dumpf nebeneinander herzulaufen, war ungewohnt. Schielin lachte bei dem Gedanken an Mohr. Wie hatte der noch einmal gesagt? *Eindeutig mag der Esel sein – der Mensch hingegen bleibt ein Rätsel.*

Ronsard trottete dahin. Eine Hummel brummte heran, beschrieb wilde Kreisel zwischen ihnen, konnte sich jedoch für nichts entscheiden und verschwand wieder in der Tiefe einer Streuobstwiese. Aus der Ferne klang eine Glocke durch den Sommermorgen. Konnte es von *Mariastern* kommen?

Nein – er hatte über nichts zu sinnieren; nicht mal sein Haus beschäftigte ihn. Neue Fenster waren endlich eingebaut, das Dach war geflickt, die Heizung machte es noch eine Weile, und dass Marja neue Vorhänge wollte, das war nun einmal so – darüber musste er nicht nachdenken. Lena und Laura – Selbstläufer. Aus welchem Grund lief er hier also so frisch durch den Morgen, so voller Energie und Freude? Weil Kimmel es angeordnet hatte?

Ob Martin Schober an so etwas Freude gehabt hätte – im Sonnenaufgang mit einem Esel durch tauglänzende Wiesen zu wandern?

Bis Möggers war es noch ein Stück. An der ersten Bank hinter dem Parkplatz machte er Pause. Die Weide vor ihm lag offen, sodass Ronsard grasen konnte. Dazu gab es zwei Möhren, zwei Äpfel, die idealerweise ein wenig angefault waren, und als besondere Delikatesse noch eine kleine Portion *Esel-Spezial*, wie Schielin es nannte: Zuckerrüben-schnitzel, Nüsse und grobes Grasmehl. Für das Zeug war Ronsard zu fast allem zu bewegen – wenn er denn gerade Lust dazu hatte.

Es war befreiend, einfach so, ohne etwas zu denken und zu sagen, durch die Natur zu marschieren. Ronsard war bisher auch noch nicht verwundert stehen geblieben oder hatte ihn seltsam beäugt. Fast tat es ihm leid, wie heftig er ihn schon manchmal auf den Touren *besprochen* hatte. Dabei war es so wohltuend, mal keiner Idee zu folgen, sich nicht mit jedem Schritt durch eine Theorie zu bewegen, um die Beweggründe von Zeugen, Tätern, Verdächtigen nachzu-vollziehen. Es war genussvoll, frei in die Sonne zu blicken, die nun hoch am Himmel stand, immer wieder anzuhalten und mit dem Fernglas die Landschaft zu erkunden.

Er holte es gerade wieder hervor und blickte über die Häuser von Möggers, hinter denen, tief drunten, das Hinterland des Bodensees aufgebaut lag. Weiden, Wiesen und Wälder schichteten sich zum Horizont hin, waren ineinander verwoben und ergaben ein abstraktes Muster. Die Siedlungen leuchteten heraus, und in der Ferne strahlte Wangen im frühen Glanz. Der Kirchturm von Achberg stand frei im Sonnenlicht, ein Stück davor ragte der südliche Träger der Argentobelbrücke kahl aus dem Schwarz der Fichten und Tannen hervor, und stolz, auf einem Hügel der entferntesten Horizontlinie, prangte die Waldburg. Wer auch immer sie an diesem Ort gebaut hatte, musste von einem Willen zur Dramatik beseelt gewesen sein. Schiclin ließ das Zeiss lange auf den Flächen zwischen Wangen, Tettnang und Waldburg ruhen und suchte die Details zu identifizieren – bald jeden Weg war er da unten schon gegangen. Er zog das Glas langsam nach Süden und in die Kluft zwischen Weiden und Wald, in welcher der Blick auf den See frei wurde. Langenargen war zu erkennen und dahinter die Seefläche. Vom Fesslerhof aus würde er die ganze spiegelnde Seefläche unter sich liegen haben und Brotzeit machen.

Ronsard kam angetrabt und schnaubte zufrieden. Schielin suchte nun mit dem Fernglas das nahe gelegene Waldstück ab.

»Weit und breit kein Wintergoldhähnchen oder Sommergoldhähnchen zu sehen, mein Lieber. Nur 'ne Mehlschnauze, und dafür brauche ich kein Fernglas«, sagte er zu Ronsard, der hörbar die Möhren und Äpfel verdaute.

Es hätte Schielin wirklich gefreut, diesen kleinen Vogel irgendwo in den Bäumen zu entdecken. Wie er gelesen hatte, sollte er seit April wieder aus Südfrankreich zurück sein. Auch Mischwald gab es hier zur Genüge – und Abgeschiedenheit.

»Sieht cool aus, der kleine Kerl – wie ein Grünfink, nur mit Rallyestreifen auf der Stirn«, sagte er und packte alles wieder zusammen.

Eine knappe Stunde dauerte es noch bis zum Hochberg, und von dort noch mal eine gute Stunde bis zum Pfänder. Marja wollte ihn in Eichenberg abholen. Den Hänger hatte er schon ans Auto gekuppelt. Bevor es weiterging, gab es noch zwei Handvoll *Esel-Spezial*. Dann verließen sie die offene Weidelandschaft und kamen in den Wald. Der Schatten tat auch den Augen gut.

*

Der Tag mit Ronsard im Sonnenlicht hoch über dem See hatte Schielin den Druck genommen. Am Abend saß er im Garten und schenkte gerade ein drittes Mal vom Wein nach. Er nahm sogleich einen kräftigen Schluck, spürte dem Gewicht des Weines nach und suchte ihn sensorisch zu zerlegen. Über schwarze Johannisbeere, Kirsche und Nuancen von Kaffee und Schokolade kam er aber nicht hinaus. Welche Zungen, welche Mäuler hatten diese Weinfreaks nur? Normal waren die ja wohl nicht. Aber gut – Martin Schober war auf seine Weise auch nicht normal gewesen. Normal, normal, normal, dachte er. Was heißt das schon. Die Konturen seiner Gedanken begannen, sich zu verwischen. Kurz leuchtete der Anblick der glitzernden Seefläche darin auf, wie er sie vom Pfänder aus gesehen hatte, mit einem von Sonnenstrahlen erzeugte gleißenden, glühenden Schlund, über den die Schiffe gefahren waren – völlig ungehindert. Eine Unmöglichkeit – so unmöglich wie der Kerl, der neulich über die Dächer der Lindauer Insel gehüpft war – nackt und mit einer großen roten Feder im Arsch. Es war im Morgengrauen gewesen, und einer der völlig unnormalen Zeitgenossen, die zu dieser Zeit unterwegs waren, hatte ein unscharfes Foto davon aufgenommen. Nun – was sollte die Polizei da machen, was sollte sie dazu sagen? War der Kerl mit der roten Feder nun normal? Es gab Leute, die hätten kein Problem damit gehabt, das zu bejahen, und wären sich womöglich zugleich nicht so sicher gewesen, ob das Wandern mit einem Esel normal sei. Mhm – es ist so eine Sache mit dem Normalsein. Der Typ mit der roten Feder jedenfalls verfolgte eine außergewöhnliche Leidenschaft.

Schielin schreckte auf und lauschte ins Dunkel – er hatte diesen letzten Satz wirklich gesprochen und nicht nur gedacht. Es war an der Zeit, vorsichtig mit der Weinflasche umzugehen. Diese alten Bordeauxweine waren wie Treibstoff für die Hirnwindungen. Wenigstens plagte ihn kein schlechtes Gewissen – nicht, was die Person in seinem Inneren betraf, nicht Martin Schober oder irgendjemandem sonst gegenüber. Nein. Es war eben, wie es war. Er war eben auch nur ein Mensch. So war es eben. Er las *Margaux* auf der Flasche und *Labégorce Zédé*; das gab es nun auch nicht mehr, fusioniert – aus, Ende, vorbei. So ging es zu in der Welt.

Heilströmen

Lydia hockte im Büro, bleich und müde, wie Schielin fand.

»Na ja, von deinem Ziel, den Freitag gesund zu erleben, bist du im Moment aber ein ganzes Stück entfernt«, lautete seine Begrüßung.

Das tat ihr gut. Jede Äußerung von Mitleid hätte sie nur aufgebracht. Während er sich am PC anmeldete, fragte er, was los sei. Sie erzählte ihm noch einmal die Romantik-Klassik-Erotik-Geschichte und davon, wie sie mit ihrem Mann – schwierig genug – die Frontlinie dem kleinen Kotzbrocken gegenüber abgesteckt hatte. Schielin schmunzelte – er lachte aber nicht.

Sie klang schwach und ängstlich.

»Weißt du, jedes Mal, wenn zurzeit das Telefon klingelt oder die Hausglocke, denke ich, jetzt kommen die Kollegen und erzählen mir, was er Fürchterliches angestellt hat.« Sie fragte: »Wann hast du ihn eigentlich das letzte Mal gesehen?«

Schielin überlegte.

»Puh ... ohh ... die letzten paar Mal, als ich bei euch war, da war er nicht da.«

Sie fuhr auf.

»Genau, ganz genau! Der ist ja überhaupt nur noch zu Hause, um mal bequem auf der Couch zu fläzen und Futter zu fassen, Klamotten zu wechseln und Kohle zu holen – ansonsten ist der nur weg!« Schnell war sie wieder im Jammermodus. »Er hat sich verdoppelt – also nicht, dass er fett geworden wäre – nein, er ist ein richtiges Mannsbild geworden. Schrecklich! Und ein Benehmen ... wo ist nur das kleine, süße Bübchen geblieben? Wenn ich ihn mir so ansehe, dann geht mein Blick immer in die Zukunft – fünf, zehn Jahre, und da sehe ich einen Macho, einen arroganten Pascha – ich will so einen Kerl nicht in die Welt gesetzt haben, verstehst du?«

Schielin verstand und blieb gelassen.

»Das scheint dich ja alles nicht zu schocken«, sagte sie leicht gekränkt, sprach dann aber weiter: »Weißt du, ich befürchte, dass er nun mit den heftigen Sachen kommt, jemanden umhaut in der Schule, Einbruch, 'nen blöden Diebstahl, Drogen …«

»Anzeichen für Letzteres?«, fragte Schielin.

»Nee, da hab ich schon ein Auge drauf. Aber es wäre so furchtbar, wenn gerade mir …« Sie stöhnte und fragte den Gedanken beiseite schiebend: »Bist du denn weitergekommen mit unserer erschossenen Wasserleiche?«

Er zog eine Grimasse und schüttelte den Kopf.

»Oh je … das passt zur Gesamtsituation … Kimmel wartet übrigens auf dich.«

»Habt ihr was?«, fragte er.

»Nix. Jasmin ist mit der Auswertung dieser Zettel aus seinem Geldbeutel durch, und Wenzel und Robert haben die Typen mit dem Bochumer Opel hopsgenommen. Die haben ein Glück, sag ich dir. Diese Trottel – also die Bochumer – die hatten unter der Fußmatte einen Personalausweis liegen.«

»Soll vorkommen«, meinte er.

»Ja ja, aber doch nicht einen Ausweis vom Raubopfer – ist echt blöde. Sie haben natürlich so recht keine Erklärung dafür und warten jetzt auf ihren Anwalt. Na ja – drei, vier Jahre wird dafür gegeben, nach zwei sind sie wieder draußen.«

Sie sah über ihren Schreibtisch.

»Das hier ist noch gekommen. Die Firma, die das Zeug

von dem toten Polizisten aufgekauft hat ... du weißt noch ... Bommel, der Haushaltsauflöser und so. Ist aber wieder nichts, was uns weiterhilft.«

So war das eben bei solchen Fällen. Ohne echte Spuren wurde es schwierig, und die einzige wirkliche Spur im kriminalistischen Sinn, das waren die Projektile, die in Schobers Rücken gesteckt hatten.

Schielin ging nach vorne in Kimmels Büro.

»Und?«, fragte der völlig ungespannt.

»Es hat einige Zeit gedauert, aber ich hab's tatsächlich entdeckt«, begann Schielin.

Kimmel stand aufgeregt auf.

»Nein ... ich hab's gewusst, ich hab's gewusst!«

»Ja«, sagte Schielin, »kurz vor Eichenberg, da hat's ganz unschuldig in einem Holunder gehockt. Erst habe ich es für einen Buchfinken gehalten, aber dafür war es dann doch zu klein. Wunderbar im Fernglas zu erkennen, dieses Sommergoldhähnchen mit dem roten Scheitel auf dem Kopf – sozusagen der Irokese unter unseren Vögeln.«

Kimmel stand der Mund offen.

»Du spinnst, Conny, du spinnst ja total!«

Nach einem ersten Aufwallen fiel Kimmels Anspannung in sich zusammen. Er hatte eine zündende Idee erwartet, etwas Außergewöhnliches, der Blick auf ein Detail vielleicht, das sie bisher übersehen hatten.

»Das wird jetzt schwierig, ohje, ohje – ich glaube, das wird der erste Fall, den wir zu den Akten legen müssen.«

Schielin war da anderer Ansicht.

»Ach was. Es gibt schon noch einige Ansätze. Was ist mit den Observierungsberichten der Schlapphüte?«

Kimmel sah bedrückt drein.

»Schriftlich kriegt man von denen null und nix. Das fürchten die wie der Teufel das Weihwasser.«

»Mhm, hab ich mir schon gedacht. Und was hast du so gehört?«

»Die Mindelheimer Firma wird geheimschutzbetreut vom Bundeswirtschaftsministerium, und der MAD übernimmt die regelmäßigen Überprüfungen. Das findet ein- bis zweimal jährlich statt. Überprüft werden die klassischen Sicherheitsvektoren: privates Umfeld, Reisetätigkeit, Entwicklung des finanziellen Umfeldes, außereheliche Kontakte und so. Als Schober wegen seiner häufigen Abwesenheit auffällig wurde, da haben die ihn eine Weile intensiver beobachtet und festgestellt, dass er relativ oft in einer Kleinstadt in Oberitalien war, nicht weit vom Lago Maggiore und Lago di Lugano entfernt. Er hatte da aber keine Kontakte zu Personen, welche die Schlapphüte als kritisch oder relevant eingestuft hätten. Harmlos also.«

»Was wissen denn die, was für uns relevant ist, oder gar, was harmlos!«, warf Schielin ärgerlich ein.

Kimmel wiegelte ab.

»Ja schon, aber ein paar Details gibt es ja dennoch. Zum Beispiel hat er da unten in Italien viel in Cafés rumgesessen, hat ein Krankenhaus besucht, war im Bürgermeisteramt, auf dem Friedhof, hat ein paar alte Leute im Altersheim aufgesucht – das hat die Schlapphüte irgendwann gelangweilt, und sie haben aufgehört, ihm nachzuspionieren, so einfach ist das. Der war da halt nur so unterwegs und hatte eben keine Kontakte, die den Verdacht begründet hätten, er verrät etwas von diesem Technikkram … diesen Signalgeneratoren und Frequenzanalysern. Grausiges Zeug muss das sein … wie das schon klingt.«

»Mhm. Mir kommt das nun aber überhaupt nicht nach Desorientierung vor, sondern eher so, als hätte er ganz gezielt nach etwas gesucht. Diese Italienaufenthalte hat er ja offensichtlich nicht dazu genutzt, um am Lago Maggiore zu baden oder in den Tälern, im Verzasca, Maggia oder Onsernone, wandern zu gehen. Diese Namensliste, die Funk zusammengestellt hat aus den wirren Notizen von Schober, die hat eine Bedeutung, sag ich dir.«

Kimmel schlug leicht auf den Tisch.

»Es ist zum Verrücktwerden ... es ist wirklich zum Verrücktwerden!«

Als sein Ärger verzogen war, sagte er: »Wenzel und Robert sind übrigens auf der Insel und nehmen sich diesen Latz noch mal vor ... auch wenn du meinst, es bringt uns beim Fall Schober nicht weiter.«

Es klopfte an der Tür, und ohne ein *Herein* abzuwarten, stand Lydia im Raum.

»Ich bin ja so doof!«, sagte sie ärgerlich.

Schielin und Kimmel sahen sie verwundert an.

»Was ist los?«, fragte Schielin.

Sie wedelte mit einem Blatt Papier – es war die Auskunft des Gewerbeamtes. Sie reichte es Schielin, der verdutzt auf das Blatt blickte.

*

Wenzel und Robert Funk fuhren zu Latz' Geschäft auf die Insel. Robert Funk grauste es schon während der Fahrt vor dem Krimskrams, der da in der dunklen Bude zusammengeworfen war: Ölgemälde – allesamt Werke unbegabter Anfänger, die sich in Landschaft, Porträt und Stillleben versuchten; drum herum ein wildes Arrangement aus Porzellankatzen in unterschiedlicher Größe, monströsen Aschenbechern, billigem Geschirr, Besteck mit bunten Griffen aus Plastik, Kunststoff-Hummel-Figuren aus China, Vasen, deren Muster aufgeklebt war, Kerzenleuchtern, die *Murano* imitierten, Bierkrügen, Kaffeetassen mit Katzenbildern und anderen Gräueln wider jeglichen ästhetischen Empfindens. Der Anblick tat ihm körperlich weh.

Er erinnerte sich, ein paar Mal in dem Schuppen zwischen Maximilianstraße und Grub gewesen zu sein, als der noch von den Eltern von Latz betrieben wurde; von Zeit zu Zeit konnte man da ein nettes Stück erstehen. Aber seit vor einigen Jahren dieser Latz den Laden allein übernommen hatte, hatte sich über den Plunder und den Ramsch auch noch eine klebrige Staubschicht gelegt.

Latz hockte hinter einem alten Sekretär und sah missmutig zum Eingang, als die beiden hereinkamen.

»Aber die Kundschaft geht vor … da müssen Sie warten«, lautete seine Begrüßung.

Funk sagte mufflig *Guten Morgen*. In dem schmalen Gang, den das Gerümpel um ihn herum übrig ließ, stand er wie ein dunkler Schatten vor einer hüfthohen Plastikaphrodite und beobachtete diesen seltsamen Kerl, der kein Gespür für das Feine hatte; es musste ja nicht immer gleich Kunst sein. Anständiges Kunsthandwerk hätte es ja auch getan.

Wenzel hatte recht mit dem, was er sagte: Dieses bräsige Getue des Kerls machte einen nervös und war gefährlich für sie, die sie auf Schnelligkeit setzten, darauf, Druck zu erzeugen und diese Lücke zu finden, in der Mund und Zunge Worte formten, die ungefiltert die Welt erreichten – die Wahrheit eben.

Wenzel sagte unfreundlich: »Es gibt noch Fragen zum Fall Robert Zwingler.«

»Dazu habe ich schon alles gesagt … alles!«, kam es unfreundlich zurück.

»Vielleicht doch nicht, Herr Latz. Die anderen, also Herr Koppe und Herr Mohr, haben ausgesagt, sie seien am Nachmittag damals auf der Hinteren Insel gewesen, zum Baden.

Mit dabei war noch Schober – wo waren Sie denn in dieser Zeit? Den ganzen Tag hat man Sie nicht mehr gesehen.«

Latz sah an ihnen vorbei zum trüben Fenster hinaus, wo gerade ein paar Gestalten vorbeigelaufen waren und kurz die Hoffnung auf Kundschaft in ihm aufkeimen ließen. Da jedoch niemand den Laden betrat, wendete er sich Wenzel wieder zu – beiläufig und verdrießlich.

»Wie oft muss ich Ihnen das denn noch sagen?! Was weiß denn ich, was ich vor über dreißig Jahren gemacht habe … kein Mensch weiß das, und daran kann auch die Polizei nichts ändern.«

»Vor zwei Tagen haben Sie noch behauptet, zusammen mit den anderen beim Baden gewesen zu sein«, erinnerte ihn Funk.

Latz drehte ihm langsam sein Gesicht zu und zuckte gelangweilt mit den Schultern.

Wenzel klang aggressiv.

»Die Geschichte von damals, die muss Sie doch die letzten Tage wieder beschäftigt haben, selbst wenn Sie alle Erinnerung daran verdrängt haben. Unser Gespräch hat doch die Details wieder hervorgeholt. Sie können doch nicht so tun, als würde es Sie nicht kümmern, als ginge Sie das alles nichts mehr an – das ist doch unglaubhaft. Also! Wo waren Sie an diesem Nachmittag?!«

»Ich will einen Anwalt … jetzt!«, sagte Latz, presste die Lippen aufeinander wie ein beleidigtes Kind und schaute demonstrativ an den beiden vorbei. »Ich lasse mich doch hier von Ihnen nicht drangsalieren und mir mein Geschäft schädigen mit dem uralten Zeug.«

Robert Funks Stimme dröhnte laut aus dem schummrigen Winkel, in dem er stand.

»Immer so allein hier in dem dunklen Laden, und dabei so viele wertvolle Dinge um sich herum, haben Sie denn da gar keine Angst, Herr Latz? Also ich würde mir da einen Hund anschaffen, da würde ich mich sicherer fühlen.«

Latz' Augen huschten kurz zur Seite, wo Funk stand. Der sprach weiter: »Aber ich glaube, mit Hunden haben Sie es nicht so, oder?«

»Ich brauch keinen Hund«, antwortete Latz gereizt.

»Ist auch besser für den Hund, will ich meinen … denn was man so hört, sind Sie nicht gerade ein Tierfreund.«

»Ich weiß nicht, was Sie meinen.«

Robert Funk wurde noch lauter.

»Nicht?! Sie wissen nicht, was ich meine!? Ich rede von dem Hund, den Sie überfahren haben, in Reutin, in der Rickenbacher Straße, vor ein paar Jahren. Man hat Sie angezeigt … auch schon vergessen?!«

Latz jaulte belustigt: »Uhhh … Sie kommen ja nur mit altem Zeug daher. Sie könnten bei der Polizei auch ein Antiquitätengeschäft aufmachen mit dem, was Sie so anbringen … das Scheißvieh ist aus dem Hof gesprungen … mir direkt ins Auto … was hätte ich da machen sollen, he!?«

»Bremsen und Ausweichen, so wie die Zeugen, die das beobachtet haben, auch erwartet hätten.«

Latz winkte ab.

»Das ist alles erledigt. Ich habe die Strafe bezahlt.«

»Es hieß, Sie seien absichtlich auf den Hund zugefahren, der am Straßenrand etwas erschnüffelt hatte … Sie hätten beschleunigt und Ihr Auto nach rechts gezogen, anstatt auszuweichen.«

Latz wurde ärgerlich und laut.

»Jetzt reicht's mir aber wirklich … ich will, dass Sie jetzt gehen. Raus! Und wenn Sie nicht gehen, zeige ich Sie an, jawohl!«

Wenzel trommelte mit den Fingern auf einem der ledergebundenen Schinken, die auf dem Sekretär gestapelt waren.

Der Typ nervte ihn. Jetzt einfach zu gehen, hätte er als Niederlage empfunden.

»Wenn Sie meinen, Herr Latz, nehmen Sie sich einen Anwalt – und morgen erwarten wir Sie dann auf der Dienststelle für eine DNS-Probe. In der Sache Zwingler haben wir noch die sichergestellten Seile von damals und machen einen Abgleich. Solche Ermittlungsmöglichkeiten gab es damals nicht, verstehen Sie?«

Robert Funk verdrehte die Augen zur Decke, was in dem dusteren Raum allerdings nicht zu sehen war. Da vergaloppierte sich Wenzel aber gerade heftig. Doch er konnte es verstehen. Sie steckten fest und kamen an keinem Punkt entscheidend weiter – und Latz war einfach widerlich.

Peter Latz drehte den Kopf und sah Wenzel an. Sein Mund stand etwas offen. Langsam und voller Bestürzung sagte er: »Aber das Seil ist doch weg.«

Es dauerte einige Sekunden, bis Robert Funk realisierte, was der Kerl da gerade gesagt hatte. Erschrocken lauschte Latz seinen Worten nach, während Funk versuchte, im undurchsichtigen Dunkel Wenzels Miene zu erkennen, der ungewöhnlicherweise schwieg. Hätte Latz seine Worte schnell abgefeuert, wäre Wenzel sofort präsent gewesen, aber dieses Verzögerte im ganzen Wesen von Latz lähmte auch ihn. Erst als Funk sich räusperte, fand er seine Sprache wieder.

»Sie können gerne Ihren Anwalt verständigen. Jetzt kommen Sie aber erst einmal mit uns auf die Dienststelle, denn Sie sind festgenommen, Herr Latz.«

Latz' Gestalt war zusammengesunken, und Erschrecken lag in seinen Worten.

»Ich? Aber wieso denn?«

Wenzel wurde laut: »Mitkommen!«

*

Lydia stand ungeduldig in Kimmels Büro und wartete darauf, dass Schielin endlich den Hinweis fand, den sie auf dem Dokument entdeckt hatte. Das Ganze dauerte ihr jedoch zu lange, und fahrig grapschte sie das Papier.

»Du musst die Rückseite anschauen – es geht um den Firmeninhaber!«

Er zog es ihr wieder weg.

»Ja ja, mach ich ja schon …«

Mit einer ausladenden Handdrehung wendete er es und sah dabei kurz zu Kimmel. Schnell fand er die Spalte mit dem Namen des Inhabers der seit Jahren bankrotten Firma *Copro* aus Ravensburg. *Edgar Kutz* stand da in blassen Buchstaben geschrieben, und vor Schielin tauchte die lange, hagere Gestalt des Kerls auf, den sie gleich zu Beginn vernommen hatten, weil Schober unter seinem Boot gelegen hatte. *Edgar Kutz.*

Schielin war wie vom Schlag getroffen.

»Der Kutz?!«

»Der mit dem Boot?«, fragte Kimmel nach.

»Ja, genau der!«, kam es immer noch atemlos von Schielin, der seine Gedanken sortieren musste.

Die Gewerbeanmeldung war mit Schreibmaschine ausgefüllt worden, wie an den unregelmäßigen Lettern gut zu erkennen war. Den Ermittlern in der Sache *Pferderipping* sagte der Name Kutz natürlich nichts – es war einer von hunderten, der noch dazu ganz am äußersten Rand der Ermittlungen auftauchte. Er konnte durchaus nachvollziehen, wie wenig Sinn es gemacht hätte, einen Edgar Kutz nach dem Verbleib einer Waffe zu fragen, die zuvor schon von genügend anderen hätte beiseite geschafft werden können. Doch an ihrem Ermittlungshimmel war dieser Name nun ein hell leuchtender Stern und stand in direktem Bezug zum Tod von Martin Schober. Aber wie sollten sie nun mit diesem Kutz verfahren? Wenn er nicht ganz blöde war, hatte er die Waffe längst verschwinden lassen – am besten weit draußen im See, wo sie für Jahrtausende in der Dunkelheit der Tiefe, umbettet von Schlamm und Schlick, überdauern konnte und niemals das Geheimnis preisgeben würde, auf welche Geschöpfe ihr Lauf gerichtet war und wessen Zeigefinger rücksichtslos den Abzug durchgezogen hatte.

»Und jetzt?«, fragte Kimmel. »Was macht ihr?«

Schielin warf ihm einen verständnislosen Blick zu und marschierte, ohne eine Antwort zu geben, die Gewerbeanmeldung fest in der Hand nach hinten ins Büro. Auch Lydia nahm Kimmel in den strafenden Blick ihrer Augen.

»Was macht ihr? Was macht ihr? – Ja erst mal überlegen, oder?!«

Sie folgte Schielin und schloss die Tür, was ihr jedoch überhaupt nicht guttat, denn sie fühlte sofort eine beklemmende Enge: Die Wände waren ihr zu nah, die Fenster zu klein. Ärger stieg in ihr auf – Ärger darüber, den Namen von Kutz zwei Tage lang nicht bemerkt zu haben. Mit Schielin brauchte sie jetzt nicht darüber zu reden. Sie kannte diesen Blick mit den offenen Augen, die Aufmerksamkeit suggerierten, während seine Ohren jedoch verschlossen und seine Gedanken an vollständig anderem Ort waren.

Draußen im Gang wurde es laut. Sie hörten die Stimmen von Wenzel, Robert Funk und eine fremde dazu. So laut, wie es da zuging, schien es Schwierigkeiten zu geben. Lydia sah hinaus und erkannte Peter Latz. Wenzel gab ihr ein Zeichen, dass alles in Ordnung sei.

Schon die kurze Fahrt zur Dienststelle war anstrengend gewesen. Wenzel hatte auf der Rückbank gesessen und Latz dort in Schach gehalten, der mit jedem Meter hysterischer wurde und wirres Zeug von sich gab. Er schwankte zwischen Aggressivität und Mitleid heischend. Einmal packte ihn Wenzel sogar am Kragen und schüttelte ihn, was Latz bis zum Parkplatz der Dienststelle in leises Winseln versetzte. Als sie mit ihm den Gang der Dienststelle betraten, geriet er völlig außer sich. Vor der Tür zum Besprechungsraum drückte er sich mit dem Rücken an die Wand und war nicht dazu zu bewegen, auch nur noch einen Schritt weiterzugehen. Wenzel und Funk wussten nicht recht, was sie tun sollten, während er jammerte und heulte, mit weit aufgerissenen Augen, die zur Decke gerichtet waren. Er verdrehte seinen Oberkörper und ging langsam in die Knie.

»Es war doch ein Unfall, es war doch ein Unfall, es war doch ein Unfall …«, jaulte er.

Robert Funk redete ruhig auf ihn ein.

»Ja natürlich war es ein Unfall, Herr Latz. Kommen Sie mit, ein paar Meter nur, dann geht es Ihnen gleich besser.«

Wenzel packte ihn vorsichtig unter den Armen und wollte ihn hochziehen, doch er ließ sich nun ganz auf den Boden gleiten und kroch wimmernd herum. Inzwischen war die ganze Dienststelle versammelt und beobachtete das Drama.

»Wir lassen ihn«, meinte Wenzel.

Kimmel sah Wenzel fragend an.

Der hob entschuldigend die Hände.

»Wir haben nichts gemacht.«

Funk stimmte ihm zu.

»Ist ja gut, ist ja gut. Wenn er nicht zur Ruhe kommt, brauchen wir eben einen Arzt«, sagte Kimmel.

»Jetzt lass ihn erst mal. Das gibt sich schon wieder«, meinte Funk und lehnte sich an die Wand.

»Durchsucht habt ihr ihn?«, frage Kimmel.

»Natürlich«, entgegnete Wenzel genervt und nahm den Blick nicht von Latz.

Kimmel verzog sich wieder in sein Büro, und auch Jasmin Gangbacher und Gommi verschwanden hinter ihren Türen. Wenzel und Funk hatten die Situation schon im Griff.

*

Lydia war es für den Moment zu viel. Sie schnappte sich ein Funkgerät und einen Dienstwagen und düste hinunter auf die Insel, wo sie vor dem Bahnhof im Halteverbot parkte und am *Bayerischen Hof* vorbei in den Hafen lief. Das kleine Funkgerät trug sie in ihrer Umhängetasche bei sich, hörte daraus aber nur ein eigenartiges Rauschen und Blubbern, was sie noch mehr aufregte. Sie drehte an den Reglern, drückte hier und da auf einen Knopf – ohne Reaktion. Schließlich schaltete sie das Ding genervt aus. Alles nervte sie, wirklich alles: die schmucken Hotelfassaden, die vielen Menschen, das hysterische Gekreische der Möwen, die Signalhörner der Ausflugsdampfer und der Bayerische Löwe, welcher der Stadt arrogant den Arsch hinhielt und sehnsüchtig in die Schweiz blickte. Sie stapfte durch die Maximilianstraße, blieb an einer der aufgestellten Werbetafeln hängen, als sie einem Radfahrer auswich, und flüchtete schließlich vor der Enge an den kleinen See. Am Bauzaun der Inselhalle hingen Fotos, die zeigten, wie es hier zukünftig einmal aussehen sollte. Sie bezweifelte, jemals ein so ausgesprochen gelungenes Gebäude an dieser Stelle zu Gesicht zu bekommen, wie es hier auf den großen Bannern vorgestellt wurde. Ein Stück weiter blieb sie an einer Werbetafel stehen. Ein Heiler bot seine Dienste an: Energiearbeit, soziale Prozesse, Coaching und Heilströmen. Sie las: *Ihre Verbindung mit der wahren Natur, die aus dem Gottesstrom in die Einheit mündet, lässt Sie wach sein für die Entwicklung, die aus dem Herzen in Liebe für alle entstehen will.*

»Mhm«, murmelte sie und sah sich um, ob sie jemand beobachtete. Auch die Fortsetzung, in der es hieß, dass aus *dieser Liebe ein Wir und ein Leben gestaltet werden könnte, welches eint und Welten der Liebe entstehen ließ – zum Wohl anderer, und in welcher der Samen der Wirklichkeit des Friedens in Herrlichkeit aufgehen würde*, war schon eine markante Aussage. Ein *Schöpferpotenzialkurs* wurde angeboten. Wer wollte so was nicht? Schöpferpotenzial – das klang omnipotent; genau das Richtige für Leute, die ihren Alltag nicht zustande brachten. Auf wundersame Weise besänftigte der Unsinn ihren Unmut, und sie las, schon ruhiger geworden, nun weiter, wie wichtig es war, *sein Herz zu öffnen und die Verbundenheit mit dem Göttlichen zu beschwören. Das eigene Licht, seine Urkraft aus der Tiefe des Seins sollte in die Welt leuchten und Materie in Schwingung versetzen.* Wow!, dachte sie. Auf so etwas musste man auch erst mal kommen – in Liebe gesät und so. Liebe, Liebe, Liebe – geht es nicht auch mit etwas weniger? Mit Freundlichkeit zum Beispiel, Achtsamkeit, Behutsamkeit und Bedachtsamkeit? Sie fühlte sich schon viel besser, nun, nachdem sie das Zeug gelesen hatte und wusste, dass es tatsächlich Menschen gab, die hier an der Tür klingelten, in der Hoffnung auf Hilfe.

Sie ging weiter und war wieder in der Lage, zu reflektieren. Was war nur los mit ihr? Niemand machte ihr doch Vorwürfe. Weswegen auch? Während sie so dahinging, wünschte sie sich für einen Moment auch einen Esel, dem sie in der Stille eines Waldweges alles an den Kopf schmeißen konnte. In weitem Bogen marschierte sie zurück zum Auto, ließ den Baulärm an der Inselhalle hinter sich und schlenderte durch die Fischergasse. Am Brunnen hingen erste dicke Rosenblüten über dem Schmiedeeisen, und hinten an der Gerberschanze war sie ganz allein und sah in die

Bucht hinaus. Ein Segelschiff zog gemächlich vorbei. Sie behielt es im Blick, horchte auf ihren Atem, gewann wieder Körperlichkeit und fand zurück zu sich selbst. Der See schluckte jede Hetze, jede Unrast und Rastlosigkeit.

Zurück auf der Dienststelle suchte sie trotzdem ein Opfer, wobei die Suche im Grunde keine war, da es ja Gommi gab. Sie platzte in sein Büro, das Funkgerät in der Hand. Jasmin Gangbacher war gerade nicht zugegen, dafür stand Kimmel hinter Gommi und füllte mit ihm irgendwelche Listen am Computer aus. Sie hielt das Funkgerät hoch.

»Was ist denn das für ein Glump, Gommi, he!?«

»Ein Funkgerät halt«, antwortete er unschuldig.

»Ein Funkgerät halt«, äffte sie ihn nach. »Und wieso verstehe ich nichts von dem, was da gesprochen wird, wieso höre ich da bloß Geblubber und Gegurgel!? Ist das nur für Taucher oder was?!«

Sie gab unverständliche Laute von sich, die klangen, als ob sie am Ertrinken sei.

Hundle erhob sich langsam, gähnte, streckte sich und tappte gemächlich aus dem Zimmer. Gommi hätte das auch gerne so gemacht. Er sagte: »Ja mei …«

»Ja mei … sagt er, der Herr … wie heißt das, was du bist!?«

»Einführungsverantwortlicher«, entgegnete Kimmel anstelle von Gommi.

Sie sah zur Decke.

»Also Namen lasst ihr euch einfallen, des muss ich schon sagen, wenigstens das ist ganz große Klasse – Einführungsverantwortlicher … wie das klingt … ha!«

»Lydia, du hast des Funkgerät genommen, wo die Verschlüsselung nicht geht – da hörst du nur Geblubber. Das ist so beim neuen Digitalfunk«, erklärte Gommi. »Des hab ich aber in der letzten Morgenbesprechung gesagt – die mit dem gelben Papper drauf.«

Sie tat verständnisvoll.

»Ach so, der neue Digitalfunk mit dem gelben Papper drauf, da versteht man nicht mehr, was andere quatschen. Mhm. Schlau, schlau, Herr Einführungsverantwortlicher. Und wieso habe ich in den letzten Jahrhunderten am alten Analogfunk kein Geblubber gehört, mhm?«

»Weil der alte Funk manchmal gar nicht da war, weil er keine Abdeckung hatte.«

»Keine Abdeckung – soso. Mag sein – aber dann hab ich wenigstens auch keinen Schmarrn und kein Gurgeln gehört.« Sie wischte mit der Hand durch die Luft. »Gut, okay, machen wir es anders … ich bin die Blondine hier auf der Dienststelle. Bisher hatte ich das gute alte Viermeterfunkgerät. Wenn ich da reingesprochen habe, wusste ich, die Herrschaften in Kempten hören mit – also, Lydia, benimm dich, rede anständig, dass wir Lindauer in einem guten Licht dastehen. Und dann gab es ja noch das gute alte Zweimeterfunkgerät. Da konnte ich einfach reinplärren: He, du da vorne, ja du mit der hässlichen roten Jacke! Schau, dass du da wegkommst … oder so ähnlich – und alle mit einer roten Jacke im Umkreis von zehn Metern sind weggegangen. Und nun zeig mir, Gommi, wie ich das mit dem Ding hier hinkriege. Wo hört Kempten mit und wo kann ich Lydia Naber sein, wenn ich will und muss?«

Gommi stand auf, zeigte ihr einen Knopf und erklärte ihr ruhig das Gerät. Er sagte etwas von einer Gruppe, die sie wählen müsse. Ihre Stimme wurde ganz sanft.

»Gommi, wenn ich Gruppe höre, assoziiere ich entweder Gruppengespräch oder Gruppensex – beides mag ich nicht. Also …?«

Kimmel sah keine Möglichkeit, das Büro zu verlassen, und versuchte, sich auf die Liste am Bildschirm zu konzentrieren.

Gommi schrieb Lydia zwei Zahlen auf einen Zettel und sagte etwas von Kurzwahl. Sie nahm die Notiz und ging in Richtung Tür. Um noch etwas Positives dazu loszuwerden, rief er ihr nach: »Lydia, du kannst jetzt übrigens auch mit der Feuerwehr funken, wenn du willst.«

Sie drehte sich abrupt um und ging wieder einen Schritt auf Gommi zu.

»Was!?«

Er erschrak und wäre gerne mit dem Bürostuhl nach hinten weggerollt, doch Kimmel blockierte ihn.

»Wie – die Feuerwehr? Die sind jetzt auf unserem Funk drauf!? Hören die mich mit!?«

»Nicht direkt …«, versuchte Gommi zu entschärfen.

Sie blieb ungnädig.

»Auch indirekt wäre das schon unvorstellbar! Sagt mal, spinnt ihr jetzt total, oder was? Feuerwehr – am Polizeifunk!? Auf so was kommt man echt nur in München.« Sie stapfte durch den Gang nach hinten.

Hundle, der Lydias Ruhestörung im Besprechungszimmer überbrückt hatte, kam wieder zurück und legte sich auf seine Decke. Er gähnte expressiv, streckte sich danach ausgiebig, wonach er ein paar Mal schmatzte, und schloss dann zufrieden die Augen. Ein Hundeleben.

Kimmel öffnete die Schublade am Rollcontainer und holte eine Kaustange für Hundle heraus. Fast hätte er selbst reingebissen, so durcheinander war er. Gleich als Lydia ins Büro gestürmt kam, hatte er ihr eigentlich sagen wollen, dass eine Besprechung angesetzt war, sobald Wenzel und Funk mit diesem Peter Latz fertig waren, denn Schielin hatte einen Plan. Aber ihr Auftritt hatte ihm keine Gelegenheit dazu gegeben. Er wischte sich den Schweiß von der Stirn. Es war heiß geblieben; selbst die alten, dicken Sandsteinmauern des Gebäudes wirkten nur noch bedingt gegen die Hitze, die von Tag zu Tag drückender und bedrängender wurde. Die Räume heizten sich auf. Es wäre Zeit für einen erfrischenden Regen, eine kühlende Brise, die durch die geöffneten Fenster wehte und den Dampf hinwegfegte. Vielleicht wäre ein Gewitter das allerbeste.

Es dauerte seine Zeit, bis sich alle versammelt hatten, was jedoch keineswegs mangelnder Disziplin am Ende des Bürotages geschuldet war. Die Wendung, die das abrupte Auftauchen des Namens Edgar Kutz in den Fall gebracht hatte, erforderte eine neue Ausrichtung, ein anderes Denken, und das brauchte Zeit. Erstmals gab es eine wirklich heiße Spur.

Schielin saß noch am Schreibtisch und ordnete Papierstapel – nicht etwa, weil die durcheinander gewesen wären, nein; er benötigte zum Nachdenken lediglich etwas Materielles zwischen den Händen, weil ihm dadurch seine Gedanken um Schober, Kutz, das Boot und die Schüsse im Sturm stofflicher vorkamen und in der Folge gewichtiger.

Lydia war nach ihrem Auftritt bei Gommi kurz im Büro aufgetaucht, hatte ein paar Worte mit ihm gewechselt und war dann unvermittelt in den Keller verschwunden, wo sie ungestört war und einige Kisten und Koffer hin- und herräumte. Es hatte nichts wirklich Ordnendes, und sie war auch nicht bei der Sache, sondern bei dem ersten Treffen mit Kutz. Sie sah den Garten und die hagere Gestalt, wie sie gebückt am Wohnzimmerschrank stand. Sie öffnete mechanisch einen der Umweltkoffer und prüfte oberflächlich, ob alle Utensilien vorhanden waren: Pinzetten, Pipetten, Plastikklebefolien, Wasserflaschen, Messbehälter, Analysestreifen für verschiedenste Giftstoffe – bei einem stellte sie ein überzogenes Ablaufdatum fest. Sie schloss den Koffer wieder und stellte ihn in den Schrank zurück. Dieser elende dürre Kerl hatte auf ein Pferd geschossen. Sie versuchte, sich die Tat vorzustellen.

Wenzel und Robert Funk standen am Drucker im Gang und warteten stumm auf die Ausgabe ihrer Berichte, die sie über die Befragung mit Latz geschrieben hatten. Seit der Name Kutz durch die Dienststelle geisterte, erschien ihnen die Mühe mit Latz vergeblich.

Jasmin Gangbacher surfte im Internet, um Ablenkung zu finden und gleichzeitig ihr Denken dadurch zu präzisieren. Die Seite eines Autohändlers hatte es ihr besonders angetan. Er verkaufte alte *Renaults* R4. Gommi sprach derweil leise mit Hundle, während Kimmel schon im Besprechungsraum wartete, wo er eine passende Tasse für sich suchte. Etwas Neutrales sollte es sein – schwierig zwischen all den Versicherungen, Gewerkschaften und Beratungsfirmen.

*

Als sich nacheinander alle zusammengefunden hatten – Schielin kam zuletzt hinzu – richtete sich Kimmel mit einem Blick an Funk und Wenzel und eröffnete so die Runde.

Lydia fragte ernst: »Hat er noch lange am Boden gelegen?«

Wenzel zog die Stirn hoch.

»Nein. Wir haben ihn dann doch noch nach hinten ins Vernehmungszimmer bugsieren können. Diesen plötzlichen Zusammenbruch haben wir wirklich nicht erwartet... ich hätte ihn widerspenstiger und stabiler eingeschätzt.«

»Und was ist jetzt rausgekommen?«, fragte Lydia gespannt.

Robert Funk berichtete unaufgeregt.

»So wie er das Ganze geschildert hat, war es wirklich ein dummer Unfall. Er ist damals nicht nach Hause gefahren, wie er es den anderen, die weiter zum Baden sind, gesagt hat, sondern gleich wieder zurück in den Wald. Wie er angab, habe ihm der Zwingler auf einmal leidgetan. Er habe ihn losmachen wollen, hat aber ohne nachzudenken das Seil, mit dem Zwingler um den Baumstamm gebunden war, zuerst aufgeschnitten … na ja …«

»Oh je«, rief Lydia Naber und schlug die Hände vors Gesicht. »Der war ja noch an den Händen und Füßen gefesselt.«

»Genau. Als er das vorhin erzählt hat, hätte er eigentlich gar nicht mehr weitermachen müssen. Zwingler konnte das Gleichgewicht wegen der Fesselung nicht halten, kippte nach vorne … und drei Meter hinunter auf das Kiesbett. Es hätte aber nicht so ausgehen müssen, wenn der Latz nicht vor lauter Schreck abgehauen wäre. Er hat ihn da unten in der Leiblach liegen sehen und dachte, er sei tot – da ist er eben abgehauen. Nach einer halben Stunde etwa ist er noch mal zurück und hat nachgesehen … da war es aber schon zu spät.«

»Hat er die Fesseln gelöst?«, fragte Schielin.

»Nein. Wie er sagt, ist er dann gleich mit dem Fahrrad nach Hause gefahren. Es muss der Stöck gewesen sein, der den Koppe schützen wollte. Ich habe mich gefragt, was mit dem Zeugen war, der den Jungen gefunden hat, aber dazu bekommen wir keine Erkenntnisse mehr. Es ist auch ohne jeden Sinn, denn jede konstruierbare Straftat ist verjährt und mit Mord haben wir es sicher nicht zu tun. Ich würde sagen, wir legen die Akte wieder auf den Dachboden. In hundert Jahren interessiert sich niemand mehr für das, was da genau geschehen ist. Soll der Latz doch seinen Firlefanz weiter verkaufen.«

»Aber Koppe und Mohr sollten wir informieren«, warf Schielin ein.

»Ja, das auf alle Fälle«, stimmte ihm Funk zu. Er sah zu Wenzel. »Wir übernehmen das. Die Mühlen der Zeit mahlen zwar – aber nicht alles, solange noch jemand an einem

Geschehen Anteil nimmt und seine Beteiligung an der Wahrheit sehen will.«

Kimmel fand, es war nun genug von Latz und dem seit Jahrzehnten toten Zwingler geredet worden. Er warf den Namen Edgar Kutz in die Runde.

»Kommen wir zur heißen Spur – Edgar Kutz.«

Eine ganze Weile blieb der Name im Raum stehen, als könnte aus ihm eine Holografie entstehen, welche die damit verbundene Gestalt in der Mitte des Tisches zeigte.

»Ja – Edgar Kutz«, griff Schielin Kimmels Einwurf auf. »Den hatten wir schon ganz zu Beginn im Fokus ... ihm gehört schließlich das Boot.«

Er erzählte ausführlich von der ersten Vernehmung zusammen mit Lydia und davon, wie sich von Satz zu Satz jeglicher Verdacht gegen diesen schlaksigen Kerl in Nichts aufgelöst hatte.

»Er muss abgrundtief kalt sein«, stellte Lydia fest. »Wer schießt schon mit einer Pistole auf Pferde, nur um sie zu verletzen und leiden zu lassen, und diese Sache ist nur das, was bekannt geworden ist. Ich garantiere euch, der hat noch ganz andere Dinge getrieben, von denen niemand weiß.«

Robert Funk meldete sich zu Wort.

»Wir haben in jedem Fall einen strategischen Vorteil. Er wiegt sich in Sicherheit und glaubt, die Sache sei für ihn erledigt, nachdem er nicht mehr befragt worden ist. Er wird hoffen, es verläuft alles genauso im Sand, wie damals die Ermittlungen bei den Schüssen auf das Pferd. Mhm. Da hat er sich wohl getäuscht.«

»Habt ihr sein Alibi überprüft?«, fragte Wenzel unvermittelt in Richtung Schielin.

»Ja, habe ich«, antwortete Schielin. »Er war an dem betreffenden Wochenende, wie er angegeben hat, im Schwarzwald – wandern. Ich habe dort im Hotel angerufen, wo er schon bekannt ist, weil er da jedes Jahr im Herbst für ein verlängertes Wochenende zum Wandern hinfährt. Bis zum Montag war er dort – jedenfalls hat er laut Hotel vier Nächte da verbracht. Aber das werden wir uns jetzt noch mal genauer ansehen, sehr genau. Damals, bei der Sache mit den Schüssen auf das Pferd, ist er übrigens nie befragt worden. Das wird sich jetzt ändern. Leider fehlt uns jeder Beweis, dass er im Besitz dieser *Walter PPK* ist oder war. Wir haben nur diese Gewerbeanmeldung, die darauf deuten könnte.«

Wenzel war in dieser Hinsicht auch skeptisch.

»Wenn er nicht ganz blöd ist, hat er das Ding draußen im See versenkt, und ohne Tatwaffe wird es schwer werden.«

Er erfuhr zustimmendes Gemurmel in der Runde. Aussichtslos war die Sache aber nicht, dachte Schielin.

»Hausdurchsuchung?«, fragte Kimmel.

Schielin schüttelte den Kopf.

»Nein, nein – das bringt nichts. Selbst wenn er so unvorsichtig gewesen wäre, die Waffe nach den Schüssen auf Schober zu behalten und irgendwo zu verstecken, spätestens als Lydia und ich bei ihm zu Hause aufgetaucht sind, wird er das Ding entsorgt haben. Alles andere wäre völlig irre, und irre ist der nicht. Ich halte das Risiko für zu groß, da raus zu marschieren, die Bude zu durchsuchen und dann nichts zu finden und blank dazustehen. Nein, wir müssen anders vorgehen.«

»Und wie?«, fragte Robert Funk.

»Wir haben etwas übersehen«, meinte Schielin. »Es muss eine Verbindung zwischen Schober und Kutz geben … eine andere Erklärung gibt es nicht. Kutz mag auf Tiere geschossen haben, aber in den letzten Jahren hat er nur einmal auf einen Menschen angelegt – auf Martin Schober. Etwas muss ihn dazu getrieben haben, es gibt einen Grund dafür – ein klassisches Motiv. Alles spricht gegen eine Zufallstat.«

»Der Kerl muss ja Nerven wie Drahtseile haben«, meinte Robert Funk. »Der hat ja nicht wissen können, wo Schober abgeblieben ist, nachdem er mit dem Boot davongekommen war. Ich bezweifle sogar, dass er von den zwei Treffern wusste. Stellt euch vor: Schober verschwindet mit dem Boot im Nichts, einige Monate ist Ruhe, und dann taucht ihr plötzlich bei Kutz auf und befragt ihn – er muss ja gedacht haben, geliefert zu sein – und da behält er die Nerven, in so einer Situation!? Alle Achtung. Ein harter Brocken.«

Schielin winkte ab.

»Jaja, stimmt schon irgendwie, Robert, aber der war vorbereitet und hat die Nerven auch schon vorher behalten, nämlich als er den Verlust seines Bootes der Versicherung meldete und als Grund dafür den Sturm angab. Das nenne ich Chuzpe. Sicher ist jedenfalls, dass wir nicht einen Millimeter weiter kommen, wenn wir ihn mit dem Wenigen, was wir im Moment haben, konfrontieren. Wir haben nichts gegen ihn in der Hand, womit wir Druck erzeugen können.«

»Also? Was schlägst du vor?«, fragte Kimmel bestimmt.

»Na ja … vielleicht gibt es ja eine Verbindung zwischen Kutz und Schober über die *Automotive Systems* in Mindelheim. Dieses wilde, enthemmte Schießen, diese Ballerei, das deutet doch auf eine emotionale Explosion von Kutz hin – ausgerechnet bei diesem coolen Kerl! Schober muss ihn da an einer sehr empfindlichen Stelle erwischt haben. Und irgendeinen Zusammenhang mit dem Tod von Schobers Mutter muss es meiner Meinung nach auch geben. Es muss ja einen Grund haben, warum Schober sich von diesem Zeitpunkt an so verändert hat. Wir müssen da noch mal ran. Genau da müssen wir noch mal ran.«

»Und konkret?«, fragte Kimmel.

»Erstens: Wir überprüfen das Alibi von Kutz. Wenn es da eine Lücke gibt, hätten wir eine erste Daumenschraube.

Zweitens: Der Hafenwart in Nonnenhorn hat mir erzählt, dass Kutz Erbstreitigkeiten mit einem Verwandten hatte; das schauen wir uns mal an, und drittens: Schobers Fahrten nach Italien und diese Namensliste. Meiner Meinung nach gibt es da einen Zusammenhang. Wir konzentrieren uns genau auf diese drei Ansätze.«

Lydia Naber nickte.

»Ja, genau so sollten wir vorgehen. Das klingt richtig. Ich würde aber noch vorschlagen, dass wir ihn ruhig ein bisschen am Kochen halten. Ab und an flippt der Kutz ja scheinbar schon aus, wenn ich da an sein Rumgeballere in Nonnenhorn denke, was bedeutet: Auch seine Coolness hat ihre Grenzen. Also ich würde sagen: keine Vernehmung, keine Befragung, aber er soll mitkriegen, dass wir in diesem Fall nicht locker lassen … steter Tropfen höhlt den Stein. Wir sollten ihn im Ungewissen lassen und trotzdem präsent sein. Wir haben ja noch sein Boot.«

»Wie meinst du das?«, fragte Kimmel irritiert.

»Lassen wir ihn doch einfach nach Lindau kommen und es identifizieren. Das ist zwar völlig unsinnig, aber es gibt uns Gelegenheit, ihn etwas anzuspitzen. Er soll mit uns, der Polizei, in Kontakt bleiben – das mag der nicht, glaubt mir. Wir werden zu seinen bösen Geistlein, die ihn nachts nicht ruhig schlafen lassen. Und das schaffen wir, auch ohne die bösen Bullen zu geben. Im Gegenteil: Wir sind scheißfreundlich zu dem Sack. Wir bitten ihn, zum Identifizieren seines eigenen Bootes zu kommen, ein paar Tage darauf darf er es wiederhaben. Glaubt mir, das wird ihm zu schaffen machen. Ungewissheit! Ungewissheit ist ein starkes Gift. Wir lassen es lange wirken, dann wird auch so ein Kerl wie er weich. Und wenn er sein Bootle daheim hat und froh darüber ist, endlich alles hinter sich zu haben, kommen wir ihn erneut besuchen, in seinem Haus. Wir verletzen den

Raum, in dem er sich sicher fühlt, und stellen ein paar belanglose, dumme Fragen – je nachdem, wie weit wir mit unseren Ermittlungen bis dahin gekommen sind. Versteht ihr? Nicht locker lassen … seine eigene Angst, seine eigene Schuld – die soll ihn zermürben. So meine ich das. Und in der Zwischenzeit sammeln wir unser Belastungsmaterial.«

Sie sahen einander an.

Schielin fand diese Idee gut.

»So machen wir das. Wir setzen ihn auf die Herdplatte und drehen auf eins … und suchen derweil nach dem Motiv.«

»Und wenn wir es haben, dann drehe ich hoch auf drei«, sagte Lydia Naber düster.

»Darfst du, Lydia«, versprach es ihr Schielin. »Darfst du.«

*

In der Nacht konnte Schielin nicht schlafen. Nachdem er sich lange Zeit von einer Seite auf die andere geworfen hatte, stieg er schließlich vorsichtig und möglichst leise aus dem Bett. Marja bekam es dennoch mit. Sie kannte diese unruhigen Nächte und murmelte etwas von einer Decke, die hinter dem Sofa lag. Er stieg langsam die Treppe hinunter, tastete mit den nackten Füßen im Dunkel nach den Stufen, weil er kein Licht machen wollte, und schloss die Haustür auf. Er trat ein paar Schritte hinaus. Die Sterne leuchteten hell. Gegenüber, hinter den alten Obstbäumen, hob sich das Haus von Albin Derdes als dunkler Schatten ab. Da drüben war es stockfinster und still. Einmal rief ein Käuzchen hinten an der Weide. Wenigstens wurde es in den Nächten noch kühl, dachte Schielin.

Aus der Ferne war der Motor eines Autos zu hören. Einsame Fahrten mit dem Auto, allein, durch die Nacht, die hatten etwas Besonderes. Die Isoliertheit, das gleichmäßig-meditative Motorengeräusch, die Dunkelheit und das Grelle des Scheinwerferlichts – das schaffte Raum für befreite Gefühle und von Ballast entledigte Erinnerungen, die einen in keinen anderen Momenten anwandelten. Für Schielin waren es Augenblicke der Klarheit, und genau einen solchen Augenblick sehnte er sich herbei.

Er rieb sich die Oberarme, als es ihn dort feucht angriff, und ging wieder ins Haus zurück. Ruhig hockte er sich im Dunkeln auf das Sofa und grübelte. Ein Schreck durchfuhr ihn, als auf einmal sein I-Phone auf der Tischplatte vibrierte und das Aufleuchten des Bildschirms einen bläulichen Schein in die Stube zauberte. Leicht beugte er sich nach vorne und las die kurze Nachricht auf dem Display: »bist du auch wach?«

Es war Lydia. – Ein zweiter Schrecken suchte ihn heim. Wie vertraut waren sie sich eigentlich? Gerade erst hatte er noch gedacht: Lydia kann sicher auch nicht schlafen; was sie wohl gerade macht? Auf die Idee, ihr eine Nachricht zu senden, wäre er allerdings nicht gekommen. Unentschlossen nahm er das Telefon in die Hand und tippte: »was sonst!«

»haha, hab ich mir gedacht. am liebsten würde ich gerade-wegs hinfahren zu dem kerl und ihn festnehmen. es macht mich ganz verrückt, der gedanke an den lulatsch und an den armen kerl da unter dem boot«, kam sofort die Antwort.

»bleib, wo du bist!«, schrieb Schielin zurück.

»jaaa ... trinkst du rotwein?«

»---«

»das ist gut. hab mir nen winzigen schluck whiskey ein-geschenkt. das schlimme Zeug von meinem liebsten *laph-roaig*! du erinnerst dich?«

Schielin verzog es sofort den Mund, intensiver, als hätte er in eine Zitrone gebissen. Ein einziges Mal hatte er dieses

Gesöff probiert und das Zeug kaum runterbekommen. Der durchdringende Geruch nach Karbol erinnerte ihn an Zahnarzt und Krankenhaus. Er schrieb: »so schlimm?«

»i wo. wo ich nun weiß, wie wach du bist, werde ich noch ein wenig schlafen können ... au revoir.«

Er antwortete nicht mehr und starrte in die Dunkelheit. Die Hitze des Tages und die Abkühlung in der Nacht ließen das Haus arbeiten. Es knackte und knarrte. Seine Anspannung legte sich langsam, und das Gedankenkarussell kam zur Ruhe. Hinter dem Sofa fand er die Decke, von der Marja gesprochen hatte. Ein paar Stunden schlief er nun doch tief und fest und bekam nicht einmal mit, wie Marja in der Küche das Frühstück vorbereitete.

Die Morgenbesprechung dauerte nur eine Tasse Kaffee lang, denn viel zu besprechen gab es nicht. Jeder ging seiner Aufgabe nach.

Jasmin Gangbacher hockte über der Namensliste und versuchte wieder einmal, ein System darin zu entdecken, diesen Kristallisationspunkt, der dem Ganzen einen Sinn gab.

Schielin telefonierte mit dem Hotel im Schwarzwald. Das Gespräch erforderte seine ganze Geduld, denn ständig wurde er unterbrochen, wenn Gäste an den Empfang kamen und Fragen hatten oder etwas verlangten. Seine Gesprächspartnerin, die einen sehr geduldigen Eindruck machte, blieb gelassen und meldete sich immer wieder freundlich am Hörer zurück. Sie bestätigte ihm die Übernachtungen von Edgar Kutz in besagtem Zeitraum und betonte, wie lange er schon Kunde ihres Hauses sei und dass er bereits mit seiner Mutter Gast in diesem Hotel zu sein pflegte. Natürlich könne keiner der Angestellten zu jeder Minute seines Aufenthalts Auskunft geben – aber er sei definitiv von Freitag bis Montag im Hotel gewesen. So viel stehe fest. Schielin bat um Zusendung der Rechnung per Mail und fühlte, wie sie zögerte. Er sprach leise, so als solle niemand ihn hören: »Wir können bis morgen auch einen richterlichen Beschluss erwirken und schicken die Kollegen vorbei – so ginge es auch. Das ist kein Problem.«

Das wiederum war ihr gar nicht recht, und sie willigte ein.

»Ich glaube, da stecken wir fest«, meinte er zu Lydia, die gerade mit dem Einwohnermeldeamt telefonierte und auf die Sachbearbeiterin wartete. Lydia hielt die Sprechmuschel zu und flüsterte: »Der Schober hat sich wirklich ganz brav angemeldet, als er hierher gezogen ist, der gute Kerl.«

»Hat ihm auch nichts genutzt, seine Bravheit«, brummte Schielin und wartete auf die Mail aus Kirchzarten. Blöd von ihm, nicht doch zeitlichen Druck gemacht zu haben. Das Ding konnte jetzt kommen oder erst in Stunden. Er wippte mit dem Bürostuhl.

Lydia hatte wieder jemanden am Hörer.

»Ja, ich bin schreibbereit.«

Sie notierte die Daten, die ihr durchgegeben wurden, und legte auf.

»Was hat denn noch gefehlt?«, fragte Schielin.

»Was noch gefehlt hat?!«, zischte sie ärgerlich. »Wir hatten doch bisher nur Namen, Vornamen und Geburtsdatum von Schober aus dem berühmten Dossier, das ja wirklich kläglich war. Kein Ausweis, kein Pass – ich wollte das mal von einer ordentlichen deutschen Behörde haben.«

»Und – zufrieden?«

Sie sah auf ihre Notizen.

»Wusstest du, wo Schober geboren ist?«

»Nein.«

»In einem Ort namens Legnano. Das klingt gar nicht nach Deutschland, oder?«

»Legnano?«, fragte Schielin überrascht. »Italien!?«

»Ja, lass mich mal schauen …« Sie rief Google Maps auf und begann zu tippen und zu klicken. »Das liegt gleich hinter der schweizerischen Grenze bei Chiasso, gar nicht weit von Mailand.«

»Mhm, da unten hat er sich ja nach dem Tod seiner Mutter öfter aufgehalten … das ist also sein Geburtsort, interessant. Und wieso geht er da in ein Krankenhaus, ohne krank zu sein?«

»Tja … eigenartig«, murmelte Lydia und recherchierte weiter. »Ich google mal das Krankenhaus.«

Schielin wippte intensiver mit der Lehne seines Bürostuhls und überlegte laut.

»Legnano … Legnano … das habe ich doch gerade erst gelesen, irgendwo habe ich doch Legnano erst gelesen … ach, wenn einem der Kopf doch nicht immer so voll mit dem vielen unnützen Zeug wäre!«

Lydia stöhnte.

»Mann oh Mann, diese Onlineübersetzer.« Sie las vor: »*Wenn Sie einen Knochen zu brechen, erhalten Sie einen tiefen Schnitt oder eine schwere Grippe, müssen Sie eines der vielen zu finden Krankenhäuser Nähe Bereich Behandlung bei zu bekommen. Jedes Mal, wenn Sie krank werden, ist es einfach, die Behandlung zu vermeiden, aber es ist wichtig, dass Sie die Position der wissen Medizinische Zentrum falls die Krankheit fortschreitet. Nur für den Fall, dass Sie diese kontaktieren Medizinische Zentrum vor dem Löschen durch, wir die E-Mail nur wissen.*«

Schielin versuchte weiter, sich zu erinnern, in welchem Zusammenhang ihm Legnano untergekommen war, und ächzte: »Ja, da kann man nur hoffen, nicht krank zu werden, sonst wird die E-Mail gelöscht, und man hockt da mit einem Schnitt in der gebrochenen Grippe.«

Sie diskutierten eine Weile. Anschließend ging Schielin zu

Jasmin, um sich noch einmal ein Bild von den Zeitungsausschnitten zu machen. Im Gang murmelte er vor sich hin:
»Legnano, Legnano, Legnano ...«

Lydia rief derweil Elisabeth Schober an und fragte nach
dem italienischen Ort.

»Oh«, kam es überrascht von ihr. »Daran habe ich gar
nicht gedacht, muss ich Ihnen gestehen. Dieser italienische
Geburtsort ... das wusste ich schon, aber es war nie ein
Thema zwischen uns, niemals von Bedeutung. Für mich
war mein Mann Lindauer.«

Lydia Naber bedankte sich und legte auf.

Schielin stand gebeugt am Schreibtisch von Jasmin Gangbacher und fuhr mit der Hand über die Ausdrucke der Zeitungsartikel. Dann wieder suchte sein Blick die Namensliste ab. Hundle war aufgestanden, hatte sich zwischen ihn
und Jasmin geschoben und schnuffelte am Rand der Tischplatte herum. Auf dem Rückweg in sein Büro blieb Schielin
abrupt im Gang stehen, machte einen Schritt vor, einen zur
Seite.

»Boah, das gibt es doch nicht, natürlich – Legnano! Bin
ich denn blöde?!«

Kimmel kam aus seinem Büro und warf einen Blick in
den Gang.

»Was ist denn los?!«

Schielin drehte sich um und lief aufgeregt auf ihn zu.

»Legnano! Legnano! Kutz ... Kutz ist auch in Legnano
geboren, wie Schober!«

Lydia hatte es bis ins Büro gehört. Trotz der Hitze fröstelte es sie. Sie rieb sich über ihre Oberarme und schüttelte
sich ein paar Mal. Schielin überprüfte noch mal die Daten.
Es bestätigte sich: Edgar Kutz und Martin Schober – beide
in Legnano geboren.

»Besorge die Geburtsurkunden der beiden«, sagte

Schielin zu ihr. »Ich wette, sie wurden im gleichen Krankenhaus geboren.«

Kimmel stand im Büro, Gommi und Jasmin bogen auch sogleich um die Ecke. Lydia erzählte ihnen von ihrem Telefonat mit Elisabeth Schober, für die der Geburtsort ihres Mannes allerdings keine Bedeutung hatte.

»Natürlich sagt ihr Legnano nichts weiter«, erklärte Schielin aufgeregt. »Schober hatte ja selbst zeit seines Lebens keinen Bezug zu diesem Ort. Erst nach dem Tod seiner Mutter hat das ja angefangen, und es wäre auch völlig egal, wenn dieser verdammte Kutz nicht auch dort geboren wäre.«

»Wie weit sind die vom Alter her denn auseinander?«, fragte Kimmel.

»Acht Jahre …«, antwortete Lydia Naber.

»Ich weiß, was du vermutest«, sagte Schielin. »Sie könnten Brüder sein. Das glaube ich aber nicht. So unterschiedliche Typen, nie Berührungspunkte zueinander gehabt … nein, das nicht …«

»Sondern …?«, fragte Kimmel in die Pause.

»Ich weiß es noch nicht, ich weiß es noch nicht.«

Sie vereinbarten, dass Lydia einen Termin mit Kutz für den nächsten Tag ausmachen sollte – das Boot identifizieren, so wie sie es vorgeschlagen hatte. Bevor sie die Telefonnummer von Kutz eintippte, schickte sie alle anderen außer Schielin aus dem Büro. Ihr Herz pochte bis zum Hals, und sie dachte, keinen Ton herauszukriegen. Es tutete, unerträglich laut, wie sie fand.

»Ja!«, meldete sich Kutz barsch und ohne seinen Namen zu nennen.

Lydia war von der ersten Silbe an zuckersüß.

»Herr Ku-utz«, säuselte sie, »wie schön, dass ich Sie erreiche. Naber, Lydia Naber von der Kripo in Lindau, Sie erinnern sich?« Sie lachte blöde. »Ich rufe wegen Ihres Bootes an. Wir haben das ja noch hier im Hafen liegen und hätten, wie es halt so ist, gell, nun noch eine Formsache zu erledigen, Herr Kutz. Sie müssten es identifizieren ... auch wenn es Umstände macht, ich weiß. Aber es geht nicht anders, wissen Sie, wir stehen wegen der Abgabe der Akten ans Gericht etwas unter Zeitdruck ... von daher ... wäre es Ihnen morgen möglich ... auf der Lindauer Insel, im Segelhafen, gleich hinter dem Büro der Wasserschutzpolizei – das kennen Sie sicher als Bootlefahrer, gell?«

Sie lachte wieder ein blödes Lachen und hatte absichtlich lange geredet, um Kutz Zeit zu geben, seine Erschrockenheit zu verbergen. Zudem hatte er so die Gelegenheit, eine Antwort vorzubereiten. Aber was hätte er schon anderes sagen sollen, außer: ja. Sie vereinbarten einen Termin gleich am Vormittag.

»Mir graut vor dir«, sagte Schielin trocken, als sie aufgelegt hatte.

Sie schnaufte und legte eine Hand unter ihren Hals.

»Das war nicht einfach.«

Schielin hatte die Zeit, während Lydia telefoniert hatte, genutzt, um die Mails zu prüfen, und tatsächlich war inzwischen eine nette kleine Mail aus Kirchzarten eingetroffen, samt einer PDF im Anhang. Schielin hatte sie schon geöffnet und studiert. Es war die angeforderte Rechnung vom Oktober letzten Jahres. Beiläufig erwähnte er die Mail gegenüber Lydia.

Als Lydia wieder bei normalem Atem war, fragte sie: »So gelassen, wie du tust – irgendwas ist doch?«

Er beugte sich nach vorne und tat unschuldig.

»Nein, nein – ist alles in Ordnung. Der Herr Edgar Kutz hat drei Nächte bezahlt und für vier Tage den Parkplatz fürs Auto, der eigens abgerechnet wird ... und er hat Frühstück,

Mittagessen und Abendessen bezahlt. Steht alles fein säuberlich auf der Rechnung.«

»Ja dann …«

»Es steht allerdings kein Abendessen am Samstag auf der Rechnung und auch kein Frühstück am Sonntag. Da war er erst wieder zum Mittagessen da.«

»Vielleicht war ihm schlecht«, meinte Lydia zynisch.

»Da bin ich mir sicher, dass ihm da schlecht war, dem Herrn Kutz.«

Sie schwiegen sich eine Zeit lang an.

Bis zum Feierabend waren noch ein paar Telefonate zu erledigen. Schielin vereinbarte einen Termin mit diesem Verwandten von Kutz, der in Bodolz wohnte und sein Streitpartner in der Erbsache war. Schielin hatte ein schlechtes Gewissen deswegen, denn er wollte am Telefon nicht sagen, worum es ging, und spürte, der Mann würde darob eine unruhige Nacht haben.

Bootsfriedhof

Gleich am nächsten Vormittag fuhr Schielin nach Bodolz zu diesem Günter Moll und seiner Frau Renate. Sie holte Schielin an der Haustür ab und brachte ihn ins Wohnzimmer, wo ihr Mann auf ihn wartete. Er saß im Rollstuhl. Sein Kopf hing etwas schief. Sie sagte entschuldigend: »Aber mit dem Reden geht's, und im Kopf ist er auch noch richtig.«

Schielin war die abschätzige Art, mit der sie über ihren Mann sprach, unangenehm, zumal nichts in seinem Verhalten für eine solche Aussage einen Grund geliefert hätte. Er reichte Moll die Hand und lächelte. Was konnte diese Frau veranlassen, die geistige Verfassung ihres Mannes zu thematisieren? Er nahm den angebotenen Sessel, während Renate Moll auf dem Sofa Platz nahm. Sie war außerstande, ihre Aufgeregtheit zu verbergen. Nach jedem gesprochenen Wort musste sie Luft holen; Schielin hätte ihr gerne gesagt, dass es das Ausatmen ist, welches einem Luft verschafft, das langsame Ausatmen – und nicht das Atemholen.

Ihr Mann hing im Rollstuhl und machte einen abgeklärten Eindruck. Seine Augen blickten gelassen auf Schielin, während er sprach, was flüssig funktionierte; lediglich bei manchen Konsonanten schleppte sich die Zunge ein wenig dahin. Als Schielin das erste Mal den Namen Edgar Kutz aussprach, löste er damit bei Renate Moll eine Flut von Verwünschungen und bösartigen Flüchen aus. Ihre Maria-Hellwig-Frisur wackelte dabei, und ihr bislang farbloses Gesicht lief dunkelrot an. Schielin wartete den Ausbruch so gelassen ab wie ihr Gatte, auf dessen Gesicht er meinte, ein feines Lächeln feststellen zu können.

Unter diesen Umständen wollte Schielin behutsam mit

ihrem Verdacht umgehen und erklärte, dass es lediglich um das Boot von Kutz gehe, das in einem Sturm verschwunden sei. Ihre Miene zeigte tiefe Enttäuschung. Ein verschwundenes Boot, nur ein verschwundenes Boot. Als Schielin schließlich von dem Toten erzählte, den man darunter gefunden hatte, straffte sich ihr Körper wieder. Eine gute Zeugin hatte er in ihr nicht gefunden. Er nahm weiterhin Wind aus der Angelegenheit, indem er darlegte, dass sie eben das Umfeld eines solchen Geschehens untersuchen müssten – Routine. Ihr ernüchterter Blick blieb auf den dunkelgrünen Fliesen haften, die den Innenteil des in Eiche gebeizten Couchtisches schmückten.

»Wollen Sie etwas trinken?«, fragte sie, ohne den Blick zu heben.

Schielin lehnte höflich ab.

»Nein danke. Sie haben keinen Kontakt mehr zu Herrn Kutz?«

Sie lachte.

»Haha! Ja darauf können wir verzichten, nach all dem, was der Verbrecher angerichtet hat.«

»Oh, Verbrecher … worum geht es denn da?«, tat Schielin scheinheilig.

»Worum, worum – worum es bei Familien eben immer geht, ums Erben, aber in diesem Fall nicht nur darum. Es geht vor allem um die Art und Weise …«, sie rang nach Luft, »… darum, wie der vorgegangen ist, der Lump!«

Schielin forderte sie mit einer Kopfbewegung auf, die Sache näher zu erläutern.

»Ja, die Oma hat er geholt, der Gauner! Entführt hat er sie, einfach so entführt, und wie ich zur Polizei gegangen bin, da haben die nur mit der Schulter gezuckt und gar nix gemacht. Ja! Da schauen Sie! Aber genau so war es!«

Ihr Mann schaltete sich nun ein.

»Wissen Sie, wir haben die Oma die ganzen letzten Jahre versorgt.«

»Wessen Oma?«, fragte Schielin.

Moll lachte, wobei sein Gesicht ganz schief wurde.

»Ja, wir heißen sie halt die Oma, aber sie war eigentlich meine Tante … und auch die Tante vom Edgar.«

»Ah, das Haus in Nonnenhorn«, warf Schielin ein.

»Genau«, bestätigte Moll und richtete sich im Rollstuhl auf. »Meine Mutter ist ja schon lange tot, und weil sie mit der Waltraud immer zusammen war, haben wir uns ganz selbstverständlich um sie gekümmert, und unsere Kinder haben sie halt immer Oma genannt, und so ist es eben ihr Name in unserer Familie geworden. Vor zwei Jahren, da hatte ich dann den Schlaganfall und war länger im Krankenhaus und auf Reha. Und gerade da ging's der Oma auch nicht gut, und wir … also meine Frau, die hat sie halt nach Lindau in die Kurzzeitpflege gegeben, bis es bei uns wieder soweit in Ordnung war. Am Anfang ist das alles ja sehr aufwendig, bis man wieder so einigermaßen zurechtkommt, aber jetzt, mit den Krücken kann ich schon wieder ganz gut laufen, doch der Rollstuhl ist mir halt bequemer in der Wohnung … damit geht's im Moment noch schneller.«

Seine Frau setzte schrill ein, ohne auf das einzugehen, was ihr Mann zuvor gesagt hatte.

»Ja und da kommt der scheinheilige Kerl und holt die Oma aus der Kurzzeitpflege zum Kaffeetrinken ab … und dann kommt er nicht wieder … also er hat sie fortgeholt, stellen Sie sich vor, und am nächsten Tag in Lindau im Heim angerufen und gesagt, die Oma bleibt jetzt bei ihm. Als mein Mann dann endlich wieder daheim war und es gesundheitlich so einigermaßen ging, da wollten wir, dass die Oma wieder zu uns zurückkommt … ja und dann …«

Ihr Mann räusperte sich und übernahm das Wort.

»Wir haben einen Brief bekommen … es war ein dicker, mit Dokumenten und Urkunden und Bescheiden, vom Vormundschaftsgericht in Biberach. Die hatten den Edgar als Betreuer bestellt, weil er das beantragt hatte, und er hat sie da in Biberach in ein Heim gegeben und plötzlich alle Vollmachten in der Hand gehabt und ein Gutachten auch, in dem stand, dass es der Oma nicht guttäte, wenn sie Kontakt zu uns hätte, weil es angeblich belastend für sie sei … und …«, er verfiel in Schweigen und sah stumm an die Wand.

Seine Frau sah Schielin durchdringend an.

»Kein Jahr hat es gedauert, da war sie tot, die Oma. Kein Wunder, wo sie ihr Haus und ihren Garten so vermisst haben muss. Und alles hat er geerbt, der Kerl – alles!« Ihre Stimme überschlug sich zum Schluss, obwohl sie leise gesprochen hatte. »Wenn ich nur daran denke, wie viele Stunden ich in dem Garten verbracht und ihn gepflegt und in Schuss gehalten habe … ahh. Die letzten Jahre, da ging das ja nicht mehr so bei ihr, und sie hat ihren Garten geliebt. Wissen Sie, das Haus, das hat sie in den Siebzigern gekauft, da war das gerade neu gebaut. Die Eigentümer sind bei einem Autounfall ums Leben gekommen. Früher stand da mal ein Bauernhof, und alle Grundstücke rundherum, die gehörten zu dem Hof … was die da für einen Reibach mit gemacht haben …«

Ihr Mann hatte seine Worte wiedergefunden und nutzte die kurze Redepause seiner Frau, die selbst merkte, wie sie dabei war, in Geplapper zu geraten. Bedächtig sagte er: »Wir waren beim Anwalt, aber der hat uns abgeraten, da irgendetwas zu unternehmen, weil es nicht *zielführend* wäre … so hat er es gesagt, das werde ich nicht vergessen … nicht *zielführend*.«

»Edgar Kutz ist ja Geschäftsmann …«, warf Schielin ein.

328

Frau Moll lachte hell auf und klatschte in die Hände.

»Ach, herrje – Geschäftsmann!? Da muss ich aber laut lachen. Der hat doch sein Lebtag noch kein vernünftiges Geschäft betrieben – Gschäftle vielleicht, und die grad so, dass er nicht verhungert ist dabei. Wenn ihn seine Mutter und die Oma über die Jahre nicht versorgt hätten, wär der doch völlig verkommen, der falsche Hund, der! Man hätte ihn schon damals, als er …«

Ihr Mann fuchtelte streng mit der Hand, und sein Gesicht zuckte wild. Es bedeutete ihr, sie solle mit ihrem Gezänk aufhören. Schielin hätte zwar gern gewusst, worauf sie sich mit *damals* bezog, es lag ihm aber nicht daran, zwischen die Fronten zu geraten. Stattdessen fragte er: »Die Oma, seine Mutter, die Tante … ich hab das noch nicht ganz klar im Kopf, wer nun wer ist. Würden Sie mir das freundlicherweise noch mal erklären, Herr Moll?«

»Gerne. Also es waren drei Schwestern: Die älteste war Waltraud Renglin, die haben wir immer Oma genannt, auch wenn es meine Tante war. Die nächste Schwester war meine Mutter, also die mittlere, und dann war da noch die jüngste, Edgars Mutter. Die älteste ist auch am ältesten geworden. Meine Mutter ist schon vor über zehn Jahren gestorben, und die Mutter von Edgar noch davor … und ihr Mann hat sich totgesoffen, so muss man das sagen.«

»Und Kutz selbst war nie verheiratet?«

Frau Moll lachte schnippisch. Ihr Mann antwortete: »Nein – er war nicht verheiratet. Ein paar Jahre hat er mal bei einer Frau gelebt. Das ist aber wieder auseinandergegangen. Und damals, als er die Oma geholt hat, da war wohl auch eine Frau dabei, wie die uns in Lindau erzählt haben. Von der habe ich aber noch nie was gehört oder gesehen. Er wohnt ja auch allein im Haus in Nonnenhorn.«

»Sagt Ihnen der Name Martin Schober etwas?«

Die beiden überlegten kurz und verneinten schließlich. Schielin merkte jedoch, wie bei Moll ein Funke von Erinnerung aufzublitzen schien; es war ihm anzusehen, wie er nach einer Verbindung zu diesem Namen suchte. Er wischte die Frage dann aber schon nach dem ersten gedanklichen Überfliegen wieder zur Seite.

Schielin fragte nach weiteren Namen – nach Koppe, Latz und Mohr. Von Koppe wussten sie, dass er Bauunternehmer war, und Latz sagte ihnen etwas, weil sie das Geschäft auf der Lindauer Insel kannten. Den Namen Mohr hingegen hatten sie noch nie gehört.

»Und Schober sagt Ihnen wirklich gar nichts?«, fragte Schielin noch einmal nach.

Die beiden schüttelten den Kopf.

»Und die Stadt Legnano in Norditalien – haben Sie davon vielleicht schon mal gehört?«

Moll lehnte sich auf die Seite des Rollstuhls und klatschte mit seiner Hand ein paar Mal auf die Lehne.

»Ja schon, aber was hat das eigentlich alles mit dem Boot zu tun?«

»Sie haben Legnano schon mal gehört?«, überging Schielin seine Frage.

»Ja sicher, weil ... die Oma, also die Tante aus Nonnenhorn, die hat da unten viele Jahre gearbeitet ... im Krankenhaus, wo sie Krankenschwester war ... und wenn ich mich recht erinnere, ist der Edgar da drunten geboren ... seine Mutter war damals gerade zu Besuch bei ihrer Schwester. Er muss wohl etwas zu früh auf die Welt gekommen sein, nach dem, was so erzählt worden ist. Legnano, genau ...«

Schielin schwieg.

Frau Moll sah ab und an zur Decke und schüttelte den Kopf.

»Wo auch immer der Kerl herkommt, aus welchem Nest

der auch gekrochen ist, ich habe es dir schon tausend Mal gesagt – das ist ein Kuckucksei... dieses lange Elend, also ...«

Er wurde ärgerlich.

»Jetzt hör schon damit auf... es ändert doch eh nichts mehr.«

Schielin wollte darüber natürlich mehr hören und warf Moll einen entschuldigenden Blick zu, bevor er sich an dessen Frau wandte.

»Mich interessiert das schon, Frau Moll. Wie meinen Sie das denn?«

Sie ließ keinen Atemzug Pause.

»Der passt einfach nicht in die Familie. Die sind alle klein und untersetzt.« Sie wies mit einer abfälligen Bewegung zum Rollstuhl. »Sehen Sie doch selbst. In der ganzen Familie ist das so, und dann stakst da auf einmal so eine Giraffe herum, ohne Manieren, ohne Anstand, und blöd noch dazu. Sie werden sehen, lange wird das Erbe nicht halten. Der bringt Haus und Hof durch und steht am Ende wieder ohne alles da.« Sie beugte sich leicht zu Schielin nach vorne und senkte ihre Stimme. »Der hat nicht nur das Haus geerbt... Geld war schon auch da, das dürfen Sie glauben... die Tante war sparsam... und was hört man nun: Er ist klamm... ha! So einer ist das. Auf der Straße wäre der gelandet... verschuldet, wie der war... bis über die Ohren. Der konnte nicht mal die Rechnung von der Reparatur von seinem Auto bezahlen... das hat er übrigens auch von der Oma, den alten Golf. Ich weiß das von ...« Sie hielt abrupt inne und lehnte sich beleidigt im Sofa zurück. Zu viel wollte sie ihrem Mitteilungsdrang nun auch nicht durchgehen lassen.

Ihr Mann klang versöhnlich.

»Es ist schlimm, was er gemacht hat, und vor allem, wie das alles zuging, und es hat mich manche Nacht gekostet –

aber glauben Sie mir, ich wollte nicht eine Minute lang mit ihm tauschen. Das ist ein armer Hund, und uns geht es ja gut.«

»Eine Bitte hätte ich noch an Sie«, sagte Schielin. »Hätten Sie vielleicht ein paar Fotos von früher für mich, von der Tante, von Edgar Kutz – vielleicht etwas aus Legnano?«

Die beiden sahen sich an. Wortlos stand Frau Moll auf und verließ das Wohnzimmer. Nach einer Weile kam sie mit einem Karton zurück.

»Wissen Sie«, sagte Schielin, weil er seine Fragen nicht unerklärt lassen wollte, »der Tote, den wir unter dem Boot von Edgar Kutz gefunden haben, hieß Martin Schober, und er ist auch in Legnano geboren, acht Jahre nach Edgar Kutz.«

Frau Moll, die sich gerade setzen wollte, fiel fast ins Sofa. Ihr Mann sah Schielin ernst an.

»Der ist auch in Legnano geboren?«

»Ja.«

»Ein Zufall wird es nicht sein«, lautete Molls nüchterner Kommentar dazu.

Schielin ließ sich die Personen auf den Fotos vorstellen, fotografierte einige der Aufnahmen ab und machte sich sogleich Notizen, welche Namen zu welcher Person gehörten.

Schon im Gehen begriffen, stoppte er noch einmal und blätterte in seinem Notizblock.

»Noch eine letzte Frage bitte … die fällt mir gerade noch ein. Eine Frau Marianne Schmidt – haben Sie von der schon einmal gehört?«

Schon an den Gesichtern konnte er aber ablesen, mit Marianne Schmidt keinen Treffer gelandet zu haben.

Er kramte eine Visitenkarte hervor und legte sie auf den Tisch, für den Fall, dass den Molls noch etwas einfallen sollte.

Draußen vorm Haus telefonierte er umgehend mit Lydia, die aufgeregt über die Insel zog, um die Zeit zu überbrücken, bis Kutz kam. Sie nahm die neue Information über Legnano jedoch weniger euphorisch auf, als er erwartet hatte. Er wünschte ihr *viel Spaß* und wählte danach die Nummer von Jasmin Gangbacher.

»Was waren das noch mal für Zeitungsartikel, die du da so mühselig recherchiert hast – du weißt schon.«

Sie brauchte nicht erst in den Unterlagen nachzusehen und nannte freiweg den Artikel über *Gertie's Babies* aus der *New York Times*, worin es um Menschen ging, die mittels DNS-Analysen versuchten, ihre wahren Eltern zu finden, weil sie von einer Frau namens Gertrude Pitkanen schon als Baby verkauft worden waren.

»Gibt es bei dieser Getrude Pitkanen einen Bezug zu Europa?«, fragte Schielin.

»Du, das war in den fünfziger, sechziger Jahren, als die das gemacht hat – sie war eine sogenannte Engelmacherin. Sie wurde in den Staaten geboren, ist dort gestorben und war nie in Europa … aber ich habe was anderes rausgefunden …«

Schielin sagte: »Ja, gleich – nur noch die anderen zwei Artikel. Worum ging es da noch mal?«

»Einer behandelt ein Urteil des Europäischen Gerichtshofes, in dem es um die Anfrage einer jungen Französin geht, die von einer Samenbank den Namen ihres Vaters erfahren wollte. Sie hat Recht bekommen. Und das andere Papier ist kein Zeitungsartikel, sondern ein Buchauszug. Er handelt von einem barocken Theaterstück, eine etwas krude Geschichte von einem Volk in Italien, das die rechtmäßige Abstammung ihrer Kinder nachweist, indem es sie von Schlangen beißen lässt, weil ihr Volk gegen Schlangengift immun ist – so in etwa.«

»Mhm... mhm... und die, die daran sterben, sind Kuckuckskinder?«

»Ja, genau.«

»Gut – danke dir. Und was hast du nun herausgefunden?«

»Ja ... Marianne Schmidt.«

Schielin war baff.

»Der Name auf dem Grabstein?«

»Ja. Ich hatte ja eine Abfrage über die umliegenden Einwohnermeldeämter gestartet. Geht ja gut, wenn man den vollständigen Namen und das Geburts- und Sterbedatum hat. Dann lässt sich die Recherche sinnvoll eingrenzen. Vor einer halben Stunde kam ein Treffer – ihr Grab müsste in Wangen sein.«

»In Wangen!?«, wiederholte Schielin und lief vor dem Auto auf und ab. »In Wangen also!«, gab er sich selbst die Antwort. Er bedankte sich viel zu flüchtig bei Jasmin und legte auf. Seine Gedanken gerieten durcheinander. Wie konnte man diese vielen Enden nur zu einem Strang verweben? Vielleicht half es ja, im Auto unterwegs zu sein. Da konnte man in Ruhe nachdenken. Ja, er würde mit dem Auto fahren, nach Wangen – wieso nicht. Er steuerte in Richtung Autobahn und bog an der Auffahrt in Sigmarszell nach Norden ab.

✳

Die *Gondola* hatte wenig von der Eleganz einer venezianischen Gondel und hing traurig auf der Betonplatte vor der Slippinganlage im Segelhafen. Der helle Kunststoff der Oberseite reflektierte das Licht in unangenehmer Weise, sodass Lydia ihre Sonnenbrille aufsetzen musste, denn sie behielt den Blick wie gebannt auf dem Bootskörper. Sie war aufgeregt. Da hatte sie sich vielleicht auf was eingelassen.

Wie sollte sie mit Kutz reden, ohne dass er etwas merkte, und welche Details der Ermittlungen sollte sie ihm zur Kenntnis geben, damit er verunsichert würde? Sie hatten genau diesen Aspekt gar nicht abgesprochen, und nun fühlte sie sich alleingelassen mit der Entscheidung darüber. Von der Waffe wollte sie jedenfalls nicht eine Silbe erwähnen – soviel war schon mal klar. Ihre Hand glitt in die Handtasche und umfasste den geriffelten Griff der kurzläufigen Achtunddreißiger. Bei einem Typen, der auf Pferde und Menschen schoss, wollte sie gewappnet sein.

Es waren nicht viele Leute unterwegs an diesem Morgen. Die Busse, welche die Touristen scharenweise in die Stadt brachten, kamen immer erst am Vormittag drüben am Europaplatz an – gerade recht für einen ersten kleinen Spaziergang über die Seebrücke zur Insel, im Zickzack durch die Gassen und dann direkt zum Essen in eines der vielen Restaurants.

Auf der Mole vor dem alten Clubhaus sammelte sich ein Schwarm Heringsmöwen und starrte auf die stille Seefläche. Einige Tische im Seglerrestaurant *Mole 3* waren besetzt – Frühstück für diejenigen, die mit dem Boot unterwegs waren und nach einer Nacht an Bord den Luxus des märchenhaft schönen Ortes genossen. Auf den Stegen im Römerbad lagen schon einige Sonnenanbeter. Es konnte einen neidisch machen.

Ein Segelboot mit noch blankem Mast tuckerte gemächlich die Ausfahrt hinaus. Weit drüben lag Bregenz. Die stummen Linien der Stadt gaben nichts preis von der Umtriebigkeit, der Vielfalt und Lebenslust dort. Der Blick auf die Szene ließ Lydia die Stille dieses Moments gegenwärtig werden, und auf einmal verspürte sie eine innere Ruhe. Dann entdeckte sie die hagere Gestalt von Kutz, der gerade vom Brettermarkt her zum Hafenbecken lief. Ein Pulk

Möwen am Wasserrand stieg kreischend auf und sammelte sich ein paar Meter weiter auf einem der alten Holzdalben.

Kutz hatte den Kopf gesenkt und kam ihr mit langsamen Schritten entgegen. Es sah zögerlich und linkisch aus, wie er ging, denn mit seinen langen Beinen hätte er eigentlich schneller laufen können und müssen, um es fließend wirken zu lassen. Die Unsicherheit, die sie darin entdeckte, ließ sie ruhiger und sicherer werden, und augenblicklich lehnte sie noch lässiger am Bootsrand. Einmal, als er den Kopf hob, winkte sie ihm, um sich zu erkennen zu geben. Sie reichte ihm freundlich die Hand zur Begrüßung.

»Herr Kutz, das ist wirklich außerordentlich freundlich von Ihnen, dass Sie sich so kurzfristig Zeit genommen haben. Vielen, vielen Dank dafür!«

Er wand sich unter ihrer Freundlichkeit und vermied einen direkten Blickkontakt, obwohl ihre Sonnenbrille die Augen verdeckte. Sie labberte weiter und tätschelte den Bootsrand.

»Tja, da liegt es nun herzzerreißend rum, das schöne Boot. Der Außenborder ist übrigens drinnen in der Halle ... da wird wohl nicht mehr viel zu machen sein. Aber so ist es halt nun mal, nicht wahr?«

Während sie schwätzte, betrachtete sie ihn von oben bis unten. Er hatte wieder eine dieser alten Kunststoffhosen an, die zwar der Länge nach passten, aber am Bund weit ausgriffen. Der Gürtel zurrte Bund und Hemd am Leib fest. Es war ein verwaschenes, orange und grün kariertes Hemd mit kurzen Ärmeln, aus denen dürre, sehnige Arme hingen, die noch nicht viel Sonne in diesem Jahr gesehen hatten. Sein Haar glänzte feucht und war glatt und strähnig nach hinten gezogen. Seine Augen tanzten aufgeregt hin und her und doch wirkte er müde, denn sein Gesicht war fahl und unrasiert; die stachligen, grauen Bartstoppeln am kantigen Kinn ließen den ganzen Kerl abstoßend erscheinen. Es sah aus, als hätte er wieder einen dieser Alkoholexzesse hinter sich, von denen der Hafenwart Schielin berichtet hatte.

Sein Widerwillen gegenüber Lydias anbiederndem Auftreten war greifbar, und er suchte Distanz zu gewinnen. Er schlich um das Boot herum und fuhr mit den Händen über den aufgerauten Innenboden, als wolle er so das Ausmaß des Schadens erfühlen. Lydia Naber blieb unbeeindruckt am Bug lehnen, drehte nur einmal den Kopf in seine Richtung und fragte beiläufig: »Gibt es etwas, was Ihnen ungewöhnlich erscheint?«

Er stützte sich mit einer Hand auf die Kante am Heck und sah sie erstaunt an.

»Was denn? Was sollte mir denn ungewöhnlich vorkommen?«

»Weiß ich nicht... es ist ja Ihr Boot«, entgegnete sie schnippisch.

Er schüttelte den Kopf.

»Nein, mir fällt nichts auf. Nur, dass es nicht besser geworden ist durch die Zeit im Wasser.«

»Na, die Versicherung wird es schon richten oder hat es bereits gerichtet«, lautete ihr teilnahmsloser Trost.

»Was soll ich jetzt eigentlich hier?«, fragte er ärgerlich.

Sie kramte ein Formblatt aus ihrer Tasche und ging nuschelnd die Daten des Bootes durch. Wenzel hatte ihr das Papier zusammengestellt, dass sie wenigstens etwas dabei hatte, was die Zusammenkunft amtlich erscheinen ließ.

»Ich kann also festhalten: Es handelt sich zweifelsfrei um Ihr Boot, Herr Kutz.«

»Ja sicher! Aber das stand ja vorher schon fest.«

»Ja schon, aber doch nicht in den Akten, Herr Kutz. Wie sagten schon die alten Römer: Was nicht in den Akten steht, ist nicht in der Welt.« Sie lachte selbstgefällig, notierte etwas

Belangloses und hielt ihm das Blatt hin. »Bitte unterschreiben Sie hier… ich weiß schon, sich wieder mit dem Boot und dem Toten auseinandersetzen zu müssen, ist unangenehm, aber der Aktenkram muss halt sein… als Geschäftsmann kennen Sie das sicher… Finanzamt, Gewerbeämter, Berufsgenossenschaften und so… die sind noch viel schlimmer als die Polizei.« Sie wies mit dem Daumen über ihre Schulter. »Da hinten hocken übrigens die Finanzler. Exklusiver geht es kaum, aber so ist die Welt halt, Herr Kutz, so ist die Welt.« Sie stöhnte gespielt.

Er unterzeichnete ohne Zögern.

»Sonst noch was?«

Sie packte das Papier weg und laberte ihn zu.

»Im Grunde war es das schon, Herr Kutz. Ich weiß, ein ganz schöner Aufwand, das alles. Das ist nun aber mal so mit den Dingen, die von Bedeutung sind, dann genügen keine Mail, Apps und Faxe, da braucht es echte Menschen. Es ist ja auch ein ernster Vorgang, wo doch ein Mensch zu Tode gekommen ist, und wir konnten das Boot ja schlecht nach Nonnenhorn bringen, nicht wahr? Sobald der Akteneingang von der Staatsanwaltschaft bestätigt ist, können Sie das Boot abholen. Mit der Versicherung haben wir dahingehend schon Kontakt gehabt. Was haben Sie eigentlich damit vor? Wollen Sie es wieder seetüchtig machen oder es verkaufen? Ich meine… es ist schon eine seltsame Vorstellung, nicht wahr… wo doch dieser arme Schober so lange tot darunter gefangen gelegen hat und auch noch mit zwei Schüssen im Rücken.« Sie schüttelte sich. »Boah… Menschen gibt es… richtige Monster sind das doch, oder? Also wenn Sie das Boot nicht mehr herrichten lassen, ich könnte das verstehen. Ich glaube, ich wollte, wenn es mir gehörte, nichts mehr damit zu tun haben.«

Er drehte sich um und sah über den Bootsboden. Sie sah

sein starres Gesicht und die Steifheit, die seine Gliedmaßen erfasst hatte. Sie gab ihm Zeit.

»Dann ist der Fall jetzt also abgeschlossen?«, fragte er nach einer Weile.

Sie jubelte innerlich, denn auf eine Frage dieser Art hatte sie gewartet. Es machte es ihr einfacher.

»Oh nein, Herr Kutz, gar nichts ist abgeschlossen ... dieser Fall wird nie abgeschlossen sein, solange wir nicht wissen, wer den armen Kerl umgebracht hat. Mord verjährt nicht.«

Er knurrte etwas in sich hinein und legte auch die andere Hand auf den Bootsrand. Sein langer Rücken beschrieb einen Bogen. Fühlte er sich am Ende etwa nicht gut? Sie legte nach.

»Wir sind nicht so recht weitergekommen bisher, aber was will man auch erwarten bei so wenig Personal ... unten wird eben immer gespart und droben ... droben, das ist bei uns Kempten ... da trampeln sich die Herrschaften in den Büros gegenseitig auf den Füßen herum. Aber das geschieht denen recht mit dem Fall hier, denn was ich gehört habe, richten die jetzt eine Soko ein – eine Sonderkommission. Kann also gut sein, dass Sie noch mal von anderen Kollegen vernommen werden ... aber so ist es halt. Sie wollen ja sicher auch nicht, dass so ein Schuft frei rumläuft, nicht wahr?«

Kutz lehnte unbeweglich am Boot.

»Für heute, Herr Kutz, erst mal herzlichen Dank. Wir melden uns dann wieder.«

Sie rückte ihre Tasche zurecht und reichte ihm zum Abschied die Hand. Etwas widerwillig erwiderte er ihren Gruß. Zufrieden zog sie um die Ecke davon.

Kutz war vom Brettermarkt gekommen. Sie hoffte, er würde den gleichen Weg zurück nehmen und nicht an den

Liegeplätzen entlang in Richtung Gerberschanze laufen, wie sie es vorhatte. Ihr Handy vibrierte in der Tasche. Schielin war dran und berichtete.

»Wo bist du? In Wangen!?«, fragte sie nach.

»Ja. Auf dem Friedhof, am Grab von Marianne Schmidt.«

»Wahnsinn. Ich habe hier gerade auf Mister Kutz gelauert. Unser Treffen ist gut gelaufen. Er sah fertig aus, und nach unserem kurzen Small Talk wird es ihm nicht besser gehen. Ich habe ein gutes Gefühl, wir kriegen den schon klein.«

Schielin spürte ihre Jagdlust.

»Da drunten in Legnano, da ist irgendwas in Richtung Kinderhandel gelaufen oder so, und im Zentrum dieser Sache stand die Tante von Kutz, die da unten im Krankenhaus als Schwester gearbeitet hat.«

Sie sah sich um, ob sie reden konnte.

»Ja schon, aber Kutz und Schober können nicht verwandt sein, wenn du das meinst. Das sieht man doch auf den ersten Blick.«

»Das meine ich ja auch nicht.«

Sie verabredeten sich für den Nachmittag zur Besprechung. Bis dahin versuchte Schielin, mehr über Marianne Schmidt zu erfahren.

*

Die Hitze hatte den Höhepunkt des Tages erreicht, und die Sonne, die bereits im Sinken begriffen war, brannte unversöhnlich herab. Straßen und Mauern waren zu einem einzigen Hitzespeicher geworden, und ein flimmernder Brodem ließ ihre Konturen verschwinden. Über dem See verdunstete das Wasser, und der schale Dunst ließ das schweizerische und österreichische Ufer in unendliche Ferne rücken.

Die gesamte Mannschaft war im Besprechungsraum versammelt und lauschte Lydias Bericht. Sie hielt sich kurz, denn sie war höchst gespannt, was Schielin herausgefunden hatte. Der erzählte nun vom Unglück der Familie Moll, von der Kaltschnäuzigkeit, mit der Kutz die Tante feindlich übernommen hatte, und von deren Vergangenheit in Legnano. Er stand auf und ging an die Magnettafel, wo er die Gewerkschaftswerbung und Präsidialschreiben beiseiteschob und mit einem roten Stift ein Rechteck in die Mitte der Tafel malte, in das er *Legnano* hineinschrieb. Dann zeichnete er Kreise, die um das Rechteck herum angeordnet waren, mit Namen darin.

»Drei Schwestern«, erläuterte er, während er in das zentrale Rechteck einen Namen schrieb. »Waltraud Renglin, die älteste der drei, sie steht im Zentrum. Eine gelernte Krankenschwester und viele Jahre am Ospedale in Legnano beschäftigt. Dann ihre Schwester Anna Moll und natürlich Hilde Kutz, die Mutter unseres langen Elends, die siebzehn Jahre jünger als Waltraud war.«

Den Namen *Elfriede Schober* setzte er in einen der Satelliten-Kreise.

»Die Mutter unseres Opfers darf natürlich nicht fehlen.« Er verband die Kreise per Pfeil mit dem Rechteck, in dem *Legnano* stand. Nur der Kreis von Anna Moll blieb lose.

»Alle verbundenen Kreise haben einen Bezug zu Legnano.«

Die Tafel füllte sich mit den Namen, die in Schobers Unterlagen auftauchten. Zuletzt setzte Schielin den Namen von Marianne Schmidt in den *Legnano*-Kasten.

»Wieso das?«, fragte Kimmel überrascht und kam mit seiner Frage Lydia zuvor.

Schielin lehnte sich an die Wand.

»Marianne Schmidt verbrachte die letzten vier Jahre ihres Lebens in einem Heim in Wangen. Sie stammt von einem

Bauernhof bei Isny und betrieb in Wangen ein kleines Blumengeschäft. Im Frühsommer des letzten Jahres tauchte ein Mann im Heim auf und fragte nach ihr.«

»Martin Schober?«

»Ja. Martin Schober. Eine der Pflegerinnen hat ihn auf dem Foto erkannt und mir die Kontaktdaten einer Großnichte von Marianne Schmidt gegeben, mit der ich telefoniert habe. Sie regelte den Nachlass. Mit den Namen, die ich ihr nannte – Kutz, Moll, Schober – konnte sie nichts anfangen, mit dem Ort Legnano allerdings schon. Es dauerte nur einige Sekunden, dann erzählte sie mir von einer Schuhschachtel mit Fotos, Briefen und Dokumenten, die sich im Nachlass ihrer Großtante befunden hatte. Sie erinnerte sich genau an eine alte, schwarz-weiße Postkarte darin, unbeschrieben, darauf der Kirchturm von Legnano. Sie war ihr aufgefallen, weil sie nicht gedacht hätte, dass ihre Großtante jemals in Italien gewesen wäre. Sie wusste nur von einigen Urlaubsaufenthalten am Millstätter See.« Er wartete einen Augenblick, bevor er leise und eindringlich weitersprach. »Der Nebel lichtet sich zusehends. Martin Schober hat nach dem Tod seiner Mutter eine für ihn schockierende Wahrheit erfahren – es kann nicht anders sein, als dass diese Wahrheit mit Legnano in Verbindung steht und Kutz' Tante, Waltraud Renglin, damit zu tun hat. Was auch immer geschah – es hat etwas mit Kindern zu tun, mit den Babys – ich bin der festen Überzeugung, diese Waltraud Renglin hat da unten so etwas wie einen Kinderhandel betrieben oder Abtreibungen vorgenommen. Wir reden ja von einer Zeit, in der eine Schwangerschaft für eine alleinstehende Frau das gesellschaftliche Aus bedeutet hat. Diese Waltraud Renglin war eine, wie man es damals nannte, *Engelmacherin*. Wie alles genau funktioniert hat, weiß ich nicht, aber ich vermute, sie hat schwangeren Frauen geholfen – und gleichermaßen Ehepaaren, die sich Kinder wünschten und selbst keine bekommen konnten.«

»Du meinst, sie hat Kinder auf Bestellung geliefert?«, fragte Robert Funk.

»Auf Bestellung sicher nicht ... ich könnte mir aber vorstellen, sie wusste, wer sich Kinder wünschte und wo Frauen waren, die unter keinen Umständen ein Kind haben wollten, aber schwanger waren. So klingt das für mich. Das Krankenhaus bot Zugang zur erforderlichen Infrastruktur, sie selbst war Krankenschwester. Das Umfeld würde also passen, noch dazu weit weg von Deutschland, vom Gerede, von Sozialkontrolle.«

Jasmin Gangbacher meldete sich engagiert zu Wort.

»Da reden wir aber wirklich von alten Zeiten. Heute regelt das ja die moderne Medizin, die jede Grenze durchbricht, und die Monstrosität des Kapitalismus, der alles, aber wirklich auch alles für bestell- und kaufbar erklärt, wenn man nur die Kohle dazu hat. Stellt euch vor, Frauen verkaufen heute ihre Eizellen gegen Bares, und der Markt bietet dafür, wenn das Genscreening passt und Mutti hübsch blond ist, zwischen sechs und zwölftausend Euro. Eine Leihmutter kostet da schon hunderttausend Euro – wenn sie aus Europa stammt. Wer nicht ganz so viel ausgeben will, muss halt nach Indien, das absolute Billigland für Leihmütter.«

Lydia erregte sich.

»Was erzählst du denn da für Zeug, Kindchen ... Kapitalismus ... monströs. Nein – der Wunsch nach einem Kind ist doch weder verwerflich noch monströs und unterliegt auch keinem politischen Irgendwas. Kapitalistisch oder nicht – es ist ein Menschenrecht.«

»Finde ich nicht. Leihmütter haben ja nicht ansatzweise ein Selbstbestimmungsrecht über ihre Schwangerschaft ...

wo bleibt da das Menschenrecht?!«, entgegnete Jasmin Gangbacher harsch, weil sie sich über das *Kindchen* ärgerte, mit dem sie Lydia angeredet hatte.

Wenzel warf in sarkastischem Ton dazwischen: »Oh, Selbstbestimmungsrecht und Frauen – diese Kombination hören Bischöfe und Imame nun aber gar nicht gern … und wenn dann auch noch das schlimme Wort Schwangerschaft dazukommt … tststs.«

Kimmel, der der aufflammenden Diskussion zunächst konsterniert gefolgt war, klatschte in die Hände.

»Gut jetzt, gut jetzt – zurück zum Fall.«

Lydia schaltete sofort um.

»Mhm. Du denkst also, Conrad, Martin Schober könnte durch einen Fund im Nachlass seiner Mutter erfahren haben, dass er … irgendwie … na ja … beschafft worden ist?«

»Ja. Das ist meiner Meinung nach das Wahrscheinlichste«, bestätigte Schielin.

Robert Funk meldete sich.

»Ich habe in seiner Wohnung einen Packen Briefe gefunden, die seine Mutter an ihre Schwester geschrieben hat. Ich hab die nur punktuell durchgesehen …«

Er sprach nicht weiter. Schielins Blick machte ihm aber klar, wie wenig Chancen er hatte, daran vorbeizukommen, alle diese Briefe Wort für Wort zu lesen.

Lydia zog weitere Schlüsse.

»Und Edgar Kutz könnte ebenfalls ein …«

Schielin setzte ihren Satz fort: »… von seiner Tante an ihre siebzehn Jahre jüngere Schwester vermitteltes Kind sein.«

Kimmel zog eine Grimasse, während Lydia weiter ihren Gedankenfaden spann.

»Ich kann mir schon vorstellen, dass es einen aus dem

Tritt bringt, als erwachsener Mensch von seiner Adoption zu erfahren – ausgerechnet nach dem Tod der Mutter. Keine Möglichkeit mehr, darüber zu reden ... ohje, das kann einen sensiblen Menschen zerreißen ...«

Kimmel richtete sich an Schielin.

»Brauchen wir ein Ermittlungsersuchen für Legnano – Standesamt und so?«

»Eigentlich schon, aber das würde ja Monate, wenn nicht über ein Jahr dauern, bis wir mit einem offiziellen Ersuchen ein Ergebnis bekämen.«

Robert Funk hatte eine andere Idee.

»Die Fahndung draußen im Ziegelhaus, die haben doch Beziehungen nach Italien, so auf Kollegenebene. Ich könnte doch mal den Alex anrufen und fragen. Die machen viel auf dem schnellen, verbotenen Weg.«

Kimmel stimmte zu.

»Okay – ich ruf draußen an, und du bist Ansprechpartner ... sprichst ja eh Italienisch.«

Wenzel grübelte.

»Kinderhandel hin oder her, die Frage ist doch nach wie vor: Weswegen gerät Schober an Kutz, und aus welchem Grund erschießt ihn der? Was war denn sein Motiv?«

Schielin drehte sich der Magnettafel zu und malte einen großen roten Kasten um die Vornamen.

»Schober war auf der Suche nach seiner leiblichen Mutter. Vermutlich hat er bei seinen Recherchen in Italien den Namen Marianne Schmidt ausgekundschaftet und hatte sicher auch Informationen zu Waltraud Renglin, der Organisatorin. Die war aber schon tot – und Kutz, der Erbe, lebte in ihrem Haus.«

Robert Funk knurrte unwillig.

»Und der erschießt ihn dann? Ich weiß ja nicht ...«

Schielin wies auf die Namen an der unteren Seite der Tafel.

»Das sind alles Kinder, die in Legnano *vermittelt* worden sind – nennen wir es mal so.«

Wenzel ließ nicht locker.

»Ja aber diesem Kutz kann es doch völlig egal sein, was seine Tante vor fünfzig Jahren da unten in Legnano getrieben hat. Das ist eh alles verjährt und hat für ihn keine Bedeutung mehr. Er hockt in ihrem Haus in Nonnenhorn und kann das Leben genießen.«

Schielin lächelte fein.

»Da bin ich mir eben nicht sicher. Kutz hat sein Leben ganz sicher nicht mehr genossen, als Schober auftauchte, und allem Anschein nach geht es ihm finanziell gar nicht gut, trotz des Erbes. Diese Frau Moll hat von Schulden gesprochen, die er zurückzahlen müsse, und dass er klamm sei. Schobers Auftauchen muss ihn existenziell bedroht haben. Anders kann ich mir diesen unkontrollierten Gewaltausbruch, diese wilde Schießerei, nicht erklären.«

Lydia schaltete sich ein.

»Mhm, es kann nicht anders sein, als dass Schober einen wunden Punkt bei ihm erwischt hat.«

»Ja, genau so. Das in Nonnenhorn war kein Zufall«, stimmte ihr Schielin zu.

Kimmel fragte dazwischen: »Habt ihr eigentlich die Verkehrs...«

Lydia schnitt ihm das Wort ab.

»Na was glaubst denn du, was wir machen!? Natürlich haben wir alle Verkehrspolizeiinspektionen entlang der möglichen Strecken gefragt, ob der Wagen von Kutz in einer Radarfalle aufgetaucht ist. Und wir haben alle Mietwagen und Taxis auswerten lassen, die es erwischt hat – niente, nada, nixe!«

Kimmel knurrte und verschränkte beleidigt die Arme.

Wenzel schüttelte den Kopf.

»Nein, nein, nein Leute! Wenn der Kutz durchgedreht ist und den Schober erschießen wollte, bestellt er ihn doch nicht in den Hafen von Nonnenhorn. Da sind immer Leute unterwegs ... das passt doch gar nicht. Ein Parkplatz in der Dämmerung, ein Waldstück – so was in der Richtung ... Autobahn.«

Schielin widersprach ihm.

»Der Kutz ist mit einem Plan nach Nonnenhorn gefahren. Da wette ich mit dir. Das Boot, denk doch mal an das Boot. Das war zwar beschädigt, aber dennoch fahrbereit. Es könnte doch sein, dass er mit dem Schober rausfahren wollte – im Oktober, schlechtes Wetter, da ist niemand auf dem See unterwegs. Das wäre nicht die schlechteste Idee, finde ich. Er fährt mit ihm raus – peng! – erledigt ihn, wirft ihn über Bord, ein Gewicht an den Beinen, und fertig.«

Lydia schüttelte sich bei der Vorstellung, die Schielin da erläuterte.

»Klingt grausig und kalt, aber wer unmotiviert auf Pferde schießt ... so einem traue ich das durchaus zu.«

Gommi jammerte.

»Mei, an unserm schönen See. Ham denn die Leut nix anderes zum tue, als sich umzubringe?!«

»Dein Gejammer bringt uns jetzt enorm weiter«, fegte Lydia ihn an.

Schielin kam auf sein Gespräch mit den Molls zurück.

»Diese Frau Moll hat erzählt, Kutz sei von jeher ein schlechter Geschäftsmann und schon immer finanziell klamm gewesen ... und er muss damals, als er sich die Tante gegriffen hat, derart am Ende gewesen sein, dass ihn einzig die Erbschaft vor der Straße gerettet hat.«

Lydia wiegte den Kopf.

»Mhm. Eigentlich läuft es auf diese Erbschaft hinaus. Ich würde vorschlagen, wir fahren persönlich nach Biberach und statten dem Vormundschaftsgericht einen Besuch ab. Die werden doch sicher alles sauber in ihren Akten haben, nicht wahr?«

Schielin ächzte.

»Ich müsste noch mal mit dem Moll und seiner Frau reden und sie ganz gezielt auf dieses Thema ansprechen. Aber diese Frau Moll, die ist imstande und ruft den Kutz danach an. Und noch etwas: Ich kann mir nicht vorstellen, dass diese Vorgänge um Waltraud Renglin in der Familie gänzlich unbekannt waren. In Familien, da gibt es doch Gerede, vermeintlich vertrauliche Gespräche, Verplappern ... was auch immer. Die müssen was wissen.«

Funk meinte: »Gerede wäre gut, denn an Gerede ist immer was dran. Geschwätz hingegen hat nicht ein Fünkchen Wahrheitsgehalt.«

Kimmel war unzufrieden.

»Was wollt ihr denn in Biberach – was soll das bringen? Erbschleicherei hat es schon immer gegeben und wird es immer geben. So bedauerlich das alles für die Familie Moll auch war und immer noch ist, wo sie sich doch jahrelang um die Tante gekümmert haben und auf den letzten Metern von Kutz überholt wurden – ja, ärgerlich, in der Tat! Aber ich sehe da kein rechtes Motiv. Kutz hatte doch schon geerbt, als Schober erschossen wurde. Was hätte er mit dem Tod von Schober schützen wollen? Was?«

Schielin sagte spitz: »Tja – gute Frage, wirklich gute Frage!«

Wenzel griente, und Robert Funk lachte leise in sich hinein.

Kimmel packte seine Kaffeetasse und stand auf.

»Macht doch, was ihr wollt! Dann fahrt halt nach Biberach.«

Vormundschaft

Den gesamten Freitag über waren sie mit dem Zusammen-
tragen von Daten befasst, besprachen und berieten sich.
Lydia Naber und Schielin waren schon früh nach Biberach
aufgebrochen und fanden am Alten Postplatz ein schmu-
ckes schwäbisches Amtsgerichtsgebäude. Jasmin Gangbacher und Wenzel hockten währenddessen im Büro und
erstellten Spurenlisten.

»Das mit dem Hotel in Kirchzarten, das ist schon eine
heiße Sache«, meinte Jasmin. »Wenn er am Samstag nicht
beim Abendessen war und am Sonntag nicht beim Frühstück – wenn er also nicht auf seinem Zimmer war ...«

Wenzel sah sie an.

»... dann war er nicht auf seinem Zimmer.«

»Ja – aber für uns ist es bisher nur Vermutung, Annahme,
weil uns ein objektiver Beweis dafür fehlt. Es nervt mich,
dass wir bei diesem Fall nichts, aber auch gar nichts haben,
was unsere moderne Welt normalerweise über unser Leben
speichert und was uns sonst so wunderbar weiterhilft, verstehst du!? Das ist doch eigentlich völlig unmöglich in der
Welt in der wir leben.« Sie sah zur Decke und sagte: »Wir
rufen da jetzt mal an und haken noch mal nach.«

»Wo?«

»Na im Hotel.«

»Du rufst an«, sagte Wenzel. »Ich höre zu.«

Es wurde ein langes Telefonat, dem noch mehrere Telefonate folgten. Sie sprach zuerst mit dem Haustechniker, dann
mit der Hotelchefin, mit einem Systemhaus und schließlich
mit einem Programmierer des Systemhauses, der es spannend fand, von der Kripo angerufen zu werden. Wenzel

notierte die wichtigen Dinge mit. Dann ging er hinüber in sein Büro und schrieb einen Antrag für einen richterlichen Beschluss. Jasmin hatte den richtigen Riecher gehabt.

Schielin und Lydia kamen mit einer Kiste Kopien aus Biberach zurück, die an alle verteilt wurden, damit sie sich einlesen konnten. Anschließend setzte sich Lydia umgehend ins Büro und rief bei Edgar Kutz an.

»Hallo, Herr Kutz, und wie geht's so? Lydia Naber hier. Ich hätte gar nicht gedacht, Sie daheim zu erreichen, bei diesem schönen Wetter, aber wie wir von der Polizei eben so sind – nur nie dem Gefühl trauen, gell?« Sie lachte schrill auf und sprach dann sachlich weiter: »Was ich Ihnen nur sagen wollte: Das mit dem Boot klappt. Sie können es wiederhaben. Es ist nur so ... wir müssten Sie doch noch einmal befragen in der Sache, weil – es tut mir wirklich leid, und ich verstehe, wenn Sie ärgerlich sind – aber wenn wir die Unterlagen an die Soko übergeben, muss alles seine Ordnung haben, verstehen Sie? Hätten Sie vielleicht am Montag Zeit, gleich am Vormittag – dann haben wir's hinter uns, gell? Sie sind sicher auch froh, wenn Sie endlich ihre Ruhe vor uns haben ...« Sie lachte herzhaft.

Diesmal standen alle anderen um sie herum, während sie telefonierte, und lauschten. Von Kutz war kein Ton zu hören. Sie legte nach.

»Ahh, ich weiß, es ist lästig, aber denken Sie doch an den armen Kerl, den Martin Schober, der ist tot, tot, tot. Was bedeutet dagegen schon das bisschen Zeit. Und so wie ich Sie kenne, haben wir das schnell erledigt – also was ist mit Montag?« Sie spielte mit den Fingern der linken Hand, während sie auf seine Antwort wartete, und hob sie schließlich mit erhobenem Daumen in die Luft. Die anderen nickten zufrieden mit den Köpfen.

»Na also, prima, Herr Kutz! Bis Montagvormittag dann.

Hoffen wir mal, es kommt übers Wochenende eine kleine Abkühlung... können wir auch gebrauchen. Zehn Uhr also?«

Kutz bejahte unsicher und fragte noch schnell in den Hörer, worum es denn eigentlich genau ginge, doch sie tat so, als hätte sie sein lautes Luftholen und die ersten fragenden Worte nicht mehr gehört, verabschiedete sich überschwänglich und legte entschlossen den Hörer auf.

»So! Den Hammel hätten wir... der wird ein heißes Wochenende haben, ich verspreche es euch. Und der Montag wird nicht kühler werden für ihn.«

Als sie wieder allein mit Schielin im Büro war, sagte sie: »Weißt du, ein Gedanke, der treibt mich ganz schön um.«

»Mhm«, ließ er lediglich hören, ohne von seiner Arbeit am Bildschirm aufzusehen.

Sie klang giftig.

»Mhm, mhm, mhm... was soll das? Hörst du mir nicht zu?! Du musst mich jetzt fragen: Was für ein Gedanke, Lydia?«

Schielin stoppte seine Arbeit, sah auf und fragte leidenschaftslos: »Was für ein Gedanke, Lydia?«

Sie presste die Lippen aufeinander.

»Sei doch nicht so ekelhaft!«

»Ich bin nicht ekelhaft; ich schreibe gerade einen Antrag für die Staatsanwaltschaft. Also, nun?«

Sie hob beide Arme weit über ihren Kopf und streckte sich in den Bürostuhl, der ein Stück von der Schreibtischkante wegrollte und dabei knarzte.

»Dieser Kutz ist ein völlig verquerer Typ – nach außen hin etwas linkisch, was an seiner langen, hageren Statur liegt, und das wirkt fast schon wieder sympathisch... ganz schlimm aber... ganz schlimm sieht es bei ihm innen drin aus – und das beschäftigt mich, vor allem der Bezug zu dieser Waffe. Stell dir vor: Der kriegt diese alte Polizeiknarre samt Munition in die Hand – und was macht er damit? Er schießt auf ein Pferd, das friedlich auf der Weide steht, ein völlig unschuldiges, unbedarftes Wesen. Es hat doch nicht den geringsten Anteil an seinem verkorksten und vertanen Leben – und immer wenn ich mir das Dunkle, Böse und Schreckliche an seinem Wesen, diesen entsetzlichen Abgrund vor Augen hole, so taucht nicht etwa Martin Schober auf, wie er durch den Nonnenhorner Hafen rennt und versucht, diesem Irren zu entkommen, der auf ihn schießt. Nein, dieses Pferd auf der Weide erscheint mir.«

Schielin senkte seinen Kopf und hörte ihr nun wirklich aufmerksam zu.

»Ich frage mich«, sann Lydia weiter nach, »ob mit mir noch alles richtig ist, wenn mir der Schmerz dieses Pferdes und das Unrecht dieser Schandtat emotional viel näher zu sein scheinen als die Schüsse auf einen Menschen.«

»Mhm.«

»Wie geht es denn dir damit?«

Schielin überlegte.

»Tja. Am Anfang war es bei mir ähnlich, doch nicht lange ... zusehends ist dann Martin Schober in meine Gedanken und Träume gerückt.«

Lydia richtete sich auf und grinste.

»Ah – du träumst also auch davon!«

»Ja sicher, immer ... aber das ist doch nichts Neues.«

»Ich weiß. Es tut nur gut, das zu hören, nach all den *Mhms* ... aber es gibt da noch was, das mich beschäftigt – und das hat nun mit Kriminologie zu tun. Dieser lange Lulatsch hat also diese Knarre, ich vermute, er spielt sogar manchmal mit ihr herum und fantasiert; ein einziges Mal hat er sich getraut, sie zu benutzen, um in einer warmen, mondhellen Frühjahrsnacht auf ein unschuldiges Pferd zu schießen. Jahrelang, wirklich jahrelang taucht diese Waffe dann nicht mehr auf – und plötzlich ist sie wieder da!? Die Schüsse auf Schober. Weißt du was? Wenn Kutz unser Täter ist, bedeutet das, er hat die Waffe behalten! Er hat sie behalten, obwohl damals täglich in der Presse darüber berichtet und intensiv ermittelt wurde.«

»Jaaa«, forderte Schielin sie auf, weiterzusprechen.

Sie schlug sanft auf einen Stapel Papier, um ihre Worte stärker wirken zu lassen, die sie voller Überzeugung sprach.

»Glaube mir, ich habe lange darüber nachgedacht. Er hat die Waffe nicht nur nach den Schüssen auf das Pferd behalten, sondern auch nach den Schüssen auf Schober. Er hat sie nicht weggeworfen, entsorgt, entfernt, so wie es jeder normale Täter machen würde! Nein – der ist nicht normal, der hat das Ding noch irgendwo rumliegen! Er braucht sie.«

Schielin fuhr nachdenklich mit der Hand über sein Gesicht, massierte die Augen, den Nasenrücken und das Kinn. Was Lydia da gesagt hatte, klang nachvollziehbar.

»Du könntest recht haben«, meinte er schließlich.

»Mhm ... könntest ...«

»Es ist aber zu riskant, da aufzukreuzen und nach der Waffe zu suchen, Lydia – viel zu riskant.«

Sie hielt ihre Stimme unter Kontrolle, die hätte laut werden wollen.

»Aber es täte mich so jucken ... wo soll er sie denn sonst verstecken wenn nicht zu Hause?! Irgendwo im Wald, in einem Erdloch? Das glaube ich nicht. Der hat sie im Haus oder Garten, weil er einen Narren an dem Ding gefressen hat. Sie verleiht ihm Kraft, Sicherheit, Macht, sie gibt ihm Vertrauen in was auch immer – allein durch ihre Existenz. Das glaube ich.«

»Oh, oh, oh ... du lehnst dich aber ganz schön weit aus dem Fenster. Wenn es stimmt, was du sagst, dann gewinnt er

Sicherheit alleine dadurch, diese Knarre zu besitzen – völlig egal, wo er sie hat.«

»Ich weiß nicht. Als wir ihn damals in seinem Haus aufgesucht haben, da war er sehr selbstbewusst, erinnerst du dich? Und jetzt am Boot – du hättest ihn mal erleben sollen – ein schlaffes Fähnchen im Wind. Er konnte mir nicht einmal in die Augen sehen.«

»Aber es war doch dein Plan, ihn köcheln zu lassen … kein Wunder also, dass er da unsicher war – darin lag ja unsere Absicht.«

»Ja schon, ja schon. Aber weiß du, wir haben doch sein Umfeld betrachtet – keine Freunde, keine Kontakte zu den Nachbarn. Er ist ein veritabler Einzelgänger, aber die Knarre, die ist sein Freund und die will er bei sich haben.«

Schielin sagte leise: »Nichts ist so voll und ganz das Werk unsres freien Willens wie Zuneigung und Freundschaft.«

»Hä!?«

»Montaigne«, erklärte er. »Das ist von Montaigne.«

»Ach der alte Franzose, der die Lindauer Küche so gut und gelungen fand, dass er die Köche im Périgord von ihnen anlernen lassen wollte?«

»Genau der.«

»Das muss Ewigkeiten her sein«, ächzte sie spöttisch.

Schielin ging nicht darauf ein.

»Was ich damit meine«, erklärte er, »du liegst bestimmt nicht falsch mit deiner Vermutung, und ich will dich beruhigen – was ich hier gerade tippe, das ist der Antrag auf einen Durchsuchungsbeschluss seines Hauses. Aber wir müssen noch warten. Das kommt ganz zum Schluss.«

»Vorher vernehmen wir ihn.«

»Ja. Er kommt zunächst als Zeuge, dann machen wir ihn irgendwann zum Beschuldigten, dann darf er einen Anwalt holen, und ab diesem Zeitpunkt sind wir ganz dem Willen Gottes ausgeliefert.«

Sie stand auf und holte sich einen Kaffee.

»Das sind wir doch immer.« In der Tür blieb sie stehen. »Die Presse darf nichts von den Schusswunden erfahren. Wir müssen dafür sorgen, dass er einigermaßen cool bleibt und das Ding behält.«

٭

Das Wochenende kam, und die Spannung konzentrierte sich auf das Erscheinen von Edgar Kutz am Montagmorgen. Würde er überhaupt auftauchen? Das fragte sich Lydia, die den ganzen Samstag im Garten verbrachte.

Schielin nutzte die Zeit für Ausbesserungen und Reparaturen am Stadel und auf der Weide. Er striegelte Ronsard, dessen Fell in der Morgensonne glänzte. Bei jedem Ansetzen des Striegels presste Ronsard seinen warmen Körper dagegen. Schielin erzählte ihm dabei leise von Schober und Kutz und von den eigenwilligen Wendungen des Falles. Unaufgeregt und leise – so konnte er die furchtbarsten Dinge berichten, dabei reflektieren und nachdenken, ohne sich selbst in Aufregung zu versetzen. Diese Distanziertheit half ihm, Sachverhalte und menschliche Abgründe ohne Emotion zu betrachten. Ronsard machte keine Anstalten zu einer Wanderung. Auch ihm war die Hitze inzwischen zu drückend und angereichert mit aufgeschwollener Feuchtigkeit, was das Atmen erschwerte.

Marja war mit Lena zusammen ausgeritten, denn die Friesen mussten mal wieder bewegt werden. Ein Bericht im Fernsehen hatte sie außerdem ganz verrückt gemacht. Er zeigte Aufnahmen einer südfranzösischen Künstlertruppe, die mit Friesenhengsten auftrat und auf ihnen unter anderem

355

mitten durch die Großstadt ritt – auf dem Rücken der stolzen, schwarzen Geschöpfe stehend – wie aus einer anderen, fremden Welt kommend, wenn sie so durch die Straßen von Marseille trabten. Da war es wieder – das Besondere, Einzigartige, Wunderbare am Wesen Pferd. Insgeheim befürchtete er, sie würden bei ihrem Ausritt auch ausprobieren, auf den Gäulen zu stehen. Hoffentlich würde das gutgehen.

Am späten Nachmittag vibrierte sein Smartphone und zog dabei sanfte Kreise auf dem Glastisch. Unbedarft nahm er das Gespräch an und hörte die Stimme von Moll.

»Herr Moll, grüße Sie! Ihnen ist also noch etwas eingefallen?«

»Ja, es hat mir keine Ruhe gelassen, und alles ist wieder in mir hochgekommen, seit Sie da waren. Dieser Name, den sie da genannt haben – Schober, Martin Schober, dazu ist mir heut Nacht etwas eingefallen.«

Er erzählte von einem Anruf, den er im letzten Jahr erhalten habe; im Oktober, wenn er sich recht erinnerte. Ein Martin Schober habe angerufen und hätte mit ihm reden wollen – über die Oma – Waltraud Renglin eben.

Schielin vereinbarte einen Termin für den Sonntagabend mit ihm. Er wollte eine möglichst kurze Zeitspanne zwischen seinen Besuch bei Moll und die Befragung von Kutz bringen.

Isolation

Es war eine aufreibende Nacht von Sonntag auf Montag. Die Hitze war inzwischen bis in die Räume vorgedrungen, und ständig wachte Schielin, von wirren Träumen geplagt, auf. Gegen Morgen, als es schon begonnen hatte, zu dämmern und die Amseln und Buchfinken ihr Lamento anstimmten, schreckte ihn abermals ein Traum aus dem Schlaf; in quälenden Bildern drehten sich die surrealistischen Szenen immer wieder um das Boot. Er stand auf und ging nach unten, duschte und machte Kaffee.

Dieses Boot – wo hatte Kutz es während der Wintermonate eigentlich immer untergestellt? Am Haus war kein Platz dafür. In den Garten konnte man nicht einfahren, die Garage fasste nur ein Auto, und die Auffahrt war viel zu eng, als dass ein Trailer mit Boot da überwintern konnte.

Auf der Dienststelle gab es nur eine kurze Besprechung. Im Zentrum stand die Vorbereitung der Vernehmung von Edgar Kutz. Schielin telefonierte noch schnell vor Kutz Erscheinen mit dem Hafenwart in Nonnenhorn, der über den frühen Anruf nicht im Mindesten verwundert oder verärgert war. Wo stellte Kutz das Boot im Winter ein, wollte Schielin von ihm wissen.

*

Im Vernehmungsraum stand einer der hell leuchtenden, weißen Plastikbecher an der Längsseite des Tisches. Es wirkte in der maroden Umgebung voller schäbiger Grau- und Hellbrauntöne wie die Installation zeitgenössischer Kunst und verlieh dem Raum zugleich eine bedrohliche

Note. Einsamkeit, Isolation, Distanz und Verlassenheit schwebten über dem Tisch.

Schielin las in den Unterlagen, Lydia konnte sich jedoch auf nichts so recht konzentrieren. Immer wieder stand sie auf und sah hinaus in den Hof. Kurz vor zehn Uhr bog der alte Golf der Tante Renglin schließlich in den Hof der Kripo ein und blieb auf einem der Stellplätze im Schatten der hohen Lebensbäume und Linden stehen. Kutz quälte sich aus dem Wagen und lief langsam über den Hof. Er war allein; fast hätte er einem leidtun können.

»Er kommt«, sagte Lydia leise und trat einen Schritt vom Fenster zurück. Sie legte ihre Hand an den Hals.

»Oh, mir pocht das Herz vor Aufregung …«

Gommi hatte den Auftrag, Kutz zu empfangen und ins Vernehmungszimmer zu setzen. Dort wollten sie ihn für eine Weile alleine hocken lassen, um die Ungewissheit und Anspannung zu steigern. Lydia sollte alleine mit der Vernehmung beginnen, Schielin nach einigen Minuten dazukommen und später noch Jasmin Gangbacher als Verstärkung. Wenzel und Robert Funk sollten derweil in Nonnenhorn auf das Kommando warten, mit der Durchsuchung von Kutz' Haus zu beginnen. Zwei Gemeindeangestellte, welche die Durchsuchung als Zeugen begleiten sollten, waren informiert und warteten ebenfalls.

Gommi verrichtete seinen Empfangsdienst mit großem Ernst, kam Kutz an der Tür entgegen und brachte ihn nach hinten ins Vernehmungszimmer. Auf dem Weg dorthin klagte er über die Hitze, wie schnell sie gekommen war und wie sie sich festgesetzt hatte. Er goss Wasser in den Becher und meinte, es könne noch eine Weile dauern, denn Frau Naber telefoniere gerade noch mit der Staatsanwaltschaft.

Kutz gab keinen Ton von sich, setzte sich an den Tisch und wartete. Sogleich fiel ihm die Stille auf, die eintrat, als der Polizist die Tür geschlossen hatte. Die Installation entfaltete ihre Wirkung.

Gommi schlich in Lydias Büro und hob den Daumen. Leise flüsterte er: »Der Kutz ist drin.«

Lydia ging noch einmal ihre Unterlagen durch, setzte sich und wartete. Wie sollte sie beginnen? Fröhlich, freundlich oder von Anfang an ernst und bedrängend?

Nach zehn Minuten ging Gommi noch einmal zurück in den Vernehmungsraum und entschuldigte die Wartezeit, aber das Telefonat... es würde noch etwas dauern. Dann leierte er wieder die Nummer mit der Hitze herunter und ließ ihn abermals allein. Diesmal warteten sie gute zwanzig Minuten – eine Ewigkeit. Erst als es Lydia selbst nicht mehr aushielt, ging sie hinüber ins Vernehmungszimmer. Auf den wenigen Metern bis zur Tür war sie immer noch unentschlossen, wie sie sich verhalten sollte. Als sie aber die Klinke der Tür in der Hand spürte, übernahm ihre Intuition, und alles ging wie von ganz alleine, keine Abwägung, kein Nachdenken – sie trieb zielstrebig dahin. Mit kräftigem Schwung drückte sie die Tür auf und wehte hinein in die ummauerte Einsamkeit, in ein fürchterlich einsames, verkorkstes Leben. Ihre Stimme schwang hoch.

»Oh, Herr Kutz, es tut mir ja so leid, dass Sie so lange warten mussten! Ich kann nur hoffen, mein Kollege hat Sie gut versorgt.« Sie warf einen unwilligen Blick auf den Wasserbecher. »Wie schaut das denn aus?! Wir sind hier doch nicht in der Urologie.« Sie lachte laut. »Wollten Sie keinen Kaffee ... hat man Ihnen keinen Kaffee angeboten?«

Kutz saß steif auf seinem Stuhl und wusste nicht recht, was er sagen sollte. Dieses Warten hatte ihn fast aufgefressen.

Sie sagte feststellend: »Sie nehmen doch einen Kaffee, nicht wahr?«

Da er weder widersprach noch bejahte, ging sie hinaus und winkte Gommi, der schon bereitstand. Er schenkte eine Tasse Kaffee ein, Milch und Zucker standen schon auf dem Tablett.

»Hast du ihn richtig stark gemacht?«, fragte sie flüsternd.

»Ja sicher, genau wie du gesagt hast«, klang es beleidigt.

Sie eilte mit dem Tablett zurück.

»Ah, das ist vielleicht ein Sommer, obwohl es ja so richtig noch gar keiner sein dürfte ... wo diese Hitze nur herkommt, so unnachgiebig, wie sie ist. Ein Regen, das täte schon gut, obwohl es danach wohl dämpfig werden wird, und das ist dann ja auch wieder nichts.« Sie langte sich an den Hals. »Da kriegt man dann gar keine Luft mehr. Im Garten muss man schon kräftig gießen, nicht wahr? Da sind Sie mit dem schönen Stück vor Ihrem Haus sicher auch gut beschäftigt.«

Seine Augen folgten ihr bei jeder ihrer Bewegungen. Sie setzte sich ihm direkt gegenüber und stöpselte das Mikrofon an, das auf ihren Unterlagen obenauf lag.

»So sind sie, die modernen Zeiten. Geschrieben wird nicht mehr. Das war aber auch immer ein Geklapper früher mit der Schreibmaschine. Heute nehmen wir alles auf, und anschließend wird es getippt. Sie sind mit der Aufzeichnung einverstanden, Herr Kutz?«

Er blickte verunsichert auf das Mikrofon. Sie sah ihn nicht an, sortierte ihre Unterlagen und Mappen und machte einen aufgeräumten Eindruck. Ihre Frage schwang noch unbeantwortet im Raum. Sie sah auf, lächelte ihn an und diktierte laut: »Zur Einvernahme in der Sache Martin Schober auf der Dienststelle erschienen: Herr Edgar Kutz ...« Es folgten seine Personalien, bei denen sie den Geburtsort Legnano möglichst unbetont nuschelte. Am Ende dann die Floskel: »Herr Kutz ist mit der Aufzeichnung der Vernehmung einverstanden.«

Er nickte unsicher und ließ ein schwaches »Ja« hören.

Lydia Naber begann mit einer Sachverhaltsdarstellung, in der sie in knappen Sätzen die Umstände des Auffindens von Martin Schober beschrieb und einen groben Zeitrahmen festlegte. Etwas umständlich spannte sie den Bogen zum Boot.

»Eine Frage beschäftigt uns immer noch, Herr Kutz: Was machte dieser arme Mensch Martin Schober bei dem Sturm im Nonnenhorner Hafen und wieso nahm er ausgerechnet Ihr Boot?«

Sie vermied vorerst Blickkontakt und fummelte an ihren Unterlagen herum. Kutz schwieg. Erst als sie aufblickte, sagte er: »Ja, das sind so die Fragen in Ihrem Beruf.«

Seine Stimme klang unaufgeregt, was aber nichts bedeuten musste. Innere Zerrissenheit und Aufregung teilten sich der Umwelt nicht zwangsläufig mit. Wie war es wohl gerade um seinen Gemütszustand bestellt, fragte sich Lydia. War er immer noch der Meinung, es handele sich hier um eine Routinebefragung? Hatten ihn Gommis Verhalten und ihre Beiläufigkeit bisher täuschen können?

»Sie waren ja wandern an jenem Wochenende ... im Schwarzwald.«

»Ja«, bestätigte er knapp.

»Trotz des Sturms?«, fragte sie besorgt.

»Ich bin zwar mit der Absicht in den Schwarzwald gefahren, zu wandern, bei Sturm gehe ich aber nicht in den Wald ... das ist zu gefährlich.«

»Ja, das ist auch besser so. Ich frage mich immer, was die Leute bei Sturm bloß im Wald verloren haben, wenn man so in der Zeitung liest: Von Baum oder Ast erschlagen.«

Er senkte kurz den Kopf, was andeutete, dass er das genauso sehe.

»Was macht man denn so in Kirchzarten, wenn es stürmt und man nicht wandern gehen kann?«

Er zuckte mit den Schultern.

»Mhm ... was man halt so macht«, antwortete er matt.

Sie wäre gerne weiterhin unverbindlich geblieben, um den Anschein eines trivialen Gesprächs aufrechtzuerhalten, doch seine nichtssagenden Antworten zwangen sie dazu, konkret zu werden. Sie verlieh ihrer Stimme einen Hauch von freundlicher Neugierde.

»Was haben Sie gemacht, Herr Kutz?«

»Ich?«

Sie sah ihn erwartungsvoll lächelnd an.

»Mhm ... das weiß ich doch heute nicht mehr ... ich glaube, ich habe gelesen.«

Sie unterdrückte den Reflex, zu fragen, was er denn gelesen habe, und fragte stattdessen: »In einem Café, im Hotel ...?«

Er rieb sich mit der rechten Hand über den Handrücken der linken. In diesem Moment kam Schielin herein, grüßte knapp und setzte sich an die kurze Seite des Tisches. Er hatte ebenfalls Unterlagen dabei und legte sie vor sich ab.

Lydia wendete sich ihm zu.

»Ich habe Herrn Kutz gerade gefragt, was er an dem Sturmwochenende gemacht hat, im Schwarzwald, wo man da doch nicht wandern gehen konnte bei dem Wetter. Er hat gelesen, sagt er.«

Schielin nickte anerkennend.

»Lesen ist gut. Das mache ich auch immer bei schlechtem Wetter. Ich mag die Russen: Tolstoi, Scholochow, Akunin ... Pelewin – bei schlechtem Wetter ideal. Was haben Sie gelesen, wenn ich fragen darf? «

Lydia unterdrückte ein Grinsen. Wenn man es abgesprochen hätte, wäre es nie so gut gelaufen. Kutz nahm die Kaffeetasse und trank einen Schluck. Trink nur mehr, trink nur mehr, dachte Lydia.

»Och ... irgendwas aus der Bibliothek im Hotel ... ich

weiß es nicht mehr genau … es war offensichtlich nicht interessant genug.«

Während Schielin wissen wollte, ob er auch elektronisch lese, also E-Books, was Kutz verneinte, freute sich Lydia Naber über Kutz' Aussage, er habe die Hotelbibliothek benutzt. Damit war er schon auf diesen Ort festgelegt.

»Es ist schon eine sehr angenehme Sache, ein Hotel zu haben, in dem man sich wohlfühlt, das man kennt – ein wenig wie zu Hause«, begann Schielin zu plaudern. »Und dann schlechtes Wetter, man liegt gemütlich auf dem Zimmer und bringt die Zeit bis zum Essen mit Lesen herum. Klingt nach einem sehr erholsamen Aufenthalt. Ich hätte auch fast Lust auf so was jetzt, vor allem, um aus der Hitze rauszukommen. Finnland oder Nordnorwegen wäre toll, ein Buch, ein Zimmer und der Blick auf eine kalte Nordsee oder einen weitläufigen See im Wald.«

Kutz sagte nichts.

»Sie waren also in ihrem Hotelzimmer und haben gelesen an diesem Sturmsamstag im letzten Oktober«, fasste Lydia zusammen und notierte etwas auf ihrem Block – wieder eine Pseudohandlung, um den Blickkontakt zu vermeiden.

Er nahm erneut die Kaffeetasse hoch und trank.

»Ja, da war ich.«

Nun kam auch Jasmin Gangbacher in den Raum und setzte sich neben Lydia Naber. Lydia bemerkte ein kurzes Zucken unter Kutz' Augen. Ansonsten blieb er unauffällig. Jetzt hat er es kapiert, dachte sie, jetzt hat er es gemerkt. Er trank den letzten Schluck Kaffee. Auf seiner Stirn glänzte ein feiner Film Schweiß. Das Koffein tat seine Wirkung.

Sie stellte ihre Kollegin Jasmin Gangbacher vor.

»Unsere Jüngste … sie kümmert sich um alles, was mit moderner Technik zu tun hat und ist darin richtig klasse. Für meine Kollegin komme ich noch mal zurück zu unserer

Fragestellung von eben, wenn Sie gestatten. Sie waren also an jenem Samstag im Hotel auf Ihrem Zimmer und haben gelesen … so sagten Sie es ja, Herr Kutz, nicht?«

»Ja, so war das.«

Schielin fragte: »Hatten Sie eigentlich keinen Hunger an diesem Tag?«

Irritiert sah Kutz nach rechts, wo Schielin saß.

»Ich verstehe Ihre Frage nicht, und ich verstehe auch nicht, was das hier alles soll!«

Schielin wiederholte: »Sie hatten keinen Hunger an jenem Samstag im Hotel, als sie wegen des schlechten Wetters dort lasen?«

»Ich weiß wirklich nicht, was ich mit dieser Frage anfangen soll!«

Schielin kramte in den Dokumenten und zog ein Blatt hervor.

»Die Hotelrechnung vermerkt an jenem Samstag kein Abendessen, und am Sonntag sind Sie auch nicht zum Frühstück erschienen, erst wieder zum Mittagessen. Waren Sie woanders zum Abendessen und Frühstück?« Er beugte sich nach vorne und fragte verschwörerisch: »Vielleicht eine Frau … Abendessen bekommen … gemeinsam gefrühstückt?«

Kutz sah ihn für einen Moment entsetzt an.

»Nein … nein!«

»Ah so, dann waren Sie krank?«

Kutz schüttelte den Kopf.

»Ja was denn dann?«, fragte Schielin nun schon mit leicht erregter Stimme.

»Ich war nicht krank … ich hatte halt keinen Hunger. Das ist manchmal so … sehen Sie mich an.«

Diese Einlassung war gar nicht schlecht, fand Lydia, denn jeder, der ihn ansah, konnte glauben, dass er kaum etwas aß.

Es war nun an der Zeit, ihn der Konfrontation auszusetzen. Der Kaffee hatte seinen Kreislauf angeschoben, die lange Wartezeit und die Ahnung von Ungemach hatten bereits einen feinen Schweißfilm auf seine Stirn gelegt, und sogar auf seinem Unterarm bildete sich der nasse Belag. Lydia warf Schielin einen kurzen Blick zu, woraufhin er begann, Kutz in förmlicher Sprache zu erläutern, dass sein Alibi nicht als belastbar angesehen werde und sich daher aus ermittlungstechnischer Sicht ein Verdacht gegen ihn ergebe. Immerhin handelte es sich um eine Todesermittlung. Schielin klärte ihn ordnungsgemäß über seine Rechte auf und wies ihn auf die Möglichkeit hin, einen Anwalt hinzuzuziehen. Kutz machte einen abwesenden Eindruck, während Schielin die Belehrung noch zweimal in allgemein verständlichen Worten wiederholte.

»Herr Kutz! Haben Sie verstanden, was ich gesagt habe?!«, versuchte er ihn aus seiner Absenz zu wecken.

»Ja, ich habe verstanden, was Sie gesagt haben. Ich möchte nichts sagen.«

»Möchten Sie einen Anwalt?«

»Nein, nein.«

Lydia fragte hinterhältig: »Möchten Sie vielleicht noch einen Kaffee ... haben Sie noch Wasser ... rauchen Sie?«

Er sah auf die Kaffeetasse.

»Ja, einen Kaffee noch ... oder ... nein ... ich möchte jetzt gehen.«

Er machte tatsächlich Anstalten, aufzustehen. Lydia fuhr ihre Hand gebieterisch aus.

»Nein, nein, Herr Kutz, Sie müssen hierbleiben. Sie können nicht gehen.«

»Nicht?«

»Nein. Wir werden Sie weiter vernehmen.«

»Aber ich habe doch gesagt, dass ich nichts sagen werde.«

»Ja, sicher haben Sie das gesagt. Das müssen Sie auch nicht, wenn Sie nicht wollen – aber Sie müssen uns zuhören!«

»Ah, muss ich das?«

»Sie können natürlich auch weghören, aber gehen können Sie nicht. Wir werden Sie hierbehalten, Herr Kutz und Sie morgen früh ins Gefängnis einliefern. Untersuchungshaft nennt sich das. Wir haben einen Haftbefehl gegen Sie erwirkt. Haben Sie vorhin nicht zugehört, was mein Kollege erklärt hat?«

»Einen Haftbefehl haben Sie?«

»Ja, einen Haftbefehl, und im Moment durchsuchen unsere Kollegen Ihr Haus in Nonnenhorn.«

Er riss die Augen auf, und sein Mund stand offen.

»Möchten Sie nicht doch lieber einen Anwalt, Herr Kutz? Das ist kein Problem. Wir haben ja Zeit.«

Er überlegte und entschied sich dann doch für einen Anwalt. Lydia Naber legte ihm die vorbereitete Liste mit Namen hin. Die Zeiten des Telefonbuchs waren ja nun schon lange vorüber, was auch irgendwie schade war, wie Lydia fand, denn es hatte ihr manchmal Genugtuung verschafft, zuzusehen, wie zitternde Hände durch die dünnen Seiten blätterten.

Kutz zitterte nicht. Er saß da und hielt das Blatt vor sich, als wäre es eine Speisekarte, aus der es galt, ein Gericht auszuwählen. Auch sein Gesichtsausdruck legte nicht nahe, dass hier jemand saß, der einen Anwalt brauchte.

Lydia Naber wurde ungeduldig. Hatte er wirklich so starke Nerven oder war es Emotionslosigkeit? Sicher kannte er keinen der Namen auf der Liste, die im Übrigen alphabetisch geordnet war, um kein Gerede aufkommen zu lassen. Nach welchen Kriterien ging er wohl bei der Auswahl vor? Endlich legte er das Blatt zur Seite und meinte, er wolle nun doch keinen Anwalt mehr. Außerdem finde er es nicht gut, wenn er bei der Durchsuchung in Nonnenhorn nicht anwesend sein könne. Es sei schließlich sein Haus, und er habe ein Recht, dabei zu sein.

Lydia Naber war verdutzt und erklärte, dass der Durchsuchung in Nonnenhorn zwei Beschäftigte der Gemeindeverwaltung beiwohnten und ein Staatsanwalt vor Ort sei, er sich also keine Gedanken um sein Haus machen müsse. Sie riet ihm eindringlich, sich für einen Namen auf der Liste zu entscheiden, was ihn veranlasste, dem Blatt einen letzten abfälligen Blick zuzuwerfen.

»Nein, nein«, sagte er ruhig.

»Wenn Sie einen anderen Anwalt möchten, einen, der nicht auf dieser Liste steht ... das geht auch ... kennen Sie einen?«

»Nein, danke. Ich möchte mich nach wie vor nicht äußern.«

Er hatte es leise und ruhig gesagt, so, wie man spricht, wenn alle Zweifel beseitigt sind und der Stimme daher kein Nachdruck mehr verliehen werden muss. Ein komischer Kerl, dieser Kutz – so schwer einzuschätzen. Lydia Naber warf Schielin einen Blick zu, den er so nicht kannte – etwas Hilfesuchendes lag darin. Sie war irritiert. Sie befürchtete, sein Mienenspiel, die Körperhaltung, die Art, wie er redete, falsch zu interpretieren – und das machte sie unsicher in der Wahl ihrer Methode. Vielleicht würde es mit einem Anwalt besser gehen.

Sie belehrten Kutz ein letztes Mal und forderten ihn auf, sich in Ruhe zu überlegen, ob es nicht doch besser für ihn wäre, einen Anwalt hinzuzuziehen. Dann verließen sie kurz das Vernehmungszimmer und berieten sich.

»Er ist nicht zu greifen«, schimpfte sie. »Er reagiert ganz seltsam. Es kommt mir vor, als hätte er Medikamente genommen ... Tranquilizer.«

»Den Gedanken hatte ich auch schon. Mit unseren Fakten und Indizien werden wir bei dem nicht sehr weit kommen.«

»Mhm. Glaubst du vielleicht, es funktioniert mit Emotionalität ... ausgerechnet bei dem? Der ist kalt wie ein Fisch ... so kommt es mir zumindest vor.«

»Mhm ... könnte sein.«

Sie überlegte.

»Na ja ... über eine versteckte sentimentale Saite verfügt er vielleicht ... und wenn man die anspielt ... ich kann es ja mal probieren. Was ist mit dem Boot ... wo hat er es untergestellt? Ich habe das heute morgen nicht mehr mitbekommen.«

»Der Hafenwart wusste es – in einem Stadel bei Reutenen, der schon immer zum Haus gehörte.«

Sie schwiegen sich an.

Von Wenzel und Funk war noch keine Nachricht eingegangen, die einen Erfolg der Durchsuchung gemeldet hätte. Sie hatten Gommi für die Dokumentation mitgenommen. Ganz aufgeregt hatte er drei Mal geprüft, ob der Akku in der Kamera auch wirklich geladen war. Wenzel hatte ihn geärgert, indem er meinte, dass sicher die Speicherkarte voll sei, und sie dabei gelacht, als Gommi mit zittrigen Händen versuchte, das Klappfach zu öffnen.

»Willste das Ding jetzt vielleicht rausnehmen und nachschauen?«, hatte er geächzt und war nach draußen verschwunden.

Lydia hatte eine Idee, wie sie weitermachen wollte, und hielt es für besser, wenn sie zunächst wieder alleine mit Kutz reden würde. Sie wollte eine Situation herstellen, in der nur sie und Kutz zusammen waren und der Inhalt ihres Gesprächs eine Art Geheimnis ergibt. Das verstärkte den emotionalen Druck, wenn wieder alle beisammen waren, und falls er einen Anwalt wollte, hätten sie beide sogar ein Geheimnis vor dem.

Sie ging zurück in den Vernehmungsraum, wo Kutz sogleich mit Bestimmtheit äußerte, nun doch einen Anwalt zu wollen. Er sagte es so, als hätte es darüber nie einen Zweifel gegeben; es klang sogar ein gewisser Vorwurf darin mit. Lydia gab draußen Bescheid und setzte sich dann zu Kutz.

»Es wird eine Weile dauern, bis er hier ist, Ihr Anwalt. Da können wir ja ein wenig plaudern, nicht wahr?«

Kutz wich ihrem Blick aus. Lydia hatte den Stuhl gedreht und saß nun quer zur Tischkante, was die Frontalsituation auflöste. Sie begann leise zu sprechen, nicht zu ihm, sondern zur Wand hin, so, als sei sie alleine mit sich.

»Es war eine warme Nacht damals. Ich habe es in der Akte noch einmal nachgelesen ... eine Nacht Ende Juli, von Mittwoch auf Donnerstag. Zwei Tage vorher war Vollmond gewesen, nur einige Wolken hatten am Himmel gestanden, es war warm, sternenklar, mondhell. Die Jäger sprechen von *Sauensonne* – ein perfekter Ansitz auf Wildschweine. Aber Sie, Herr Kutz, Sie waren nicht auf Wildschweine aus – das wäre ja auch viel zu gefährlich. Nein – Sie sind im Schutz eines Hohlwegs bis zur Weide gelaufen. Drei Pferde standen in dieser Nacht draußen, harmlose, friedfertige Tiere, die bei Gefahr flüchten. Sie hatten die Pistole dabei. Im Schutz des Hohlwegs war es ja einfach, zu schießen, und ein anderer, der schlachtete die Tiere sogar ab ... auch eine gute Deckung, sozusagen. Trittbrettfahrer eben. Unter so idealen Bedingungen, da kann man sich ruhig schon mal trauen, nicht wahr? Diese Waffe nicht immer nur in der Hand halten und sich vorstellen, wie es wäre, zu schießen – nein! Wirklich abdrücken, auf etwas Lebendes schießen, sehen, wie es wirkt.«

Während der letzten Worte hatte sie ihm den Blick zuge-wandt. Er sah ausdruckslos zur Seite.

»Die Schüsse haben das älteste der drei Pferde getroffen. Es war ein Falbe, der in dieser Nacht besonders gut zu se-hen war – besser als der Fuchs und der Rappe, nicht wahr?« Sie drehte den Kopf zur Schulter, um ihn anzusehen. »Ich vermute mal, Sie haben die Schüsse sehr schnell hinterei-nander abgegeben. Beim ersten Schuss sind Sie erschrocken. Das verstehe ich – der Knall ist ungewohnt und vor allem das Mündungsfeuer. Wer die Wirkung nicht kennt, unter-schätzt es in der Nacht, denn es ist so hell, dass man für eine ganze Weile nichts mehr sieht, nicht wahr? Die zwei ande-ren Schüsse haben Sie dann in einer Mischung aus Schreck, Lust und vorübergehender Blindheit ins Ungewisse nach-gefeuert. Das können wir Polizisten am Trefferbild erken-nen. Mhm ... dieses arme Wesen – es ist nicht gestorben, aber es muss fürchterliche Schmerzen gelitten haben. Von da an konnte es nachts nicht mehr ruhig auf der Weide blei-ben. Na ja ... gibt es eigentlich Orte, an denen Sie sich nicht aufhalten können ... vor Angst oder gar Grausen?«

Sie blieb noch ein wenig sitzen und wartete. Sie lauschte, doch sie konnte auch den Atem von Kutz nicht hören. Er zeigte nicht eine Reaktion, keine Bewegung der Hand, der Beine – nichts. Nun gut. Es war den Versuch wert gewesen. Etwas Besseres war ihr nicht eingefallen, als ihm ein Opfer nahezubringen, von dem sie dachte, dass er ergriffen sein könnte – so wie sie dieses Pferd nicht aus ihren Gedan-ken löschen konnte. Es war einen Versuch wert – fire and forget.

Sie ging wortlos nach draußen, wo Schielin wartete und wissen wollte, wie es gelaufen war. Sie zeigte eine ent-täuschte Miene.

»Null Reaktion. Jetzt bist du dran.«

Er schnippte mit den Fingern.

»Dann versuche ich mal mein Glück.«

Schielin setzte sich wieder an die schmale Seite des Tisches und fragte Kutz zunächst, ob er etwas zu essen wolle. Kutz verneinte.

»Ich habe diese Plattensammlung bei Ihnen zu Hause gesehen«, begann Schielin das Gespräch. »Hören Sie Wagner oder war das ein Vergnügen Ihrer Tante?«

Kutz antwortete nicht.

»Die Aufnahme mit Sir Georg Solti finde ich auch fantastisch – so brachial und ruppig. Machen Sie das auch manchmal, die Musik hören und das Libretto dabei mitlesen? Ich mag das ganz gern, weil einem die Dimension so deutlicher wird, wie zum Beispiel im Siegfried: *Dass der mein Vater nicht ist, wie fühl' ich mich drob so froh! Nun erst gefällt mir der frische Wald; nun erst lacht mir der lustige Tag, da der Garstige von mir schied und ich gar nicht ihn wiederseh'!*«

Schielin lächelte. »Das ist brutal, nicht wahr? Die wirklich spannende Stelle kommt aber ein paar Takte später, finde ich: *Aber – wie sah meine Mutter wohl aus? Das kann ich nun gar nicht mir denken! Der Rehhindin gleich glänzten gewiss ihr hellschimmernde Augen, nur noch viel schöner! Da bang sie mich geboren, warum aber starb sie da? Sterben die Menschenmütter an ihren Söhnen alle dahin?*« Schielin wartete. Dann fragte er mit ruhiger Stimme: »Hat es Sie eigentlich nie interessiert, wer Ihre Mutter war? Martin Schober muss Ihnen Angst gemacht haben, nicht nur wegen der existenziellen Gefahr, der er Sie aussetzte – auch wegen seines unbedingten Willens, zu erfahren, wer seine Mutter war. Sie haben das gleich bei der ersten Begegnung mit ihm gespürt, nicht wahr?«

Kutz schwieg.

»Dieser etwas komische Kerl muss sich ganz so wie Siegfried gefühlt haben, allenthalben mit der Frage beschäftigt, die sein Leben aus der Bahn gerissen hat: *Aber – wie sah meine Mutter wohl aus? Das kann ich nun gar nicht mir denken!* In seiner ganzen Not hat er jedoch keinem Wesen ein Leid zugefügt – obwohl, das stimmt nicht ganz. Seiner Frau hat seine Sprachlosigkeit schon wehgetan, und es wird sie sehr schmerzen, wenn sie die ganze Wahrheit erfahren wird, und sie wird sich deswegen schuldig fühlen. Ja, so ungerecht und unbefriedigend ist das Leben manchmal. Martin Schober hätte die Worte Siegfrieds verstanden: *Traurig wäre das, traun! Ach, möcht' ich Sohn meine Mutter sehen! Meine Mutter – ein Menschenweib!* Einer, der auf Pferde schießt, wird wohl niemals Zugang dazu haben – so ist das eben. Es muss furchtbar sein, in allem zu versagen, nicht? Selbst mit einer Waffe in der Hand gelingt nichts: Das Pferd wird nicht getötet, Schober wird nicht getötet. Ich kann mir dieses Brennen gar nicht vorstellen. Wie fühlt sich das an, Herr Kutz? Selbst mit der Pistole – versagt.«

Er wartete eine Weile, stand dann auf und ging hinaus.

Eine Stunde dauerte es, dann war ein junger Anwalt, Konstantin Prosch, zur Stelle. Seine neu gegründete Kanzlei in den schicken Büroräumen am See mit Blick nach Bregenz hinüber konnte jeden Cent gebrauchen. Er war ein in allen Belangen dynamischer Typ. Er las sich schnell in die Unterlagen ein und verschaffte sich einen Überblick im Gespräch mit Schielin und Lydia Naber. Anschließend hatte er Gelegenheit, mit Kutz alleine zu sprechen. Von Wenzel und Funk hatten sie noch immer nichts gehört.

In der gleichen Sitzordnung wie am Morgen wurde die Vernehmung am frühen Nachmittag fortgesetzt, nur dass neben Kutz nun der smarte, junge Mann mit den glatten, dunklen Haaren saß – Jeans, helles Hemd, dunkles Jackett. Lydia Naber wiederholte in kurzen Sätzen, was sie an Kutz'

Alibi zweifeln ließ. Prosch wischte es mit einem Lächeln und einer ausgreifenden Handbewegung vom Tisch.

»Lassen wir das doch. Das ist wirklich lächerlich. Niemand ist gezwungen, in einem Hotel zu essen, und es gibt tausend Gründe dafür, das nicht zu tun.«

Lydia lächelte zurück und sah zu Jasmin Gangbacher. Emotionsfrei sagte die: »Herr Kutz behauptet, an jenem Samstag im Schwarzwald gewesen zu sein. Bis zum Mittagessen gibt es hierfür auch Zeugen, ebenso für die Mittagszeit des darauffolgenden Sonntags. Die Tatzeit kann eingegrenzt werden auf etwa achtzehn bis zweiundzwanzig Uhr des Samstagabends. In exakt diesem Zeitraum befand sich Ihr Mandant nicht im Hotel.«

»Weil er nicht beim Essen war?«, fragte Prosch belustigt.

»Nein, weil er sich gar nicht im Hotel befand und uns keinen anderen Aufenthaltsort nennen kann. Das Hotel wurde im Sommer vorigen Jahres mit einem modernen Patchkarten-Schließsystem ausgestattet, das die bis dahin verwendeten Schlüssel ersetzte. Das System wird von einer IT-Firma betreut. Die Hotelleitung kann mittels dieses Systems jede Schließaktion der Angestellten nachvollziehen – also: Wer war wann für welchen Zeitraum in welchem Zimmer. Es ist sogar möglich, Bewegungsprofile zu erstellen. Über die Kundenkarten werden ebenfalls die Zutritte der Hotelgäste gespeichert, und anhand einer Datensicherung der administrierenden Firma haben wir die Zutritte von Herrn Kutz zu seinem Zimmer ausgewertet. Demnach hat er sein Zimmer am Samstag, exakt um vierzehn Uhr siebzehn verlassen und es am Sonntagmorgen, um neun Uhr sechsundfünfzig wieder betreten. Für den Zeitraum dazwischen kann Ihr Mandant seinen Aufenthalt bislang nicht nachweisen. Mit seiner Unterschrift auf dem Anmeldebogen des Hotels hat Herr Kutz die Nutzung der Daten der elektronischen Schließanlage akzeptiert und damit ebenso deren Weitergabe zum Zwecke der Strafverfolgung. Ihr Mandant hat für die Tatzeit folglich kein Alibi.«

Prosch saß still da und ließ das soeben Gehörte wirken. Er vollzog eigenartige Spiele mit seinen Lippen, schob sie von links nach rechts und wieder zurück.

»Mhm. Ich bin mir nicht sicher, ob diese Einverständniserklärung, von der Sie da sprechen, wirklich ausreichend sein wird, um diese Daten vor Gericht zu verwenden, aber lassen wir diesen Aspekt vorerst einmal außen vor. Dieser Tote …«

»Martin Schober«, warf Schielin ein.

»Ja … dieser Martin Schober, er ist doch ertrunken, oder? Die Schüsse, sie hatten also keine tödliche Wirkung, und die Tatwaffe … von der ist weit und breit nichts zu sehen. Was ist denn mit der?«

Lydia Naber erzählte die Geschichte der *Walther PPK*, erläuterte, dass PPK für *Polizeipistole Kriminal* stehe, und berichtete vom ersten Auftauchen der Waffe bei den Schüssen auf das Pferd in Markdorf. Sie breitete den Sachverhalt absichtlich langatmig aus, um Prosch zu einer Frage zu bewegen, die der junge Kerl, unerfahren, wie er war, schließlich auch stellte.

»Ja, das ist ja alles schön und gut, aber was hat das denn mit meinem Mandanten zu tun?«, klang er ungeduldig.

Lydia Naber schob die Gewerbeanmeldung über den Tisch.

»Ihr Mandant hat den Nachlass des Polizeibeamten aufgekauft, dem die Waffe gehörte.«

Prosch hob seine Hände flehend in die Höhe.

»Ach Gott, ach Gott – und das soll ein Beweis sein?!«

»Nein, kein Beweis, nur ein weiteres Indiz in einer langen Indizienkette. Herr Kutz steht zumindest in Bezug zu dieser Waffe, und wenn wir sie bei ihm finden, dann haben wir den Beweis.«

Prosch nahm es gelassen zur Kenntnis. Von Theatralik war allerdings nichts mehr zu sehen. Er rutschte auf seinem Stuhl herum. Etwas schien ihm nicht zu gefallen.

»Sie gehen also klassisch vor, Frau Naber«, sprach er milde. »Alibi, Tatwaffe … ich nehme an, Sie haben auch schon ein hübsches Märchen für ein mögliches Motiv, mit dem Sie den Haftrichter überzeugen wollen.«

»Uns geht es nicht um den Haftrichter, sondern um den Richter, der Herrn Kutz verurteilen wird«, antwortete sie ruhig. »Aber noch ein Wort zur Tatwaffe: Wir gehen davon aus, dass sich Ihr Mandant nicht von dieser Waffe getrennt hat und dass er sie nach wie vor versteckt hält, weil sie ihm sehr viel bedeutet.«

»Niemand kann der Polizei untersagen, zu spekulieren«, warf Prosch lapidar ein.

Lydia fuhr unbeeindruckt fort: »Kommen wir zu unserem Märchen, wie Sie das nennen. Martin Schober hat erst nach dem Tod seiner Mutter Kenntnis davon erlangt, dass er adoptiert worden ist. Daraufhin hat er Nachforschungen in seinem Geburtsort Legnano in Italien betrieben, die ihn schließlich zum dortigen Krankenhaus geführt haben. In diesem arbeitete die Tante Ihres Mandanten, Frau Waltraud Renglin, neun Jahre lang als Krankenschwester. Nach bisherigem Ermittlungsstand hat sie in diesem Zeitraum sieben Kinder – nennen wir es – vermittelt. Uns liegen entsprechende Unterlagen des dortigen Standesamtes vor. Wir gehen davon aus, dass es keinen primär wirtschaftlichen Grund gab für das, was sie getan hat. Allen war mit ihrem kleinen Vermittlungsgeschäft geholfen: den schwangeren Frauen, die das Kind nicht wollten und den Paaren, die sich Kinder wünschten. Sie organisierte den idealen Zeitpunkt für die Geburt, die standesamtliche Eintragung in Legnano durch ihren Lebensgefährten und die Übergabe des Kindes. Und die Frauen, die ihre Kinder hergaben, wussten sie gut versorgt, in einer Familie.«

Es war gewagt, was sie da sagte, denn alles, was sie bisher hatten, waren sehr unvollständige Informationen. Die Sache mit dem Lebensgefährten zum Beispiel beruhte lediglich auf einer bislang sehr vagen Information.

»Sie sprechen von standesamtlichen Unterlagen, die Sie selbstverständlich auf offiziellem Wege erlangt haben«, flocht Prosch mit einem Unterton in der Stimme ein.

»Gehen Sie davon aus. Was Martin Schober angeht, so hat ihn diese Information aus seinem Leben regelrecht herausgerissen. Er war besessen davon, zu erfahren, wer seine leibliche Mutter, wer seine Eltern waren. Darüber hat er seine eigene Familie verloren und letztlich sogar sein Leben. Er war viele Male in Legnano, um Nachforschungen zu betreiben, und hat verschiedene Personen kontaktiert, auf die er bei seinen Recherchen gestoßen war. So hat er von Waltraud Renglin erfahren und traf auf Herrn Kutz.«

»Das sind nun in der Tat rührende Geschichten. Wenn sie sich nun auch noch belegen lassen, wäre das ganz sicher kein Nachteil. Ich konnte Ihren Ausführungen jedoch bislang nicht annähernd ein Motiv entnehmen.«

»Ja, das ist auch eine sehr komplexe, geradezu verzwickte Materie. Ihr Mandant hat entweder durch das Zusammentreffen mit Martin Schober oder schon früher erfahren, dass auch er eines dieser *Waltraud-Babys* war. Die jüngste Schwester von Waltraud Renglin war lange kinderlos geblieben, nach einem mehrmonatigen Aufenthalt in Italien kam sie dann aber plötzlich mit einem Kleinkind zurück – Ihr heutiger Mandant. Er hat vor einiger Zeit sehr zielstrebig die Pflege seiner Tante übernommen. Die Details hierzu wollen wir nicht ausbreiten. Nachgewiesen ist jedoch, dass er zu diesem Zeitpunkt stark verschuldet war, seine Wohnung wegen längerfristigem Mietausfall gekündigt und eine Räumungsklage anhängig war. Als Frau Waltraud Renglin im Pflegeheim starb, erbte er ihr gesamtes Vermögen.«

Prosch gab sich generös.

»Da alles über das Vormundschafts- und Nachlassgericht abgewickelt wurde, gehe ich davon aus, es gibt nicht annähernd ein Problem.«

»Da haben Sie recht, wenn es da nicht das notariell verfasste Testament von Frau Waltraud Renglin gäbe. Es liegt uns in Kopie vor.«

Lydia sah zu Schielin, der drei zusammengeheftete Blatt Papier hervorholte. Er schob sie dem Anwalt zu, der das Testament aufmerksam las.

Lydia erklärte ihm: »Es geht um ein Wort – *blutsverwandt* – sie setzt ihren blutsverwandten Neffen als Erben ein. Für Ihren Mandanten wurde diese Formulierung spätestens mit dem Auftauchen von Martin Schober ein Problem, denn Herr Kutz ist gerade nicht blutsverwandt mit Frau Waltraud Renglin. Das aber ist ein Herr Moll, der Sohn der anderen Schwester.«

Prosch zuckte mit den Schultern.

»Was noch zu beweisen wäre.«

»Wir wissen, dass Martin Schober Herrn Moll angerufen hat und mit ihm reden wollte. Für Ihren Mandanten wäre es verheerend gewesen, wenn dieser Termin zustande gekommen wäre, denn: Hätte Familie Moll durch Schober von der Adoption erfahren, dann hätten sie sofort das Testament angefochten und den Rechtsweg beschritten. Das musste Ihr Mandant verhindern.«

Lydia Naber sah Kutz eindringlich an.

»Es muss schrecklich gewesen sein: Da ist man jahrzehntelang der ungeliebte Bastard, der nicht annähernd in die Familie passt – dem Aussehen nach nicht, den Fähigkeiten nach nicht – es geht einem auch wirtschaftlich dreckig … der Vater versäuft alles, die Mutter ist hysterisch und krank, beide sterben früh und hinterlassen einem Nichts. Durch eine glückliche Fügung und eine satte Portion Skrupellosigkeit bekommt man dann die strenge, ungeliebte Tante in die Hand. Ihr Vermögen entschädigt für alles, was im Leben bisher mies gelaufen ist – der Gang der Dinge scheint sich zu wandeln. Ja, jetzt ist auch der lange Lulatsch mal an der Reihe – endlich! Und da kommt plötzlich dieser untersetzte Irre daher und gibt keine Ruhe. Er weiß von allem und droht es zu zerstören, das neue Glück im Haus mit Garten und eigenem Boot. Gut, dass es diese Waffe gibt. Glauben Sie mir, wir werden sie finden. Es gibt kein sicheres Versteck, sie wird Ihnen nicht noch einmal zu Diensten sein.«

Sie hielt ihren Blick wie Fesseln auf Kutz' Gesicht, der zur Tür blickte. Es war ihr nicht entgangen, dieses verhuschte, hämische Lächeln, dieses winzige, freudige Flackern in den Augen, in dem für einen Wimpernschlag ein verächtlicher Zug aufleuchtete. Ach, wie dumm er war. Er zeigte wirklich Freude über ihre Worte und war in die Falle getappt. Sie sagte hart: »Wenn wir mit Ihrem Haus fertig sind, kommt natürlich der Stadel an die Reihe, in dem Ihr Boot überwintert. Wir werden alles aufgraben, wenn es sein muss – drinnen, draußen …«

Der linke Backenmuskel von Kutz zitterte kurz. Sie kannte das. Es entstand, wenn man die Zähne mit Gewalt aufeinanderpresste. Sonst war keine Regung an ihm festzustellen. Sie stand auf und klopfte mit den Fingerkuppen dreimal auf den Tisch.

»Danke.«

Draußen rief sie Wenzel an.

»Macht im Haus Schluss – die Knarre ist im Stadel.«

✳

Am Tag darauf waren alle im Vernehmungsraum versammelt. Kutz hockte noch drüben in der Zelle der Polizeiinspektion und wartete auf den Schubverkehr, mit dem er nach Stadelheim gebracht werden sollte. In der Mitte des Tisches stand eine abgegriffene Schatulle aus einfachem Holz, das glänzte, weil es von Waffenöl durchtränkt war. Der Deckel stand offen, und die *Walther PPK* lag fest in der dafür vorgesehenen Ausfräsung. In einer fleckigen Pappschachtel befanden sich Patronen, und das Reservemagazin schaute unter der Waffe hervor.

»Ich rühre das Ding nicht an«, sagte Lydia Naber entschlossen und ging hinaus. Kutz war am Tag zuvor nicht mehr zu einer Aussage zu bewegen gewesen. Mit dem Auffinden der Waffe in einem Erdloch am Stadel hatten sie ihre Befragung dann beendet. Nur beim Hinausgehen, als Wenzel und Robert Funk ihn hinüber in die Zelle brachten, sagte er etwas zu ihr, was ihr die Nacht über zu schaffen gemacht hatte: »Es ist doch nur ein Pferd gewesen.« Es hatte nicht beschönigend geklungen, oder entschuldigend; er sagte es vorwurfsvoll zu ihr, so, als würde sie mit ihrem Mitgefühl für das Tier auf der falschen Seite der Wirklichkeit stehen.

Sie wollte mit dem Kerl möglichst gar nichts mehr zu tun haben. Sie schnappte sich Hundle, legte ihm die Leine an und ging mit ihm hinaus in die Hitze. Im Westen schichteten sich schwarze Wolkentürme auf. Windstöße fuhren aufgeregt in die Blätterwände, als erste Vorboten des Gewitters.

Sie wählte die einsame Route über den Bühleweg hinunter ans Aeschacher Ufer. Hinter dem Aeschacher Bad fand sie einen stillen Platz auf einer Bank. Der See wogte bleiern, und an den Ufern blinkte aufgeregt die Sturmwarnung, um die letzten Boote in die Häfen zu bewegen. Hundle mochte keinen Wind, und Gewitter schon gar nicht. Er ließ sich _ Lydia zu Füßen fallen und drückte seinen Leib eng an ihren Unterschenkel. Sie streichelte ihn und sprach besänftigend auf ihn ein.

Die *Vorarlberg* kam von Westen und zog in Richtung Bregenz. Lydia verfolgte, wie sie hinter der Kulisse von Pulverturm und Luitpoldkaserne verschwand. Aus den Wolkenlücken stachen ab und an helle Sonnenstrahlen auf die Seefläche und formten gleißend helle Flecken, welche die Blicke auf sich zogen.

Lydia schaute hinaus zu den Markierungen des Schachener Berges, wo sie das Boot und die Leiche geborgen hatten. Dieser Fall hatte sie wieder Menschen und ihren Geschichten nahegebracht, die ihr Angst machten, die Unruhe in ihr auslösten. Weit drüben lag das Rheintal. Sie sah auf die Appenzeller Hügel – so weit entfernt erzeugten fremde Leben keine Furcht.

Als der erste schwere Tropfen auf ihren Oberarm fiel, stand sie auf und lief zurück. Gerade noch rechtzeitig vor dem ersten Blitz und Donner kam sie auf der Dienststelle an. Der Drucker surrte vertraut, Kaffeeduft hing in der Luft, aus dem Besprechungsraum waren gedämpft die Stimmen der anderen zu hören. Sie atmete tief durch und setzte sich dazu.

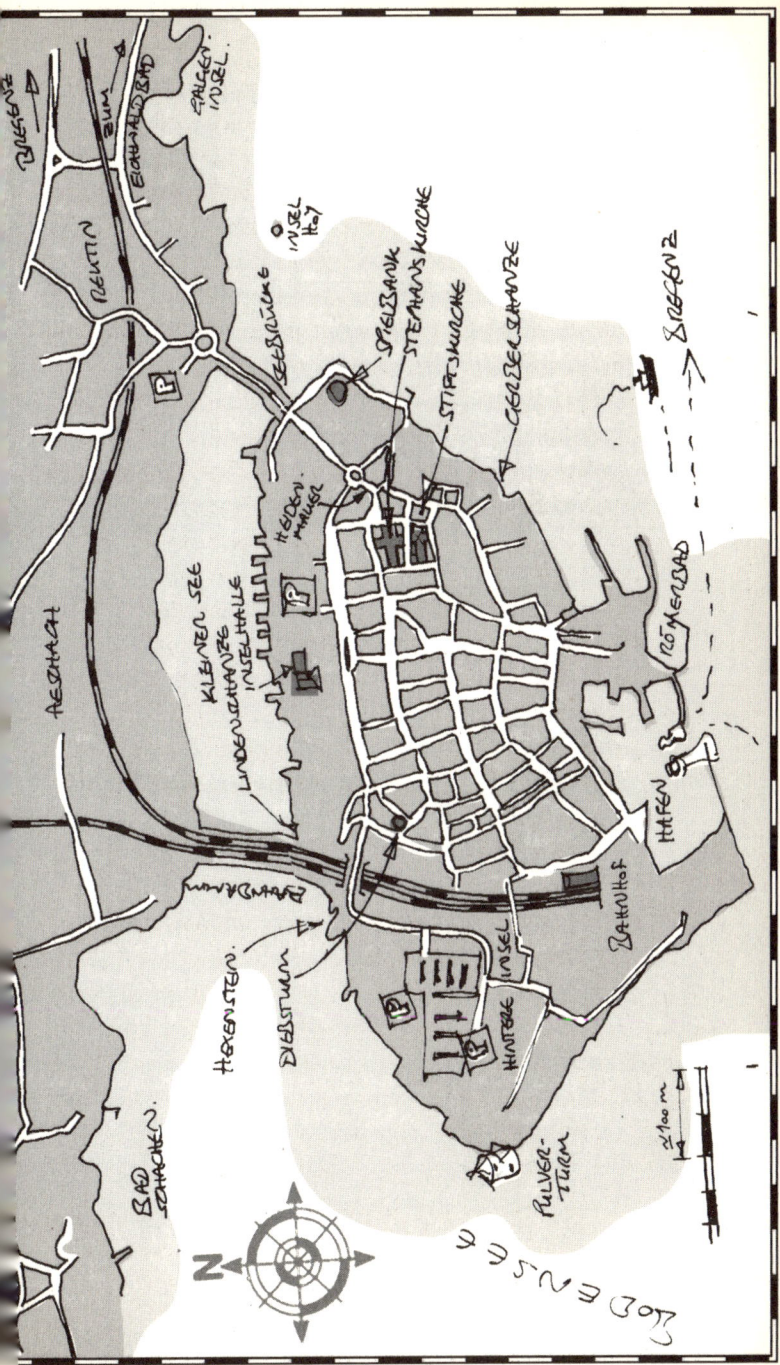